Josué Guimarães

JOSUÉ GUIMARÃES

A FERRO E FOGO II
TEMPO DE GUERRA

1ª edição: 1973
10ª edição: fevereiro de 2008

Capa: Marco Cena
Revisão: Delza Menin e Luciana Haesbaert Balbueno
Foto de Josué Guimarães: Ivan Pinheiro Machado

ISBN: 85.254.0527-2

G963f	Guimarães, Josué, 1921-1986 A ferro e fogo I: Tempo de Guerra / Josué Guimarães -- 10 ed. -- Porto Alegre: L&PM, 2008. 272 p. ; 21 cm 1. Romances brasileiros. I. Título. CDD 869.93 CDU 869.0(81)-3

Catalogação elaborada por Izabel A. Merlo, CRB 10/329.

© sucessão Josué Guimarães, 1982

Todos os direitos desta edição reservados a L&PM Editores
Rua Comendador Coruja 314, loja 9 – Floresta – 90.220-180
Porto Alegre – RS – Brasil / Fone: 51.3225.5777 – Fax: 51.3221-5380

PEDIDOS & DEPTO. COMERCIAL: vendas@lpm.com.br
FALE CONOSCO: info@lpm.com.br
www.lpm.com.br

Impresso no Brasil
Verão de 2008

A chegada dos primeiros colonos; a Feitoria Velha; os trabalhos e dias de um pobre na roça; as coivaras avançando pelo vale do Jacuí; a pregação farroupilha e a colônia incipiente e já dividida em facções; todos os contrastes pitorescos da aculturação aproveitados em episódios que servem de tempero ao entrecho... Mas compreendia que o maior encanto da vossa história decorria da sugestão do anonimato: quanto mais vaga, mais viva. Truncada assim, sacrificada aos ideais da guerra grande, a tua vida, meu bisavô, renasce com toques de lenda na imaginação.

AUGUSTO MEYER

Primeira Parte

I

1.

Na noite do enterro de Sofia, ao chegar no empório do Caminho Novo, Catarina encontrou o Dr. Hillebrand, maleta de fole entre as pernas, abatido, os olhinhos movediços distorcidos pelas grossas lentes. Passou por ele em silêncio, depois gritou para os fundos que desatrelassem os cavalos e que trouxessem de lá a espingarda escondida sob os pelegos do banco. Aproximou-se do médico.

– Se não fosse pelo senhor eu terminava mesmo por perder a cabeça. Estranhou, de repente, a presença dele no empório. Achei que o senhor andasse, a essas horas, a caminho de São Leopoldo. Houve alguma coisa? Hillebrand tirou os óculos e ficou a limpá-los com o lenço.

– Enquanto a senhora ajudava Gründling a enterrar a mulher, o que não deve ter sido nada agradável, recebi a notícia de que os revolucionários estavam concentrados na Azenha.

– E o senhor, então, resolveu ficar para ajudar...

– Não. Eu esperava pela senhora, queria saber se tudo havia corrido a contento. Agora posso ir embora.

– Obrigada – disse Catarina sentando-se numa banqueta. Pensei que o senhor tivesse a intenção de ajudar esse governo que nunca pagou o que nos deve, doutor. Pode ser que esses outros nos dêem ouvidos.

Hillebrand recolocou os óculos, falava agora como se estivesse sozinho. É sempre melhor lidar com gente que já se conhece, pelo menos se sabe o lado de montar. E isso é muito importante. Saiba, não estou gostando nada disso, muito menos das notícias sobre os nossos compatriotas, muitos deles estão envolvidos na mazorca. Oto Heise, Klinglhöfer, Kerst, von Salisch.

Catarina rosnou um *ahn*, se esses homens estão na briga é porque o lado deles é o certo. Conheço todos eles, não são de entrar em mazorca. O médico olhou Catarina de frente e caminhou para a porta.

– Vou para São Leopoldo num dos barcos de Herr Gründling. Quer alguma coisa para lá, um recado para seu marido?

– Obrigada. Esta noite vou dormir por aqui mesmo. Estou sem ânimo para enfrentar Daniel Abrahão e os meus filhos. Não consigo pensar direito.

O médico olhou em redor. Não vejo um lugar onde a senhora possa dormir aqui neste galpão. Deixe a carroça e aproveite para voltar comigo, não vejo garantias na cidade, ninguém pode dizer o que vai acontecer daqui para a frente, o palácio a fervilhar de gente, escunas preparadas no embarcadouro, soldados por todos os lados.

Catarina sorriu sem vontade. É, mas eu fico. Obrigada por tudo, amanhã regresso, prefiro voltar como vim. Hoje, morro de cansada. Durmo em qualquer lugar, estou acostumada.

Começou a estender panos num canto de assoalho sem notar que o médico saía e puxava a porta. Quando recostou a cabeça de encontro ao balcão, sentiu-se orgulhosa de não estar com medo. Sentia-se tranqüila, invadida por uma grande paz interior, indiferente a tudo. Menos ao barulho persistente dos punhados de terra que jogara sobre o caixão de Sofia. Ruído de punhos batendo num porão vazio. Os homens mudos. Nenhuma palavra trocada durante o enterro. Fora melhor assim, não saberia mesmo o que dizer. Soterravam Sofia como se estivessem cumprindo um ritual de todos os dias, como o comer e o beber. No instante de jogar o primeiro punhado de terra, olhando sem ver, pensara "estou enterrando alguma coisa de mim mesma nesse caixão". Não sabia bem o que fosse. Lembranças da velha pátria, dos campos nevados, das colheitas, das fornadas de pão, das guerras. A estância de Jerebatuba, a velha figueira testemunha da Cisplatina. Veio-lhe à memória, naquele momento, uma citação bíblica do marido, "era assim como um grande sinal no céu, sete anjos com as sete pragas". Isso mesmo, as últimas pragas.

Muito ao longe, quando a cachorrada das redondezas emudecia por segundos, escutava qualquer coisa como o pipocar surdo de tiros. Alguma arruaça de soldados bêbados. Quando não havia guerra, para manter a forma, os soldados gostavam de atirar a esmo. Mas agora estariam tiroteando num mundo diferente e, além do mais, muito distante. O estranho mundo deles, os soldados. Dentro daquelas quatro paredes a sua fortaleza. E nela, encravado em altas muralhas, o seu corpo moído. O pequeno João Jorge a aquecer-se no colo. Mateus e Carlota ali também. Philipp de guarda no alto da figueira. Ou não havia mais figueira? São homens que vêm do norte. Há os que chegam do sul. Que a terra seja leve para essa pobre e estranha Sofia.

Era uma dor para alimentar outra pessoa, Herr Gründling. Sim, o sofrimento costuma deixar as pessoas melhores. Deus dá as coisas boas, o diabo reparte as ruins. Mais tiros ao longe, tão distantes que era difícil percebê-los. Cavalos galopando pelas cercanias. Próximos demais. Era preciso urgente tapar a boca do poço, Juanito corre a me ajudar, leve as crianças para dentro.

– São eles, Daniel Abrahão, são eles!

Suava. As mãos trêmulas tateando em busca dos filhos, no desamparo de quem não sabe onde se encontra, se faz sol ou chuva, se é noite, madrugada, dia. O caixeiro Cristiano Richter, que dormia na casinhola dos fundos, entrou a correr, estacando no escuro.

– Eles quem, Frau Catarina, eles quem, pelo amor de Deus!

Ela pediu ao rapaz que voltasse, que fosse dormir, não era nada, talvez a sua dor de cabeça, tivera um dia muito agitado. Richter permaneceu imóvel. Mas eu estou ouvindo tiros, também. Que será isso?

– Acende o lampião – pediu ela.

Levantou-se com esforço. Doíam-lhe as juntas, os braços e pernas dormentes, têmporas a latejar. O empregado acendeu o lampião, aproximou-se de braço erguido, assustando-se com o aspecto de Catarina.

– A senhora está doente, deve ter febre.

– Quero uma caneca d'água, Cristiano, por favor. Ele largou a luz sobre um caixote e saiu tropeçando nos fardos de mercadorias. Quando voltou, Catarina estava sentada numa banqueta, mãos pressionando a cabeça. Depois ficou a olhar para ele, como se o desconhecesse.

– Beba, a senhora vai sentir-se melhor.

Ia dizer mais alguma coisa, mas calou-se. Continuavam os tiros, ao longe. Os sons vinham com as lufadas de vento e desapareciam. Cascos matraqueando na terra firme, cavalos a correr nos arredores. Ela perguntou, está ouvindo o rodar de grandes carroções? Cristiano fez que sim com a cabeça, olhos arregalados, mãos enfiadas nos bolsos do casaco, como se estivesse com frio. Nisto ouviram um cavalo que se aproximava, o cavaleiro estacando na frente da porta. Alguém saltou batendo com os pés no chão e, logo a seguir, estrugiram pancadas na entrada. Richter fez menção de assoprar a chama da luz, mas Catarina estendeu o braço, impedindo-o. Caminhou com dificuldade, mas resoluta. Pegou a tranca com as mãos crispadas e ficou imóvel.

– Quem é?

– Sou eu, Frau Catarina, Germano Klinglhöfer.

Ela afastou a pesada tranca, abriu a porta e deixou que o recém-chegado entrasse. Richter correu para a porta e recolocou a barra de madeira entre os suportes.
– Que se passa, Herr Klinglhöfer?

2.

Juliana embalou João Jorge até que o menino dormisse. Ordenou a Mateus que fosse para a cama, precisava comportar-se como um rapaz obediente, a mãe estava em Porto Alegre e o pai não podia se incomodar. Foi até a porta dos fundos e viu Philipp e o marido conversando a um canto da oficina. De onde estava, perguntou:
– Posso servir a comida?

Emanuel respondeu que sim, era só o tempo de os dois passarem uma água na cara e nas mãos. Ela voltou e ouviu a voz de Daniel Abrahão de dentro de sua toca. Lia a Bíblia, "fora acham-se os cães, os feiticeiros, os fornicários, os homicidas, os idólatras e todos aqueles que amam e praticam a mentira". Quando Emanuel apareceu ela perguntou o que queria dizer fornicários. O marido disse que não sabia, que eram coisas de Herr Schneider. Philipp disse que o pai andava muito nervoso com a viagem de sua mãe a Porto Alegre. Justamente agora, acrescentou, quando a revolução ameaça estourar a qualquer momento. Sentaram-se os três para comer na mesa sem toalha. Juliana calada e pensativa. Philipp excitado, falando mais do que comendo.

– Chegou ontem um carregamento muito grande de armas, mandado pelo próprio Presidente Braga. Os homens disseram que era para distribuir entre os alemães porque um bando de negros marchava para cá. Querem nos atacar.

– A mesma conversa de sempre – disse Emanuel.

– Sei disso – retrucou Philipp de boca cheia – , só que desta vez as coisas não vão se passar como eles querem. Preciso avisar o Major Heise.

– Sabe onde ele anda?

– Daqui a pouco vou estar com ele. Voltou de um encontro muito importante.

– E ele vai dar ouvidos a um menino de dezesseis anos?

– Menino é o Mateus que já está na cama. Outro dia a minha mãe disse a mesma coisa para meu pai. E sabe o que ele respondeu? Que um menino que já pode fazer outro não é mais menino, é homem.

Emanuel riu tão alto que até fez calar, por instante, a voz cava e abafada de Daniel Abrahão. João Jorge choramingou e Juliana correu para junto dele, mas antes pediu ao marido, por favor, para que procurasse rir mais baixo.

Philipp apontou com o dedo para os fundos e disse que não podiam contar muito com o pai. E depois, ele já sabia ler e escrever, estava chegando a hora de ajudar a mãe que se matava no trabalho.

— E o pior, Emanuel, é que a guerra já está aí de novo. Todo o mundo sabe disso. Até o meu pai afirma que as sete pragas estão chegando. Uma delas, eu sei, é a guerra.

Ouviram quando a porta do alçapão se abria. Philipp, de onde estava, pôde ver a réstia de luz recortar o telhado dos fundos. Levantou-se devagar, foi até lá. Viu a cara barbuda do pai a emergir do seu pequeno mundo. Perguntou se ele precisava de alguma coisa. Daniel Abrahão cruzou o indicador sobre os lábios, pedindo silêncio.

— Tive uma visão e ouvi uma voz que me disse que a tua mãe não vem hoje, que está em meio de grandes perigos, que o diabo anda solto. Meu filho, onde estão os teus irmãos? Traz Carlota e João Jorge para cá, eu cuido deles. Olha por Mateus. Estou com medo de que Catarina não possa mais voltar.

— Que é isso, meu pai — disse Philipp sentando-se numa banqueta ao lado do alçapão. — A mãe está bem, não vai acontecer nada com ela, amanhã mesmo está de volta. Vá dormir que eu cuido da casa, Emanuel está comigo.

Daniel Abrahão desfez a tensão do rosto: Emanuel é um bom rapaz, é um homem em quem se pode confiar. Vou pedir a Deus que ilumine a todos, que guarde seus filhos. Estendeu para Philipp uma vasilha de barro e pediu que trouxesse um pouco de água fresca. Quando o rapaz voltou disse a ele, sacudindo o dedo no ar:

— Se até amanhã de manhã tua mãe não voltar, vou atrás dela. Algo me diz aqui dentro da cabeça que as coisas não vão lá muito bem.

— Fique descansado — disse o filho ajudando-o a baixar a tampa —, o senhor tem quatro encomendas de serigotes para entregar até domingo e o serviço está atrasado. Deixe o resto comigo, não se preocupe, durma.

Quando retornou à sala Emanuel ainda permanecia no banco da mesa, esgaravatando os dentes. Juliana no quarto, a ninar João Jorge.

— Vou sair — disse Philipp — preciso encontrar o Major Heise. Fecha a casa e dá uma olhada pelas crianças.

Sentia-se homem. A noite lá fora estava cheia de presságios, o vento da primavera passava com ruído pelos galhos das árvores, o céu limpo e estrelado. Mas ele sentia em tudo uma clara ameaça de tempestade. Lembrava-se vagamente de uma distante e quase apagada noite de chuva, a família fugindo para algum lugar, ele carregado sob o poncho do pai, os pés molhados, os relâmpagos iluminando o dilúvio e a figura de um estranho e misterioso cavaleiro sem rosto.

3.

Gründling estendido no sofá, em mangas de camisa, as botinas jogadas no chão, um cálice de conhaque ao alcance das mãos. Ao pé de si, sentados inquietos, Tobz, Zimmermann, Schilling e, de pé junto à parede, amassando um velho chapéu de feltro negro, o ajudante Krebs, do empório. Gründling bebeu mais um gole e pensou "não posso ficar bêbado". Olhou em torno, apontou para Tobz, ele que falasse, que dissesse tudo o que sabia. Tobz olhou para os outros, indeciso.

– Muita coisa só sei por ouvir dizer, mas ontem à noite o Visconde de Camamu foi batido pelos revolucionários na Ponte da Azenha. Morreu o diretor do *Periódico dos Pobres,* um tal de Prosódia.

– E o Visconde? – perguntou Gründling.

– Saiu ferido e chegou no Palácio todo ensangüentado, com o fardamento em tiras, a gritar que a força inimiga conta com mais de quatrocentos homens.

– Mentira – disse Zimmermann –, os outros não deviam ter mais do que a metade disso. O Visconde o que quis foi justificar a derrota.

– A verdade – disse Schilling – é que do lado do governo a confusão não pode ser maior. Estão apavorados. O Presidente só pensa em fugir para Rio Grande e ninguém mais se entende.

Gründling derramou mais conhaque no cálice e perguntou por que as igrejas haviam tocado os seus sinos no meio da noite.

– Foi quando o Visconde chegou ferido ao Palácio e uma sentinela disparou um tiro por puro medo ou por muita bebida – disse Tobz. – Imaginem o comandante entrando ali banhado em sangue, sem cavalo e sem boné, desarmado, era o mundo que vinha abaixo.

– E daí? – disse Gründling abrindo os braços. – Ganharam a batalha, deixaram o governo a tremelicar e, com tudo isso, vão ficar na Azenha, acampados, churrasqueando, sem coragem de entrar na cidade.

Levantou-se disposto, enfiou as botinas, o colete, pediu que alcançassem o casaco. Vou ver isso de perto, o Palácio fica por aqui mesmo, desconfio que essas histórias têm muito de invenção. Todos se levantaram. Krebs, pressuroso, abriu a porta. Disse ao patrão que havia cavalos selados no pátio. Zimmermann perguntou se não seria melhor cada um levar uma arma. Gründling disse que não, a briga não era deles, não via por que serem tomados pelo que não eram. Krebs ficou algum tempo mais no portão, o grupo afastou-se levantando ondas de poeira. Estacaram a pouca distância do Palácio. Viram sair carruagens velozes, cavaleiros armados e soldados em formação de combate.

— Vejam — disse Gründling —, lá vai o valente Presidente Braga a fugir feito criminoso.

Um soldado aproximou-se e gritou para eles que fossem embora, os revolucionários entravam na cidade pela Praça do Portão, as tropas do governo haviam se rendido em massa, dando vivas a Onofre Pires. Gründling perguntou para onde ia o Presidente. O soldado olhou desconfiado para o grupo, e vocês alemães o que andam fazendo por aqui? O Presidente vai para Rio Grande, ele achou primeiro que podia resistir do Arsenal, mas qual o quê, vai tudo na escuna *Rio-Grandense*. Esporeou o animal e nem ouviu quando Tobz gritou para os companheiros "que os ventos lhe sejam fracos".

Um outro soldado passou perto, vou me juntar com os rebeldes, os companheiros todos aderiram! Desapareceu a galope, acenando com o boné cor de terra.

Os alemães viram as tropas de cavalaria chegando, a soldadesca revoltosa enfeitada com as cores da sua gente. Cercaram o palácio e hastearam a bandeira ao som dos seus clarins. Gründling perguntou:

— Entre os graúdos está Bento Gonçalves?

— Não — disse Zimmermann — ,o homem ainda não chegou, está para os lados de Pedras Brancas.

Gründling deu de rédeas, vamos para casa que é lugar mais seguro. Krebs ainda estava no portão, esperou que o grupo entrasse e fechou as largas folhas de madeira.

O dono da casa retornou para o seu sofá, atirando longe as botinas incômodas. Ninguém falou. Mariano entrou carregando Albino no colo e Jorge Antônio pela mão. Queriam ver o pai. Gründling sentou-se ágil, colocou o pequeno sobre os joelhos e abraçou o maior pela cintura. Como vão esses dois homenzinhos? mamãe foi fazer uma viagem a um lugar muito longe, mas se os dois se comportarem bem, ela pode voltar. Alisou o cabelo sedoso de Albino que brincava com os botões de seu colete, e disse para a negra que era melhor não saírem naqueles dias, havia muito perigo pelas ruas. As crianças podiam brincar na caleça guardada no galpão.

Quando ela levava as crianças, ele disse aos companheiros:

— Cabeça fria, cabeça fria é o que sempre digo nessas ocasiões. Qualquer que seja o vencedor há precisão de gente que lhes venda as coisas. E nós temos essas coisas das quais eles precisam.

— E se requisitam? — perguntou Zimmermann.

— Ora, bem, terminam pagando, pode estar certo disso.

Fez uma pausa, preocupado. Depois relaxou o corpo na cadeira. Pelo que se pode notar, é gente que não larga o poder tão cedo. Eles pagam, estou certo disso como dois e dois são quatro. Há jeito para tudo e do couro é que saem as correias. Ora, estou certo disso. Ou vocês duvidam? Claro, corre-se perigo, mas nem tudo neste mundo é tão certo e tão lucrativo como se quer. E depois, um dia o governo manda buscar reforços e corre essa cambada toda a tiro de festim.

– E se isso não acontecer? – arriscou Tobz.

– Até lá a gente faz boas amizades com este lado.

Schilling olhou para o belo relógio de pêndulo, notou a poeira que o cobria, encaminhou-se para ele.

– Veja, Gründling, o relógio parado!

– Não! – gritou o dono da casa. – Ninguém toca nesse relógio. Ele está parado desde o dia da morte de Sofia. Ninguém mexe nele. Vai ficar assim para o resto da minha vida. Ninguém mais vai ouvir as suas batidas.

Tobz voltou a sentar-se. Todos se entreolharam, constrangidos. Gründling encheu o cálice de conhaque e sentou-se no sofá. Vocês decerto pensam que eu estou ficando maluco, que não estou regulando bem da cabeça como o marido da Catarina. Isso mesmo, como aquele pobre-diabo do Daniel Abrahão. Pois se estivesse ficando doido, não era para estranhar. Sabem o que é perder a mulher, perder uma mulher como a Sofia? Algum de vocês sabe o que seja isso? Ora, não me venham com conversas. Para mim, agora, tanto faz, quero que o resto se dane, que se afunde tudo na merda. Ainda não consegui acertar a minha vida sem ela. Isso interessa algum de vocês? Não interessa e estamos conversados.

Emborcou o cálice no fundo da garganta e encheu outro. E lembrar que eu andava às voltas com a cadela daquela paraguaia, Izabela, a deslavada, aquela vaca. Sim senhores, a boa e generosa Izabela, cada moeda um sorriso. Bons tempos aqueles, o cego Jacob tocando piano, Cholita na cama comigo e ainda aquela negra que se chamava Marina, arrumação do safado comandante Blecker. Quem não se lembra dele? Que negra, meus caros. Pois apesar disso faço votos de que aquela vagabunda esteja morrendo de varíola em qualquer pocilga do Rio de Janeiro. Tenho ódio dessa raça imunda, chego a sentir náuseas só em lembrar que estive na cama com aquela mulher. Ah, as coisas de que a gente é capaz!

Levantou-se agarrado ao cálice, pés descalços, olhos sangüíneos. Pois é o que eu estava dizendo, esses revolucionários de meia-pataca vão querer couro, nós temos, farinha, nós temos, fumo, tecidos, botas ou carroças ou cavalos, pois nós temos. Então que venham a nós. Senhores, temos tudo para vender a bom preço, mas tomem nota: dinheiro de pronto, no contado, que requisição é para colono analfabeto. Deixem comigo, eu me entendo com esse, como é mesmo o nome dele? ah, sim, com esse Bento Gonçalves. General ou Coronel? que importa? eles mesmos se promovem e se condecoram. Hoje um galão, amanhã dois, no fim de certo tempo os ombros, os braços, o peito e a bunda cobertos de divisas e dragonas douradas. Eis aí, senhores, um general. E como suas excelências andam sempre cercados de soldados, de cabos e de sargentos, o remédio mais inteligente e indicado é fazer-lhes continências com quantas mãos se tenha.

Mariana apareceu na porta e perguntou se podia servir a comida. Os amigos fizeram menção de sair. O dono da casa ordenou que todos ficassem, havia comida para todos.

– E ainda temos muitas coisas para conversar. Duas cabeças pensam mais do que uma só, três mais do que duas, quatro mais do que três.

Sentou-se novamente, apoiou a testa nas mãos, cotovelos cravados nos joelhos. Quando olhou em redor parecia não enxergar. É a bebida, pensou Tobz. Schilling achou que o amigo estava prestes a chorar.

– Está sentindo alguma coisa? – perguntou Zimmermann, acercando-se dele.

Gründling o afastou com o braço, levantando-se.

– Deus é justo! Claro, todos nós sabemos que Deus é justo, a Bíblia diz assim, os padres dizem assim e os imbecis do mundo inteiro repetem isso noite e dia. Por isso Sofia está lá debaixo da terra, como um verme.

Deu um soco no tampo da mesa, fazendo saltar pratos e talheres. Debruçou-se entre pedaços de frango, derramou molho na toalha de linho branco, quebrou um copo e deixou cair a cabeça entre os braços, sem dizer mais nada.

4.

Daniel Abrahão dava a impressão de alheamento ao que Catarina contava, a falquejar com afinco a base de madeira de um lombilho, aplicado no seu ofício como se estivesse sozinho no galpão. Ela falava devagar, resumindo, sonegando partes da história, agarrada sempre ao pequeno João Jorge. Mateus sentado numa pilha de madeira, Carlota de mãos dadas com Juliana. Emanuel, ao lado do velho Jacobus, sentado no mesmo banco onde Carlos Sonemberg ouvia sem pestanejar o que narrava Catarina.

Quando ela se calou, por fim, Jacobus disse que na Linha do Portão pouca coisa se sabia, as notícias custavam muito a chegar lá. Perguntou se naquilo tudo não haveria, por acaso, algo contra os alemães. Abria os braços compridos e olhava para o céu: pelo amor de Deus, a gente veio para trabalhar, ninguém quer saber de guerra.

Perguntou a Catarina:

– A senhora não acha que devemos pedir uns conselhos ao Dr. Hillebrand, ele que é um homem sensato, de saber?

Catarina passava a mão pelos cabelos louros do filho pequeno, a roupa ainda cheia de pó, a saia salpicada de placas de barro seco.

– Saber ele tem – disse ela virando-se para Jacobus –, mas não é desse saber que a gente precisa numa hora de guerra. Ele sabe curar e mais nada. Está do lado do Imperador. Eu pergunto: e nós, de que lado estamos?

Ninguém respondeu. De repente Catarina levou a mão ao peito, ar assustado:

– E Philipp, por que ainda não voltou?

– Decerto o Major Heise precisou dele – disse Emanuel –, senão já devia estar de volta. A senhora quer que eu vá atrás dele?

– Por favor.

O rapaz pulou por cima de um banco de carpinteiro, lançou um olhar para Juliana que tinha entre os braços a pequena Carlota e desapareceu pelo portão, quase a correr. Daniel Abrahão aproveitou o silêncio momentâneo e perguntou para a mulher:

– Gründling ainda está vivo?

A princípio Catarina pareceu não entender a pergunta. Depois respondeu com voz mansa:

– E por que não havia de estar? Ninguém morre antes da hora. Pois não é o Livro Sagrado que diz que devemos amar os inimigos e orar pelos que nos perseguem?

– É – disse Daniel Abrahão atacando com vigor o trabalho interrompido.

Juliana aproximou-se de Catarina. A senhora precisa tomar um bom banho, deixei tudo preparado, a água está fervendo a essas horas. Imagino como não deve estar moída da viagem. Tirou João Jorge do colo da mãe, encaminhou-se para dentro. Sonemberg passou às mãos de Catarina um bloco de papel pardo:

– A senhora tem aí as contas das últimas semanas, mais a relação do que foi mandado para o Portão, o dinheiro de cinco serigotes e da carroça encomendada pelos Renner. E ainda a relação das mercadorias que vieram de Bom Jardim, de Dois Irmãos e da Linha Café. Será que a senhora vai entender?

Catarina folheou pouco atenta a papelada sebosa, disse a ele que não se preocupasse, estava tudo certo. Mais tarde, com calma, falariam sobre o assunto. Depois disse, pensativa:

– Philipp não tem idade para acompanhar o Major Heise.
– Mas ele foi só para dar um aviso – disse Jacobus.
– Sei como são essas coisas – retornou ela. – O Major pode não querer, mas eu conheço bem o meu filho.

Caminhou em direção à porta dos fundos, parou como se houvesse esquecido alguma coisa muito importante. Sabem quem foi que encontrei em Porto Alegre? Germano.

– A polícia anda atrás dele – disse Jacobus. – A família do Frederico Weber jurou vingança e diz que não descansa enquanto não botar a mão em Germano.

– Pois duvido que eles consigam – disse ela –, pelo menos por enquanto. E depois, Weber estava mesmo pedindo um bom tiro de garrucha no peito. Com licença, vou tirar a terra da estrada que me ficou no corpo.

As crianças foram atrás da mãe e Sonemberg voltou ao trabalho, lado a lado com Daniel Abrahão, que descansou a enxó por um momento, cofiando pensativo a barba de bugio.

– Parece que foi São Mateus quem disse que larga é a porta da perdição e estreita e apertada é a estrada que conduz à vida.

E baixou com tanta força a enxó contra a madeira que uma lasca saltou, atingindo o rosto de Sonemberg, mas este se limitou a passar a mão sobre o pequeno ferimento que deixava escapar um filete de sangue.

5.

Richter passou a tranca na grande porta, pediu a Engele e Gebert que o ajudassem a guardar os fundos. Havia quatro espingardas novas e um bom caixote de cartuchos carregados. Engele perguntou o que fariam com as armas. E por que Richter estava com medo se os rebeldes haviam tomado conta da cidade e eles, como alemães, nada tinham a ver com a guerra?

– A patroa mandou que eu cuidasse do empório – disse Cristiano – pode haver saque.

Gebert passou a grande mão na testa suada. Pois, se a coisa era assim, melhor seria chamarem Leithner e Baucker que haviam chegado da Colônia na noite anterior. Quanto mais gente para ajudar, melhor. Engele disse que iria atrás dos outros, sabia onde encontrá-los, costumavam beber numa birosca da Rua da Margem. Quando se encontrava a meio do caminho, sentiu medo. Mulheres assustadas espiavam pelas frestas das janelas. Magotes de soldados cruzavam as ruas em galope largo, muitos deles gritando, a girar rodas de laço por cima da cabeça. Divisou à frente, numa esquina, um ajuntamento ruidoso, homens e mulheres curiosos e, de repente, gritos lancinantes de alguém que, de onde ele se encontrava, não conseguia enxergar. Continuou a caminhar sem pressa, acercando-se da pequena massa de gente já com o coração a bater acelerado. Viu um padre furibundo comandando três ou quatro homens malajambrados. Eles forçavam um português a estender o braço enquanto o padre, com uma grande palmatória negra, batia nas mãos do pobre homem com uma violência inusitada para quem, como sacerdote, parecia franzino. A cada palmatoada o homem gritava pedindo pelo amor de Deus que não fizessem aquilo, que ele não era do governo, que era fiel ao General Onofre Pires. Um gaúcho de chapéu de abas largas ria com dentes podres e gritava:

– Dá-lhe, Padre Pedro, este é inimigo do partido.

E o Padre Pedro batia sem esmorecimento. Deus manda o castigo na hora, é preciso tirar o satanás do corpo desses miseráveis, eles precisam aprender a lição. Engele deu meia-volta, tentando atravessar a rua. Um dos homens gritou: lá vai outro deles, pega o caramuru. Viu-se cercado, alguém passara o braço musculoso no seu pescoço, por trás. Mal conseguia respirar. Gritava que não era português, que não tinha nada a ver com a guerra. Os homens riam. Então acercou-se dele o padre. É alemão da Colônia, alguém disse enquanto o reverendo começava a bater nas suas mãos com a palmatória. A princípio era só uma dor aguda que subia pelos braços, depois um formigamento geral, o padre a bater e a revirar os olhos para o céu, numa ladainha incompreensível. As mãos começaram a inchar e Engele não as sentia mais. Era como se o padre batesse em dois pedaços de madeira, ou de pedra. Duas grandes e arroxeadas mãos dependuradas nos braços dormentes.

Foi largado como um animal depois da marcação, alguém gritara qualquer coisa do outro lado da rua, numa esquina da pracinha. O grupo agora caía sobre um outro homem, dessa vez um velhote franzino, em mangas de camisa, com um menino agarrado nas suas largas calças.

Um soldado parou o seu cavalo a distância, levantou o corpo apoiado só nos estribos, deu meia-volta e partiu a galope. Engele via tudo boiando numa densa névoa, manhã de inverno dentro do grande verão, encapelado mar, o navio jogando, madeiras rangentes, terras se perdendo no horizonte, o mar acabando, o vácuo. Sentiu que estava prestes a vomitar. Levou uma das grandes mãos de madeira à testa, a outra ficou a apertar o estômago. Andava vacilante, como se estivesse bêbado. Sentou-se numa soleira de porta, havia um lugar para encostar a cabeça dolorida e afugentar a zonzeira. O povaréu seguia o padre e os asseclas apanhavam novas vítimas. Outro homem estava sendo dominado e Engele já escutava os seus gritos, o som abafado da palmatória, gargalhadas e urros de entusiasmo, ou de medo. Agora ele precisava orientar-se: para que lado ficaria a Rua da Margem? Leithner e Baucker ainda estariam lá, indiferentes ao perigo que andava solto pelas ruas. Richter e Gebert entocados no empório, espingardas em punho, e ele ali, como um bêbado vagabundo, tudo em redor girando, desequilibrado, um vômito que chegava até a garganta e regurgitava azedo na boca seca. Então uma patrulha de cavalaria aproximou-se do padre e do resto do bando. Os soldados apearam com presteza, prenderam o padre. Davam ordens de comando que Engele entendia em parte. Viu a corja tocada à frente dos cavalos, pelo meio da rua, o padre protestando, a ameaçar de dedo em riste ao próprio sargento que o empurrava com o peito do animal, enquanto os outros homens recebiam relhaços dos soldados, defendendo as cabeças com os braços cruzados no alto.

 Engele começou a voltar. Não conseguiria chegar onde os amigos estavam. Precisava mergulhar as mãos num balde d'água, num tanque, afundá-las no rio e deixar que a correnteza levasse a dor aguda que atingia os ossos. As carnes arroxeadas pesavam, tornava-se difícil carregar os braços, a cabeça mal comandava os pés trôpegos. Gritou da porta dos fundos, Richter perguntou quem era. Ao ouvir a voz desesperada do amigo abriu parcialmente uma das folhas, espingarda em mira, dedo no gatilho, que ele poderia estar servindo de isca para assaltantes.

 – Engele, pelo amor de Deus, que fizeram com as tuas mãos?

 Gebert veio ajudar, o companheiro parecia prestes a desmaiar. Carregaram-no para dentro, os dois a fazerem perguntas, o que tinha acontecido, então havia bandidos soltos pelas ruas? Engele bebeu toda a água de uma caneca que Richter lhe trouxe. Mas como foi isso?

 – Um tal de Padre Pedro, um doido, rodeado de capangas, dando de palmatória em meio mundo. Eles me pegaram, Cristiano.

 – E Baucker e Leithner?

 – Não cheguei até lá, eles me apanharam no meio do caminho, na ida.

 – Mas precisamos procurar Herr Klinglhöfer – disse Gebert.

 – Agora não precisa mais – disse Engele, em meio de gemidos –, uma patrulha prendeu o padre e o resto da malta.

 Prepararam panos molhados em salmoura, enrolaram com cuidado as mãos disformes do amigo e depois Cristiano encostou a sua cabeça de encontro ao peito de Gebert para que pudesse tomar uns goles de chá de marcela, fazia bem, acalmava os nervos, ele precisava descansar, quem sabe lá dormir um pouco, devia estar sofrendo muito.

– Ah, se Frau Catarina estivesse aqui – disse Cristiano.

Engele virou-se para a parede, os braços apoiados num grosso pelego pardo. Apertou o quanto pôde os olhos para não enxergar mais nada. Sentia-se humilhado como um menino que acabara de ser castigado por algo que não fizera. Estava com vergonha dos outros. Descerrou os dentes para dizer, quase inaudível, que se um dia encontrasse o padre ou algum daqueles homens daria em cada um deles um tiro de garrucha bem no meio da testa. Estava apontando a arma, via bem nítidos os olhinhos do padre, depois a palmatória indo e vindo, as gargalhadas de toda a gente e sempre a dor dentro dos ossos, subindo pelos cotovelos, alojando-se nos ombros.

Richter, quando notou que ele havia se urinado todo, estendeu sobre o seu corpo um velho cobertor de enrolar fardos de fazendas, Engele soluçando de ódio.

– Se eu pego um desses canalhas – disse Gebert –, passo fogo sem misericórdia. Cães!

Bateram forte na porta da frente. Os dois amigos empunharam as suas espingardas e correram para lá. Ouviram uma voz conhecida:

– Abram, sou eu, Isaías Noll. Frau Catarina me mandou para ajudar vocês.

Richter pensou: agora seremos três. Abriu a porta e deixou Isaías passar. Pediu silêncio.

– Vem aqui ver o que esses bandidos fizeram ao nosso pobre amigo Engele.

6.

Philipp, sentado a um canto da sala, não entendia nada, mas ouvia com atenção tudo o que os oficiais diziam. Oto Heise falava um português difícil, gesticulando muito para explicar os seus pontos de vista. Juanito, que saíra nos calcanhares do rapaz, não o perdia de vista, os olhinhos vivos seguindo todos os seus movimentos, procurando adivinhar as suas expressões. Os soldados mal-encarados lhe pareciam uma permanente ameaça, quase todos eles guarnecendo portas e janelas, escopetas em ponto de tiro, de vez em quando espiando a escuridão da noite cheia de mistérios. Os alemães que tomavam parte na reunião permaneciam mudos, a entreolhar-se preocupados. E se o governo atacasse? Heise veio reunir-se aos seus compatriotas, começou a dizer a eles o que estava se passando. Haviam informado que Bento Gonçalves mandara apreender todas as armas mandadas pelo Presidente Braga para que os alemães defendessem o governo. Eles deviam ficar do lado da revolução, aquele governo não lhes dera nada do que havia prometido. Os outros permaneciam calados, com ares de desconfiança. Então era uma guerra nova, precisavam pegar em armas? Heise notou que eles estavam arredios.

– A verdade é que ficamos todos ao deus-dará, a gente passando fome, necessidades, sem terra definida, jogados nesta encosta de serra como animais ou, o que é pior, entre eles e os bugres.

Se alguém ali presente não estivesse de acordo com o que ele dizia era só levantar-se e ir embora, não queria ninguém obrigado, só voluntários. Mesmo porque os rebeldes não queriam estrangeiros na briga, era preciso muito jeito, de início apenas limpando a colônia de inimigos da sua causa.

Os oficiais voltaram a discutir acaloradamente, deram vivas a qualquer coisa que Philipp não atinou ao que fosse, e logo a seguir os subordinados alcançaram aos seus chefes as armas que haviam sido depositadas sobre uma grande mesa central. Um tenente ordenou aos seus homens que saíssem e dessem uma batida em regra pelos arredores. Os soldados obedeceram e Oto Heise aproximou-se de Philipp e de Juanito que estava ainda mais colado ao rapaz. Eles que voltassem tranqüilos, o empório não sofreria nada em Porto Alegre, havia gente deles lá e aquelas tropas seguiriam naquele momento para ajudar a ocupar a cidade e garantir o comando da revolução a Bento Gonçalves. Não podiam perder tempo.

Philipp permaneceu onde estava. Só abriu a boca para pedir armas. Ele e Juanito seguiriam juntos com a tropa.

– Mas é uma loucura, meu filho – disse Heise.

O menino não tinha idade para entrar numa guerra, a coisa ia ser violenta e ninguém estava pensando em poupar o inimigo. Philipp meneou a cabeça:

– Vou junto com o senhor. Juanito será o melhor batedor de toda essa guerra.

– Seu pai sabe que veio aqui?

Philipp disse que Daniel Abrahão sabia. E depois, não importava. Sua mãe terminava por apoiar a sua decisão. Fico com o senhor, posso encilhar cavalo, cuidar da forragem, dar recados e ficar de guarda. Sentiu-se no alto de uma velha e torta figueira, mão em pala, o grande e aberto horizonte, os pontos negros movendo-se como insetos, o vento e o forte cheiro de mar. Sabe, Major, faço isso como ninguém. E Juanito enxergava de noite, sabia caminhar como os tigres. Sim, alguém dissera uma vez que Juanito sabia caminhar como os tigres. Ou, quem sabe, como os gatos. Juanito seria capaz de atravessar um acampamento inimigo sem que nenhuma sentinela percebesse.

– E depois, Major – disse o rapaz levantando-se resoluto –, não adianta me mandar embora. Não vou. Largo atrás, como os cachorros.

Heise bateu com a sua pesada mão nas costas do rapaz.

– Vou mandar buscar cavalos e lanças, está bem? E olha aqui: quero os dois na retaguarda, até que recebam ordens em contrário. E se me desobedecer – disse a Philipp sacudindo no ar o dedo indicador – mando prender tanto um quanto o outro e voltam para casa nem que seja pela força. Entendido?

Pouco depois, partiam. Formação de guerra, duas filas, uma de cada lado do caminho, batedores laterais, patrulhas na vanguarda e gente de segurança no fecha-fila. Philipp e Juanito lado a lado, um sentindo a perna do outro, lanças apoiadas nos estribos, o vento da primavera sacudindo o chapelão de abas largas que à última hora haviam enfiado na cabeça do rapaz. Um cabo passou por eles e gritou qualquer coisa que Philipp não entendeu. Juanito disse ele mandou um atrás do outro. Para que o rapaz entendesse bateu com a mão espalmada na anca do cavalo e deixou que ele passasse para a frente. Então ele também entrou na fila que marginava os caminhos tortuosos que atravessavam matos e sangas.

A meio da noite houve ordem de alto. Deviam apear, mas permanecer ao lado dos seus cavalos. Distribuíram pedaços de charque e broas de milho. O Major veio lá da frente, examinava cada homem, cara a cara por causa da escuridão, até encontrar os dois. Perguntou a Philipp se estava bem. O rapaz disse que nunca na sua vida se sentira melhor, que ele não se preocupasse. O Major falou baixo:

– Fiquem descansados, o inimigo já está batido, não vai haver batalha nenhuma. Em Porto Alegre quero os dois ao meu lado. E trate de fazer com que este índio entenda o que estou ordenando.

Quando entraram em Porto Alegre, Philipp viu os soldados numa alegria contagiante, muitos deles a galopar desenfreado pelas ruas. Os negros enchiam a Rua da Praia com seus balaios e volta e meia eram corridos dali pelos piquetes de cavalarianos de lança em riste. Cavalos amarrados em lotes às portas dos botecos enfumaçados, mulheres que andavam apressadas puxando os filhos pela mão. Era um mundo novo e fascinante que se abria aos olhos do rapaz. Debruçadas nas janelas muitas mocinhas morenas, de grandes olhos assustados. Carroças ligeiras levantando poeira, homens de largos ponchos e soldados com velhos e variados fardamentos.

Próximo à Igreja do Rosário o agrupamento fez alto, o comandante proferiu uma arenga, oficiais e sargentos percorreram as colunas dando instruções. Heise veio ao encontro de Philipp e do índio. Um cabo alemão levaria os dois para o empório de Frau Catarina, eles que permanecessem lá aguardando novas ordens. Não havia perigo para todos.

– Não esqueçam as minhas ordens – gritou o Major dando de rédeas e desaparecendo na poeira.

Quando chegaram na frente do empório viram logo Richter encostado à porta. Philipp achou graça na cara de espanto do empregado. Recusou a sua ajuda para desmontar. O cabo retornou, Juanito recolheu as rédeas dos animais e Richter e Philipp entraram.

– Frau Catarina chegou bem?

Philipp disse que não chegara a ver a mãe. Saíra à noite, muito cedo, e a sua tropa havia abandonado o caminho principal.

– Sabe, Engele apanhou de palmatória de um tal Padre Pedro, um malfeitor que já está preso, graças a Deus. Ele está com as mãos horríveis, vamos até lá nos fundos.

– De palmatória? – disse Philipp espantado. – Mas então esse padre está doido.

– Pois acho que sim, meu filho. Engele ia passando na rua, precisava encontrar Leithner e Baucker e de uma hora para outra apareceu esse tal de padre e mais meia dúzia de bandidos. Pegaram o coitado de jeito. E isso tudo na frente de meio mundo, uma humilhação.

Philipp entrou no quartinho. A peça na semi-obscuridade, um cheiro forte e acre de urina e de salmoura. Então falou com voz mansa, com receio de que ele estivesse dormindo.

– Então, Engele, o que houve?

O outro virou apenas a cabeça, tentando adivinhar quem estava ali. O rapaz disse, sou eu, Philipp. Engele grunhiu qualquer coisa e esticou os braços para que ele visse as mãos enroladas em trapos.

– Os bandidos me pagam, Philipp, eles me pagam.

– Calma – disse o rapaz sentando-se à beira do catre –, deixa isso comigo que falo com o Major Heise ainda hoje, sou soldado do batalhão dele. E vamos achar esse padre, isso eu prometo.

Richter pediu a Engele que procurasse descansar e carregou Philipp para fora do quarto.

– Vou preparar uma comida qualquer para o menino. Juanito deve estar morrendo de fome, também.

Falava sem parar enquanto assava pedaços de charque no grande fogão de barro, olhando de vez em quando, curioso, para o rapaz. Pois ora vejam, o menino Philipp já soldado, saindo de casa como homem feito. E sua mãe, o que diria de tudo isso? Daniel Abrahão, na certa, lia a sua Bíblia pedindo proteção para o filho, Deus olharia por todos. Isaías Noll entrou na peça e arregalou os olhos ao ver Philipp.

– O menino por aqui, vejam só!

Philipp fez um gesto de enfado com a mão, cortando a alegria do outro. Houve um silêncio prolongado. Richter anunciou que a comida estava pronta, não era lá essas coisas, pedaços de carne assada e pão de milho. Mas haviam guardado uma boa cerveja fermentada na colônia. Noll, tentando desanuviar o ambiente, levantou a sua caneca e fez um brinde pela chegada do soldado Philipp Schneider e de seu ordenança Juanito.

O soldado bebeu como um veterano, depois foi para o pátio vomitar tudo o que comera e bebera, contra a parede de madeira crua. Richter e Noll ajudaram o rapaz a deitar-se num pelego colocado ao lado do catre onde Engele gemia baixinho. Saíram. Lá fora Richter disse a Noll:

– Todo o batismo de fogo é assim. Ele já é, afinal, um verdadeiro soldado.

II

1.

Naquela noite, Catarina notou que a barba e os cabelos do marido estavam grandes demais. Viu também as suas mãos feridas por lascas de madeira e golpes da enxó. A camisa parda grudava no corpo, tinha os músculos tensos e seus olhos encovados brilhavam como nunca. Preparou uma grande bacia com água bem esperta, disse a ele que os homens precisam, de vez em quando, de lavar os cabelos, de curar as feridas. Não era preciso falar muito com ele. Daniel Abrahão se deixava levar com docilidade, dava sempre aquela impressão estranha de quem olha através das pessoas e das coisas. De fato, não disse uma só palavra. Deixou a mulher lavar, com sabão caseiro, grosso, cheirando a sebo, as mãos escalavradas. Depois ela abriu um pote pequeno, cheio de uma pomada que o Dr. Hillebrand havia deixado ali num dia qualquer. Besuntou as feridas com cuidado, de vez em quando perguntava se não estavam doendo, se ardiam, ele sempre a fazer que não com a cabeça.

Catarina trocou de água, pediu a Daniel Abrahão que ficasse de pé, curvado, queria lavar os seus cabelos sem cor, o ruivo das melenas confundindo-se com a terra das estradas, com a poeira de serragem das oficinas. Empapou bem os cabelos, esfregou com vigor a grande pedra de sabão como se estivesse lavando roupa à beira de um açude. Onde andaria Philipp? Um menino entre soldados e bandidos. Juanito saberia cuidar dele; o índio adivinhava as coisas, cheirava o perigo no ar, era sorrateiro e vivo. Daniel Abrahão abriu a boca que deixava escorrer água e sabão; afinal, quando poderia comer? estava morrendo de fome.

– O estômago sempre pode esperar. Agora, a limpeza é mais importante – disse Catarina esfregando cada vez com mais força.

Philipp teria comido alguma coisa? De bom grado levaria até o filho um prato de comida, uma roda inteira de pão, do pão que naquela tarde tirara do forno. Apurou o ouvido, na certa as crianças já dormiam. Começou a enxugar a barba e os cabelos do marido. Prendia a sua cabeça de encontro ao peito e esfregava com veemência e decisão. Era como se abraçasse a cabeça de Philipp e com aqueles panos úmidos reavivasse a forças combalidas do rapazinho em plena guerra. Olhou para o marido e teve vontade de dizer a ele que se parecia com um bicho, os cabelos eriçados, a barba encaracolada. Tirou a sua camisa suja, passou o pano molhado no peito e nas costas, ordenou a ele que permanecesse ali, junto ao lampião, enquanto ela afiava a faca para desbastar a grande juba que levava susto às crianças.

    Terminada a tosa, Daniel Abrahão sentiu a cabeça leve e Catarina disse que agora sim, ele merecia o seu prato de comida. Havia postas de carne assada no forno e grandes batatas cozidas no molho forte. Enquanto ele comia com sofreguidão, Catarina olhava para o marido, recordava os tempos antigos; sua pele, agora, começava a ficar pergaminhada, as costas abauladas pelo trabalho nos serigotes, os braços rijos e musculosos, o corpo adelgaçado e sem barriga, o desejo irrefreado brotando no bico dos seus seios, na quentura do ventre, um desejo a princípio vago e indefinido, depois forte e preciso, aguçado enquanto levava o marido para a toca, ajudando-o a descer, indo com ele, ajeitando as cobertas no chão, tirando-lhe o resto de roupa que deveria ser lavada no dia seguinte; buscaria outras, veja o meu exemplo, assim, eu também tiro a blusa, a saia, é preciso que a gente se livre de toda essa imundícia, pelo menos de vez em quando, faz bem ao corpo e à alma. Daniel Abrahão acendeu o pequeno lampião que o ajudava a ler a Bíblia, Catarina puxou a porta do alçapão, deitaram-se juntos, os corpos se tocando, ele a passar as mãos inchadas pelo corpo da mulher e a rir desajeitado, dizendo que não sentia nada com aquelas mãos, elas pareciam de pedra ou de madeira, eram como o cabo da enxó, os seios de Catarina arfavam e ela os comprimia de encontro ao peito forte de Daniel Abrahão, ele a repetir que não tinha mais tato, não sentia a pele da mulher, que aquilo talvez fosse um castigo dos céus por tantos pecados cometidos pelos homens na terra.

    – Nós não devemos pagar pelos pecados de mais ninguém na terra – disse Catarina falando ao seu ouvido –, bastam os nossos e Deus é grande.

    Esticou o braço e com a mão trêmula, de menina, abaixou a luz do lampião, achegou-se ainda mais, sentiu algo duro e latejante, rijo, nervoso, fremente. Daniel Abrahão não sabia mais fazer as coisas sozinho, tateava desajeitado, apenas o desejo visível, a garra de um selvagem no meio da noite, excitado tão-somente pelo cheiro da fêmea, os seus gemidos abafados, cuidado, as crianças estão logo ali, esses tabiques de madeira são como simples redes de cipós. Era como se estivessem numa clareira iluminada por uma lua comum, a mesma que banhava os filhos, os vizinhos, aquela gente toda que povoava o vilarejo silencioso, pois que naquela hora, quem sabe, dezenas de outros casais, como os Schneider, se tateavam no escuro, se procuravam com febre e ardor, as mesmas mãos rústicas mal sentindo a carne do parceiro, o mesmo cheiro de suor dos corpos trabalhados de sol a sol, a grande noite comum, como o suave luar da toca, a luz mortiça de um candeeiro igual, Catarina mordendo o dorso da mão, onde andaria Philipp, Deus do céu, ele que era tanto Catarina, a respiração acre e forte do marido, a barba grosseira a tresandar sabão, suas palavras entrecortadas, como grunhidos de animal em cio, o balançar de navio em altomar, era sempre assim, a velha noite a bordo do *São Francisco de Paula* que retornava com furor, dorida, longínqua, os corpos ofegantes dos outros casais. Debaixo da casca de noz o mar profundo e negro, o mistério insondável das águas e do amor. Daniel Abrahão ouvia a voz da jovem mulher de Dresden, as patas dos cavalos das tropas em guerra, Catarina um ponto perdido no meio da terra, de largos campos, espingarda cruzada sobre os joelhos, o fogo a devorar-lhe as entranhas, a esvair-se em sêmen e sangue, a vontade quase incontida de gritar naquela hora: miseráveis, canalhas; de chorar, de soluçar baixinho para não despertar as crianças. A dor fluida de algo em brasa a trespassar-lhe as carnes, o corpo intumescido, o coração disparado, o pequeno, úmido, abafado covil das duas feras entrelaçadas, sangue do meu sangue, carne da minha carne, Senhor, olha por nós, ilumina nossa escuridão, suplicamos-te, Senhor, livra-nos de todos os perigos e ameaças desta noite.

Depois, ficaram os dois em silêncio. A mulher desejando dormir; o homem meio assustado, pois que havia mais alguém ali dentro de sua toca, todos os seus segredos violados, sabido pelo coro de cachorros que uivavam na noite longa e perigosa. Seriam os mesmos, pensou Catarina, que perturbavam o sono agitado e febril de Philipp dormindo debaixo de um céu vazio de estrelas e de luzes, prenhe de ameaças e presságios, de inimigos que poderiam surgir de repente, de uma canhada, de um bosquete, de uma coxilha, armas na mão, diante daquele menino que se colava à terra e que não queria morrer.

As lágrimas de Catarina eram quentes e molhavam o rosto de Daniel Abrahão e ele ainda afagava os seus cabelos, pedia que ficasse quieta, sentia o sal dos seus olhos e dizia a Deus que aquele era o sal da vida.

2.

Philipp acordou sobressaltado. Juanito trocava as compressas de água fria sobre a sua testa alagada de suor. Estavam numa pequena peça do empório, a madrugada lá fora se anunciava pelas frestas da parede de madeira. O rapaz sentia os miolos soltos no oco da cabeça, uma contração aguda no estômago, as carnes doloridas. Perguntou ao índio se estavam na guerra. Sacudiu Juanito que não entendia as suas palavras, gritou, berrou. Isaías Noll entrou apressado, que está havendo por aqui? Afastou Juanito, passou a mão pela testa de Philipp: isto ainda é resultado da noite de ontem.
– E o Major Heise? – disse Philipp.
– Não sei, deve andar por aí, até agora não houve mais tiros, acho que esta maldita guerra terminou.

Philipp agarrou-se ao braço de Isaías, conseguiu ficar de pé, o quartinho rodopiando, um gosto azedo na língua saburrosa. Apoiou-se na parede, saiam todos, saiam, quero ficar só. Juanito e Isaías obedeceram. O rapaz caiu sentado na cama, as mãos pendentes entre os joelhos. Onde andariam os soldados? Heise não o abandonaria assim, não o enganaria como uma criança, havia prometido levá-lo com o batalhão; que fosse para lavar cavalo, dar forragem, levar recados, fazer fogo para os cozinheiros, limpar e arear os grandes panelões.

Só os galos cantavam, a cachorrada e os seus latidos haviam desaparecido. Isso era mau sinal, cachorro não costuma largar soldado, persegue os regimentos como as chinas e os ladrões de cadáveres. Isaías gritou de fora:
– Acho melhor dormir um pouco mais.

Ele não respondeu. Deitou-se devagar, recostou a cabeça no duro e úmido travesseiro de palha. Recusava-se a reconhecer que algo estava lhe faltando. E por que precisaria? Ficou de ouvido atento, distinguia ao longe a voz de Catarina dando instruções em casa. E se andava por ali dizendo coisas, mandando, cuidando da casa, por que não chegar até a porta do quartinho e perguntar, meu filho, quer tomar alguma coisa? Precisa de um remédio? Está com febre? Mas não era a voz da mãe, ela estava em São Leopoldo, dormindo ao lado dos irmãos menores, ouvido atento a qualquer chamado do pai. A voz apagada de Daniel Abrahão lendo a Bíblia, as palavras filtradas como a luz fraca do candeeiro, bruxuleando pelas frestas do soalho de pranchões de caviúna.

Isaías e Gebert emudeceram, Philipp fincou os cotovelos sobre a enxerga, cabeça erguida, ouvido atento. Engele deixou de sentir as dores nas mãos. Richter fez um sinal, era melhor pegarem as armas. Um grupo numeroso se aproximava a galope, o barulho das patas dos cavalos aumentava, na certa se avizinhavam do empório. Isaías esgueirou-se pelo quartinho de Philipp.

– Estão vindo para cá – disse quase num sussurro.
O rapaz acalmou-o, deve ser gente nossa. Os cavaleiros apearam, eles calcularam que fossem no mínimo cinco. Talvez oito. Bateram forte na porta com os cabos dos rebenques. Uma voz grossa e rude se fez ouvir:
– Abram em nome do governo revolucionário!
Um outro gritou: ei, gente de casa, abram que somos amigos. Richter olhou para Juanito que fez um sinal de assentimento. Encaminharam-se para a porta, Isaías tirou a tranca enquanto os outros empunhavam as suas armas. Toparam com um grupo de seis homens, à frente deles um sujeito de má catadura, melenas pretas escorrendo pelo pescoço sujo, sobre os ombros um pala sem cor.
– Sou José Inácio da Silva, me tratam por Juca Ourives. Alguém me conhece aqui?
Juanito disse que sim. O homem aproximou-se dele: esses gringos não falam língua de gente, índio filho de uma puta? Pois diz a eles que estamos recolhendo donativos para a causa revolucionária em nome do General Bento Gonçalves. Queremos fazendas, charque e mantas contra o frio. A revolução depois paga. Philipp entendeu que eles queriam levar coisas e viu nas mãos de Juca Ourives uns panos com as cores da revolução. Disse para Isaías, deixa levar e anota, que o Major Heise depois se encarrega de cobrar. Acrescentou: que deixem recibos das quantidades, peça por peça. Fez sinal para o índio, ele que mandasse os homens entrar. A malta avançou em direção das prateleiras, ávidos, tropeçando nos caixotes, cada um agarrando o que podia. Philipp disse a Isaías:
– Acho que não são revolucionários, devem ser ladrões, repara bem nesses homens.
– Reagimos?
Olharam em redor, viram dois deles de escopeta em punho, guardando os companheiros. Philipp disse não. Alguns dos companheiros podiam ser mortos por eles, não valia a pena, eles tinham como recuperar a mercadoria se fosse um assalto mesmo. Quase a seguir ouviram um novo tropel que se aproximava. Seriam outros ladrões? Juca Ourives suspendeu, por sua vez, o saque, e ficou de ouvido aguçado. Fez sinal para os companheiros irem até a porta, queria saber quem se aproximava. O primeiro a sair voltou, correndo:
– É um piquete do Onofre Pires!
Largaram tudo, estabanadamente, e correram para seus cavalos. Os animais, assustados, impediam que eles montassem. O piquete chegou, um tenente deu voz de prisão, os soldados apearam e trataram de caçar o bando. Juca Ourives gritava que eles pagariam caro, pois estavam recolhendo donativos para as forças da revolução, que iria dar queixas ao Presidente Marciano Ribeiro. Quando

já estavam todos presos e manietados, chegou Heise com mais dois ordenanças. Philipp correu para ele, contou em poucas palavras o que achava que estivesse ocorrendo. Heise dirigiu-se ao tenente, que perfilou-se em continência.

– Há dois dias andamos atrás desses safados. Juca Ourives era useiro e vezeiro em façanhas como aquela. De corredor de carreiras de cancha reta virara assaltante. Heise caminhou até o chefe do grupo. Disse a ele que um tipo assim devia ser logo passado pelas armas, sem julgamento, sem direito a nada, um ladrão vulgar. E, de mais a mais, estava desmoralizando a causa. Juca Ourives sorria velhaco, ar superior, alemão de merda, um dia te pego. Um soldado tratou de apertar ainda mais as cordas que prendiam as suas mãos às costas. Ele gritava: vim com as forças do General Gomes Jardim, quando ele souber disso vai mandar meter todos vocês na cadeia, *ustedes* vão ver. Cuspiu num dos soldados e recebeu bofetadas de mais dois. Outros caíram em cima dele, batiam com violência. O tenente foi obrigado a ordenar que parassem, gritou apoplético, até que os ânimos serenassem. Juca Ourives foi colocado no lombo do cavalo, os demais seguiriam a pé. O piquete rumou para os lados do cais. Heise disse, deviam meter esses desordeiros na *Presiganga*. Entrou no empório, seguido pelos demais. Sentou-se um pouco desanimado, olhou para Philipp com ar de quem queria dizer alguma coisa desagradável, o rapaz percebeu.

– Acho que o major não está muito contente, vê-se logo.

Heise permaneceu ainda alguns momentos sem dizer nada, passava as mãos no rosto crestado pelo sol e depois disse para eles:

– O novo governo não quer estrangeiro lutando ao lado deles, devemos voltar para São Leopoldo.

Philipp mostrou-se surpreso, mas então não querem estrangeiros na guerra, justamente nós que sempre os ajudamos? Mas aquilo era uma injustiça, alguém deveria falar com os chefes revolucionários. Heise sacudiu a cabeça negativamente. Eles mesmos decidiram, não há como fazê-los voltar atrás. Todos se entreolharam, Philipp parecia ser o mais abatido. Mas então, balbuciou ele, quer dizer que devemos voltar, cada um para a sua casa, trabalhar na lavoura, cortar madeira para os lombilhos, construir carroças e carretas, comprar e preparar o melhor charque e depois de tudo isso ainda entregar tudo aos militares em troca de pedacinhos de papel, os vales que nunca mais seriam cobrados e nem pagos e nem lembrados?

– Não volto, major – disse de repente Philipp.

Heise permaneceu impassível, como se não estivesse ali e nem ouvira nada. Esfregou as mãos nas pernas, levantou-se decidido, bateu forte nas costas do rapaz:

– Pois temos de voltar, lamento muito.
E diante de nova reação de Philipp disse: a caminho de São Leopoldo discutiremos o resto. Há muito tempo pela frente. E depois, não sou eu quem dá as ordens. Virou-se para os demais: come-se alguma coisa antes da viagem? Todos viram que ele também estava abatido, sentia-se traído, afinal agora os alemães eram alijados, voltavam à condição de estrangeiros e nenhum ainda havia esquecido os compromissos assinados pelo Major Schaeffer. Eram ou não eram cidadãos brasileiros? Comeram o que havia. Heise, Philipp e Juanito se despediram, iam partir com um troço de tropas para a colônia. Uma espécie assim de retirada, homens e cavalos de cabeça caída pelos caminhos e picadas conhecidos, a marcha lenta, desanimada, chegariam com o clarear do dia, quando os fogos começavam a ser acesos nas casas, as poucas estrelas diluindo-se com o alvorecer.

3.

Gründling gostava de assistir, do convés de um dos seus lanchões, o pôr-de-sol no Guaíba. Pedras Brancas, do outro lado, na margem oposta, ofuscada pelo derrame de luzes e de cores no céu de poucas nuvens, primeiro o amarelão lavado, depois o róseo, o vermelho, o violáceo, o roxo sombrio, quando o disco amortecido do sol afundava no horizonte. Ele olhava com desprezo para os negros carregadores no porto, animais que nem sequer levantavam os olhos para assistir àquela beleza toda, o dia que relutava em morrer, a noite abocanhando as sobras de claridade. Gründling, naquele momento, recordava um quadro qualquer que vira, tempos atrás, em Hamburgo, na rica mansão de um importador amigo. Era um pôr-de-sol menos rico, as cores leves, enchendo de sombrias tonalidades uma cena de guerra. Os exércitos de Napoleão, batidos e desordenados, os cavalos espantados, o chão coberto de cadáveres e, sobre tudo aquilo, um sol também vencido, agonizando com as tropas. Estava ele agora no tombadilho sujo do *Jorge Antônio*, cabeça confusa, Porto Alegre dominada pelos rebeldes, o governo legal homiziado em Rio Grande, os caminhos para São Leopoldo vigiados e quase todos os dias os imundos papeluchos das requisições.

Nos porões do barco os seus homens aguardavam que o sol terminasse de desaparecer. Tobz, Schilling, Zimmermann, Bayer. E os convidados, Gaspar Schirmer, um rapaz de vinte e poucos anos, cabelos louros escorridos, pouco falante, os olhos de míope, um blusão de couro malcurtido e calças largas de pano riscado. Conrado Jost, queimado pelo sol, conhecido por sua habilidade em fazer contas, grandes mãos de cabo de enxada. E ainda Gabriel Hatzenberger, de Hesse, magro e desconfiado, fumando um palheiro enquanto observava os demais com os seus olhinhos espremidos. Havia um forte cheiro de peixe podre naquele porão. A luz fraca de dois lampiões fumegantes enchia de sombras as paredes baixas e gordurosas. Zimmermann disse, Herr Gründling não demora, já está aí em cima. Ele já não via mais o disco arroxeado do sol. Olhava, mas não enxergava. Jorge Antônio com quase seis anos, Albino com três. Agora Frau Metz, a parteira Apolinária, tomando conta da casa e das crianças. De início ela não queria, tinha as suas obrigações, atendia as suas compatriotas de São Leopoldo, não tinha hora para dormir e nem para comer, mas aquela era a sua obrigação. João Jorge, filho de Catarina, nascera em suas mãos. E varava picadas por causa de um parto. A oferta de Gründling fora generosa, mas não poderia aceitar. Foi quando Catarina falou com ela, Frau Metz, aquelas pobres crianças estão abandonadas no casarão da Rua da Igreja, entregues às negras, sem ter um vivente com quem falar. E depois, a senhora já está com mais de sessenta anos, precisa descansar dessa vida de caixeiro-viajante, lombo de burro para todos os lados, quer faça sol, quer faça chuva. Uma casa com conforto, um bom dinheiro por mês, as mucamas para o serviço grosseiro. "Aceite, há outras parteiras aqui em São Leopoldo."

A velha Apolinária entrara desconfiada na grande casa, os candelabros, os quadros, o belo relógio parado, "a senhora, por favor – dissera Herr Gründling – não toque nesse relógio, não lhe dê corda, não lhe tire o pó, quero que ele fique sempre assim". As crianças arredias, a princípio, depois a confiança do sono tranqüilo, mesmo nas noites de tempestade, nas arruaças de guerra. De vez em quando, para não desaprender, um parto pelas vizinhanças.

Gründling agarrou-se ao rústico corrimão da escada a pique e foi ao encontro dos seus homens. Tobz ofereceu um banco, ele disse que preferia ficar de pé, sentia-se melhor caminhando de um lado para outro no pequeno e úmido porão.

– Por certo os senhores sabem o motivo desta reunião de hoje. Preciso tomar algumas decisões e conto com todos. Esses já são meus velhos companheiros – disse apontando Zimmermann, Tobz e Schilling – e os senhores eu já conhecia de nome e que são honestos, fiéis e trabalhadores, é coisa que nem se discute, tenho provas disso.

Prosseguiu falando sem olhar para nenhum deles em especial. Preciso reestruturar meus negócios, a guerra está na nossa porta, os tempos estão ficando cada vez mais difíceis e se a gente não pensar com a cabeça fria termina ficando na miséria. Não se trata de tomar partido, vejam lá, chamo a atenção para esse detalhe. Não é o caso de tomar partido, ganha-se mais ficando de fora. Quando se quer fazer negócio a política é má conselheira e péssima tesoureira. Não nos interessa saber quem está no governo, se ele está nas mãos de pretos ou de brancos, pois que diabo, é com ele que sempre está a razão.

– Não se bebe neste barco? – perguntou a Tobz.

O outro correu a desencavar duas garrafas de rum num caixote, descobriu canecas de barro, correu pressuroso para junto do patrão que agora sorria satisfeito, assim é que se faz, tudo deve ser previsto – disse batendo com a palma da mão nas costas do amigo. Sirva essa gente, é rum de primeira. Mas vamos aos negócios. Virou-se para Schirmer, o rapaz teve um leve sobressalto, tenho boas informações a seu respeito, é um moço ambicioso, sabe fazer negócios, me disseram que levanta com o sol e deita-se com ele. É de gente assim que eu gosto. Pergunto: aceita abrir o nosso empório no Portão?

O rapaz coçou o queixo, a ponta do nariz, alisou os cabelos corridos, disse em voz baixa e calma:

– Sabendo que tenho de enfrentar o velho Jacobus, a missão não é das mais fáceis – ficou alguns segundos calado, todos em expectativa. – Mas aceito e prometo tocar o barco para a frente, se assim o senhor entender.

– Negócio fechado. Amanhã mesmo pode seguir para São Leopoldo neste lanchão mesmo, e de lá segue para o Portão. Vai ter todo o meu apoio.

Olhou para Hatzenberger, quero este aqui para as compras nas picadas, eu sei, por informações seguras, que ele é capaz de andar uma semana inteira no lombo de uma mula, atravessa sangas e matos, sabe regatear, é duro nos preços e quando lhe convém compra na marra.

O outro chupou mais forte a fumaça do seu cigarro, não levantou os olhos para Gründling, dava a impressão de não ouvir nada. Depois falou, dando-se ares de que estava mais preocupado em refazer o seu palheiro do que propriamente com o assunto que agora lhe tocava de perto.

– Quero trinta por cento no lucro. Cinqüenta por cento nos casos especiais.

– E que você entende por casos especiais? – perguntou Gründling demonstrando leve irritação na voz.

– Aqueles que não pago em dinheiro, mas por trocas. Sabe, quando se troca dois carretéis de linha por um leitão bem cevado.

Gründling soltou uma gargalhada estrepitosa. É assim que se fala. Aí está um homem que precisa menos de três anos para ficar rico. Com a minha ajuda, pode estar certo, fica rico em dois anos ou menos. Mas dou vinte por cento e quarenta nos chamados casos especiais. Hatzenberger não demonstrou grande surpresa com a decisão de Gründling, mas percebeu que seria imprudente discutir uma coisa que acabava de ser dada como definitiva, era o jeito do dono daquele barco.

— Este — Gründling apontava agora para Conrado Jost — vai ser o meu homem aqui mesmo em Porto Alegre, junto com Bayer. Sei que ele faz o preço da batata bastando ver a cor do saco. Pois dou casa, salário e participação a combinar. Dos lucros do fim do ano ainda dou mais dez por cento. Acertado?

Jost assentiu, sério e calado, meio confuso com a rapidez da proposta, gostaria de pensar sobre o novo trabalho, fazer cálculos, por fim perguntou "quando começo a trabalhar?"

Gründling levantou a caneca quase batendo no teto. Exclamou "vamos beber pelo êxito dos nossos negócios". Todos o acompanharam, um pouco espantados pela maneira fácil com que ele engolia a bebida. Schilling perguntou se a reunião havia terminado, se podiam ir embora. Tobz ajudou o amigo, disse que não era por eles, mas o patrão devia estar cansado. Gründling balançou a cabeça, concordando. Podem ir, os acertos de dinheiro ficam para amanhã. Zimmermann e Schilling se encarregariam dessa parte.

Foram subindo a escada estreita, um por um, desaparecendo de encontro ao céu estrelado de uma noite quente.

Quando Gründling retornou ao convés, viu a silhueta da *Presiganga* e imaginou que muitos legalistas deviam estar nos seus porões imundos, aguardando o julgamento dos revolucionários. Chamou o marinheiro de vigia e disse a ele que fosse buscar, de manhã bem cedo, o salvo-conduto para seguir antes do meio-dia para São Leopoldo. O homem fez algumas curvaturas e ficou onde estava, pés plantados no chão, enquanto o patrão descia, levemente inseguro, o pranchão que ligava o barco ao velho trapiche carcomido. Ruminava satisfeito com suas próprias decisões, todos deviam saber, sempre legalista para os homens do Império e sempre revolucionário para a cambada de malfeitores que haviam se instalado no Palácio, sim, eles agora estariam lá, botas sujas de barro esfregadas nos grandes tapetes mandados vir da Europa, as grandes cusparadas jogadas ao léu, o mate amargo passando de mão em mão dos rudes cavaleiros.

4.

Catarina, de onde estava — tinha diante de si os cadernos pretos das contas do empório e da oficina —, via Philipp entregue de corpo inteiro ao trabalho, ele e Emanuel ajustando os raios de uma roda de carroça, ambos sem camisa, peles luzidias pelo suor que escorria e empapava parte das calças. Mais adiante, Daniel Abrahão empenhado na lavra de mais um serigote, os cabelos curtos hirsutos, as mãos hábeis, os lábios em contínuo movimento, como se falasse sem parar. O filho não dissera uma palavra sobre a guerra, nem por que voltara. Beijara a mãe e o pai, os irmãos menores, dera um abraço demorado e comovido no amigo Emanuel. Juanito, com aquele seu ombro caído, ensaiara uns passos de dança indígena, como a demonstrar incontida alegria, depois fora fazer uma faxina na toca de Daniel Abrahão, limpar os cantos da oficina, ficou um tempo enorme espiando a rua, o descampado em frente, o céu redondo e limpo, aspirando a plenos pulmões aquele ar que também era dele. Mais tarde, procurada pelo Major Oto Heise, Catarina ficou sabendo de tudo, os alemães que se recolhessem às suas casas, que aguardassem chamada. Enquanto isso, o que tinham a fazer era plantar, cuidar das roças, colher, criar os seus bichos e tratar dos filhos. Dissera a Heise: eu faço a guerra do meu jeito.

Em dado momento ela sentiu necessidade de ir para o lado do filho, afagar os seus cabelos, conversar um pouco sobre tudo, perguntar como se sentia, em que pensava. Mas o menino calava, com Emanuel trocava meia dúzia de palavras, em geral sobre assuntos do serviço. Qualquer coisa dentro dele não ia bem. Não sorria nem mesmo quando fazia o pequeno João Jorge, então com dois anos, cavalgar os seus joelhos. Não saía à noite, deitava-se cedo, ou pelo menos ia para a cama quase ao mesmo tempo que o pai submergia na sua toca.

Uma noite, Catarina acorreu assustada ao ouvir seus gritos e imprecações. Philipp se debatia entre os lençóis, banhado em suor, proferia coisas ininteligíveis, comandava Juanito. Acordou sentindo as mãos fortes da mãe que lhe seguravam os braços. Depois o afagou, meu filho deve estar tendo pesadelos, trata de dormir, vou buscar um pouco d'água. Então ele se situava na escuridão, aquela era a sua casa, o pai lá embaixo, os irmãos dormindo na peça ao lado, aquele chão era intocável, era dos Schneider. Bebeu a água fresca e disse para a mãe que podia ir dormir, estava bem, não era nada. Logo a seguir retornava à guerra que se resumia nas palmatoadas do Padre Pedro, as mãos sanguinolentas de Engele, o assalto de Juca Ourives, o bandido preso, manietado, ameaçando céus e terra; afinal, que teria a dizer sobre tudo isso o nosso bom amigo Major Oto Heise? O inimigo atacando e as tropas bivacadas, cavalos soltos no campo, a guerra reduzida às escaramuças de rua, o fortim do empório onde os homens empunhavam armas como se estivessem a temer os bugres, ou então os poucos tiros dos soldados bêbados, os homens do Cabo Rocha assassinando o Coronel Freire e seu filho; essa guerra era a guerra deles, não a sua, a guerra com a qual sempre sonhara, as que vinham reproduzidas nas gravuras vindas da Europa, homens e cavalos entreverados, os grandes canhões fumegando, tiros e pontaços de baioneta.

Naquela noite ouviu de sua mãe, voz sumida para não acordar as crianças e nem preocupar os outros, por que o meu filho não procura dormir se há tanto trabalho pela manhã? Como adivinhara que ele ainda estava acordado, e bem acordado?

No dia seguinte ela voltara aos seus cadernos de capa negra, havia neles, a lápis, círculos, traços e cruzes, a marca e não os nomes dos clientes, os riscos borrando os sinais, a indicar as contas pagas; na oficina os homens trabalhavam, era a faina de todos os dias, os meninos limpando o chão dos gravetos e aparas, distribuindo água, levando recados e encomendas. Juliana, barriga de cinco meses, a andar pelo descampado fronteiro à casa, cuidando das crianças, uma galinha choca com os seus pintinhos.

Uma noite, Catarina serviu à família um pernil assado no forno. Daniel Abrahão olhou guloso para a carne tostada, brilhante de gordura, estendeu os braços sobre a mesa e disse, devemos agradecer a Deus Nosso Senhor pelo alimento que nos concede, o pão nosso de cada dia, por todas as graças alcançadas, amém. Catarina não olhou para Philipp, disse:

— Tenho pena dos soldados, muitos deles chegam a passar dois e até mais dias sem comer nada, sem ter nada o que botar na boca. É bom agradecer a Deus quando se tem a mesa farta.

Os meninos foram dormir, Juliana sempre atenta, Emanuel espreguiçando-se e logo depois Philipp acompanhou o pai até o seu covil, ajudando-o a acender o lampião, sacudindo as cobertas, o senhor precisa deixar essas cobertas pelo menos um dia inteiro ao sol, aqui dentro há muita umidade, pode juntar escorpião. Daniel Abrahão parecia não ouvir, abriu a Bíblia, escuta aqui, estas são as palavras divinas, ai daqueles que têm ouvidos e não ouvem, que têm boca e não falam, que têm olhos e não vêem. Philipp saiu sem ruído, fechou a portinhola abafando lá dentro as palavras arrastadas do pai, ouviu o ressonar entrecortado da mãe, o vento a silvar pelas frestas, era chuva que estava por chegar.

Acordou em sobressalto, podia jurar que ouvia a voz autoritária e inconfundível de Heise. Era como se estivesse há um século a esperar por aquela voz, por aquele momento, jogou para longe as cobertas, sentou-se quieto, respiração suspensa. O major falava com Catarina na porta da rua. Philipp ouviu o barulho de cascos de mais de um cavalo, levantou-se rápido, não estava sonhando, enfiou as calças e as botinas, passou as mãos pelo cabelo revolto e foi ao encontro das vozes. Percebeu, num relance, o rosto preocupado da mãe, viu o ar tresnoitado de Heise.

– Vim te buscar, vais comigo – notou mais atrás a cara de Juanito. – A tua sombra pode ir também.

– Seja o que Deus quiser, major – disse Catarina.

Heise virou-se para o rapaz, vamos nos engajar às forças de Lima e Silva, ele acaba de dispersar um grupo de legalistas no Faxinal, em Porto Alegre vamos engrossar a divisão que segue para Rio Grande, precisamos desalojar o Presidente Araújo Ribeiro. Esclareceu: o ex-presidente.

Emanuel ajudou o amigo a encilhar o cavalo, encheu um embornal com comida que Catarina amealhou de uma assentada, Daniel Abrahão saíra do abrigo, espiava em redor sem compreender bem o que se passava, o filho disse que seguia o major para a guerra, novamente. O pai estendeu a mão, num gesto típico, leva a minha bênção e que Deus te acompanhe. Heise perguntou a Catarina, a senhora está muito preocupada? Ela respondeu: não estou, o senhor pode acreditar, algo aqui dentro de mim diz que nada de mal acontecerá ao meu filho.

5.

Os soldados alemães cavalgavam juntos, a tropa seguia lentamente, a cavalhada não agüentaria marcha batida. Philipp buscava no horizonte algum sinal do inimigo, perguntava aos companheiros quando afinal entrariam em combate. Goeske e Kondörf, o sargento Ohlmann e o ligação Albrecht comentavam entre eles a ansiedade do menino, ainda bem que ele nem sonhava com o que pudesse ser um combate de lança, corpo a corpo, cavalos e homens mordendo a poeira do chão. Ohlmann disse a Philipp que estavam indo ao encontro da gente do Onofre Pires que cercava Rio Grande, talvez estivessem àquela hora nos arredores de São José do Norte.

Vozes de comando, repetidas como um eco, ordenaram alto. Todos viram dois cavaleiros que se aproximavam da cabeça da coluna, a trote largo. Os homens se encontraram com os oficiais e falavam muito, gesticulavam apontando para o norte, abriam os braços, finalmente apearam para uma reunião com o alto-comando. Foi transmitida ordem de apear por alguns momentos. Philipp perguntou a Ohlmann:

– Será que eles encontraram o inimigo?

– Pelo sim, pelo não, o melhor é ir preparando as armas.

Albrecht havia seguido o Major Heise e estava lá na frente. Ao voltar viu-se cercado pelos companheiros alemães, formaram um círculo em torno dele, ele pedia que pelo menos lhe deixassem um pouco de ar para respirar.

Calma, por amor de Deus. Deu as notícias: Juca Ourives havia se juntado às forças do Capitão Pinto Bandeira e agora eles marchavam juntos para São José do Norte a fim de auxiliar a defesa da vila, temendo a aproximação de Onofre Pires. Philipp perguntou a Goeske:

– Este Juca Ourives não é aquele mesmo que foi preso no nosso empório do Caminho Novo?

– Deve ser o mesmo, tenho lembrança do nome dele.

Depois acrescentou: e sabe que no Passo da Areia, perto de Porto Alegre, ele foi preso quando deflorava uma menina de família? Onofre Pires resolveu, depois de ter o bandido preso, de ordenar que ele fosse solto, achando que com o tempo o homem acabava por tomar jeito. Pois outras menininhas perderam o que tinham de mais precioso e aí está ele de chefete, importante e com galão no ombro.

Heise reuniu os alemães, explicou que seguiriam juntos para São José do Norte enquanto metade das forças ia direto para Rio Grande. Montaram apressados, o coração de Philipp disparando, Juanito colado a ele, olhinhos brilhantes, lança firme entre os dedos crispados, postura de antigo guerreiro. Eram, ao todo, cem homens. Logo depois, quando se juntaram aos soldados de Onofre, subiam para trezentos e cinqüenta. Philipp ficou assombrado quando viu o comandante, homem de quase dois metros de altura, cabeça bem plantada entre os ombros, voz tonitruante. Disse para Kondörf que montava a seu lado, perna a perna, é um gigante esse tal de Onofre Pires. O outro confirmou, nunca vi um general assim tão grande. Mais à frente, Heise permaneceu algum tempo ouvindo as instruções do comando, depois veio reunir-se aos seus homens para transmitir as ordens e cumprir o papel que cabia aos alemães naquela manobra tática para desbaratar as tropas de Juca Ourives e do Capitão Francisco Pinto Bandeira. Mais adiante havia um encordoado de coxilhas, Heise apontou a espada para uma delas, a mais proeminente, deu de rédeas seguido pelo magote daqueles soldados que se destacavam dos outros pelos louros cabelos e pelas roupas de lavradores.

Para Philipp aquela era uma cavalgada rumo ao fogo, uma disparada para a morte. Era assim, então, uma batalha. O cenário todo parecia pintado numa tela. Quando estacaram, ninguém desmontou, ficavam cobertos pela elevação do terreno, enquanto piquetes menores faziam evoluções no alto, a descoberto, lanças na vertical, presas aos estribos, bandeirolas frenéticas, tocadas pelo vento, as crinas e os rabos dos cavalos nervosos.

Heise disse: o inimigo assim pensa que somos poucos, a um toque de corneta devemos voltar esta coxilha e atacar pela esquerda. Mas só façam isso

quando eu der o exemplo. Circulava entre os seus homens, enfia mais o pé no estribo, não é assim que se agarra uma lança, encurta as rédeas, puxa o bridão, só gritem depois de começada a carga. O cavalo de Juanito fazia evoluções, orelhas erguidas como a farejar qualquer coisa no ar, o índio não sabia se ficava à direita ou à esquerda do rapaz, preferiu a direita, assim ele poderia manobrar melhor com a lança. Viram, no alto, os homens concentrados, logo a seguir entravam em linha, as lanças foram abaixadas, presas sob os sovacos, e foi quando os alemães começaram a ouvir um tropel distante, depois mais nítido, era o inimigo que se aproximava em disparada, aos gritos de guerra que fizeram um tremor percorrer a espinha de Philipp e deixaram lívidos os seus companheiros. Quantos seriam eles? Mil homens? Os corneteiros, a um sinal, ergueram os seus instrumentos, os magotes que haviam ficado escondidos nas baixadas iniciaram as suas evoluções rápidas. Heise partiu com seus homens pela esquerda e em breve todos eles puderam ver os magotes desordenados que investiam contra eles. Ao iniciar a corrida Philipp gritou para os companheiros mais próximos:
— Mas é só isso, gente?
— Firme na lança, rapaz, que é o Juca Ourives.
Philipp jamais em toda a sua vida iria esquecer o fragor do entrechoque de lanças e espadas, os gritos dos homens e os relinchos dos cavalos, o inimigo prontamente desmantelado, cercado, a tentar desesperadamente abrir uma brecha qualquer por onde pudesse romper o cerco muito bem planejado. Viu arrepiado uma lança penetrar no peito de um soldado e sair pelas costas, em meio a golfadas de sangue, o soldado a vomitar, olhos esgazeados. Juca Ourives, dominando o cavalo e a espada, conseguiu por fim romper o cerco e iniciar uma fuga desabalada, seguido de perto por vinte e poucos homens. Heise, em plena carga, percebendo a manobra, mudou de direção e saiu em perseguição dos fugitivos. Quando sentiu que não os alcançaria — eles tinham cavalos melhores — fez sinal de alto, o remédio era retornarem. Philipp protestou: pelo amor de Deus, major, vai deixar aquele bandido fugir?
— Rapaz — gritou Heise vermelho —, aprenda que aqui só quem dá ordens sou eu. Retornar!
À noite, caras alumiadas pelas fogueiras, o cheiro forte do assado enchendo de água a boca da soldadesca, os alemães pareciam frustrados. Haviam visto o inimigo de longe, a manobra do comando fora perfeita. O ligação Albrecht descrevia os resultados do combate, fora uma vitória estrondosa, Pinto Bandeira encontrado morto, trespassado por uma lança. Muito material havia sido apreendido, farta munição, e apontava para um grande reduto onde se viam os

prisioneiros amontoados, muitos deles pedindo para aderir, outros choravam, tinham muitos filhos em casa, temiam ser fuzilados.

Heise caminhava de um lado para outro, falava com cada um dos seus homens, perguntou a Philipp como estava, como se sentia depois daquele seu primeiro combate. O rapaz disse que nem fora um combate, tudo correra tão fácil, o inimigo havia passado por longe.

– Pois é assim que eles não nos podem fazer mal – disse o major. Ohlmann perguntou, que dia é hoje? Kondörf respondeu, 22 de abril, anote aí no seu diário para contar aos netos. Depois foram ver os prisioneiros, quase todos eles espalhados pelo chão molhado, alguns em fila, os guardas em redor, olhos e ouvidos atentos. Ohlmann perguntou ao major:

– Aqueles dois ali são graduados?

– São. Esse tal de Juca Ourives, um celerado, comandando dois oficiais de linha, dois coronéis. Parece mentira!

– Coronéis?

– Pois não está vendo? Antônio e Jacinto Pinto de Araújo Correia. Dois irmãos, ainda por cima.

Ohlmann fez o sinal-da-cruz, pelo amor de Deus, por Nossa Senhora dos Prisioneiros. Vejam só, dois oficiais do Império mandados por aquele bandido sem entranhas, um assaltante de beira de estrada.

Philipp descansava a cabeça sobre o lombilho protegido pelo grosso pelego, olhava para cima e não via uma estrela sequer, só as nuvens baixas que corriam, notou bem, elas corriam em direção de São Leopoldo, levariam até lá o cheiro daquela sua primeira batalha. As pálpebras pesavam, lutava contra o sono, a lança entrava pelo peito e saía sempre nas costas e o sangue nunca era tão vermelho. Juanito deixou que Philipp dormisse, ajeitou a manta sobre os seus pés descalços e tratou de enrodilhar-se, como fazem os gatos, para passar aquela noite ventosa, sentidos alertas na guarda do rapazinho que estava sob a sua responsabilidade. Mas o sono não chegava. O ar salitrado que vinha de um mar não muito longínquo transportou o índio de ombro torto para uma vaga estância do litoral, era por certo Medanos-Chico, uma indiazinha tímida e frágil, os borregos fugindo dos caracarás, as cavalgadas noturnas, chuva batendo nos olhos, a grande figueira de galhos tortos, o poço vigiado noite e dia, as lancinantes coronhadas dos castelhanos.

Quando finalmente sentiu que ia dormir, o dia chegou e com ele o movimento de homens e cavalos.

III

1.

Daniel Abrahão e Emanuel ajustavam o toldo da carroça de Catarina. As largas correias presas aos barrotes laterais, grandes remendos no pano descorado, ela trazendo de dentro de casa as cestas com mantimentos, cobertores, corotes com água do poço, duas espingardas, as caixas de munição. Disse para o marido que lançava olhares desconfiados às armas, Deus olha pelos seus filhos, mas nós precisamos ajudá-lo um pouco. As crianças espiavam pela única janela entreaberta, Mateus sentado na soleira da porta, coçando as pernas mordidas de mosquito. Estava tudo pronto. O dia mal amanhecia, Catarina ainda ficou alguns momentos pensativa, não queria esquecer nada. Mandou Emanuel trazer a bolsa de dinheiro, que a colocasse no pequeno fundo falso inventado pelo marido, uma tábua corrediça que só podia ser aberta por baixo. Passou as mãos pela barriga, pensou, meu filho já deve estar com quase três meses. Se for homem se chamará Daniel Abrahão, como o pai. Se for mulher, bem, se for mulher, veremos.

    Abraçou o marido, entrou para beijar João Jorge que dormia. Beijou Carlota, que fosse boazinha, que ajudasse a cuidar dos irmãos pequenos, que olhasse para o pai e para a casa. Por último ergueu Mateus da soleira: dá um abraço na mamãe, prometo que na volta trago coisas boas para todos. Subiu para a boléia auxiliada por Emanuel que, de um só pulo, subiu e abancou-se a seu lado. Daniel Abrahão parecia triste, apenas ergueu o braço quando a carroça arrancou, cavalos estugados pelo chicote raivoso de Catarina, e aos poucos desapareceu na poeira.

    Na Feitoria Velha os abraços e a alegria dos encontros, a casinha dos Weimann, os galpões sempre bem sortidos dos Pettersen, João Satter e sua mulher Doroteia, os Lang com aqueles seus imensos porcos passando por dentro de casa e varando a sombra dos telheiros, os Bohrer que tinham um filho nas tropas legalistas do Dr. Hillebrand; Luís e Isabel Rau, com aquele pobre filho deles, feito animal, sem falar, grunhindo, arrastando-se pela terra batida, entre cães e galinhas; os Herrmann e seu grande forno a lenha de onde saía um pão delicioso, sempre que Catarina trocava farinha de trigo por galinhas e milho. Ela nunca sabia se era de perguntar pela criança, o animalzinho roçando pelos seus pés, o ranho escorrendo boca abaixo, a mãe gritando "menino sai daí", então Catarina disse, acho que a medicina pode fazer alguma coisa pelo menino, mas até os médicos estão na guerra, acho que com o tempo e muita fé em Deus ele um dia melhora, quem sabe até ainda venha a ajudar a família na roça, casar, que sei eu, a gente pode esperar até mesmo um milagre. A mãe ouviu tudo indiferente, depois disse, a senhora acredita em Deus, nós também, quem não acredita? Mas esse menino nasceu maldito, é obra de satanás ou de praga, há gente para tudo, a senhora fique tranqüila, a gente já está acostumada e ele nem sabe que está vivo, gosta mais dos cachorros do que das pessoas. Catarina lembrou-se de João Jorge, sentiu um vácuo no estômago, saiu de perto da criança, passou para debaixo de uma coberta de palha, começou a falar de negócios, depois de guerra, finalmente sentiu que não tinha mais nada a dizer.

Dormiram os dois, naquela noite, na casa dos Pettersen e dos seus sete filhos, três meninas mais velhas que ajudavam a mãe na cozinha, que depois ajeitaram as enxergas de Catarina e levaram palha ainda fresca para a cama de Emanuel, sob o telheiro do forno ainda em construção; e só foram dormir depois de feitos os negócios.

Ficaram, assim, uma semana fora de casa. Bom Jardim, Linha-48, São Miguel, Linha Dois Irmãos, Linha Herval. Era um sábado, chovia sem parar, as rodas da carroça abarrotada cavavam sulcos no caminho tortuoso das picadas, vadeando riachos e córregos, Catarina abrigada sob o toldo, Emanuel fustigando os cavalos, a imaginar se um dos eixos estivesse cavado por cupins ou se um dos varais estivesse trincado. A carroça rangia e vergava, os cavalos perdiam as forças, venciam os atoleiros aos arrancos, o toldo velho deixava passar água em quantidade. Emanuel disse, esta semana mesmo vou dar um jeito num toldo novo, nem tão pobre se anda, nem tão rico se precisa ser. Catarina sonolenta, indiferente, parecia não ouvir; a lembrança esvoaçando em torno de Philipp, que estaria ele fazendo naquele momento, em que coisas pensava ele quando errava por ermos e matos, a mão fechada na empunhadura da lança, talvez estivesse com os ossos molhados por aquela mesma chuva, a roupa empapada, o inimigo a rondar, a morte como um nevoeiro, como o vapor que emanava dos pêlos dos cavalos. Embrenhava-se, confusa, no tempo, atrás do grande mar que também fazia gemer o madeirame do navio, os bosques, os prados e as casas mortas que havia deixado lá, onde a guerra existia, onde os inimigos se enfrentavam e corriam das suas terras aqueles que plantavam e que colhiam, que cozinhavam os grandes pães dourados, que espreitavam as grandes batatas frigindo nas brasas, a manteiga derretida escorrendo para fora das vasilhas, como o sangue de um ferido.

Foi chamada à realidade pela voz de Emanuel que sobressaía do ruído forte da chuva que mais parecia um dilúvio, o céu escuro, fechado, trovoadas que sacudiam as folhas dos galhos e espantavam os animais.

– Vem um pedaço de tropa aí na frente, Frau Catarina, não consigo enxergar direito.

– De que lado é essa gente?

Eram mais de vinte homens, à frente deles um mais imponente que parecia ser o chefe, chapéu de abas largas, grande lenço amarrado no pescoço, a capa escorrendo água, uma longa espada pendente do lado esquerdo. O homem aproximou-se, fez um sinal de alto, perguntou a Emanuel de onde vinham, de quem era a carroça, para onde estavam indo. O rapaz não entendeu a pergunta, Catarina abandonou a proteção do toldo, sentiu os pingos fortes embaciando o seu olhar, afinal quem eram eles, o que queriam? O homem virou-se para os companheiros que se amontoavam atrás dele:

– Não adianta, são alemães, não entendem uma palavra do que a gente diz. Deve ser gente destas picadas, uns pobres-diabos. Vamos.

Deu o exemplo, esporeou o cavalo, passou pela carroça, os outros seguiram a trote, lançando olhares curiosos para a carga, o que levariam aqueles dois debaixo do toldo remendado? Emanuel deixou que eles desaparecessem no caminho, fustigou os cavalos de mansinho, os animais quase não tinham força para arrancar as rodas do barral, as ventas espirrando fumaça, as correias estalando.

Noite chegando, Catarina disse a Emanuel que o melhor seria pernoitarem na casa dos Herrmann, não valia a pena prosseguirem viagem, nem os cavalos agüentariam.

Guilherme Herrmann entreabriu a porta, levantou bem alto o lampião bruxuleante, perguntou quem eram. Ouviu a voz de Catarina. Gritou para a mulher que já estava deitada, corre aqui, Gertrudes, é Frau Schneider que está voltando. Emanuel ajudou Catarina a descer e a entrar, desatrelou os cavalos e disse para o dono da casa que aqueles animais não chegariam a São Leopoldo. Herrmann abriu os braços, ele não tinha um cavalo sequer, mas seu vizinho Decker tinha um par de mulas de primeira qualidade. Emanuel franziu a testa:

– Mulas? Será que a gente atrela esses bichos na carroça? Herrmann riu solto, ora meu filho, deixa isso por nossa conta, as mulas obedecem Decker como dois cachorrinhos. E depois é só saber usar as rédeas e o chicote.

Catarina aceitou um cobertor de algodão que a dona da casa trouxera, despiu as roupas encharcadas, olhou o pequeno quartinho com a cama humilde desfeita e pediu desculpas. Depois comeram um pouco de comida que sobrara da ceia, nacos de uma grossa e gordurosa lingüiça, nacos de pão dormido. Deu notícias de todos com quem estivera naqueles dias, falou dos soldados que havia encontrado no caminho, afinal quando esperavam que aquela chuva parasse? Herrmann disse que a chuva sempre era bem recebida, o diabo é que, às vezes, caía água demais. Depois fez um rodeio, se Frau Schneider não levasse a mal, queria um favor seu, coisa pequena, ela era muito respeitada em São Leopoldo, conhecia gente importante, era amiga do Dr. Hillebrand. Catarina perguntou, de que se tratava? Sabe, ele disse, há mais de seis meses mandei buscar meu irmão com a família, até agora não recebi notícia nenhuma, os homens do governo não me dizem nada e ainda mais agora que andam em guerra, não sei bem a causa.

Catarina cabeceava de sono, tinha os ossos moídos, os pés gelados. Engoliu um pedaço de lingüiça, passou a manga úmida da blusa na boca engraxada.

– Fique descansado. Assim que eu puder, falo com o inspetor de imigração.

Sabia que não estava chegando ninguém mais da Alemanha, mas não valia a pena falar nisso naquele momento para Herrmann e a mulher, eles perderiam o sono, ficariam tristes, não adiantava nada. Era melhor que fossem dormir com a esperança no coração, ainda mais eles, enterrados vivos naquela encosta de serra, a pele das caras, braços e mãos crestada como a dos animais, curvados o dia inteiro sobre a terra inçada, pois a querer chamar irmãos e parentes que haviam ficado do outro lado do mar. Pensou, aqui é noite, lá ainda será dia. Ou seria o contrário, ou mesmo aquela noite se estendia pelo mundo inteiro. Noite, cama, sono. Cabeceou algumas vezes. Gertrudes disse, a pobre da Catarina morrendo de sono e a gente aqui a conversar. Vamos, deite-se, sua cama está pronta, é esta aqui, desculpe mas não temos outro lugar senão aqui na cozinha mesmo. Está mais quente, é o que vale.

No dia seguinte Catarina não se lembrava de muita coisa do que haviam conversado na véspera. Herrmann falara num irmão que ficara na Alemanha. Teria morrido o irmão? Não quis perguntar nada. Um dia, quando Herrmann fosse a São Leopoldo, perguntaria a ele o caso do irmão. Ficou um bocado de tempo assistindo à habilidade de Decker, ajudado por Herrmann, no trabalho

de atrelar as mulas, dois animais ariscos e teimosos, ancas roliças, pernas fortes, musculosas.
– Quer vender as mulas, Herr Decker?
– Não, Frau Schneider, a senhora desculpe, mas elas fazem parte da família. Não há dinheiro que pague essas duas teimosas.
Chegaram a São Leopoldo sob um céu de nuvens varridas, sol escamoteado, manhã alta, calor se anunciando. Ela viu logo a família na frente da casa, o marido no portão da oficina, as crianças agrupadas e, mais nítido do que todos eles, em destaque na paisagem cinzenta – Catarina seria capaz de jurar – pensou ver o soldado Klumpp Schneider, o seu menino Philipp, o cabelo assoprado pelo vento brando da manhã ainda molhada. A figura começou a perder força, embaciada pelo seu olhar triste. Disse para Emanuel que procurava sofrenar as duas mulas indóceis:
– Philipp deve estar bem. – Depois de um breve silêncio, a carroça já parada. – Não sei por quê, mas tenho certeza, ele está bem.

2.

Albrecht perguntou a Philipp se ele estava com frio. Goeske afirmou que a temperatura andava pela casa dos três ou quatro graus, talvez menos. Philipp tinha as mãos quase insensíveis, os pés lhe pareciam enfiados em duas pedras de gelo. Mas respondeu: tanto quanto o resto da tropa, ou eu sou diferente deles? É melhor deixarem disso. Kondörf disse que se a noite não estivesse tão escura, nem o inimigo pudesse andar pelas cercanias, o Comandante Lima e Silva teria autorizado a que fizessem fogo. Um braseiro, por pequeno que fosse, teria o seu valor, nele acenderiam os cigarros, esquentariam mãos e pés.

Seriam o quê? duas horas da madrugada? O certo é que quando o Major Oto Heise começou a ordenar que se preparassem para prosseguir a marcha, os soldados recém haviam adormecido, a despeito do frio e do chão molhado. Mas cada um sabia exatamente onde estava o seu cavalo e todos iniciaram a difícil tarefa de encilhar os animais assustados, no escuro, às apalpadelas, Ohlmann a recomendar "cuidado com os coices", Goeske e Philipp se ajudando, cuidado, puxa o teu cavalo para lá, pega a sincha por aí. Uma voz disse, vão trotando porque ninguém sabe o que vamos ter pela frente. Um outro replicou: quero só ver se o comandante mandar atravessar o São Gonçalo com essa correnteza. Sabem nadar? O pequeno soldado João Satter, que se destacava dos outros por uma mancha escura e peluda que tinha na metade do rosto, disse para o companheiro do lado:

— Inimigo por aqui só se for da marinha. Será que vamos atacar os barcos? Ohlmann ordenou que ele calasse a boca, se tivessem de brigar dentro d'água, brigariam. Ou queres voltar para o colo da tua mãe lá em São Leopoldo? Philipp lembrou-se de imediato de Catarina, o seu olhar triste, suas poucas palavras, como se para ela fosse indiferente um filho seu estar na guerra, morrer longe de casa, mas no fundo deixando entrever as suas mágoas, toda a dor que escondia dos demais, a deixar a vida correr como ela era.

— Goeske — esperou que o outro contestasse. — Aquela gente toda de São Leopoldo deve estar, a essas horas, dormindo a sono solto.

Heise já estava montado, ordenou que os homens fizessem o mesmo. Estavam todos presentes? O sargento respondeu que sim, já fizera uma revista.

O major esperou que todos montassem, pediu silêncio, falava agora em voz baixa, quero que saibam que vamos seguir pelas margens do rio, há duas canhoneiras e um pequeno vapor de guerra fundeados muito perto daqui, vamos atacar de surpresa. Ouviu uma voz em sussurro "não disse que era guerra de marinheiro?" Quem falou aí? Silêncio. Quero mais atenção, escutem o que estou dizendo. Nossa gente vai marchar na retaguarda, só agiremos se o inimigo for obrigado a fugir por terra, antes disso só os esquadrões de fogo.

Os cavalos chapinhavam na água, Philipp se perguntou se aquilo que tinham debaixo dos pés já era o rio São Gonçalo, o dia estava ainda longe de ser pressentido e a noite parecia ser a mais negra e a mais longa de todo aquele inverno. Goeske suspirou, se a gente pudesse, pelo menos, fumar um palheiro, comer alguma coisa quente. Kondörf brincou, vou pedir ao major para que nos mande servir um bom chouriço frito e meio pão de centeio para cada um. Mas onde diabo se meteram essas tais de canhoneiras? Um outro disse: vai ver estão é bem atracadas no porto de Rio Grande, que é lugar mais abrigado.

— Silêncio! — gritou o major com voz irritada.

Depois esporeou o animal, encaminhou-se para a cabeça da tropa, ficou por lá ainda algum tempo, a marcha se desenvolvia com lentidão, por fim retornou, deu ordens para que o seguissem, foi quando sentiram que os cavalos pisavam um terreno mais seco e duro, não afundavam as patas na lama. Era um terreno de aclive, possivelmente uma coxilha, vislumbravam a barra do dia na linha do horizonte, uma tênue claridade difusa. Penetraram num ralo caponete de árvores mirradas, Kondörf disse: isto aqui dá para esconder um tocador de corneta, nunca uma tropa.

Começou, de repente, a fuzilaria de terra, a claridade permitia enxergar os barcos fundeados à margem, os gritos de surpresa, a correria dos marinheiros, alguns deles caindo na água depois de atingidos por tiros.

– Boa manobra – disse Ohlmann.
– Nunca vi disso em toda a minha vida – gritou o Quartel-Mestre Guilherme Kallmeyer.

Era um homem de quarenta e poucos anos de idade, famoso por sua força física e pela grande cicatriz que ia da testa à nuca, ninguém sabia se era de guerra ou de briga, ele jamais falara do talho e nunca soldado algum teria tido a coragem de perguntar.

Philipp sentiu a perna de Juanito colada à sua, os rapazes todos como que hipnotizados pelo tiroteio a pouca distância, então eles viram o clarão terrível das bocas de fogo de bordo, então as coisas poderiam mudar, os estilhaços derrubavam homens e cavalos, abriam buracos negros no campo pisoteado.

– Eles têm canhões! – exclamou Goeske.

O dia clareava, a cena já podia ser vista inteira, as águas escuras e rápidas do rio começavam a carregar com os barcos que haviam levantado âncoras, os canhões cuspindo fogo sobre as tropas de terra, os primeiros soldados entrando rio adentro, afogando-se, ordens gritadas de todos os lados. Heise viu quando um piquete de cavalaria, armado de lanças, investia contra os navios como a querer praticar uma abordagem, o fogo dos seus canhões sem alvo certo, voltados agora os marinheiros para soltar o velame. Heise levantou o braço, revoluteou a espada, deu o sinal de ataque.

Os lanceiros partiram céleres para o campo de luta, cavalos entrando no rio de margens fundas, os homens sentindo a água pela cintura, Juanito agarrado a uma das rédeas do cavalo de Philipp que resfolegava e dava manotaços, tentando voltar. Ele viu que não chegariam perto dos barcos que se iam, rio abaixo, ao sabor da correnteza, auxiliados já pelas velas enfunadas pelo vento frio. Ouviram a voz de Heise ordenando que voltassem, viram quando ele dava o exemplo, numa luta arraigada contra a correnteza, cavalos e homens rodopiando, cada vez mais distanciados. Philipp e Juanito, juntos, haviam soltado as lanças, cravavam as esporas nos animais que, aos arrancos, buscavam as margens. Já pisavam o barro das margens quando Juanito viu o soldado Satter cair dos arreios, mergulhando no escuro das águas. Foi em seu socorro, pegou-o pelas botas, depois pelos cabelos, puxou-o até as margens onde já estavam os companheiros para ajudar. Satter começou a vomitar, olhos esgazeados. Foi quando estilhaços de bala de canhão varreram a pequena elevação do terreno, Ohlmann levou as mãos à barriga, olhou rindo para Kondörf, eles me pegaram, os filhos de uma puta. Depois levantou as mãos, exibindo-as a escorrer sangue, parte dos intestinos à mostra. Caiu devagar, de joelhos. Ainda tentou levantar-se, rodopiou sobre si mesmo, ficou estendido na lama. Philipp e Juanito chegaram assustados, o rapaz levantou a cabeça do companheiro, colocou o braço de amparo, não sabia o que fazer, o sangue cheirava forte. Albrecht abriu caminho entre os outros, aproximou-se nervoso.

– Soltem o coitado, está morto.

Philipp ficou ainda por breves instantes segurando a cabeça do sargento. Albrecht teria razão? Um homem não morre assim tão depressa. Tem certeza, Albrecht? Que é isso, menino, larga o cadáver e pega o teu cavalo, não demora muito e estoura outro canhonaço aqui e não fica ninguém para contar a história. O rapaz parecia não acreditar, o sargento mantinha os olhos abertos, mas olhava para um ponto fixo, ele teve vontade de sacudir o ferido, chamar por seu nome, virou-se para os que ainda estavam por ali, será que não tem um médico aí, alguém que possa olhar por ele? Um soldado disse, monta logo, agora é serviço de padre. Então Philipp achou que a morte era assim mesmo, depositou com cuidado a cabeça do sargento no chão, desviou os olhos das vísceras e do sangue que ainda escorria abundante.

O fogo cessara. As duas canhoneiras e o pequeno vapor já se encontravam fora do alcance das armas de Lima e Silva. De bordo não partia nenhum tiro, pareciam descer o rio à deriva, mas logo depois tomavam rumo e sumiam em ordem. As tropas de terra se refaziam, sargentos e cabos corriam de um lado para outro, agrupavam os homens, tentavam estabelecer a ordem desfeita pela investida rio adentro, muitos cavalos ainda tentando chegar às margens, homens nadando, parte da cavalhada esparramada pelos campos. Um pouco afastado do rio um agrupamento maior, os soldados se encaminhavam para lá, os alemães viram Heise no grupo, correram para ele. O major falou com um tenente:

– Algum oficial ferido?

– O próprio Comandante Lima e Silva. O oficial estava estendido na grama molhada, suas dragonas caídas e no rosto, do lado esquerdo, um profundo ferimento de metralha. Um outro oficial tinha o pedaço de bala na mão. Disse para um outro: pesa mais de uma onça. O médico ordenou que se afastassem, pediu ajuda para transportar o comandante para um lugar mais seco, estenderam capas no chão, armaram uma pequena barraca, trouxeram caixas com medicamentos.

Ordem de acampar, reunir a cavalhada, desencilhar, a cozinha ia preparar comida para todos.

Philipp sentou-se num pedaço de tronco, Juanito veio para seu lado, acocorou-se, o rapaz disse, logo o sargento Ohlmann, por que havia de logo ele ser o atingido, os barcos até haviam parado de atirar, quem terá a coragem de

dar a notícia para a sua mulher? Juanito olhava para ele, sem entender. Goeske aproximou-se:
— Foi duro, eu sei, ver o pobre do sargento morrer daquele jeito. Mas que diabo, na guerra é assim.
Philipp ficou algum tempo olhando para ele, depois perguntou:
— Será que o comandante se salva?
— Acho que sim — disse virando-se para Satter que estava deitado do lado deles, pálido, esverdeado — agora já não posso dizer o mesmo deste aqui, depois de beber tanta água um homem termina morrendo de barriga estourada.
Philipp chegou mais para perto do rapaz, por um pouco mais, se não fosse Juanito, estavas no fundo do rio.
Os outros riram, um deles disse: e se comer um pedaço de carne assada, agora, ela vai ficar toda molhada. Satter fechou os olhos, passou a mão pelo peito e vomitou um pouco mais, um líquido escuro e fétido.

3.

Gründling havia muito que não reunia seus amigos na casa da Rua da Igreja. Nessas ocasiões era quando mais se recordava de Sofia, da sua presença suave e tranqüila, sua discreta postura numa das poltronas da sala, retirando-se quando notava que alguns dos amigos de seu marido começavam a beber em demasia, ou quando o próprio Gründling se embebedava. Sempre que Zimmermann, ou mesmo qualquer um dos outros, sugeria reunir-se em sua casa, ele dizia que era melhor um encontro a bordo de um dos lanchões, ou mesmo na casa de um deles, alegava que as crianças estavam crescidas, que Albino era um homenzinho, que a velha Apolinária poderia bisbilhotar, nunca se sabia. Mas naquela noite chamou os amigos e encheu a sala, lotou as poltronas, fez com que a negra Mariana se movimentasse como nos velhos tempos.
Olhou em redor. Lá estavam Zimmermann, Bayer, Tobz, Schilling, Gaspar Schirmer, Jost e Hatzemberger.
— Pois acredito que haja cadeiras para todos.
Fez um sinal para Tobz, precisamos servir a esta gente aquele rum especial que conseguiste arranjar com aquele português da Rua da Praia, pois, ainda que não seja o melhor do mundo, também para pior não deve servir. Bateu na perna com a mão espalmada: pois meus amigos, estamos em guerra. Riu aberto, estava animado, levantou-se, caminhava de um lado para outro, todos o acompanhavam com os olhos, permaneciam sentados, examinavam a sala e os seus móveis, as cristaleiras brilhantes, o magnífico relógio parado, os grossos tape-

tes. Gründling encaminhou-se para a porta que dava para a cozinha e falou com Frau Metz:
— A senhora bote os meninos na cama e não quero que ninguém nos incomode, Mariana se encarrega de nos atender.

Fechou as duas folhas da porta, voltou para o meio da sala, sentou-se com cuidado, lentamente, corpo repousado, pediu a Tobz que lhe enchesse o copo com rum. E que fizesse o mesmo com os outros copos. Beber ajudava a clarear as idéias, precisava estar, mais do que nunca, com a cabeça fresca, limpa. E depois, disse olhando em redor e baixando o tom de voz, temos umas boas meninas a bordo de um dos lanchões. Como vêem, eu não improviso nada, tudo é feito com cuidado, feito como eu gosto das coisas. Schirmer mexeu-se na cadeira, gostaria muito de acompanhar os amigos, mas era casado, tinha muitos filhos e de mais a mais era quase véspera de embarcar para o Portão, aliás, cumprindo ordens do próprio Herr Gründling. Hatzemberger ouviu o outro, sorriu contrafeito, talvez ele também não pudesse ir, não poderia mesmo chegar muito tarde em casa.

Gründling deixou ficar um pouco de silêncio no ar, depois bateu forte, mais uma vez, com a mão sobre a perna: e quem disse a vocês que esta reunião vai terminar cedo? Schirmer ficou corado, bem, eu não disse isso.

— Pois fique sabendo que os homens que trabalham para mim não têm hora para levantar-se e nem para dormir. — Fez outra pausa. — E é bom que a mulher de cada um fique sabendo disso. Ou não sabem colocar as mulheres no seu devido lugar?

Houve um silêncio constrangedor, quebrado pelo próprio dono da casa:
— Bem, o assunto de hoje é sério, mas não se trata exatamente de negócios.
Bebeu um grande gole. O caso é que precisavam ajudar a um amigo, um amigo até que ninguém conhecia, mas que no futuro, quem sabe, poderia ser muito útil e retribuir à larga qualquer favor que recebesse agora. Tratava-se de um militar de muita fibra, cheio de amigos influentes, um homem realmente importante.

— Do governo? — perguntou Schilling.
— Ora, do governo. Nunca se sabe. Há governo aqui, governo ali. O fato é que recebi um apelo e sempre que alguém recorre aos meus préstimos não costumo cruzar os braços e ficar indiferente. Fez uma breve pausa, os outros permaneciam mudos e intrigados. Gründling prosseguiu reticente, eu preciso atender ao pedido, mas não quero arriscar nada, é evidente, a gente sempre precisa tomar precauções. E não há de ser para prestar um favor que vou arriscar os meus amigos. Acho que isso ficou bem claro.

Pediu que eles chegassem mais para perto, que puxassem as cadeiras, as paredes têm ouvidos, disse baixo:
— Trata-se de um coronel ou de um major, não estou bem certo, um tal de Marques.
— Não será o que veio trazido pelo Major Lima e Silva? perguntou Tobz.
— Esse mesmo.
— Então o homem é major.
— Pois que seja. O principal é que se trata de um militar importante, está no 8º BC, jurou que não ia tentar fugir, é legalista de quatro costados.
— Mas que diabo de pedido fez esse homem? — perguntou Schilling.
— Calma, chego lá. Ele quer auxílio nosso para sair de lá, a cidade está praticamente desguarnecida, a soldadesca o que quer é bebida e mulherio, está bem na hora de um golpe de mão.
— Mas o homem não jurou que não tentaria fugir? — disse Tobz.
— Isso é outra coisa, na guerra vale tudo. Eu, na pele dele, faria o mesmo — disse Gründling um pouco irritado.

Seu plano era simples. Zimmermann entraria em contato com um tal de Henrique Guilherme Moyse, que servia no 8º BC. O major gozava de certas regalias, havia feito amizades entre os guardas e todos os prisioneiros estavam do seu lado, dispostos à fuga. Não havia hora melhor, Bento Gonçalves andava pela campanha, aliciando gente e explicando a revolução, estaria agora pelas bandas de Alegrete ou de Uruguaiana. Os demais chefes revolucionários estavam empenhados em sitiar e tomar São José do Norte e Rio Grande, onde o Presidente estava homiziado e muito bem guarnecido.

Zimmermann, que ouvia calado, ponderou que achava perigoso que fosse ele o emissário, já que era muito conhecido na cidade. Acrescentou logo, para evitar mal-entendidos, se me vêem lá chegam logo a esta casa. Gründling sorriu, você tem toda a razão, temos de fazer a coisa com extremo cuidado, sem deixar a marca dos nossos dedos. Iria, então, Hatzemberger. Alguma objeção? O outro disse que não. Muito bem, ora vamos ao plano.

— Tobz, abastece essa gente toda — esperou que o amigo tornasse a encher os copos, que voltasse a sentar-se. — Bem, Hatzemberger passará ao Moyse algumas armas, numa hora em que estiverem de guarda homens da confiança do Major Marques. E é só. Depois, então, quando ele estiver fora das grades a gente trata de avisar o Dr. Hillebrand que, por sua vez, avisará Menna Barreto.

Bebeu um outro gole, estalando a língua, riu-se, vejam vocês, estamos representando o papel de generais nesta guerra, só falta mesmo abrirmos um mapa ali em cima da mesa e botar nos ombros esses galões dourados que são o orgulho de todos eles.

— E para avisar o Dr. Hillebrand? – perguntou Zimmermann, um pouco nervoso. — Calma. Antes disso um brinde pelo sucesso da nossa missão militar. Bateram os copos sem grande entusiasmo. Hatzemberger enrolava um palheiro, pode-se fumar aqui dentro? eu não sei, não, mas o senhor não acha o plano um tanto arriscado? E se as coisas não saírem exatamente assim como se pensa?

O dono da casa levantou-se para encher mais uma vez o seu copo, depois parou frente a Hatzemberger e disse com voz calma, mas dura:

— Saiba, meu caro amigo, que não costumo executar planos com falhas. Se não confiar em mim, pois bem, estamos entendidos, passe bem.

O outro empalideceu, mas eu não estou dizendo isso, Herr Gründling, o senhor me entendeu mal, às vezes as coisas não saem como a gente quer, precisa-se armar um esquema, de saída.

— Pois já o tenho.

Então não está mais aqui quem falou, disse Hatzemberger nervoso, o senhor sabe muito bem que pode contar comigo. Gründling bateu nas suas costas, ótimo, assim é que gosto das pessoas. Virou-se para Schilling que se mantinha calado a um canto, sem beber.

— Está doente ou com as pernas a tremerem?

Schilling levou um susto, gaguejou, eu com medo? Mas o que é isso, por amor de Deus, pode contar comigo.

— Bem, agora vamos todos para bordo do *Dresden*, ele está ancorado no trapiche Dois, quase no fim.

Tobz perguntou se iam a cavalo, Gründling disse que não, iriam a pé mesmo, a noite estava boa para uma caminhada, um pouco fria, mas nada de chuva.

Cada um tratou de enfiar os seus abrigos, a maioria deles com largos ponchos de lã grossa, o dono da casa auxiliado a vestir o seu bem cortado sobretudo xadrez, vindo da Europa, belos botões de couro. Saíram em silêncio. Ventava muito, Schilling esfregou as mãos, disse: o minuano, meus senhores!

Um sentinela, postado à entrada do cais, perguntou "Quem vem lá?" Gründling identificou-se, o soldado baixou a espingarda, sorriu largo, passem *no más*. Caminhavam todos com cuidado, era fácil enfiar um pé nos buracos das madeiras apodrecidas. Pareciam fantasmas naquela noite sem lua, as águas chapinhando nas colunas de madeira. O marinheiro-vigia do *Dresden* fez um sinal com o lampião, depois procurou iluminar o pranchão estreito, os homens foram subindo, um a um, equilibrando-se, Zimmermann disse: seria muito engraçado se alguém caísse agora nesta água gelada.

O vigia chamou o patrão à parte, falou sussurrando, Gründling pegou o homem, violentamente, pela camisa: patife, então é assim que cumprem as minhas ordens? Schilling acorreu, mas o que estava se passando? Tobz e Zimmermann tratavam de acalmar Gründling que largou o marinheiro depois de um safanão, derrubando-o.

– Pois ele agora vem me dizer que só conseguiram uma mulher, uma menina. As outras falharam, que havia muitos fregueses na espelunca dessas vagabundas.

Ninguém disse nada, ele suspirou, ah, que falta me faz a cadela da paraguaia. Schirmer foi o primeiro a dizer, isso acontece, por nossa causa não se preocupe, afinal há uma mulher para o senhor. Bayer acrescentou, eu, da minha parte, posso muito bem ir para casa.

– Pois então, boa noite para todos – disse Gründling irritado. – Eu me encarrego dessa menina aí embaixo.

Fez um gesto com a mão levantada, quero todos amanhã na minha casa, à mesma hora. Todos começaram a descer o pranchão, auxiliando-se mutuamente, aos poucos desapareceram.

Gründling pegou o lampião que estava sobre um barril, desceu com ele a escadinha e lá embaixo ergueu a luz à procura da mulher, onde diabo se meteu essa cadela, não vejo ninguém aqui. Por fim abriu uma portinhola, lá dentro, espremida, tiritando de frio contra a parede molhada, grandes olhos espantados, uma loira menina recém-saída dos quinze anos, ou talvez nem isso.

– Ah, escondida feito uma lebre. Que idade tens, minha menina?

Ela balbuciou algumas palavras que ele não entendeu. Fala mais alto, ninguém aqui está nos ouvindo. Ou não tens boca? Vamos, quantos anos tem a menina?

– Treze – disse ela.

Gründling pensou, essas meninas hoje em dia começam cedo. Devia fazer parte daquela gente que fora mandada para os lados de Torres. Então a maldita casa não tinha outra mulher para mandar! Enfim, ele não era a palmatória do mundo. Puxou a alemãzinha pelas mãos, sentiu os cabelos sujos, escorridos, os bracinhos raquíticos, os seios miúdos, um busto de rapazinho. Foi quando lembrou-se de algo pungente, atroz, espicaçante, algo que lhe acelerou o coração, seria efeito da bebida, daquela porcaria de rum dos negros da Rua da Praia. Deu um berro para cima:

– Marinheiro, leva essa menina embora!

Achou uma garrafa de rum, quebrou o gargalo, afastou o lampião que empestava o ambiente com o seu cheiro acre e sentiu que as grossas lágrimas que lhe escorriam pelo rosto não eram devidas à fumaça, era Sofia, ali presente, a menina que ela fora, o bicho-do-mato, enfim, aqueles anos todos, uma vida inteira. A grande noite se resumia, para ele, naquele pequeno, abafado e fétido porão de um barco fluvial.

4.

O plano se desenvolvia com perfeição. Hatzemberger passara as armas para o Major Marques, correra a comunicar a Gründling como as coisas haviam se passado e este, por sua vez, assistia aos preparativos do *Dresden* para levar até São Leopoldo o seu novo auxiliar Gaspar Schirmer. Tudo corria conforme as previsões e o plano traçado. Menna Barreto seria avisado da fuga, saberia o que fazer.

Mas deviam ter calma, esperar. Nada de apressar os negros no trabalho de carga, tempo ao tempo, os amigos de Gründling espalhados pela cidade em busca de notícias, afinal o que estaria fazendo o major depois da evasão, o resto do plano dependia dele e das suas ligações.

Zimmermann veio dizer a Gründling que a cidade estava praticamente desguarnecida, os revolucionários mais preocupados com as refregas no interior, as notícias das tropas cercando Rio Grande e São José do Norte, as manobras dos barcos de guerra, falavam muito na presença a bordo do Capitão-Tenente Parker, do Vice-Almirante Greenfell e de outros graduados legalistas. De Hatzemberger nem mais a sombra, desaparecera logo depois de cumprida a missão. Tobz e Schilling permaneciam nos seus postos, em lugares onde as notícias chegavam primeiro, de onde podiam observar as entradas e as saídas do Palácio. Schirmer, nervoso, disse a Gründling:

– Esse major terá condições de fazer o que pretende?

– É problema dele – disse Gründling. – Se não der certo, pois volta para as grades.

– E se for apanhado de novo não podem obrigar o homem a dizer quem forneceu as armas?

– Por mais que queiram, nunca saberão nada. O próprio major não sabe, por segurança trocamos de nomes e não há alemão metido na encrenca.

Schirmer pareceu mais tranqüilo. Os escravos continuavam carregando o lanchão, tudo no cais era normal, de onde estavam podiam avistar parte da cidade, as ruas próximas, os escravos vendendo os seus quitutes fumegantes, homens a cavalo, carroções pesados rodando de um lado para outro, os condutores sumidos nas suas grandes capas negras, o vento fino e frio penetrando pelas roupas, encrespando de leve as águas do Guaíba.

Gründling atento, olhos presos às ruas que desembocavam na zona do cais, na expectativa de ver algum dos seus homens retornarem com notícias. Que estaria o Major Marques esperando para sublevar o quartel da Praça do Portão e partir para ocupar os postos quase abandonados pelos revolucionários? Passavam das dez horas, o lanchão não poderia ficar retido por mais tempo, embora não estivesse com a carga completa, a missão dele, naquele dia, era bem outra. Disse para Schirmer, o que vai no barco dá muito bem para iniciar os negócios lá fora. Lembre-se do que falei, podemos perfeitamente cobrir os preços do Jacobus, daqui eu me encarrego de remeter o que for preciso, vamos abarrotar os seu galpões. E depois ainda pode tentar pedir ajuda ao Dr. Hillebrand, é bom amigo, está do lado dos imperiais e diga a ele que é a nossa causa também. Virou-se para a cidade, e que diabo anda fazendo o nosso Major Marques? Teria desistido da empreitada?

Chamou o marinheiro, manda esses negros descansarem, afinal não estou assim com tanta pressa, terminam suspeitando da gente e não há motivo para isso. O homem olhou para o patrão, não entendia, ele que sempre insistia na pressa, que ordenava que usassem a chibata quando os negros amarravam um pouco mais o trabalho. E agora com aquela ordem de descanso, negro sentado, de fato a guerra começava a deixar todo o mundo de miolo mole. Obedeceu, gritou para os carregadores, eles trataram de sentar-se pelo madeirame, cada um tratando de acender os seus pitos, falando entre si naquela algaravia que ninguém entendia, por mais cristão que fosse.

Gründling ouviu, distintamente, o primeiro tiro e logo a seguir uma fuzilaria rápida, depois breve silêncio. Houve uma certa agitação no cais, os escravos se entreolharam, o patrão de um outro barco gritou qualquer coisa que Gründling não entendeu, outros correram. Mais tiros. Os estampidos, agora, provinham de vários postos. Então o major estava a executar o seu plano, o homem era de ação, sabia o que fazer na guerra. Viu Zimmermann surgir correndo, chegou quase sem fôlego, falava com dificuldade, Herr Gründling veja, o major conseguiu levantar todo o quartel, soltou os presos, eles conseguiram muitos homens nas ruas, já devem ter tomado mais duas guarnições e há muita gente presa, escute a balbúrdia.

Depois foi a vez de Schilling, este veio a cavalo, saltou com o animal ainda em movimento, correu com agilidade no madeirame podre, trazia a notícia da prisão do próprio Vice-Presidente Marciano, de Américo Cabral e de muitos deputados e altos funcionários.

Tobz chegou logo depois, vinha sorridente, a coisa saíra melhor do que esperavam, o homem não era de meias conversas, agia para valer, havia muita confusão por toda a parte, até os negros da Rua da Praia haviam se encafuado, deixavam balaios e tendas ao deus-dará.

– Herr Gründling, pode mandar embora o lanchão com Schirmer, a coisa está resolvida.

Viu qualquer coisa ao longe, apontou para o lado de onde vinham as águas, veja lá, olhe, alguém está tentando fugir pelo Guaíba, o fogo do Arsenal é contra o homem. Gründling viu também a figura escura remando furiosamente num pequeno caíque, os estilhaços caíam ao redor do barquinho, depois saltou para a água e nadava com agilidade. Todos assistiam à cena, alguns marinheiros torcendo para que o infeliz conseguisse chegar do outro lado, um deles disse "é preciso nadar muito bem para chegar até lá". Um outro garantiu que ele chegaria, nadava com muita energia e afinal estava tratando de salvar a própria pele. Por fim a figura sumiu na distância, Tobz disse, o homem conseguiu chegar na Ilha da Pintada.

Um piquete aproximou-se do trapiche onde o *Dresden* balouçava nas águas escuras, Gründling de pé, imponente, sobre as tábuas velhas. Um oficial desmontou e caminhou em sua direção, arrastava a grande espada, fez uma continência que agradou ao alemão, transmitiu a ordem de fazer zarpar o lanchão e que fizesse seguir a mensagem que tinha em mãos para ser entregue com urgência a Menna Barreto. Era de parte do Major Marques. Gründling recebeu o canudo de papel, agradeceu ao oficial e disse que podia voltar descansado, a mensagem chegaria, dava a sua palavra. Depois chamou Schirmer que se mantivera discretamente a distância:

– Tens uma missão muito importante pela frente. Esconde muito bem escondido isto aqui, que não caia nas mãos de ninguém e trata logo de aproveitar os bons ventos.

Chamou o seu primeiro homem, avisou que outros dois seguiriam juntos, precisava reforçar a tripulação. Ao todo seriam quinze homens. Havia armas e munições para todos, o principal era não perderem tempo.

O barco começou a afastar-se, velas pandas, homens agitados de proa a popa, Gründling ainda conseguiu fazer-se ouvir:

– Escondam bem as armas, é barco de negócios.

O oficial que comandava o piquete acenou de onde estava com um trapo branco na ponta da espada, era o sinal para que os homens do Arsenal não atirassem sobre o lanchão.

Rodeado por seus amigos, Gründling enfiou os dedos na cava do colete e, sorridente, começou a caminhar rumo à casa da Rua da Igreja. A Tobz, que caminhava pressuroso a seu lado, adiantou que todos deviam acompanhá-lo, havia um esplêndido pernil de porco recém-carneado que a negra Mariana tratava de dourar ao forno. Tobz fez um sinal para os demais, Gründling prosseguiu, agora chegou a nossa vez de comemorar e levantar um brinde todo especial pela sorte de Schirmer, pelo êxito da sua missão, afinal não era todo o dia que alguém conseguia abrir a porta da História.

– Sim, acabamos de entrar para a História desta bela província, meu caro. Então pararam. Uma grande multidão se aproximava do cais, soldados armados de escopetas guarnecendo os flancos, eles viram logo que se tratava dos prisioneiros, os homens eram empurrados, recebiam coronhadas, eram tangidos como reses para a beira do rio. Schilling perguntou:

– Será que vão afogar esta cambada como ratos?

Olhando para o meio do rio, Gründling disse, eu sou capaz de apostar como vai tudo para a *Presiganga*. Olhem, os barcos estão se movimentando, claro, vai tudo para aquela pocilga flutuante. Permaneceram ainda por algum tempo assistindo ao espetáculo, homens bem trajados e empertigados a serem empurrados como negros escravos, seriam ao todo mais de quarenta. Tobz comentou:

– Eu acho que primeiro eles devem esvaziar aquela geringonça, está quase afundando de tanta gente.

– Aquilo é um verdadeiro cemitério – disse Schilling. Depois pegou no braço de Gründling –, veja, o nosso velho amigo Braga no meio da matalotagem.

Gründling apertou os olhos, tentava localizar o funcionário entre aquela gente toda, é verdade, lá vai o nosso Braga, espero que agora ele possa descansar um pouco daquela megera que tem em casa. Todos riram alto. Braga, de onde se encontrava, olhou para eles, olhos espichados, como a pedir auxílio. Viu apenas Gründling acenar, indiferente, e reiniciar a caminhada de volta, cercado pelo seu pequeno grupo.

Em casa, em torno à mesa, o dono da casa lamentou que a época não fosse das melhores, aqueles tempos em que a sua adega estava sempre abarrotada. Como nos bons tempos, disse, mas a verdade é que sempre sobra alguma coisa para os homens de boa vontade, como diz a Bíblia, e hoje devemos beber até cair. Schilling foi o primeiro a levantar o copo e brindar pelo êxito do companheiro Schirmer àquelas horas navegando a pano cheio rumo à colônia de todos eles. Depois, disse Tobz, vamos ter no Portão um rico e feliz comerciante de secos e molhados.

Mariana, nervosa, servia a mesa. Algo se passava que ela não conseguia adivinhar, aqueles tiros, o patrão e seus amigos bebendo e levantando brindes, havia no ar qualquer coisa de inexplicável, aqueles tiros, a correria de gente nas ruas, da janela dos fundos vira os barcos que iam e vinham, piquetes de cavalaria a trotar por descaminhos. O pernil especial, uma festa em casa como há muito tempo não se lembrava de outra parecida.

Depois da sobremesa, um doce de ovos "que só o diabo desta negra sabe fazer", Gründling começava a ser vencido pelo sono, olhos fechados, botinas atiradas longe, cabeça recostada nas pernas de Zimmermann.

Então Schilling disse uma coisa que fez com que ele abrisse, contrafeito, os olhos:

– Até agora, meus senhores, tudo muito bem, mas a verdade é que vamos ficar aqui ilhados, cercados de rebeldes por todos os lados. E eu pergunto: será que essa gente vai deixar os nossos lanchões andarem de um lado para outro, trazendo e levando coisas?

Gründling levantou-se com esforço, deixando cair o copo que partiu-se com estrondo.

– Por favor, agora me deixem, quero dormir.

Virou-se para Schilling, com ar de enfado, deixe este assunto por minha conta, não quero a opinião de ninguém e proíbo de quem quer que seja abrir a boca e atrapalhar a minha digestão. Que merda, logo depois desse pernil que nem na Europa se come melhor. Fez um sinal com ambas as mãos para que todos fossem embora, que desaparecessem, não queria ninguém mais naquela casa. E fique sabendo, gritou, que os lanchões vão continuar subindo e descendo a porcaria desse rio.

Só, a cabeça rodopiando, chamou Mariana e ordenou que limpasse aquela mesa, que deixasse os meninos no quintal, não queria saber de barulho, que fosse todo o mundo para os infernos.

Arrotou aliviado e fechou-se no quarto.

IV

1.

Catarina acabara de atender alguns fregueses, passou pela cozinha para dar uma olhadela no fogão, avivou as chamas, terminou de encher uma chaleira e foi até a oficina onde Daniel Abrahão e Emanuel trabalhavam como sempre, mais dois auxiliares desbastando o grosso dos troncos, um outro descarregando madeira – a faina de todos os dias. Então ela ficou algum tempo admirando o serigote recém-acabado, uma boa obra de arte, a forma perfeita, os intrincados desenhos em baixo-relevo, o esguio e lustroso cabeçote. Emanuel, com a chegada de Catarina, suspendeu o trabalho, olhou para ela, limpou as mãos no avental, vestia uma grossa e encardida camisa de lã, o vento soprava frio e cortante.

– Juliana começou a sentir dores. A senhora acha que já pode ser o filho?

– Pois não está fora de época, uma semana a mais, uma semana a menos, nunca há uma hora marcada – disse Catarina, sentando-se numa banqueta.

– Estou com medo – confessou o rapaz. – O Dr. Hillebrand metido nas picadas com os soldados legalistas, Frau Apolinária em Porto Alegre, a cuidar dos filhos de Herr Gründling.

– Há outras parteiras por aqui.

– Não confio nelas, nem sei bem por quê, mas não confio.

Daniel Abrahão, ao lado, largou o trabalho também. De que estavam os dois falando? devia ser assunto sério, cochichavam em plena hora de serviço. Catarina confirmou, o assunto de fato era sério.

– Juliana está começando a sentir as dores.

– Ah – disse ele retornando ao lombilho.

Catarina aconselhou Emanuel a voltar para o trabalho, deixasse com ela aquele assunto. Dessas coisas as mulheres sabiam tratar muito bem. Quando ia transpondo a porta de casa pensou no filho que também levava nas entranhas, mais alguns meses e o problema seria dela. Frau Sperb recém a iniciar-se nos misteres de parteira, mal sabendo lidar com umbigos e águas da barriga. Frau Masson doente, não se podia contar com ela, passava os dias na cama atacada de reumatismo, ainda mais nessas noites de inverno. Se a coisa acontecesse de madrugada, então, ela era carta fora do baralho. Restava chamar Frau Metz, mas como, de que maneira? Mesmo com bons cavalos numa carroça nova ela demoraria muito a chegar naqueles quase quarenta quilômetros de picadas, desvios e barrais, travessias de sangas e alagadiços. E ela deixaria os meninos de Herr Gründling? Duvidava muito. Algum jeito se há de encontrar, disse para si mesma enquanto caminhava para o quartinho de Juliana, no fundo dos galpões.

Abriu um dos tampos de madeira da janela; entrou uma lufada de ar frio. Então a menina está assustada e pensa que é a primeira mulher do mundo a ter um filho. Ora vejam só, os animais têm filhos no mato, debaixo de chuva e de raio, com frio ou calor, nenhum deles morre, estão vivos desde o princípio do mundo. Juliana ouvia e esfregava a barriga com mãos leves. Disse, essas dores são como agulhadas aqui nesta altura da barriga, elas vêm e voltam, às vezes custam a voltar e depois passam como vieram. Veja, não tenho mais dores agora, acho que posso levantar-me, vou ajudar na casa.

– Pois acho a idéia muito boa, não adianta nada ficar na cama, e depois parto não é doença. Só não deve fazer serviço pesado, deixa essas coisas para mim.

Juliana sentou-se no catre enquanto Catarina retornava para a sua casa, um homem a cavalo acabava de chegar, ela foi ver quem era. Espiou por uma pequena fresta na porta, era Herr Werland que viera com eles da Alemanha. Foi ao seu encontro, perguntou à guisa de saudação:

– Então, como está passando a nossa Cristina?

– Muito bem, obrigado, andou lá com uma febrezinha, mas coisa de nada – amarrou o cavalo numa estaca, apertou a mão de Catarina. – Mas agora eu venho por outros motivos. A senhora tinha ouvido falar num tal de Schirmer? Gaspar Schirmer? Ele estava a serviço de Herr Gründling.

– Não, que aconteceu?

– Pois acabaram de apreender o lanchão *Dresden* que subia o Rio dos Sinos, vinha carregado de armas e munição, com cerca de vinte homens, ou mais.

– Armas?

– Sim senhora, e ainda com uma mensagem a Menna Barreto, informando que os legalistas reconquistaram Porto Alegre, façanha de um tal Major Marques de Souza.

Catarina perguntou como seria possível apreenderem um barco que subia e descia o rio sempre a transportar mantimentos, se eles eram só para negócios? A história lhe parecia mal ajambrada. Werland contou, então, que um troço de revolucionários havia intimado o barco a aproximar-se da margem, eles queriam saber que espécie de mercadorias levava o lanchão. Não só a gente de bordo não havia obedecido como não satisfeitos começaram a disparar tiros contra o piquete. E assim andaram até que novos soldados chegaram na outra margem, cruzando fogos contra os marinheiros. Numa parte mais estreita do rio conseguiram fazer a abordagem, perdendo muitos homens. Então arrastaram o barco e o encalharam na areia. Viram que havia muita gente morta, outros feridos e ainda o tal de Schirmer, com um braço quebrado, tentando resistir, desesperado, chegou a dar um tiro de garrucha num oficial. Fora levado para um capão próximo e ali degolado na mesma hora.

Catarina ficou pensativa, então Gründling estava abertamente do lado dos legalistas, então era ele o homem do Dr. Hillebrand em Porto Alegre. Werland notou a preocupação de Catarina, ela parecia não ouvir o que ele contava, talvez estivesse muito preocupada.

– Bem, a senhora não deve ligar muito para essas coisas, afinal nem se conhecia esse tal de Schirmer.

Catarina saiu de seu alheamento. O senhor está enganado, na verdade não estou ligando muito para isso, acontece que Juliana está esperando o primeiro filho e o que me preocupa, neste momento, é ter uma boa parteira à mão para a menina.

– E Frau Masson?

– Estou pensando nela, mas primeiro a gente precisa saber como está a coitada de saúde.

Ele concordou, de fato todo o mundo sabia que a parteira andava quase sempre doente, uma pena, tinha boa mão para botar criança no mundo. Falaram ainda um pouco mais sobre o caso da criança que estava por nascer, ele se coçava, Catarina disse, o senhor tem alguma coisa mais para contar, ora essa, fale. Ele não esperou novo convite: outra coisa, Frau Catarina, sabe-se com certeza que o deputado Ulhoa Cintra conseguiu fugir e a estas horas deve estar avisando Bento Gonçalves da tomada da sede do governo.

Catarina ouvia atenta, balançou a cabeça, e que fariam os revolucionários com a gente arregimentada pelo Dr. Hillebrand naquelas picadas, por sinal mais de quatrocentos compatriotas de armas na mão, ainda as tropas de Menna Barreto, de João Castro e de Silva Barbosa?

Werland espichou o beiço, levantou os ombros, não sabia de mais nada. Ele disse que precisava ir, Catarina despediu-se do amigo, mandou lembranças para a sua mulher e voltou para dentro. De onde estava, Daniel Abrahão perguntou o que andava querendo Werland. A mulher respondeu alto, preocupada:

— Acho que a guerra, agora, vai ser aqui em São Leopoldo.

O marido ficou imóvel, cenho fechado, depois comentou com um leve sorriso:

— Então Philipp vem também.

2.

Emanuel recebeu um recado misterioso, pediam que fosse à noite até a Rua do Fogo e Sacramento, na casa de Luís Rau. Era urgente. Consultou Catarina, que poderia ser? Mal conhecia Rau, o portador do recado tinha sido um alemão maneta da picada, não sabia também quem era ele. Catarina riscava a tábua da mesa com a unha, ouviu tudo sem levantar os olhos, depois disse que não se fugia do bicho sem conhecer o pêlo. Pois, se dependesse de mim, se quer saber, eu ia ver o que era. Encerrou o assunto, saindo para o quintal.

Quando Emanuel voltou para a oficina, não disse nada para Daniel Abrahão. Remoía o assunto, boa coisa não seria, encontro às dez da noite, na casa de alguém que apenas conhecia de vista, um homem que vivia de consertar móveis velhos, cordas de relógio, panelas, lampiões. Certo dia estivera na oficina perguntando se havia trabalho para ele, que com a guerra as encomendas escasseavam, tinha família grande. Emanuel ficara de falar com Catarina e afinal tudo dera em nada, o problema era o mesmo para eles todos. Agora Rau queria um encontro com ele, não devia ser coisa de trabalho, senão era ele que bateria na sua porta. Bem, já havia decidido, iria.

Depois de comer, noite fechada, ficou ainda algum tempo ao lado da mulher, ele mesmo passando a grossa mão na barriga de Juliana sempre que ela dizia que as dores estavam chegando, depois ela dizia que haviam passado, que ele não precisava ficar temeroso, Frau Catarina saberia cuidar dela, já não sentia medo. Perguntou a Emanuel:

— Homem ou mulher, que queres?

Ele fez um gesto vago, tanto fazia; se fosse homem trabalharia com ele, aprenderia o mesmo ofício, seria forte como o avô, casaria depois com uma moça que fosse bonita e soubesse tomar conta de uma casa. Acrescentou: uma moça de boa família.

— E se vier menina?

– Vou gostar também, desde que seja bonita como a mãe, se chamará Maria Luísa, nome da tua avó que morreu na Alemanha. Gostas do nome de Maria Luísa?

Ela riu contente, não poderia haver pensado num nome mais bonito, o pai dela ia dançar de alegria. Então ele disse, levantando-se, escuta aqui, agora vou ter que sair, recebi um recado para estar na casa do Luís Rau esta noite. Não sei do que se trata, mas Frau Catarina acha que devo ir. Juliana ficou séria, meio assustada, se ela acha que deves ir, então isso é o melhor. Ele ainda voltou, já estava perto da porta, passaram as dores? Claro, não sinto mais nada, estou muito bem, vai tranqüilo, disse beijando a mão calejada do marido.

Era uma noite sem lua, ventosa, quase primaveril. Caminhava sem conseguir pensar em nada. Das casinholas, por certo, ouviam as suas botinas mastigando o areão das ruas, o vilarejo dormia, um que outro latido abafado pela distância. A casa da Rua do Fogo e Sacramento estava mergulhada na escuridão, nem sinal de luz alguma, alguma fresta que denunciasse vida lá dentro. Passou pela frente, foi até os fundos, temia bater. E se tudo não passasse de uma brincadeira, de um encontro inventado? Naquele instante ouviu o ranger de uma porta, uma voz ciciante que chamava por seu nome. Aproximou-se nervoso:

– Sim, sou eu mesmo, quem está falando?

Reconheceu a voz de Rau, por favor venha, entre, desculpe a escuridão, mas é preciso. Embarafustou pelo buraco de trevas, tateando as paredes, tropeçou num banco, sentiu que havia outras pessoas na salinha.

– Há alguém mais aqui dentro?

– Sim, Emanuel. Sou eu, von Salisch.

A princípio não queria acreditar no que ouvia, estaria sendo vítima de uma brincadeira de mau gosto, a mesma voz pediu que ele chegasse mais para perto, afinal se encontraram, mãos se buscando, um aperto forte e franco. Sim, era von Salisch, um homem muito importante que já estivera em São Leopoldo em missão dos legalistas e que logo depois passou a combatê-los, convencido das boas razões dos rebeldes. Um von Herrmann von Salich que ele sabia de maneiras nobres, professor de música e de línguas, agora ali no escuro da salinha, na casa humilde de Rau, a chamar um simples empregado de oficina dos Schneider. A voz se fez ouvir mais forte:

– Preciso de você e de muitos outros rapazes. Acontece que mais de trezentos compatriotas nossos estão nas fileiras de Menna Barreto, do outro lado do rio, enganados, ludibriados por essa gente do governo que agora tenta jogar o ódio dos brasileiros contra a nossa colônia.

Disse que a sua intenção era evitar aquilo tudo, mesmo que tivesse de pagar um alto preço pela sua decisão. Precisava reunir um bom grupo, quem sabe uns cinqüenta homens bem dispostos, gente de confiança. Fez uma pausa, o silêncio era quase total, não ouviam sequer o vento passando por entre a galharia das árvores. Sua voz era calma, prosseguiu, que ninguém julgasse que estava procurando carne para canhão, tinha um plano que não exigia um tiro, não precisavam morrer e nem matar ninguém, mesmo porque eram todos irmãos, falavam a mesma língua, tinham vindo das mesmas terras.

– Mas eu não entendo, Herr Salisch.

– Claro, eu sei que deves estar confuso, acontece que não disponho de muito tempo, precisei fazer as coisas de uma hora para outra.

Perguntou se Emanuel confiava nele e se ele podia contar com a sua ajuda e com o auxílio dos seus amigos, ele era um rapaz bem relacionado.

– Para fazer o que é preciso, devemos estar prontos o mais tardar depois de amanhã, à noite.

Emanuel sentia a cabeça a latejar, as mãos frias, era como se estivesse sozinho em plena noite.

– Eu não sei, preciso falar com Frau Catarina, por mim vou agora mesmo, o senhor sabe disso.

– Fale com ela, então.

Ainda pediu que ele procurasse falar com os rapazes Wessel, com Kristen, os Oberstadt, com Hollfeldt e com mais alguns que ele achasse pudessem participar da missão. Diga a eles que não haverá derramamento de sangue, mas apesar disso deverão ir bem armados, sobre certas coisas não se pode jurar, mas não acredito que se precise dar um tiro. Apertou a mão de Emanuel, sentiu-a úmida, se por acaso não puder ir, pelo menos convide os outros rapazes. Quero só voluntários nas minhas fileiras, realmente aqueles que estejam dispostos a defender o bom nome das nossas colônias.

Rau se mantivera calado todo o tempo, assim no escuro era como se não existisse. Às vezes pigarreava. Quando von Salisch disse a Emanuel que ele poderia ir e que agradecia ter vindo, então Rau falou, voz roufenha:

– Diz lá que na tua ausência eu fico ajudando, não quero nenhuma paga por isso. É a mão que posso dar.

O rapaz ficou sem saber o que dizer, despediu-se de ambos, viu a porta abrir-se e por ela entrar a fraca luminosidade de fora. Notou, quando já iniciava a caminhada de volta, um agrupamento de cavaleiros sob as árvores, ouviu o escarvar de patas de cavalo, von Salisch não viera sozinho, havia deixado seus homens de guarda.

Quando chegou em casa, confuso, indeciso, teve vontade de deslizar como uma sombra pelos muros e meter-se sob as cobertas sem despertar Juliana. Mas estacou a meio caminho, era a voz de Catarina:

– Então, que queria von Salisch?

– Von Salisch, mas então a senhora sabia?

– E que importa isso? Quais são os planos dele e o que quer de ti?

Ficaram os dois a conversar em voz baixa, sentados num mesmo banco, Catarina só ouvindo, às vezes só rosnando qualquer coisa como a dizer que estava entendendo. Emanuel emudeceu, temia que ela notasse o leve tremor de sua voz, depois perguntou qual era a opinião da sua patroa. A princípio Catarina permaneceu sem dizer nada, como a dar tempo a que o próprio rapaz tomasse uma decisão.

– A senhora acha que devo ir?

– Não sei, meu filho, Philipp também tinha as suas dúvidas e ele terminou por resolver sozinho. Se acha que o melhor é ficar em casa, então trata de deitar, de dormir, amanhã volta ao trabalho como se nada houvesse acontecido.

Ouviam, na casa toda mergulhada em silêncio, o ressonar de Daniel Abrahão sob o piso de madeira.

– Ah, ia me esquecendo de lhe dizer uma coisa – disse Emanuel –, Herr Rau pode ficar aqui, ajudando, enquanto eu estiver acompanhando von Salisch. Não quer nenhuma paga por isso. A senhora concorda?

Catarina sorriu na escuridão, apertou a mão do rapaz, a gente conhece as pessoas mesmo quando não há luz. De manhã bem cedo começa a procurar os teus amigos, diz a eles o que pretende von Salisch, que convidem outros, muito cuidado, as paredes têm ouvidos. A colônia deve estar infestada de espiões, há gente a mando do Dr. Hillebrand, andam por aí nos botecos, nos empórios e oficinas, e sempre que ficam sabendo de alguma novidade vão correndo contar a ele e aos generais do governo. Todo o cuidado é pouco. Deixa Juliana por minha conta, já falei com Frau Masson, ela agora anda bem melhor do seu reumatismo.

Emanuel deitou-se como um gato, deslizou por entre as cobertas sem o menor ruído, Juliana parecia dormir um sono profundo. Então ele ouviu a voz dela dentro da noite e abalando a sua própria solidão e medo:

– Vais também para a guerra, como Philipp?

Ele não respondeu. Só ficou ouvindo o choro abafado e sentido de Juliana.

3.

Dois marinheiros, Ruppel e Janzen, ouviu o patrão falar. Gründling indisposto, ríspido, caminhava de um lado para outro. Escutem, nem todos os meus lanchões serão apreendidos pelas tropas rebeldes e nem todos serão assim tão estúpidos como Schirmer, que muito bem poderia ter parlamentado com os soldados, em vez de partir para o tiroteio. Eu ainda recomendei para aquele imbecil que tivesse cuidado, que não se precipitasse. Pois o asno fez exatamente o contrário. E por que agora todo o mundo está com medo?

Um deles, Ruppel, um latagão de quase dois metros, disse que eles não estavam com medo; se o patrão quisesse, os barcos saíam do cais naquele momento e se alguma coisa acontecesse o único a perder seria ele, Gründling. Afinal, pelo que sabia, os barcos custavam muito dinheiro.

Zimmermann e Tobz se mantinham afastados, Tobz acocorado, a riscar as tábuas com a ponta da faca. Depois levantou-se, meteu faca na bainha, limpou as mãos.

– Se os homens se negam a navegar, o melhor a fazer é pegar um por um deles e dar uma lição para que nunca mais esqueçam, como foi o caso de Eichor, lembra-se?

Zimmermann puxou o amigo pelo braço, era melhor calar a boca, todos os homens daquela beirada de rio conheciam Gründling e não iam arriscar a pele com negaças.

Por fim os marinheiros afastaram-se e o patrão veio para junto deles. Tobz perguntou: e então? Gründling olhava para os barcos que balouçavam ringindo as amarras, passou a mão pela barba ruiva e cuspiu na água oleosa.

– Talvez eles tenham razão. Não se sabe como estão as coisas lá por cima. No fundo não deixa de ser arriscado entregar os barcos nas mãos dessa gente.

– Eles não estão querendo trabalhar?

Gründling disse que a pergunta não merecia resposta. Deixaram o trapiche calados, o patrão de cara fechada, testa franzida, os outros dois tentando adivinhar os seus pensamentos. A Rua da Praia fervilhava de gente, piquetes de legalistas repontavam prisioneiros a peito de cavalo, dois negros apanhavam de chicote, quituteiros anunciavam aos brados a sua mercadoria.

Vamos lá para casa, disse Gründling, as coisas não estão muito claras, para essa gente é até divertido subir e descer governo, hoje apanham uns, amanhã outros, uns mestiços politiqueiros, só querem fazer discurso. Zimmermann e Tobz concordaram, fizeram alto numa esquina para ouvir o que dizia um orador inflamado, possesso, ameaçando céus e terras com os punhos fechados, cuspindo-se todo. Tobz avistou Schilling, veja, nosso amigo parece que vem aí com novidades.

O outro chegou a arfar, cara molhada de suor, eu venho das redondezas do Palácio, há muita confusão, ninguém informa nada direito. Foi interrompido por Gründling:

– O Major Marques de Souza está no Palácio?

– Bem, isso não sei, falam muito nele, mas a notícia mais importante é a chegada ainda hoje do Presidente Araújo Ribeiro, ele já deixou Rio Grande, vem a bordo de um navio de guerra imperial.

– Mas então o major...

– Pois esse deve ser promovido e vai para a campanha combater os rebeldes.

Gründling começou a rir, custou a conter-se, pois que belo pagamento vai receber esse pobre-diabo. Pensava com certeza ganhar um cargo à altura de quem conquistou a cidade, chefe de polícia, comandante da guarnição, sei lá, e em troca lhe dão um grupelho de gaúchos miseráveis para servir de bucha de canhão para os revolucionários. É o fim do mundo.

Reiniciou a caminhada interrompida com a chegada de Schilling, pediu a ele que fosse também para a sua casa. Não sei, às vezes chego a pensar que se um dia deixar essa casa não vou mais conseguir pensar em nada, preciso do cheiro que ela tem, de estar no meio daquilo tudo, sei lá. Subiam agora a ladeira poeirenta, iam apreensivos, pouco falavam – quando Tobz gritou, empurrando Gründling e Zimmermann contra a parede de uma velha casa de quitanda, ele próprio acoitando-se num desvão de muro, entre os pilares de pedra. Uma pequena carroça vinha lomba abaixo, um burro preso e arrastado entre os varais, gente a correr para todos os lados, gritos de aviso, caixas e sacos esparramados. Gründling rogou uma praga, que necessidade tinha esse negro dos infernos de querer subir a rua, pois que aproveitasse a temeridade. A carroça ainda deu mais algumas voltas, o animal a espernear, o escravo, por fim, também preso no meio dos destroços. Acorreu logo gente de todos os lados, Zimmermann disse, o que eles têm a fazer, agora, é dar um tiro no meio da testa do animal e levar o diabo do preto para a Santa Casa, pelo menos morre num catre e não aí no meio da terra e das pedras. Prosseguiram lentamente, a lomba era muito íngreme.

Mal chegaram em casa, Gründling prosseguiu no assunto do cais, como se ainda estivesse lá.

– Por tão grande paga eu acho que o nosso caro major, adivinhasse ele essa coisa toda, nem se daria ao trabalho de sair da prisão. Convenhamos, essa foi muito boa.

Chamou Mariana: o dono da casa queria beber alguma coisa antes de comer, que servisse aos amigos também. Como sempre fazia, tirou as botinas e abriu os botões do colete. O ar estava morno, era bem capaz de vir uma chuvinha, dessas de molhar bobo. A mucama tirou a fruteira centro de mesa e começou a arrumar os pratos, esticando aqui e ali a toalha de linho branco. Gründling exclamou, mas já é meio-dia, meus senhores! Os outros bebericavam calados, mostravam-se diferentes dos outros dias, as coisas estavam malparadas, ou pareciam estar, ninguém seria capaz de afirmar qualquer coisa para o dia de amanhã, o próprio chefe conversava uma coisa e dizia outra, estariam entrando num beco estreito demais para eles.

Mariana, pouco depois, entrou carregando uma travessa de costelas assadas ao forno, grandes batatas coradas, entregou ao patrão um garfo especial e uma grande e bela faca afiada. Ele gostava de servir. Deixou a negra sair.

– Parece que hoje ninguém tem fome nesta casa. Um pedaço desta costela, assim desta parte bem gorda, duas batatas, um bom molho e depois, como sobremesa, uma loira mulher das nossas na cama. Eis, meus senhores, o que se pode chamar de uma graça divina.

Provou um bom naco, falava de boca cheia, a loira mulher na cama bem que poderia ficar para outro dia, mas o que eles tinham à sua frente, preparado pelas artes da negra – claro, todo o preto tem um pacto com o diabo – era de encher o dia de qualquer vivente, o resto que fosse para o inferno.

Parava de falar apenas quando engolia, elogiava a comida, as mulheres, aquelas de pele muito alva, as que tinham o ventre rosado, penugem de veludo, coxas roliças e dois pares de seios que lembravam os pudins daquela negra velha, duas grandes maçãs de encher as mãos, bicos escuros e eriçados, isso era muito importante, alguém ali presente sabia disso? ou eles pertenciam àquela classe de animais que se esvaziam dentro das fêmeas e tanto faz a cor do pêlo, a largura das ancas ou os grunhidos que dão?

Ele estava falando demais, os outros sabiam disso, não certamente um sinal de bom tempo, era previsão de chuvas e trovoadas. Primeiro as belas e gordas nuvens, o vento fresco e ameno, a seguir os coriscos e a tempestade levando tudo de roldão, a água em cataduras. Gründling, pensou Tobz, anunciava tempestade.

Frau Metz veio dos fundos da casa, entrou sala adentro, corpanzil ágil: veja, Herr Gründling, olhe ali pela janela, o Guaíba coalhado de barcos e de navios, alguma coisa está acontecendo, que Deus nos acuda.

Correram todos para a janela, o dono da casa com mais vagar do que seria de esperar. Viram lá embaixo o rio brilhando com a luz do sol a pino, três barcos de guerra chegando, sumacas e pequenas canoas dirigindo-se para eles, viam o povaréu a correr pelo cais.

– O fugitivo do Rio Grande retorna – disse Gründling com certa amargura – depois do nosso major lhe abrir as portas. E ainda por cima com as nossas chaves.

Schilling perguntou se não seria melhor procurarem o major, conversar com ele, afinal havia recebido auxílio na hora precisa, sem a ajuda deles a coisa estaria ainda no mesmo pé, o Presidente cercado em Rio Grande, os rebeldes de donos da capital. O major era homem atilado, jamais deixaria de reconhecer a verdade, deviam confiar nele.

– A idéia não é má – disse Gründling ainda de olhos fitos na chegada dos barcos de guerra, o burburinho de canoas, sumacas e gente –, e amanhã mesmo vou falar com ele, afinal estamos em condições de abastecer a praça.

Voltou para a sua poltrona, só gostaria de saber de onde aquela gente toda da capital ia tirar comida para não morrer de fome, eles haviam caído na sua própria ratoeira, Porto Alegre era agora uma grande ilha. Pois só nós, vejam bem, só nós estamos em condições de botar comida na mesa desses pulhas, desde, é claro, que nos deixem chegar até aqui as mercadorias que chegam em Rio Grande vindo da Europa ou do centro do país. Idéias, meu caro Schilling, idéias valem ouro, às vezes chegam a valer mais.

Coçou a barba crescida, teria o resto da tarde para pensar melhor, para achar o fio daquela intrincada meada. Teria a noite inteira, cabeça fresca, ah, se tivesse um belo par de seios para repousar o rosto, mãos de seda alisando o seu cabelo, quem sabe faria as pazes consigo mesmo, cada idéia chegando por sua vez, nada de atropelos, de confusão, a barba áspera roçando a pele fina, era chegar em Palácio e dizer aos funcionários, mandem avisar ao Major Marques de Souza que seu amigo Cronhardt Gründling está aqui, quer apertar a sua mão, cumprimentá-lo pela estrondosa vitória, deseja oferecer o sacrifício da sua própria vida pela causa legalista. Precisaria do discurso? Não. Digam ao major que está aqui Herr Gründling, ele sabe de quem se trata. Claro, não precisaria dizer nada para aqueles imbecis da portaria, tudo o mais que tivesse de dizer o faria lá dentro, refestelado numa cômoda poltrona de veludo vermelho, agradecendo o charuto, o major sorridente, se não fossem vocês, os alemães, não sei o que seria da causa legalista. Fale, Herr Gründling, o senhor está na sua própria casa. Um conhaque? Ou prefere rum, eu sei, é a bebida preferida pelo meu caro amigo. As armas chegaram na hora precisa, foi preciso muita coragem da parte de todos os alemães que me ajudaram. Vou recomendá-lo às graças do governo central, ele saberá reconhecer, na sua magnanimidade, o valioso auxílio dos seus verdadeiros amigos, dos seus melhores aliados.

Zimmermann olhou para os outros, o patrão estava quase dormindo, seus pensamentos andavam longe. Falou em voz baixa, vamos deixá-lo, ele sabe o que faz, saíram em silêncio, Gründling arriado no sofá, na sua cabeça as imagens do Guaíba sustentando os barcos, o povaréu nervoso como um formigueiro tocado pelo fogo, aquela mesma gente que até ontem lambia as botas dos rebeldes, uma corja de aduladores fedorentos, uma gentalha que merecia pata de cavalo e lambidas de espada no lombo. Mais uma dúzia de navios-prisão, muitas outras *Presiganga* recheadas todas de presos, a linha d'água beirando o tombadilho, era de se ver, os mandões de ontem, os onipotentes, a camarilha de farrapos com as mãos atadas às costas, uma chibatada bem no lugar certo, pois que fossem pedir aos negros para que os tirassem dos porões mofados. Lembrou-se do velho Braga preso, dos seus olhos de cachorro faminto, pois aí estava uma coisa para ser falada ao Major Marques, o senhor não me leve a mal, mas em primeiro lugar mande tirar lá do meio do rio um pobre-diabo amigo meu, chama-se Braga, seu primeiro nome não me vem à cabeça, veja, minha cabeça dói como se estivesse aberta ao meio.

4.

Não haveria alguém de respeito com quem se pudesse falar naquele entrevero todo? Corredores escuros, embarrados, gente de todos os tipos a entrar e a sair das salas, soldados que corriam pressurosos no cumprimento de misteriosas ordens, por trás de cada porta um figurão anônimo, arrastar de esporas e tinidos de espadas nuas, um cheiro de suor ardido. Dois homens discutiam acaloradamente: sempre estive ao lado dos legalistas, não viro casaca; até ontem estavas dobrando a espinha para os farrapos imundos, eu mesmo vi, não me contaram. O outro tentou puxar uma pistola que levava atravessada no cós das calças: então me chamas de mentiroso, isso se responde com sangue. Um oficial apartou os dois, berrou, mais respeito, aqui é a sede do governo, não admito desrespeito às autoridades constituídas.

O mais baixo, de pala, afastou polidamente o oficial, por favor, esse assunto é só nosso e de mais ninguém, faça o favor de retirar-se. Então o oficial levou a mão à espada:

– O senhor está preso por desacato!

Chamou dois soldados que estavam junto à porta de grandes escudos entalhados, eles acorreram com presteza, perfilaram-se desequilibrados, em continência, olhavam firmes para o oficial, não sabiam o que se passava. Enquanto isso o homem encaminhava-se colérico para uma porta, voltou-se, o senhor vai pagar caro por esse insulto, afinal onde estamos, não perde por esperar. O oficial ainda gritou alto, nem um passo a mais. Os soldados permaneciam rígidos, o superior gritou, prendam aquele homem. Mas ele já havia desaparecido, batendo a porta com estrondo, o tenente no seu encalço.

Gründling, surpreso com o inusitado da cena, não saiu de seu canto, os ânimos estavam agitados, realmente ninguém se entendia, era um pandemônio. Relanceou os olhos, buscava alguém com quem pudesse falar, onde afinal poderia localizar o Major Marques de Souza? Nisto retorna o oficial que tentara prender o homem de pala, vinha batendo com os saltos das botas nas tábuas largas do assoalho, passava por ele, pois quem sabe seria o homem indicado.

– Por favor...

O tenente fez um gesto de enfado, não tinha tempo a perder, que procurasse alguém da Casa Civil, ele não era porteiro nem introdutor de ninguém. Gründling ficou de mão perdida no ar, uma raiva incontida, um tenentinho vagabundo daqueles com ares de general. Onde estaria ele metido quando se tratou de tirar os rebeldes da cidade? na certa escondido debaixo da cama, a tremer feito mulher velha. Sentia-se desamparado, antes não tivesse vindo.

Abre-se uma porta com violência, o sujeitinho de pala que fora ameaçado de prisão pelo tenente furibundo irrompe porta a fora, atrás dele um oficial que deveria ser major ou coronel, seguidos por outros que falavam ao mesmo tempo, onde está o atrevido que teve a ousadia de desrespeitar o nosso deputado legalista? Gründling sorriu, então o nosso tenentinho metera a mão errada, o feitiço virava-se contra o feiticeiro. O magote entrou na sala por onde acabava de embarafustar o oficial, houve gritos e discussões, finalmente saiu o tenente de rosto congestionado, cabeça baixa, os superiores atrás, então aonde estamos, não se respeita mais as autoridades, recolha-se à sua unidade, apresente-se ao seu comandante!

O corredor voltara a ficar silencioso, os ruídos agora vinham da rua, cavalos e carroças, homens arrastando esporas no lajedo. O oficial superior voltava, Gründling abordou-o, o senhor vai me desculpar, sou Herr Cronhardt Gründling, faço comércio entre Porto Alegre e São Leopoldo, precisava falar com o Major Marques de Souza.

O militar estacou contrafeito, olhou com certa curiosidade para ele:

– Aconselho o senhor a voltar dentro de quinze ou vinte dias, a hora não pode ser mais imprópria para tratar de assuntos comerciais.

– Mas não se trata disso, pelo amor de Deus.

– Sei, compreendo, mas o Major Marques está com o Senhor Presidente, não pode atender ninguém, nem agora e nem nos próximos dias. Deu meia-volta e desapareceu por uma daquelas malditas portas.

Gründling ficou imóvel, desarvorado, não havia dúvida nenhuma, a reviravolta havia de fato subido à cabeça daquela gente, os mesmos que há poucas horas estavam manietados nos porões infectos da *Presiganga*, mijando-se nas calças, esbofeteados pelos revolucionários, cuspidos, humilhados. Pois esses eram os homens arrogantes de agora, mal saíam das grades, mal respiravam ar puro e já se davam ares de uma importância que na verdade nunca haviam tido.

Um sargento de grandes bigodes caídos nos cantos da boca, pardacento, cabelos imundos caídos sobre a gola rota do dólmã, acercou-se do intruso:
– O senhor deseja alguma coisa, procura por alguém?
– Sim, preciso falar com o Major Marques.
– Tem audiência marcada?
– Não, mas acontece que somos amigos e tenho um assunto muito sério para tratar com ele.
– Desculpe, mas isso não pode ser, são ordens, tenha a bondade de esperar lá fora, está proibida a permanência de qualquer pessoa estranha aqui. Só autoridades.

Levou Gründling até a pequena escada da grande porta da rua, deixou-o no calçadão esburacado e voltou ao seu posto. Gründling olhou para o céu, o sol já ia caindo no horizonte, a noite não tardaria muito. Estava perto de casa, abriu caminho entre uma soldadesca que recendia suor e fumo barato, sentia os pés apertados na botina, o pescoço estrangulado pelo colarinho engomado, a boca seca, uma enorme vontade de beber.

Entrou sem fazer ruído, livrou os pés dos torniquetes, tirou o colarinho e a camisa, encheu um copo de conhaque e largou o corpo pesado numa poltrona. A cabeça doía, alguém batia-lhe com malhos nas têmporas. Pois o senhor aguarde lá fora, sim, ponha-se na rua, seu alemão filho da puta, desapareça daqui. Um mestiço de índio que não sabia o que era um banho há meses, comedor de carne crua, piolhento. A hora não era própria para tratar de negócios. Com que então, não tratavam negócios a qualquer hora. Era de rir. Na hora do perigo os alemães arriscavam a pele, contrabandeavam armas, estendiam a mão para aqueles cachorros da Corte e bastava pisarem o chão do Palácio para falar grosso, correrem com as pessoas de bem, cada um tentando lamber a sola das botas dos seus superiores. Mestiços!

Olhou em redor, a noite chegava devagar, as coisas perdiam os contornos. Não queria ver ninguém. Passou para o sofá, apoiou a cabeça num almofadão, fechou os olhos.

Ouviu um ruído, espiou, era Mariana que entrava a medo, os dois olhos brancos na escuridão. Deu um berro, ela que fosse para o inferno, não queria saber de ninguém e de nada, que prendesse os filhos lá dentro. A negra sumiu. Agarrou firme o gargalo da garrafa. Era como se estrangulasse uma galinha. Deixou a bebida escorrer garganta abaixo, queimando como pimenta viva. Passou a mão, de leve, pelo veludo do almofadão, precisava naquele momento de uma mulher, uma fêmea sem meias medidas, só Izabela seria capaz de encontrar a mulher que lhe servisse. Se for o caso, traga duas, como nos bons tempos, e mande este cego maldito tocar alguma coisa daquelas suas músicas paraguaias. Os dedos ágeis de Jacob, o velho cabaré de paredes caiadas, o reservado com a sua mesa comprida, o quartinho abafado, o cheiro acre do querosene dos lampiões e a luz trêmula das lamparinas. Isso, adivinhou, sua cadela. Um *puhrajey* das canhadas paraguaias, só esse cego seria capaz de tocar dessa maneira, ele nasceu para isso.

Lá fora a noite morna, pesada, as mariposas que espocavam nas chamas, a pele quente e gordurosa das mulheres da velha e esperta Izabela. Agitou furiosamente os braços, como a espantar fantasmas, fora com essas megeras, não quero ninguém aqui, leve essas mulheres, me deixem só.

Cruzou os braços sobre uma mesa invisível e dormiu pesado, deixando cair sobre o tapete a garrafa vazia.

5.

Dois dias depois do último encontro, Rau passou pela oficina, chamou Emanuel, precisava falar com ele. Disse em voz baixa, hoje à meia-noite na Sanga dos Porcos, lado direito, antes da travessia do rio. Emanuel fez que sim com a cabeça e ele partiu sem dizer mais nada. O rapaz voltou ao trabalho, sentia um leve tremor nas mãos, viu na janela dos fundos o rosto de Catarina que o olhava de modo significativo. Ele ainda tinha nos ouvidos as suas palavras, "não posso decidir nada por ti; pensa, avalia bem e resolve; fala com os outros rapazes, mas não esquece de dizer a eles se vais junto ou não; o importante é que tenhas a consciência tranqüila e faças as coisas por ti mesmo".

As dores de Juliana vinham espaçadas, a parteira viera examiná-la, quase sempre acontecem rebates falsos no primeiro parto. Mas a coisa não devia estar para muito longe. E nada de ficar na cama, deve caminhar, o exercício é um bom remédio, ajeita a criança na barriga. Nada de carregar peso, também, trabalho só de criança. Juliana olhava Frau Masson e sentia-se confiante, o rosto sereno da velha, os grandes olhos azuis boiando na cara de pele ressequida.

Emanuel arranjava as suas coisas com vagar, calado, Juliana ajudando o marido a enrolar o cobertor de algodão, notou quando ele tirava de sob o colchão a sua grande e afiada faca de mateiro. Ela segurou o seu pulso:
— Mas ele disse que não iam fazer guerra.
— Eu sei, mas é sempre bom a gente ir prevenido, nunca se sabe.
Ele procurava dar-lhe as costas, fingia-se preocupado com as pequenas coisas. Juliana mostrava-se calma, isso até parece castigo dos céus, agora a guerra é entre irmãos, gente do mesmo sangue, vindos da mesma terra. Ele disse, von Salisch foi muito claro, ninguém vai precisar guerrear, ele lá tem a sua própria maneira de agir, é um homem muito cuidadoso, Frau Catarina sabe disso.
Ficaram os dois na parte fronteira da oficina, noite fechada, o cavalo pronto. Com uma das mãos segurava as rédeas, com a outra o braço da mulher. Sentiu-a desamparada, nervos tensos, trêmula. Puxou-a mais para si, a grande barriga colou-se a ele, o pulsar do coração confundia-se com o seu. Soltou seu braço, ficou passando a mão, de leve, sobre o vestido largo, debaixo do pano vivia o seu filho.
— Não quero que ele nasça enquanto eu estiver fora.
— Isso não depende de mim, só Deus sabe. Se eu puder ele espera para chegar na tua volta.
Ouviram um galope isolado, aproximava-se alguém. Deve ser um dos nossos, disse ele com forte tremor na voz. Beijou Juliana, não sabia o que dizer, sentiu as suas lágrimas quentes, ela silenciosa. Desprendeu-se com esforço, montou e partiu no encalço do outro que não havia parado e nem dito nada. Ainda olhou para trás, mas não viu nada, a escuridão havia engolido a sua mulher e o filho. Ou a sua filha. Ela se chamaria Maria Luísa.
— Quem vem lá?
— Kristen — respondeu o companheiro de Emanuel.
Acabavam de chegar à Sanga dos Porcos, um terreno pantanoso que alagava sempre que o rio subia depois das chuvas na serra. Aproximaram-se do acampamento, um pequeno fogo central iluminava os homens como fantasmas. Entre eles, de pé, von Salisch. Emanuel reconheceu vários dos rapazes, apeou e foi apresentar-se ao comandante.
— Eu estava certo de contar contigo — disse von Salisch apertando forte sua mão.
Depois virou-se para o sargento, estão todos aqui? quantos somos? A voz firme do Sargento Oberstadt respondeu, quarenta e oito homens, comandante.
— Bem, vamos levantar acampamento, precisamos subir mais, sempre costeando o rio.

Os preparativos foram executados num abrir e fechar de olhos, montaram todos, von Salisch deu o sinal de marcha e iniciaram uma penosa caminhada por terreno difícil, irregular, às vezes pequenas elevações de rocha, em determinados lugares os cavalos afundando as patas, águas pelos joelhos.

Ao clarear do dia von Salisch deu ordens de alto, reuniu em torno de si a pequena tropa, pediu ao sargento que procedesse à verificação das armas de cada um, depois afastou-se para examinar as redondezas, estudava o terreno, enquanto o sargento cumpria as suas ordens. Voltou, falava sem pressa, calmo, queria que todos soubessem dos seus planos, o que pretendia fazer, revelou as informações que possuía e a muitos perguntava se haviam compreendido bem, se queriam algum outro esclarecimento, se tinham sugestões a fazer. Ninguém abriu a boca, estavam atentos, enquanto o comandante fazia o seu cavalo circular entre eles, a passo lento, pois Menna Barreto pretende cruzar o rio dois quilômetros acima de onde nos encontramos, ele dispõe de cerca de duzentos patrícios nossos, de cavalaria, mais de trezentos de infantaria e uns cinqüenta brasileiros, contando com os seus oficiais.

Sofrenou o cavalo, torceu o corpo, ficou apoiado num dos estribos, falou devagar, mas seguro:

– Vocês estão percebendo que eu não pretendo enfrentar uma força dessas com o nosso grupo, isso não passaria de um suicídio. Vamos permanecer entrincheirados na margem de cá e só dispararemos alguns tiros quando a cabeça da coluna começar a vadear o rio. Eles voltarão para organizar o ataque, não saberão quantos somos e o resto deixem comigo, vou parlamentar com o seu comandante, como se tudo não passasse de um engano, pois vou me declarar legalista.

Fez uma pausa longa para acender um cigarro, auscultou a fisionomia dos que estavam mais perto, depois prosseguiu, vou atravessar o rio sozinho, quero falar com a nossa gente, convencer os nossos patrícios de que estão lutando do lado errado, essa guerra não é deles, não devem ficar com o governo do Rio de Janeiro, que cada um volte para o seu lote e trate de cuidar da sua terra e da sua família. Então, voltaremos nós para casa, cumprimos a nossa missão, que é de paz, temos muito ainda o que fazer. Jogou o palheiro fora, empertigou-se sobre os arreios, todos prontos? O Sargento Oberstadt ordenou que se preparassem, galopou entre eles, reiniciaram a marcha, o dia já clareava, o rio descia escuro e rápido.

Ao avistar – meia hora depois – a parte espraiada do rio, com sinais de patas de cavalo e de sulcos de rodas de grandes carroções, von Salisch ordenou alto, chamou Oberstadt, deu instruções e o sargento carregou os rapazes para um caponete cerrado a uns quinhentos metros de onde estavam.

– Escondam bem os cavalos, não deixem nenhum solto, voltem logo para ocupar o terreno.

Um soldado trouxera o cavalo do comandante que se postara, numa pequena elevação, estudando o terreno. Cada um que ia chegando ia recebendo indicação do lugar exato onde deveria permanecer, formando, logo depois, uma linha sinuosa, curta, cerrada, a cavaleiro dos que tentassem vadear as águas do rio. Se algum canoeiro passasse, naquele momento, pelo meio do rio, não veria nada nas suas margens, os homens haviam sumido nas reentrâncias do terreno acidentado.

Emanuel empunhava firme uma espingarda. Espiava nervoso a margem oposta e sentia sob a barriga a umidade da terra molhada pela noite. Pensou, Philipp estaria, àquelas horas, em algum lugar parecido com aquele, teria nas mãos uma espingarda ou uma lança, ou talvez trotasse com seu cavalo por coxilhas e canhadas, ele quase o enxergava, sim, era o menino Philipp na guerra. Ele precisava concentrar-se na margem oposta, de lá sairia o inimigo. Empunhava firme a arma, não queria tremer, lutaria como o melhor de todos eles, precisava voltar para a casa de cabeça erguida, Juliana gostaria de saber que fora um valente, que o pai de seu filho era um homem, um soldado que não temia o perigo. Maria Luísa, se fosse mulher. Se fosse menino, bem, havia tempo para pensar nisso. Talvez Herrmann, em homenagem ao seu primeiro comandante naquela guerra, um homem de verdade, que sabia o que estava fazendo, que não conhecia o medo. Juliana, estava certo, gostaria do nome de Herrmann. Herrmann Jacobus. Maria Luísa Jacobus.

Um cavalo relinchou distante, os cavalos escondidos no caponete se mostraram agitados. Estava lá um homem atento, a presença deles acalmaria a cavalhada. O vento estava a favor deles, da outra margem jamais ouviriam qualquer som daquele lado. Emanuel esfregou a mão aberta na relva úmida. Sua testa porejava suor frio. Que diabo, os outros estariam assim também. De onde estava, von Salisch fez um aceno para a linha sinuosa dos seus homens. Eles se colaram mais à terra.

Os primeiros soldados surgiram na outra margem. Era um grupo de batedores, lanças horizontais, cautelosos. Os primeiros cavalos começaram a chapinhar nas águas. Outros mais surgiram. Emanuel mal conseguia vislumbrar as sombras que se moviam lentamente do outro lado. Sentia o estômago contraído, a boca seca. E se von Salisch houvesse cometido um erro? Se fossem milhares de homens com potentes bocas-de-fogo e não quisessem parlamentar e despejassem sobre eles uma torrente de ferro em brasa? Impossível. Tudo daria certo, ele não morreria sob a metralha do inimigo, ele não queria morrer e nem podia, sua mulher carregava um filho na barriga, um ser vivo e palpitante, o pai chegaria a tempo de ouvir os primeiros vagidos, a tempo também de ver Frau Catarina dar o primeiro banho com água aquecida no grande fogão de chapa rubra. Daniel Abrahão estaria lendo a Bíblia e pedindo a proteção dos céus para a criança que vinha ao mundo numa hora em que os homens se guerreavam e se exterminavam.

Os piquetes da vanguarda inimiga já estavam quase a meio do rio, a procurar com cuidado os baixios, esparramando-se com cuidado, atentos, lentos. Viam-se as feições dos primeiros homens, era só apontar, dar no gatilho, meter uma bala bem no meio do corpo.

Von Salisch fez o sinal combinado e ouviu-se, cerrada e aterradora, a primeira descarga de fuzilaria. O pânico tomou conta do inimigo, alguns soldados empinaram as suas montarias, debandavam de volta, gritos e ordens confusas de comando. Reorganizaram-se rapidamente, as pontas das lanças denunciando a extensa linha que ia sendo formada ao longo do rio. Talvez fossem, mesmo, uns quinhentos homens. Salisch obtivera informações exatas. Não esperou mais, começou a erguer o pedaço de pano que havia amarrado na ponta de uma lança, depois levantou o busto, ficou de joelhos, finalmente de pé, balançando a bandeirola de paz. Iniciou uma caminhada lenta, precavido, até a elevação mais proeminente. Lá de trás surgiu um dos homens puxando dois cavalos pelas rédeas, Oberstadt caminhou sem pressa para junto do comandante, os dois montaram, olhos fixos à frente, começaram a entrar rio acima, seguindo a linha invisível do vau, o trapo branco para lá e para cá.

Na outra margem von Salisch notou que os homens ganhavam mais confiança, alguns deles já tornavam a entrar no rio, acenavam pacíficos, por fim os dois já cruzavam serenamente pelos primeiros soldados em alerta. Foram direto ao grupo de oficiais do comando que cercavam Menna Barreto, imponente no seu cavalo baio, fardamento vistoso, dourados a reluzir nos ombros e nas mangas. Salisch foi recebido com reservas, dirigiu-se ao comandante, havia por certo um engano, eles não eram rebeldes, eram alemães que estavam ali a fim de proteger os seus bens e as famílias dos seus patrícios que estavam na guerra. Oberstadt viu entre os alemães velhos conhecidos seus, entre eles Behrens, Wrede, Strobach, Roeding, o ruivo Kirchardt, da Picada Hortêncio, o filho do seleiro Spring, então sorriu para eles, pequenos acenos amistosos, enquanto Salisch ouvia de Menna Barreto que eles, os alemães, não podiam formar tropas militares para nada, que só a eles, legalistas, cabia fazer com que os direitos e os bens dos cidadãos fossem respeitados. Salisch declarou-se de acordo, queria colaborar, estava ali para isso, gostaria até de poder falar com seus patrícios, explicar para eles os motivos pelos quais lutavam, o império estava em perigo, era preciso que todos ajudassem a derrotar os rebeldes.

Menna Barreto achou a idéia boa, não sabia falar alemão, seria uma excelente oportunidade para esclarecer os seus homens.

Von Salisch pediu, aos gritos, que os alemães entrassem em forma, infantaria à frente, cavalaria mais atrás, notou os homens cansados, cavalos exaustos, precisava começar a sua arenga o mais depressa possível:
– *Liebe Landsleute: Alle müssen über diesen Krieg gut nachdenken. Wir haben nichts mit ihm zu tun, es gibt keinen Grund warum wir unser Leben sür die Interessen der Regierung in Rio de Janeiro opfern sollten...*

Prosseguiu entusiasmado, voz firme, notou que os homens recebiam bem as suas palavras, Menna Barreto sorria satisfeito, trocava olhares significativos para o seu Estado-Maior, assim os alemães se integrariam melhor com os brasileiros. Salisch alinhava novos argumentos, lembrava a família de cada um, as mulheres e as crianças entregues à própria sorte, a terra mal trabalhada, que esperavam eles para tomar uma decisão?

Deu-se o inevitável, os soldados de infantaria começaram a sair de forma, os cavaleiros esporeavam os animais e rumavam para o rio. Por todos os lados uma debandada urgente, livre, alegre. Menna Barreto gritou para Salisch, afinal o que estava se passando, que estava ele dizendo aos homens? Ele ainda disse algumas palavras mais para os soldados que ainda o rodeavam, virou-se para o comandante enfurecido: estou dizendo a eles o que devem fazer como alemães, que voltem para seus lotes, que cuidem das suas famílias, que não se metam numa guerra que não é deles.

Um oficial avançou com seu cavalo até Salisch, desembainhou a espada:
– Isto é uma traição, merece a morte.

Mas estacou diante de Oberstadt, que o ameaçava com a lança, e de mais quatro ou cinco alemães que acorreram para defender os dois, estavam em maioria, corriam perigo, o oficial recuava. A oficialidade olhava para o rio, as tropas alemãs passavam em meio de grande algazarra, os soldados de infantaria saltavam para a garupa dos companheiros, formavam filas seguindo os baixios.

Foi quando piquetes da retaguarda surgiram de inopino, um sargento gritou que Bento Gonçalves aproximava-se à frente de grande tropa, vinham a menos de quatro quilômetros. Menna Barreto deu ordens apressadas de reunir, os brasileiros tratando de obedecer enquanto os alemães alcançavam a margem oposta e confraternizavam, alegres, com a pequena força de von Salisch que ficara aguardando os acontecimentos.

As tropas legalistas desapareceram rio abaixo, enquanto Salisch reunia seus homens, dando ordens para que montassem, o caminho a seguir todos sabiam, São Leopoldo ainda estava na mesma direção.

Emanuel voltava de coração leve, afinal tudo havia corrido conforme as previsões, o pequeno grupo conseguira uma vitória com apenas uma descarga de armas viradas para o céu, que a ordem fora para não atirar sobre os inimigos. Agora sim, Juliana já poderia dizer a Frau Masson que o filho do soldado e guerreiro Emanuel Jacobus poderia vir ao mundo. Sentiu vontade de fincar as esporas no ventre do cavalo e galopar, galopar, voar pelas margens tranqüilas do Rio dos Sinos.

Mas o animal estava cansado, seguia de cabeça baixa, passos trôpegos, cruzando banhados e barreiros, vencendo com dificuldade o longo caminho de volta.

V

1.

Os homens descarregavam os pesados fardos que os negros traziam nas costas, o empório com gente por todos os cantos, Gründling refestelado numa cadeira de couro, pernas estendidas sobre um tamborete, a saborear talhadas de melancia. Bayer dava ordens, gritava com os escravos, enquanto Tobz escolhia as melancias maduras, batendo com os dedos nas cascas rajadas, separava uma e enfiava o facão, abrindo-a meio a meio. O *coração*, vermelho brilhante pontilhado de pequeninas e negras sementes, era levado numa bandeja para Gründling. Ele enchia a boca, caldo escorrendo pela barba, olhos gulosos fiscalizando a mercadoria que chegava de Rio Grande.

– Essa gente daqui não tem dinheiro para pagar essas coisas e de São Leopoldo não nos chega nada.

Chamou Bayer, ele que tratasse de fazer com que os escravos descarregassem com cuidado, não podiam largar as caixas no chão daquela maneira, assim quebravam o que vinha dentro. O gerente chamou um dos feitores, transmitiu as ordens e logo depois Gründling sorriu, as suas determinações estavam a ser cumpridas, ouvia-se o estalar dos chicotes no lombo dos negros recalcitrantes. Afastou Tobz com o braço, não queria mais saber de melancia, isso é comida para porco, estou com a barriga estourando de água. Levantou-se para urinar atrás de uma parede, voltou abotoando-se, vamos rebater essa porcaria com uns bons *schnaps*.

Depois de um longo rateio Bayer pagou o feitor com mercadorias. Ele tentava explicar ao homem, estamos em guerra, falta trabalho para todo o mundo, os seus negros não são melhores do que os outros, vai terminar matando de fome esses diabos se continuar cobrando assim pelo trabalho deles. Depois que eles saíram Bayer veio reunir-se à roda em que estava o patrão, limpava o suor com um grande pano de algodão, disse, minha vontade agora era tomar um bom banho de rio, ninguém agüenta um calor desses, há mais de um mês que não chove. Tobz achou graça no outro, o mês de fevereiro sempre foi assim, admiro não saber disso. Bayer pediu licença, apanhou um pedaço de melancia, provou, disse que parecia uma pedra de açúcar.

– Se tivesse chovido, seu parvo, esta melancia estava aguada que só porco seria capaz de comer.

Zimmermann acabou de falar e fez um sinal com a mão, dois empregados vieram limpar o chão das cascas e sementes, o patrão meio sonolento, bebericando ainda os seus *schnaps*. Olhou para Bayer:

– Afinal, tudo chegou de acordo com as relações?

– Lang e Rieth estão conferindo, até agora parece tudo certo.

Estavam numa espécie de escritório, separado do resto do empório por uma pequena mureta de pedra, de onde se avistava uma das quatro portas largas que davam para a rua. Lá fora, os carroções com seus cavalos modorrentos, a espantar com o rabo as moscas varejeiras. Gründling reparou nos cavalos, olhou em redor e disse que havia tanta mosca ali dentro quanto se via na rua, era uma imundícia, bichos irritantes, patas pegajosas. Schilling ainda tentou sacudir um pedaço de saco, espantando-as, mas o que conseguiu foi levantar uma nuvem de poeira. Lang aproximou-se, disse para Bayer que estava tudo em ordem, apenas quatro pratos quebrados, duas tigelas, além do vidro de um dos candeeiros. Gründling ordenou a Bayer que lesse a relação.

– Mil e duzentos côvados de riscado e mil de algodão.

Gründling sorriu, amanhã mesmo essa gente do governo vem aqui requisitar, é fardamento para soldado. O empregado prosseguiu:

– Duzentas caixas de linha e duzentas de novelos de fio de linha. Trinta dúzias de *bitters* (o patrão rosnou, afinal vinha também alguma coisa que prestasse); dez caixas de toalhas; trinta candeeiros; mil dúzias de botões para jaqueta; cinco mil agulhas; dois mil côvados de cassineta e outro tanto de musselina; vinte moinhos para café e quatro mil quilos de sal.

Gründling interrompeu a leitura, para mim chega, não quero saber de mais nada, só nos mandam porcaria, quinquilharias para índio. Aí na relação, por exemplo, tem rum da Jamaica? O gerente disse não, sem olhar para o papel. Pois é, posso jurar que essa mercadoria veio mas não passou de Rio Grande, lá só tem ladrão, são uns miseráveis, pois que se embebedem feito porcos. Levantou-se, disse que ia para casa, apontou para Tobz, Schilling e Zimmermann, vocês venham comigo. Saíram, na rua o sol estava escaldante, caminhavam lentamente, a proteger-se nos curtos beirais das casas baixas.

– Preciso dar uma chegada em São Leopoldo – disse após algum tempo.
– O senhor não acha um tanto arriscado, depois de tudo o que aconteceu? – disse Schilling.
– Não acho, se quer saber. Não sou rato para ficar preso numa toca. E depois, preciso falar com uma determinada pessoa, quero fazer um acordo, acho que este é o caminho mais certo. Sim, um acordo sempre é melhor.

Então parou, ficou de frente para os outros, o sol a pino transformava as suas barbas numa labareda:

– Que é feito dos homens de Frau Catarina, como está o empório dela?
– Mas o senhor não sabe? – disse Tobz admirado. – Os homens dela foram presos, o Isaías Noll, Engele, aquele que apanhou de palmatória do Padre Pedro, e um tal de Richter. E mais: estão todos na *Presiganga*.
– E o empório?
– Vazio. Saquearam na medida, não ficou uma agulha nas prateleiras e ainda por cima fecharam as portas com trancas e pregos.

Gründling prosseguiu, pensativo, depois disse como se não falasse com ninguém, como se estivesse só, pois vão abrir o empório dela, vão soltar os seus homens, dou a minha palavra de honra sobre isso. Os outros se entreolharam, Zimmermann disse, mas Herr Gründling o senhor vai querer quebrar lanças por um concorrente da raça de Frau Catarina? Há muito que ela não nos deixa comprar nada nas picadas; é nossa inimiga declarada.

– Ora, deixe-se disso, eu sei quem são os nossos inimigos. Este é um problema meu, não me interessa a opinião de mais ninguém.

Caminhavam limpando o suor que escorria pelas golas das camisas. Gründling ainda monologava, precisamos de porco, de milho, frangos, ovos, batatas, feijão, fumo, toucinho, torresmo. Eles que fiquem com as agulhas, as toalhas e cassinetas. Pois nos pagam muito bem. Querem um bom chapéu europeu? Pois custa um saco de batatas ou dois de milho. Um ótimo negócio. Dois quilos de biscoitos nossos por um saco de milho e estamos quites. Duas dúzias de ovos por uma toalha. Vejam, uma toalha das boas, dá para enxugar a cara do pai e os pés do filho, depois é só estender num galho.

Os negros dormiam nos portais, um calor úmido empastando o ar, nenhum soldado pelas ruas. Na Igreja do Rosário os escravos se amontoavam entre as colunas. Tobz lançou um olhar para eles, fez um trejeito, quando se precisa de um desses animais custam os olhos da cara; o que querem é dormir, é modorrar em qualquer desvão. Gründling tinha o pensamento longe, caminhava compassado, não ouvia o que os outros diziam, pois tinha lá o seu plano na cabeça. Era a sua vantagem sobre os demais, sabiam cumprir ordens, eram fiéis, mas qualquer um deles incapaz de ligar duas idéias, de resolver um problema, de usar a cabeça. Estava certo. Eles ganhavam a vida prestando serviços, cabia a ele traçar os planos, dar ordens, prever todos os detalhes. Pois tudo agora ficava mais claro na sua cabeça, como é que ainda não tivera aquela idéia, isso é que o intrigava.

Quando chegaram à Praça da Matriz ele disse aos outros que podiam ir para as suas casas, ele estava cansado, com muito calor, queria dormir até que o sol se fosse embora. Riu-se, descontraído, quero ficar nu em cima de uma cama, um jarro de água à mão e um pouco de ar entrando pela janela. Assim pode ser que a cabeça fique mais fresca, preciso disso. Parou, botou a mão sobre o ombro de Schilling:

– Uma coisa, ainda. Procurem saber mesmo se aqueles rapazes de Frau Catarina então na *Presiganga* e quem é o responsável pelos presos daquela geringonça.

Fez uma pausa, cofiou a barba molhada.

– Quero saber isso ainda esta noite.

2.

Emanuel encontrou no caminho de volta um carroção que vinha do Portão, da casa dos pais, pesado de mantimentos, na boléia o entregador Inácio Bins. Ele e os poucos companheiros pararam à sombra, os cavalos caindo aos pedaços, o resto do grupo havia seguido von Salisch, internando-se pelas picadas. Surpreso, Bins perguntou de onde eles vinham, assim armados, por acaso andavam em guerra? Mais ou menos, disse Emanuel, mas ninguém chegou a brigar, agora estamos voltando para casa. Perguntou se ali não havia alguma coisa para comer. Bins alegrou-se, puxou de um saco sob o banco um grande pedaço de lingüiça gorda, especial para a família, e dois belos pães de milho. Deixem comigo, vou preparar essa lingüiça com ovos, faço fogo em dois minutos e de mais a mais eu também ainda não comi nada desde que saí do Portão. Sabem, a gente não gosta de demorar muito pelo caminho.

Todos apearam, o rapaz desenganchou a sua panela de viagem, tirou a caçamba de brasas e começou a preparar o fogo. Emanuel deu o exemplo para os outros, desencilharam os cavalos, deitaram-se sobre os pelegos, estavam com os olhos pesados de sono. Mas ele não conseguiria dormir, seus pensamentos voavam, agoniava-se, via nitidamente o quartinho dos fundos, a oficina onde Daniel Abrahão trabalhava em silêncio, Juliana como estaria? Já tivera a criança? Confiava na gorda parteira, em Catarina, nas orações de Daniel Abrahão. Disse, quase em voz alta, Deus é bom.

Quando terminaram de comer, o entregador ainda a apagar o resto de fogo, os companheiros tratando de reagrupar os cavalos, eles disseram que Emanuel fosse na carroça, assim chegaria mais descansado. Despediram-se, a comida havia chegado bem na hora, tocaram os cavalos a passo.

Bins atrelou o cavalo na traseira da carroça, ajeitou a mercadoria para dar lugar a uma espécie de cama para o filho do patrão, examinou bem os arreames dos cavalos puxadores, aboletou-se em seu lugar e deu a partida. Emanuel acomodou o corpo dolorido, estendeu as pernas dormentes, enxergava agora o vasto céu sobre a cabeça, as copas das grandes árvores, os pássaros lentos que cortavam o ar. Cruzou os braços na nuca, cabeça enevoada, dormiu.

Quando os cavalos estacaram bruscamente, viu a sombra do rapaz na boléia e ouviu a voz clara, nítida, forte, de Catarina. Não conseguia acordar de todo, tinha o corpo moído, a patroa perguntava ao rapaz se tudo havia corrido bem, como iam as coisas pelo Portão. Bins disse a ela que podia ficar descansada, tudo estava bem, a única coisa que podia contar é que havia encontrado um resto de tropa no caminho. Pouca gente, não mais que cinco rapazes.

– Soldados?

– Soldados, sim senhora. E para provar o que digo trouxe aqui comigo um deles, feito prisioneiro por mim, afinal comeu a melhor lingüiça que eu trazia para a senhora.

Aproximou-se de Emanuel que ainda lutava contra o sono, puxou um pedaço de pano que cobria parte do carregamento.

– Veja a senhora, o soldado Emanuel.

Catarina assustou-se. Ele está ferido? Emanuel levantou a cabeça: Frau Catarina, a senhora?

– Não – disse Bins – ele não está ferido, preferiu fazer este pedaço de caminho dormindo, já estava meio morto de cansaço.

Emanuel levantou parte do corpo, apoiando-se nos cotovelos, viu parte da casa, o portão da oficina, lá nos fundos ficava o seu quartinho, o quartinho de Juliana, viu as crianças na porta da casa, Daniel Abrahão, Rau e outras duas pessoas que não conhecia. Virou-se para Catarina:

– E Juliana?

– Teve a filha – respondeu ela, ajudando-o a descer.

– Maria Luísa? Por amor de Deus, Frau Catarina, quero ver Juliana e a minha filha. Então foi tudo bem, eu sabia que Deus olha para os seus filhos, eu sabia.

Catarina disse ao rapaz que fosse passar uma água na cara, estava coberto de terra, precisava pelo menos trocar de roupa, uma outra camisa, estava um bicho.

– E Juliana?
– Ela está bem, Frau Masson acaba de sair daqui, passou toda a noite ao lado dela.
– E a que horas nasceu?
– Há quatro horas, mais ou menos.

Caminharam em direção da porta, ele abraçou Daniel Abrahão, beijou as crianças, apertou a mão de Rau, então veio sempre dar uma ajuda como prometeu, muito obrigado, as coisas lá correram como von Salisch havia previsto, tiros só para assustar a gente do outro lado, ninguém morreu, o comandante àquelas horas marchava para os lados de Porto Alegre. No limiar da porta Catarina fez com que o rapaz parasse, botou a mão no seu ombro, um momento, precisamos conversar alguma coisa, duas palavras só. Ele notou a expressão da patroa, tornou-se sombrio de repente, fale, por amor de Deus fale, Frau Catarina. Juliana não foi bem? Ela pediu: Daniel Abrahão, traz um pouco de água para Emanuel, ele deve estar com sede depois de toda essa viagem. Obrigou-o a sentar-se no banco da salinha da frente, sua voz era firme, falava com os dentes um pouco cerrados:
– Juliana está bem, muito bem mesmo, está dormindo agora, não convém acordá-la, é natural que esteja fraca, isso acontece com todas as mulheres.
– E Maria Luísa?
– Nasceu morta – disse num repelão Catarina.

Emanuel ficou olhando para ela como se não tivesse entendido, notou que os outros estavam na porta, espiando-o, pelos seus olhos continuavam passando as ramadas das grandes árvores do caminho, voejavam os mesmos pássaros lentos e agourentos, eram aves negras. Ouviu a voz, lá fora, de Daniel Abrahão, lia um trecho da Bíblia, "Deus é para nós refúgio e fortaleza, auxílio encontrado sem falta nem atribulações. Portanto não temeremos, ainda que se mude a terra, ainda que se abalem os montes nos seios dos mares, ainda que bramem e se perturbem as suas águas".
– Quero ver a minha mulher – disse ele com voz sumida.
– Vamos até lá, mas quieto, sem barulho, não é bom que acorde, ela está muito fraca e triste, ainda não quis comer nada, só falava em ti.

Abriram a porta do quartinho com cuidado, o couro ressequido das dobradiças rangeu de leve, a claridade de fora riscou o chão de terra batida. Juliana dormia um sono agitado, respiração difícil, entrecortada. Emanuel sentiu cheiro de sangue e de desinfetante. Aproximou-se da cama, viu a sombra difusa da mulher, olhou para Catarina que lhe fez um sinal para saírem. Lá fora disse, a meia voz:

– Juliana não sabe ainda que a filha não vive, foi melhor assim até que fique mais forte.
– E quando vai ficar sabendo?
– Tem tempo, é melhor para ela não saber já. Agora é preciso enterrar o anjinho que nem chegou a ver a luz do dia.
– Quem vai encomendar?
– Não encomendam as pessoas que nascem mortas. É só enterrar.
– Como os animais?
– Não – disse ela firme. – Como as pessoas que nascem mortas.

Ele baixou a cabeça, olhos secos, perguntou onde estava a filha. Catarina conduziu-o até os fundos. Sobre uma tábua para lombilhos estava um embrulho de papel pardo, nódoas sangüíneas. Ele disse: não pode ser, não é a minha filha, parece um embrulho de lixo, não podem fazer isso com ela, não podem. Começou a chorar, soluçar abafado, apertava a cabeça com as mãos, batia no rosto. Catarina elevou a voz: não é a tua filha, é um feto, não se pode encarar as coisas dessa maneira e tu sabes disso, não piora as coisas para a tua mulher que ainda vive, que precisa viver. Puxou-o pelo braço, Herr Rau leva o embrulho, ele sabe o que fazer nesses casos, nasceram-lhe dois filhos assim.

Emanuel passou as costas das mãos nos olhos, teve uma enorme vontade de gritar, de bater com os punhos contra a parede, viu-se à beira do Rio dos Sinos, espingarda entre os dedos, era preciso atirar, atirar sem parar, devastar o inimigo, aniquilá-lo.

Catarina puxou sua manga, vamos, não adianta ficarmos aqui, isso não resolve nada. Ele sacudiu o braço, livrou-se da mão dela.

– Por favor, Frau Catarina, não diga que não, pela primeira vez vou desobedecer à senhora. Maria Luísa vai ter um caixão, um caixão feito com as minhas próprias mãos, não vai ser enterrada como uma coisa, como um animal.

– Meu filho, tens o direito de fazeres o que achar melhor – disse ela retornando para a oficina.

Falou com o marido, que escolhesse alguns bons pedaços de madeira, Emanuel queria construir um caixão para o feto. Ele obedeceu, começou a vasculhar uma pilha de tábuas, pontas e aparas. Virou-se para a mulher, disse:
– Emanuel está certo, todos são filhos de Deus, com mais razão ainda as crianças que nascem mortas.

A mulher corrigiu, não há encomendação para as crianças que nascem mortas. Ele suspendeu as buscas, caminhou até ela, abriu os braços: não se faz encomendação? Viu Emanuel que chegava, foi ao seu encontro: eu faço a encomendação cristã da tua filha, deixa isso comigo, as palavras da Bíblia têm o mesmo valor na boca de um sacerdote ou na de um cristão.

Catarina afastou-se, deixou os dois entregues à construção do caixãozinho para o feto. Mãos ágeis, bocas caladas, Emanuel contendo o choro, a passar na sua memória a voz grave e pausada do velho Jacobus, "homem não chora".

Depois de algum tempo o trabalho estava terminado. O rapaz foi buscar o embrulho manchado de sangue e colocou-o, com cuidado, entre as paredes de madeira crua. Voltou, pediu a Daniel Abrahão um martelo e pregos, sentou a tampa rústica, cerrou os dentes, cada batida era como se esmagasse um ser vivo, às vezes com raiva incontida, ódio, desejo de destruir algo que ele mesmo nem sabia bem o que pudesse ser. Como o puxar do gatilho, os inimigos na outra margem, era preciso atirar para matar. Von Salisch estava errado, na guerra não se deve poupar o inimigo, alinha-se a alça com a massa de mira, a bala abre um rombo entre os olhos de alguém que também se prepara para matar. Viu que o caixão estava fechado – teria pouco mais de um palmo dos seus – meteu-o debaixo do braço, agarrou uma pá de corte, enfiou o chapéu.

– Volto dentro de uma hora, Frau Catarina.

Daniel Abrahão postou-se à sua frente. Espere, vou buscar a minha Bíblia, esta criança precisa ser encomendada com a palavra de Deus.

Logo depois saíam os dois, rumo ao cemitério. Emanuel adiante, Daniel Abrahão um pouco mais atrás, tentando folhear a Bíblia preta, dando corridinhas para alcançar o rapaz.

Emanuel escolheu um lugar mais alto, seco. Havia uma figueira perto, depositou o caixãozinho no chão, arregaçou as mangas, cuspiu na palma das mãos e começou a cavar com vigor. O suor escorria cara abaixo, ardia nos seus olhos, enquanto Daniel Abrahão continuava a folhear a Bíblia. Cavou ainda por algum tempo, com ódio, mediu com a pá a profundidade, achou que estava bem, virou-se para o patrão:

– Pode começar a encomendação, Herr Schneider.

Ajoelhou-se. Então chorava. A voz de Daniel Abrahão era grave e triste: "Eclesiastes, capítulo três, tudo tem a sua ocasião própria e todo o propósito debaixo do céu tem o seu tempo. Há tempo de nascer e tempo de morrer", ele lia a Bíblia ajoelhado na terra recém-revolvida e úmida, o vento a sacudir-lhe o cabelo rebelde, "há tempo de nascer e tempo de morrer, tempo de plantar e tempo de arrancar o que se plantou", Emanuel não podia crer que a posta sangüínea que vira fosse a sua filha Maria Luísa, aquilo de fato não estava acontecendo, estaria ferido pela lança de um inimigo, era ele que morria, devia ser assim o que se passava num homem que perde sangue aos poucos, esvaindo-se lentamente, sem pressa, "tempo de chorar e tempo de sorrir, tempo de prantear e tempo de dançar", comandante von Salisch, estou ferido, Hollfeldt, chama urgente o cirurgião-mor, Juliana me espera em casa, não posso morrer agora, "tempo de amar e tempo de odiar, tempo de guerra e tempo de paz", Kristen, Wessel, Sargento Oberstadt, onde estão vocês que não me ouvem e nem me socorrem, eu não consigo mais chorar, pelo amor de Deus, meu sangue encharca a terra, é possível que ninguém veja, que deixem o meu corpo aqui exposto para aqueles pássaros malditos descerem e me devorarem? Que se passa com o resto da tropa que desapareceu? Malditos!

Daniel Abrahão suspendeu a leitura da Bíblia, passou a mão sobre a cabeça do rapaz:

– É preciso ter fé, meu filho, o desespero não é próprio dos cristãos.

Emanuel olhou para ele sem entender, viu o tosco caixãozinho sobre a terra revolvida, esfregou a manga da camisa nos olhos, por certo não estaria chorando, era só o suor.

Quando voltavam para casa, ele ainda tinha nos ouvidos, dentro da cabeça, a voz rouca de Daniel Abrahão, "tempo de falar e tempo de calar, tempo de matar e tempo de curar". Que diria a Juliana quando abrisse a porta do quartinho cheirando a sangue e a desinfetante, quando chegasse perto da sua cama e visse os seus olhos muito brancos, o seu vulto estendido debaixo das cobertas, a sua voz triste e apagada, perguntando pela filha que haviam levado?

Ele pegou das suas mãos, apoiou nelas a sua testa molhada e ali ficou, tentando não pensar em nada.

3.

Os soldados brasileiros, por determinação do comandante ferido, rumaram para São José do Norte. Os alemães foram mandados de volta para a colônia, não convinha que chegasse aos ouvidos da Corte que braços estrangeiros estavam lutando ao lado dos rebeldes. Heise reuniu seus homens, disse que haviam recebido uma nova ordem, precisavam estar em São Leopoldo, o Dr. Hillebrand continuava incomodando, agora com mais de quatrocentos patrícios emboscados nas picadas ao pé da serra. Era noite já, então ordenou que se preparassem para dormir algumas horas antes de iniciar a marcha de volta, era preciso alimentar a cavalhada. Philipp, Satter e Juanito foram cortar capim para os animais, enquanto outros faziam fogo e se preparavam para cozinhar alguma coisa.

Enquanto executavam a ordem, Philipp confidenciou a Satter que estava envergonhado, estavam sendo mandados embora, isso não se fazia nem com os negros escravos. Repelidos como leprosos, depois de tudo o que haviam feito, depois de arriscarem a vida daquela maneira. Satter suspendeu a sega por alguns momentos, o amigo devia confiar mais no Major Heise e eles eram soldados, deviam obedecer.

– Tenho a certeza de que em São Leopoldo nos mandam para casa – disse Philipp. – Para eles é muito vantajoso que a gente continue plantando e fabricando carroça.

Satter meneou a cabeça, o soldado Philipp estava ficando maluco, a guerra não lhe fazia muito bem. Assim, o melhor mesmo seria voltarem para casa e cada um ajudar de sua maneira. Segavam agora com raiva, como se estivessem cortando pescoços de imperiais. Juanito ia recolhendo o capim úmido, fazendo feixes, deixando-os em linha para que fossem encontrados na volta, quando a escuridão da noite houvesse caído sobre a terra, cobrindo campos e varzedos.

– Já está melhor do vomitório? – perguntou Philipp quebrando o silêncio.

– Quase – disse Satter sem parar –, agora eu preciso é de comida no estômago, alguma coisa mais sólida, quente, sei lá.

Avistaram ao longe, no acampamento, a tênue claridade das fogueiras. Philipp distendeu o corpo, espreguiçando-se, acho que chega, o resto os cavalos que arranjem por lá mesmo. Viu quando Juanito juntava-se a eles, então convidou o amigo, vamos voltar, o pior agora é recolher os feixes nessa escuridão toda, se ainda viesse alguém mais para uma ajuda. Fez um sinal para o índio, iniciaram o caminho de volta empilhando os molhos de capim nos braços. Satter paralisou os outros dois com um grito lancinante, Philipp viu quando ele recolhia o braço esquerdo de encontro ao peito, segurando-o com a outra mão. Gritou desesperado:

– Uma cobra, ali vai ela, uma cobra!

Philipp correu, seguido por Juanito, queria ver a cobra, cascavel não era que ninguém ouvira o chocalho, mas era quase certo tratar-se de bicho venenoso. Estava escuro demais, as macegas altas tornavam difícil a busca. O melhor era socorrer Satter, levá-lo depressa para o acampamento. O rapaz gemia, desta não escapo, era cobra venenosa, estou sentindo o braço dormente, não consigo mais mexer com os dedos. Ofegante pelo peso, Philipp tratava de acalmar o companheiro, devia ser cobra-verde, vira muitas delas na véspera, caso contrário estaria ficando cego. Satter fincou um pé no chão, obrigou Philipp a parar, virava a cabeça para todos os lados, olhos esgazeados, o amigo sentia a respiração dele no seu rosto, ainda com o hálito azedo de quem vomitara muito.

– Não estou enxergando bem – disse ele.

– Ora, nenhum de nós está enxergando bem – disse Philipp. – Vamos andar depressa, no acampamento eles sabem o que fazer nesses casos.

Iam, agora, mais devagar. Satter choramingando, ele sabia muito bem o que faziam em tais casos, queimavam a mordedura com um tição.
— Não vou deixar que me queimem, prefiro morrer.
Mais perto, eles viam os vultos dos homens ao redor das fogueiras, Philipp gritou chamando Albrecht, Koeske. Foi quando Satter disse que não podia mais andar, pararam todos, logo depois Juanito disparou rumo ao acampamento, Satter disse que estavam voltando as náuseas, começou a vomitar aos arrancos, amparado firme por Philipp.

Logo depois, deitado próximo a uma fogueira, cabeça apoiada nos pelegos de um lombilho, Satter disse para Heise que o mirava de pé, mãos à cintura, calado:
— Vou morrer, major.

Kondörf aconselhou cauterizar a ferida, pelas dúvidas. Ohlmann concordou, afinal ninguém ficara sabendo que espécie de cobra tinha sido, o veneno de algumas delas às vezes custava a fazer efeito. Heise agachou-se, passou a mão na testa do rapaz, pegou a mão ferida, examinou-a bem com o auxílio de um tição que Ohlmann havia aproximado, depois tornou a levantar-se, chamou Philipp, o melhor que temos a fazer é dar um bom prato de comida a este rapaz.
— Não foi cobra venenosa — disse calmo. — Se fosse estaríamos agora abrindo um buraco ali no chão para enterrar o jovem soldado.

Ohlmann continuava com o tição fumegante, mas então não vamos cauterizar a ferida? Não, disse Heise, mas quero aproveitar a brasa para acender o meu cigarro.
— Vamos, rapaz, levanta, vamos passar uma pomada nessa ferida.

Satter olhava para o major, não queria acreditar, depois circulou o olhar pelos companheiros, começou a rir num crescendo, nervoso, histérico, corriam lágrimas pela cara, então não vou morrer mais, escapei de duas num mesmo dia.

O comandante havia se afastado, chamou por Philipp, ordenou: leva o índio e mais três companheiros, quero que tragam a forragem para os cavalos.
— E agora, por favor, batam com uma vara no chão antes de apanhar os feixes. Se alguém voltar com mordida de cobra mando botar a mão no meio das brasas.

A fogueira morria. Sonolento, Satter passava de vez em quando a mão sobre a ferida para saber se não estaria inchando. Os homens dormiam agrupados, o frio piorara. Philipp sentia no rosto a umidade da noite, mãos e pés gelados, Juanito enrodilhado no chão de terra solta. Sentado sobre o lombilho forrado de pelegos, o Major Oto Heise mantinha os olhos fechados, costas apoiadas num tronco de árvore, fazia um esforço para pensar claro, tinha que estar seguro sobre o que deveria fazer quando o dia chegasse. Todos viram quando o grosso das tropas brasileiras se punha em marcha, Heise permaneceu onde estava, já havia apresentado as despedidas ao comando, ficariam apenas os alemães aguardando ordens.

Com o dia claro, alguns soldados tratando de alimentar o fogo em meio ao braseiro coberto de cinzas, Philipp acercou-se do major, então ainda não se poriam em marcha rumo a São Leopoldo? O major disse que não, isso ia depender de ordens, tanto podia ser naquele dia como nas próximas semanas. Heise reuniu os graduados, houve uma conversa longa às margens do rio, os soldados cumpriam as suas tarefas com os olhos voltados para o grupo.

Os dias iam passando, eles não tinham nenhuma informação sobre tropas inimigas, nenhum conhecimento sobre as manobras das forças revolucionárias. Piquetes saíam campo a fora em busca de reses, traziam os bois xucros de arrasto, presos por laços de couro cru. Ohlmann costumava dizer, nas longas noites ao redor da fogueira, que a vida assim era melhor, comiam boa carne, cumpriam pequenos horários de sentinela, o mais era tempo para dormir, ajeitar as roupas velhas, contar casos antigos, histórias de assombração. Uma noite, céu estrelado, lua cheia, os pios das corujas rasgando o silêncio, Satter disse que vira a alma de Killmeyer vagando pelos campos, estava certo de ter visto o Quartel-Mestre, ele caminhava segurando com as mãos os intestinos que se derramavam do ventre aberto. Philipp se limitava a ouvir as histórias, não dizia nada, aproveitava as longas noites para pensar no pai, na mãe e nos irmãos menores. Como estariam eles? Um dia acercou-se de Heise, gostaria muito de saber o que estava se passando, quando afinal se poriam em marcha, ninguém mais suportava ficar ali, exposto ao tempo, ao frio, sem uma barraca ou abrigo qualquer. O major só ouvia. Philipp insistia, mais dia menos dia poderiam ser apanhados ali como ratos, preferiam estar com o grosso das tropas cercando Rio Grande ou em qualquer outro lugar que não fosse aquele descampado, onde até os bois escasseavam, encontravam alguns a três e às vezes quatro quilômetros, terra adentro. Qualquer dia um fazendeiro daquela região ia aparecer para cobrar o seu gado que estava sendo abatido. Heise pediu a ele que tivesse um pouco de paciência, ele sabia de tudo isso, mas a ordem recebida fora para aguardar um emissário que apareceria a qualquer momento. Quem sabe, uma mensagem do Major Lima e Silva, um aviso do próprio von Salisch que, pelas informações recebidas, não devia estar muito longe dali. Mordiscava um fio longo de capim, Philipp sentiu-o preocupado, depois comentou: Porto Alegre não se rendia, pelo visto estava muito bem guardada, o portão de entrada era inexpugnável, o quartel fazia as vezes de um forte.

– Incrível é que tenham perdido Porto Alegre – disse Heise.

Numa noite de chuva, roupa colada no corpo, Philipp ouviu algumas vozes que discutiam, a pouca distância, com o Major Heise. Apurou o ouvido, não conseguia distinguir uma só palavra, apenas percebia que os ânimos estavam agitados. Caminhou cauteloso, seguido por Juanito que empunhava a sua lança, acercou-se do grupo, a maioria dos soldados estava lá, o major querendo argumentar, o dever de cada um era obedecer sem discutir ordens, caso contrário cairiam todos nas mãos do inimigo, seriam passados pelas armas, degolados. Por fim, ordenou que calassem a boca, mas a sua voz não tinha mais a firmeza de outros dias. Rompeu o silêncio que se fizera de imediato:

– Pois a permissão, meus amigos, está dada, que cada um tome o rumo que bem entender. Agora, uma coisa: eu seguirei o meu destino, nada mais tenho a dizer.

Deu as costas, caminhou devagar sob a chuva fina, foi acomodar-se sob um pequeno toldo que improvisara com galhos de árvores, com talos de capim-melado. Os soldados falavam entre eles, todos confusos, finalmente Heise percebeu que eles haviam decidido marchar ao encontro das tropas que sitiavam Rio Grande. Boa sorte, pensou. Ohlmann comandava os soldados, corriam para todos os lados em busca dos cavalos, gritavam alegres. Philipp aproximou-se do comandante, não disse uma palavra.

– E tu, não vais procurar o teu cavalo?

– Eu podia saber para que lado vai o major?

Heise sorriu, e isso importa alguma coisa para o menino? Pois se quer saber vou para os lados de Porto Alegre, prefiro ajudar no cerco da cidade. Então o rapaz disse que poderia contar com ele e com Juanito. Satter passava por perto, então não vens com a gente? Ele disse que não, acompanharia o major, iam para os lados de Porto Alegre.

– Pois desejo felicidades, que entrem logo na cidade, deve haver boas camas por lá. E mulheres, também.

– Da minha parte espero que tome mais cuidado com as cobras.

Heise ainda perguntou se estava certo na sua decisão, sobrava tempo para preparar os cavalos e acompanhar os camaradas, Rio Grande ficava mais perto. O rapaz notou Juanito logo atrás dele, disse ao major que o raio da chuva aumentava, não havia nenhuma fogueira mais acesa. Heise fez um sinal, que os dois viessem para debaixo do toldo precário, passava chuva mas sempre era melhor do que debaixo do céu. Viram quando o último homem partiu, ainda passou a galope por perto deles, acenando, depois ficaram em silêncio, um sentindo o calor do corpo do outro.

— Não acha melhor tratarmos de partir, também? – perguntou Heise a Philipp.

— Pois espero que seja uma ordem – respondeu ele levantando-se lépido, fazendo sinais para Juanito.

Meia hora depois estavam em marcha, os cavalos a passo na margem direita do São Gonçalo, Heise disse, vamos direto para Pedras Brancas, os amigos andam por aquelas bandas. Juanito vinha mais atrás, a grande lança balouçando, ele montado em pêlo. Heise quis saber se ele havia perdido os arreios. Philipp disse que não, emprestara a um soldado.

— Para ele – disse Heise – o melhor é assim.

4.

Hau ab sonst Knallt's!

Gründling parecia ouvir, naquele instante, a longínqua frase de Frau Catarina. Mas atirar por quê, Frau Catarina? A senhora deve estar enganada, alguém nos andou intrigando. Lembrou-se da cara do índio na janela e o cano ameaçador de sua espingarda. Os outros no portão, Daniel Abrahão de Bíblia em punho, afinal o que se passava? Catarina levantara a arma à altura dos olhos, volte ou eu atiro. As moedas jogadas em sua direção, as pragas do marido, ele naquele descampado, ridículo, sem saber o que fazer. Agora passava pelo pedaço de chão onde estivera parado, calçado pela mira de Catarina. Sorriu com leve amargor, os tempos eram outros. Olhou demoradamente para a casa, era a mesma, crescera bastante para os fundos, o empório estava movimentado àquela hora, quase oito.

Sentia ainda um gosto azedo na boca, toda a noite passara no porão mofado do batelão, bebendo um rum de cachorro. Estacou – divertia-se um pouco com a memória do passado, *Hau ab sonst Knallt's,* puxa mulherzinha decidida. Tivesse mais tempo, naquela época, e na ocasião um pouco mais de coragem, e teria dominado Catarina, alisaria a leoa com suas mãos de seda, ela se curvaria diante do macho. Era uma fêmea de mãos calejadas, grossas, mas o rosto ainda ostentava uma antiga pureza européia, os braços bem feitos, os olhos azuis grandes e claros. Teria dito, vamos nós fazer um filho, teu marido virou bicho, não sou culpado de nada disso. Excitava-se ao pensar na posse de uma mulher de quem se acabara de tirar uma arma das mãos, dominando-a, se fosse o caso, batendo-lhe.

Estacou na soleira da porta, bateu palmas, fingiu não tomar conhecimento dos curiosos que saíam do empório e se postavam na rua, examinando-o.

Temia ser visto pelo marido doido, o homem seria capaz de armar um escarcéu e isso estragaria tudo, botaria seus planos por água abaixo.

— Herr Gründling, às suas ordens.

Catarina surgira do interior da casa como um fantasma. Ele notou, um tanto chocado, como envelhecera aquela mulher, a barriga enorme, de oito meses, a pele seca de uma colona, quebrada debaixo dos olhos, pescoço veiado, expressão de cansaço.

— Vim aqui para falar com a senhora — começou ele inseguro — sobre um negócio de mútuo interesse, as coisas têm se complicado para qualquer lado que uma pessoa se vire.

Catarina afastou-se da portalada.

— Entre, vamos sentar nesta sala, mesmo porque é a única que tem bancos.

Ele tirou o chapéu de feltro, olhou em redor, notou a simplicidade de tudo, uma saleta de gente pobre das picadas. E no entanto eles deviam estar muito bem, Catarina sabia ganhar dinheiro, o marido fazia as melhores carroças e carretas de toda a região, os seus serigotes seguiam direto para o Rio de Janeiro, muitos deles encomendados pela própria Corte. A casa não era mais do que um rancho, o fogão de lenha a um canto da peça, um piso feito com tábuas velhas, o teto de telhas à vista, picumã da fumaça dos lampiões e da boca negra do fogão.

Sentou-se, não conseguia parecer natural, achou que Catarina estava notando, ela olhava perscrutadora, em silêncio, defendendo-se.

— A senhora não vai sentar-se?

Catarina respondeu sem abrir a boca, ajeitando-se no banco, mãos cruzadas sobre o tampo grosseiro da mesa. Surpreendeu Gründling:

— Pelo que sei o senhor quer trocar mercadoria importada pelos nossos produtos das picadas.

— A senhora está bem informada.

— Quero dizer ao senhor que sei que Porto Alegre está com a comida racionada e aqui, para falar a verdade, precisamos muito pouco do que o senhor tem para vender.

Um momento — disse Gründling com leve irritação na voz — só venho aqui propor um negócio como qualquer outro, a guerra e a política dessa gente não me interessa.

Lembrou-se que Catarina tinha um filho na guerra, tentou corrigir:

— Ou melhor, sobre a guerra só tenho a lamentar, com tantos rapazes por aí, enfrentando perigos e sofrimentos. Mas quem sou eu para mudar o curso da

História! Se a senhora entender que não deve fazer negócio, então vou procurar outras pessoas, a senhora está no seu direito.

Ficaram os dois calados, Catarina alisando as mãos, ouvia-se dali o ruído forte de serrote, martelos batendo, homens falando.

– Se vim aqui foi porque a senhora dispõe de um bom estoque, e essas coisas se estragam, e além do mais é uma pessoa em quem se pode confiar.

Ela como se nada ouvisse, limpando as mãos de pequenos pedaços de pele escamada, pensativa. Gründling mudou de tom, sua voz ficou suave.

– Veja, Frau Catarina, quando eu fiquei sabendo que o seu empório do Caminho Novo havia sido fechado e seus empregados presos, achei que era uma vergonha e uma burrice fazer tal coisa, falei com meus amigos chegados ao governo, mostrei claramente a eles que aquilo não interessava a ninguém, consegui soltar os homens, eles lá estão de casa vazia.

– Como estão eles? – disse Catarina, sem agradecer e sem levantar os olhos.

– Agora, bem. Tenho fornecido comida, algum dinheiro, a senhora sabe, o empório ficou só com as quatro paredes, levaram tudo, até os balcões.

– Quanto lhe devo?

– Que é isso, pelo amor de Deus – disse Gründling mais esperançoso –, eu não viria aqui para cobrar da senhora aquilo que estou fazendo para ajudar os rapazes.

Notou um sorriso triste em Catarina, prosseguiu falando em tom baixo, amigo, eles precisam agora de mercadoria, é por isso também que estou aqui, sei que a senhora terá muitas vantagens numa aliança comigo, os rebeldes deixam passar os meus lanchões porque precisam das mercadorias, os imperiais porque a cidade está começando a sentir fome. Eu tenho a faca e a senhora está com o queijo nas mãos.

Ele agora sentia-se mais à vontade, notava em Catarina uma ponta de simpatia.

– Trouxe comigo muita coisa, farinha branca como neve, cassinetas, agulhas, musselinas, lampiões, novelos de linha, pratos, panelas, a senhora sabe, essas coisas sem as quais a gente não sabe e nem pode mais viver.

Catarina fez um gesto com a mão:

– Um momento, sei bem dessas coisas, mas acontece que eu tenho outras sem as quais não seria possível a vida, morreriam todos de fome: carne de porco, milho, batata, toucinho, ovos. O senhor, como é natural, está pensando em fazer trocas.

– Bem, são detalhes que a gente pode muito bem acertar depois. O principal é fechar o negócio.

– Está fechado – disse Catarina resoluta, levantando-se.

Ela preferia abreviar o encontro, era melhor. Daniel Abrahão poderia surgir na porta de um momento para outro e talvez ficasse sem entender nada. Gründling pensava na mesma coisa, notava Catarina preocupada com a porta, levantou-se rodopiando o chapéu entre os dedos, encaminhou-se para a saída.

– Um momento – disse Catarina –, o senhor, por acaso, teve alguma notícia do meu filho Philipp?

No mesmo instante sentiu-se arrependida da pergunta, mas afinal ele devia compreender que se tratava de seu filho, era quase um menino, andava metido na guerra dos homens, de soldados e de bandidos. Ele também sabia das histórias de degolas e fuzilamentos, soldados dependurados em galhos de árvores, sangrados como ovelhas. Gründling ficou embaraçado, estava ali para tratar de negócios, nem sabia do rapaz, mas notou que Catarina tremia levemente, ela disse, desculpe, não importa, o senhor não deve saber dessas coisas.

– Pelo contrário, tenho falado com os rapazes do empório e nenhuma notícia ruim chegou. Sabe como é, notícia ruim chega logo.

Catarina agradeceu, foi com ele até a porta.

– A senhora pode mandar buscar hoje mesmo a mercadoria que está no *Dresden*. Na volta do barco mande o que tiver e no caso de qualquer dúvida depois a gente acerta, falamos a mesma língua, viemos da mesma terra. E por favor, seja compreensiva nas trocas, o negócio é bom para os dois lados. Portanto, um bom negócio.

Ficou um momento indeciso, deu alguns passos, parou:

– Recomendações minhas para seu marido, qualquer coisa que precisar estou às ordens. E quanto ao rapaz, tranqüilize-se, vou mandar saber tudo sobre ele. Deixe comigo.

Afastou-se, ela permaneceu onde estava, quieta e confusa. Gründling, Herr Gründling acabava de sair de sua casa, estivera debaixo do seu teto. Lembrou-se da ordem desesperada que dera num dia distante, *Hau ab sonst Knallt's,* naquele pedaço mesmo de chão. Se ele houvesse avançado, pensou, na certa teria arrancado a espingarda das suas mãos trêmulas.

5.

Frau Masson pediu calma, enxugava a testa de Catarina que se contorcia sem soltar um gemido. Juliana corria de um lado para outro, nervosa, mantinha a boca do fogão entupida de lenha seca, os grandes panelões e tachos esquentando água, coração disparando no peito, era quase a sua tragédia rediviva.

Desviava os olhos da cama, meu Deus, tudo vai dar certo, teve vontade de dizer alguma coisa para Daniel Abrahão que se mantinha do lado de fora da porta, mas ele tinha uma aparência de tanta calma, parecia tão seguro, imóvel, os lábios em oração muda, que a moça preferiu deixá-lo em paz. Ouviu a voz rouca de Catarina: minha filha, faz um chá para nós, tudo vai dar certo. A parteira riu alto, trata de fazer um balde de chá, muita gente aqui está precisando disso. Virou-se para o marido que permanecia junto à porta, como uma sombra:
– Por que o senhor não volta para o trabalho? nestas horas os homens não prestam para nada, só atrapalham.

Juliana chegou-se para junto dele, o senhor não deve ficar preocupado, Frau Catarina é mulher para ter vinte filhos. Fez uma ligeira pausa, "muito diferente de mim". Emanuel apareceu, vindo dos fundos, plaina na mão, cabelos cobertos de aparas de madeira, olhava firme para a mulher. Juliana sorriu, num esforço, vai tudo bem, as crianças esperam a noite para nascer.

Daniel Abrahão acercou-se do rapaz, vamos trabalhar, Deus Nosso Senhor ilumina o parto, ele está junto de nós, eu sei disso. Fez um gesto em círculo, com as mãos, ele sempre está junto dos seus filhos nas horas de perigo. Foram para a oficina, naquele momento chegavam dois cavaleiros que apearam e se dirigiram a eles, cumprimentos de mãos sacudidas e tapas nas costas. E como estava a carroça encomendada? Emanuel mostrou as rodas, as laterais armadas, o varal quase todo falquejado, mais dois dias de trabalho, três no máximo. Os homens começaram a examinar atentamente as rodas, passavam as mãos nos raios de madeira escura, puxa, vai ser uma linda carroça. Então notaram que Emanuel olhava preocupado para dentro, Juliana caminhava de um lado, sumia, depois aparecia no outro, levando um bule nas mãos, agitada. Ficaram intrigados. Estava se passando alguma coisa? O rapaz sorriu, disse nada, são coisas da vida, Frau Catarina está esperando filho de uma hora para outra.
– Para hoje? – um deles quis saber.
– Pode ser que sim, pode ser que não. Só quem pode saber mesmo é Frau Masson.
– Ah, Frau Masson, ela está em boas mãos.

Daniel Abrahão já estava empunhando o martelo, uma espécie de malho, bateu forte num pranchão de cedro, fazendo saltar recortes de tábuas. Disse para eles:
– Sim, ela está em boas mãos, nas mãos de Nosso Senhor Jesus Cristo.

Philipp perguntou ao Major Heise se ele não estava sentindo frio, o vento minuano subia pela sua manga e gelava o peito. O major riu, sorte tinham os cavalos que caminhavam e na marcha esquentavam o corpo. Cavalo sente pouco frio.

Juanito vinha mais atrás, encolhido no lombo do animal, um pala velho protegendo o pescoço, dependurada no cinto uma espada que encontrara nas barrancas do São Gonçalo. Heise disse, esses rapazes vão terminar morrendo todos, o que eles deviam ter feito não fizeram, agora que tenham sorte. Que tinham eles de sair da colônia, de largar a terra da família? Philipp disse, mas lá também há guerra, major, o Dr. Hillebrand nas picadas, dizem que com milhares de homens, ele continua fiel ao governo central.

– Pois vamos desentocar o doutor – disse Heise.

Escurecia rapidamente, os cavalos começavam a passarinhar com os vôos rasantes dos morcegos e o pio cavernoso das corujas encarapitadas nos moirões. O major apontou para um taquaral, vamos pernoitar ali, uma lástima que a gente não tenha trazido um pedaço de pão, estou morrendo de fome. Philipp seguiu atrás dele, concordou batendo com a mão espalmada no estômago, o coitado aqui há muito tempo que vai vivendo de sobras. Havia uma pequena elevação, o taquaral caía para aquele lado, formando uma espécie de telheiro que bem podia proteger os homens do vento sul. O major disse:

– Com um pouco de comida a gente podia passar uma excelente noite.

Virou-se para o índio que recolhia as rédeas soltas, bateu forte na barriga, e então? muita fome? Abriu bem a boca e fez com a mão como se jogasse comida para dentro dela. Juanito tirou da cintura um pequeno saco, meteu a mão com cuidado, tateando, trouxe de lá uma manta escura de charque.

– Deus sabe o que faz – exclamou alegre o major diante do achado.

Emanuel não pôde evitar um calafrio que lhe subia espinha acima quando ouviu, vindo do quarto, os primeiros vagidos de uma criança. Catarina cessara de gemer. Juliana ajudava Frau Masson sem entrar no quarto, só de passagem, espichando os olhos na direção do marido que torcia as mãos, enquanto Daniel Abrahão abria a Bíblia encardida, à procura de trechos esparsos que ia lendo apressado. Sua voz rouca se fez ouvir no silêncio da casa:

– Homem ou mulher?

Frau Masson custou a responder, depois disse esganiçada: tomara que não tenha a barba igual ao pai. Ele disse, um menino, Santo Deus, que as suas bênçãos caiam sobre ele. Catarina abriu a boca, faltava-lhe fôlego, a voz não vinha. Só Frau Masson conseguiu ouvir, "que o Senhor também abençoe o nosso filho que está na guerra".

Philipp levantou a cabeça que repousava nos pelegos encardidos, tivera a nítida impressão de ouvir uma voz, alguma pessoa falando muito próximo dali, era capaz de jurar que não estavam sós. Bateu de leve no braço do major que dormia quase junto de seu corpo. Puxou a sua manga com mais força. Major, sussurrou, tenho a certeza de que ouvi gente falando aqui muito perto, sou capaz de jurar que ouvi, cuidado, não fale alto. Virou-se e não encontrou o corpo de Juanito que devia estar ali. Major, o índio não está mais aqui, onde teria ido? Heise tirou a garrucha que guardara sob os pelegos, engatilhou os dois cães, de que lado ouviu as vozes? Philipp pensou um pouco, para falar a verdade não sei dizer bem que ouvi e nem de que lado teria ouvido, acordei com essa sensação, era alguém que falava. Nisso sentiu a presença do índio, a sua mão, não enxergava nada na escuridão total que os isolava, Juanito ciciou ao major, havia quatro ou cinco cavaleiros ali perto, Heise pediu a Philipp que pegasse a espada que o índio havia trazido, era melhor que fizessem a volta pelo taquaral, deixar os cavalos, se necessário reiniciar a marcha a pé, era bem possível que os homens fossem a vanguarda de alguma tropa inimiga. Com Juanito à frente – ele rastejava como cobra – eles começaram a rastejar também, deslizando pela relva molhada.

    Frau Masson apareceu na porta: então o pai não entrava para ver a cara do filho? um belo menino, deve pesar mais de quatro quilos. Já escolheram o nome? Daniel Abrahão entrou tímido, primeiro observando o rosto lívido da mulher, depois o embrulho de panos brancos e, no fundo dele, a carinha enrugada da criança. Perguntou: Jacob? Catarina disse, por mim seria Daniel Abrahão, mas tu podes decidir. Ele ficou ainda algum tempo a olhar o menino, meneou a cabeça, não, não quero que seja Daniel Abrahão, eu quero que ele se chame Jacob. Catarina ajeitou o bebê, pediu ao marido que fosse buscar os outros filhos, queria que conhecessem o irmão Jacob. Minutos depois ele voltava com Carlota, de roupa domingueira, Mateus carregando uma arapuca vazia e, no colo, João Jorge a choramingar, Juliana afagando o menino que chamava pela mãe. Catarina recebeu o beijo dos filhos, mostrou o irmãozinho, fechou os olhos, sentia-se tonta, esgotada, precisava dormir um pouco. Frau Masson mandou que todos saíssem, a mãe precisava repousar e ela queria comer alguma coisa, estava em jejum, nem que fosse um pedaço de pão com manteiga.

    Só, Catarina puxou os panos finos, queria olhar o filho, era muito parecido com Philipp, o nariz, a boca, o formato da cabeça, só os cabelos mais escuros, lisos. Sentiu necessidade de chorar um pouco, mas não conseguiu. Seus olhos permaneciam secos, doloridos, aconchegou-se à criança, roçou de leve com a ponta dos dedos na cabecinha nua, era preciso cuidar bem dele, arma em punho, o inimigo andava sempre por perto, invisível, ameaçador.

– Não acredito que essa gente seja caramuru – disse Heise. Philipp retrucou que seria muito difícil reconhecer alguém naquela escuridão. Mesmo amigos, se matariam. Juanito parecia enxergar apesar da noite espessa, rastejou sorrateiro até os cavalos, voltou às pressas, os homens já haviam encontrado os animais. Não precisou dizer mais nada, os cavalos relincharam, alguém gritou nervoso: cuidado, há soldado aqui por perto. Houve uma pequena correria, esporas tilintaram, ruído de espadas e de passo no terreno molhado, em seguida o silêncio.

– Entreguem-se, estão cercados!

Heise cochichou ao ouvido de Philipp, que ficasse quieto, eles eram poucos, não sabiam de nada, gritavam por gritar, os cavalos bem que podiam andar soltos por ali, sem ninguém. Philipp bateu no braço do major, ele que prestasse atenção no índio, ele estava realmente inquieto e essa gente tem um faro muito apurado. Foi quando tiveram um sobressalto, uma voz forte, quase em cima deles, comandou: larguem as armas e caminhem nesta direção. Heise cutucou o rapaz, segurou Juanito, aos poucos descolou-se do chão, ficou de pé: não atirem, sou o Major Oto Heise, somos apenas três. Sentiu a ponta de uma espada na barriga, Philipp viu-se agarrado pelos braços, logo a seguir tocava a vez de Juanito ser subjugado por outras sombras que se moviam com rapidez.

– Alemães – gritou alguém.

Um pequeno fogo começou a ser feito perto de onde estavam, Heise percebeu que seria um grupo de pelo menos dez soldados, talvez batedores de um batalhão ou de uma companhia. Foram levados aos trancos, um soldado riu, então pegamos três coelhos sem dar um tiro. Trouxeram laços de couro cru e com eles começaram a amarrar os prisioneiros. Estavam agora mais perto do fogo, todos os examinavam como animais raros. Um índio, vejam lá! Outro gritou: vamos passar o filho das ervas pelas armas. Juanito foi empurrado, caiu, foi chutado nas pernas e braços. Heise protestou, exigia que esperassem um oficial superior. Um deles avançou, perfilou-se, fez continência: pronto, meu general, eu sou aqui a maior autoridade, posso passar pelas armas todos os três. E nem mais uma palavra. Primeiro esse indiozinho torto, nada de espera. Ficaram por um momento na escuta, ouvia-se distintamente o tropel de cavalos que se aproximavam, um dos soldados montou de um salto e partiu a galope ao encontro dos que chegavam e momentos depois voltou entre meia dúzia de cavaleiros, um oficial se dirigiu a Heise, quem era ele, de onde vinha, de que lado estava.

Catarina dormiu, as crianças já estavam na cama, Frau Masson havia ido embora. Juliana procurava ajeitar a cabeça entre os braços cruzados sobre a mesa. Ouvia-se na casa a ladainha de Daniel Abrahão que se trancara na sua toca. Emanuel fechava um palheiro, olhos vermelhos de sono. Imaginava que ali ao lado, entre aqueles paninhos brancos, podia estar Maria Luísa, notou Juliana apoiada na mesa, teve vontade de tocar em seu braço, dizer a ela que prestasse bem atenção, afinal nascera a filha deles, deviam sentir-se felizes. Deixou escorregar-se de encontro à parede, sentou-se no chão, largou o cigarro apagado, o pensamento adejava sem rumo, dormiu. Daniel Abrahão silenciou, não se viam mais as luzes que filtravam do alçapão, só os cachorros, a distância, uivavam penosamente.

– Sou o Major Oto Heise, dos Lanceiros Imperiais, este é o soldado Philipp e o índio é um ordenança.

– De que lado estão?

– Estamos com os republicanos, acabamos de nos separar das tropas de Lima e Silva que seguiu para Rio Grande, para ajudar o cerco.

O outro não disse nada, parecia um fantasma, iluminado fracamente pela pequena fogueira que custava a pegar, a lenha úmida soltando fumaça. Apeou, acercou-se do major, pegou de seu queixo, movimentando a cabeça de um lado para o outro.

– Major Oto Heise, sei quem é, mas acho que não é ele, deve ser algum homem do Dr. Hillebrand.

Virou-se rápido, e este índio? Nunca vi alemão misturado com índio. Com a ponta da bota fez com que Juanito rolasse na grama molhada. Philipp quis saber de Heise o que haviam falado. O oficial deu um pulo, gritou, não quero uma palavra dita nesta língua miserável, nada de tramóias.

– Este rapaz queria apenas saber o que se passa.

– Pois ele que espere calado.

Heise e Philipp permaneceram de pé, juntos, os demais soldados sentaram-se na grama, ao redor do fogo que agora aumentava as suas chamas. O tempo parecia não andar, os presos sentiam as pernas dormentes, olhavam penalizados para Juanito que permanecia deitado, rosto voltado para o chão. O dia se anunciava por uma luz muito tênue no horizonte quando o resto da tropa apareceu numa colina. Todos se puseram de pé, alguns foram ao encontro dos que chegavam. Heise notou que vinham alemães, um deles esporeou o cavalo, avançou a galope, boleou a perna e correu célere para os dois que se apoiavam mutuamente.

– Major Heise, o que se passa?

– Stepanousky, pensei que Deus não estivesse olhando por nós.

O recém-chegado gritou para o mais graduado da tropa: coronel, é o Major Oto Heise, nosso companheiro. O comandante chegou mais perto, mandou que desamarrassem os homens. O oficial perguntou: o índio também? Todos, berrou o coronel. Outros alemães se acercaram de Heise e de Philipp. Sou Fried Reidorff. Sou Valentim Oestereich. Heise espremeu os olhos, incrédulo: Oestereich de Jerebatuba? Ele mesmo. Pois este rapaz aqui é filho de Daniel Abrahão. Valentim pegou o rapaz pelos ombros, meu Deus do céu, mas então aqui temos o menino Philipp? Abraçou o rapaz, mas que diabo faz nesta guerra, meu filho? Depois caminhou até o índio, vejam só, Juanito, é de não se acreditar nos próprios olhos.

Mãos livres, pulsos ainda doloridos, Heise perguntou se não haviam trazido alguma coisa de comer, estavam quase desmaiando de tanta fome. Claro que havia comida, iriam fazer alto, ficassem descansados que havia comida para dois batalhões mais.

Manhã alta, Stepanousky passou a informação para os novos companheiros:

– Estamos seguindo na direção de Porto Alegre, vamos fazer junção com as forças de Bento Gonçalves para retomar a cidade.

Daniel Abrahão acabara de fazer o seu melhor e mais bonito serigote. Nele inscrevia, a fogo, em letras góticas, o nome de Jacob.

– Peço a Deus que faça deste menino um verdadeiro homem – disse levantando os olhos para o alto.

VI

1.

O *minuano* penetrava pelas frestas, sibilando, a salinha iluminada pelas chamas fortes do fogão, Catarina a embalar o pequeno Jacob, empurrando o berço de madeira crua, lavrado por Emanuel. Os outros filhos dormiam, ela não escutava a voz do marido sob o alçapão de onde saía, ainda, um pouco de luz. Seu pensamento errava por paisagens desconhecidas, a sombra errante e fugidia de Philipp, ora a dormir sobre a terra molhada, imensos charcos, a cama era o limo das águas podres onde boiavam pelegos mofados e murchos, o frio atravessando os ossos; ora Philipp a cavalo, um vulto debaixo da grande capa tocada pelo vento, um ponto perdido numa estranha planície deserta, grandes e serenos pássaros boiando em nuvens de chuva. Afagava, agora, os seus cabelos, ele estava ali, encolhido a medo em seu colo, a pele macia e o doce calor que de seu corpo emanava. Fugia das suas mãos, Philipp com cinco anos, seis, no alto daquela imensa figueira cheia de grandes braços, o menino a balouçar nos galhos mais finos, as feras sem rosto e sem forma na busca de Daniel Abrahão, o bicho acuado no fundo do poço, soldados apontando as suas armas, rondando raivosos, ela derrubada, costas sangrando de encontro à terra áspera, o bafio do monstro, o grande céu girando sem parar, por que os negros não terminavam de assar os pedaços de charque? então que apagassem o braseiro que enchia de fumaça o galpão que escondia as armas.

Saiu da modorra, levantou a pelúcia que protegia o rosto de Philipp, tateou de leve, era a seda enrugadinha da pele de Jacob, as narinas arfando, Jacob que poderia ser Philipp, vontade doída de aconchegar o outro que estava na guerra, de tê-lo nos braços, de chorar sobre seus cabelos, de abrigá-lo bem contra os ventos impiedosos e finos, e quedar-se ali por perto, arma engatilhada, vigilante, nervos retesados ao sinal do primeiro inimigo.

Colocou o filho no berço, novamente, deitou-se, puxou as cobertas, mãos e pés gelados, sentinela desvalida, naquele momento, a lembrança confusa dos lanchões subindo e descendo o Rio dos Sinos, as mercadorias chegando, as trocas, as remessas regulares, o mensageiro a bater na porta, Frau Catarina, apreenderam um dos lanchões, levaram tudo, mataram um homem, corra a avisar Herr Gründling, ele sabe como resolver esses problemas. Catarina, no breu da noite, estava de olhos bem abertos. Quem diria, Gründling um sócio cuidadoso, manobrando com os homens do governo sitiado, o corredor das águas garantindo o livre caminho das suas mercadorias até Porto Alegre, a chegada das musselinas, das agulhas, do sal e da farinha, de tudo aquilo que vinha pelas escunas do porto de Rio Grande.

Foi chamada à realidade do dia-a-dia, em meio de um leve susto, pela sombra inesperada de Juliana no umbral da porta da cozinha, pés descalços, um cobertor grosseiro sobre os ombros, como um poncho. Catarina levantou a luz fraca do lampião.

– Algum bicho te mordeu?

Juliana passou a mão magra pelo rosto, não conseguia dormir, sentia ainda dores nos olhos. A senhora acha que pode ser alguma coisa ruim?

– Tens lavado os olhos com a erva-de-santa-luzia?

– Acabou. Emanuel me disse que hoje consegue mais por aqui mesmo enquanto não chega a encomenda do Portão. Mas estou passando infusão de cipó-suma. A senhora acha que pode adiantar?

– Não sei, minha filha, mas para muita gente adiantou. Uma pena o Dr. Hillebrand andar metido pelas picadas, logo ele que não entende nada de guerra. Podia estar aqui tratando dos seus doentes, era a sua obrigação.

Pediu que ela tivesse paciência, aquilo passaria. Juliana agitou as mãos na frente do rosto, vejo tudo como se houvesse uma cortina de fumaça, veja a senhora, mexo com os dedos assim, mas é só a sombra que percebo, nem parece que os meus dedos têm unhas, isso é horrível, Frau Catarina, tenho medo de não enxergar mais, de ficar cega como a filha de Herr Trein. A moça começou a chorar em silêncio, Catarina levantou-se, calçou os chinelos, botou sobre os ombros um xale de algodão, abraçou Juliana, vamos, o que é isso, vou fazer algumas compressas de cipó-suma, um pouco de calor é bom. Levou o lampião para junto do fogão, fez com que Juliana sentasse na banqueta ao lado, avivou as brasas, colocou água numa panela. Imagina levantar-se assim numa noite destas, passar pela rua, queira Deus que não pegue uma doença de pulmão, um espasmo, podia ter chamado.

Juliana permaneceu de mãos cruzadas sobre as pernas, cabeça imóvel, depois obedeceu Catarina apoiando a cabeça na parede, rosto voltado para cima, o calor bom das compressas, a mão quente de Catarina segurando seu rosto, suas palavras que pareciam vir de longe, "se não melhorar nesses dias vamos até Porto Alegre, lá um médico nos vai dizer qual o melhor remédio, quem sabe alguma pomada vinda da Europa, e se volta quando já estiver boa". Catarina acompanhou a moça até a porta de seu quartinho, voltou sentindo o frio que lhe fustigava as pernas nuas, puxou o berço de Jacob para junto de sua cama e deitou-se, puxando as cobertas até o queixo. Precisava dormir, mais algumas horas e o dia estaria chegando.

Quando servia o café fumegante para o marido e para Emanuel, a noite ainda não desaparecera de todo. Daniel Abrahão comia calado, tinha os olhos inchados da noite, o cabelo desfeito. Emanuel disse a Catarina que ele mesmo levaria o café para Juliana, ela amanhecera muito cansada, na certa dormira pouco, devia ser aquela doença dos olhos, ele não sabia mais o que fazer.

– Ela anda assustada, eu sei, e o pior é que o nosso caro Dr. Hillebrand anda pelas picadas, em guerra.

– E o que se pode fazer, Frau Catarina?

– Eu disse a ela, se for preciso vamos a Porto Alegre, lá há bons médicos e bons remédios. E os lanchões andam aí mesmo, subindo e descendo rio, não custa nada dar uma chegada até lá.

– A senhora acha que pode ser alguma coisa grave?

– Não acredito, ela é moça forte e doença dos olhos não dá assim sem mais nem menos. Mas isso só os médicos é que poderão dizer.

Acabou de falar e saiu da sala, foi preparar as crianças para a escola, no fundo preferia evitar de falar sobre aquelas coisas com Emanuel, o rapaz andava nervoso, Juliana piorava, ele a insistir que a mulher nunca mais lhe poderia dar filhos. E que tinha uma coisa a ver com a outra? lhe dissera um dia Catarina ante a insistência dele.

Ficava muito tempo ao lado de Juliana, trocando as compressas, os olhos vermelhos, inflamados, perguntava se tinha dores, "se não fosse essa nuvem branca que fica sempre diante de mim até que a doença não seria das piores, as dores não andam fortes, só nos últimos dias sinto umas ferroadas lá no fundo, quase dentro da cabeça". Um dia, olhos cobertos, recostada na cama, Juliana perguntara por Philipp, ele não havia mandado dizer nada, ninguém viera trazer notícias suas e nem dos outros rapazes que haviam sumido, muitos deles perto dali, ao pé da serra, nem o Dr. Hillebrand aparecia. Catarina custou a responder, mudava as compressas, o papel das mulheres é esperar os homens que vão para a guerra, isso todos sabem, Philipp andava para os lados de Rio Grande, fora a última notícia que haviam trazido, o Major Oto Heise estava preso, não se tinha notícias dele e nem de outros oficiais, ela perguntava sempre aos homens que vinham daqueles lados, por acaso não sabiam do soldado Philipp Klumpp Schneider e do seu amigo Juanito, um índio de ombro torto? quem ia saber de um soldado entre tantos mil, tanta mãe perguntando pelos filhos, tanta mulher a chorar pelos maridos que não voltavam, sabe, é a guerra, sempre foi assim, minha filha.

Foi buscar água mais esperta, uns pedaços mais de cipó-suma, Emanuel ficou de receber esta semana um pouco mais de erva-de-santa-luzia, é mais indicado para esses casos em que há pus, a infusão seca a inflamação, depois de poucos dias sarava, voltava-se a enxergar como antes da doença, não ficavam marcas, era como tirar com a mão.

Catarina passou pela oficina, Daniel Abrahão suspendeu por um momento o que estava fazendo, perguntou por Juliana, se ela estava melhor, havia feito muitas orações, naquela noite, pela saúde dos olhos dela. Catarina disse que recém acabara de aplicar as compressas de cipó-suma, mas, pelo que havia observado, a coisa piorava, continuava a supurar, o jeito seria levar a menina até Porto Alegre.

Quando voltava, Catarina estranhou: há muito que Daniel Abrahão não perguntava por Philipp.

2.

Isaías Noll se perguntava, às vezes, se Herr Gründling não estaria mandando demasiado no empório. Frau Catarina em São Leopoldo, o outro a fazer preços, a despachar mercadorias, a dar ordens e a punir empregados. Açoitara com as próprias mãos um negro, bebia um pouco mais e ameaçava qualquer um com os punhos fechados, chegara um dia a dar de mão numa espingarda para correr dali um pobre-diabo que voltava para dizer que o pedaço de charque que levara tinha bicho, Gründling examinou a carne, bicho aonde? quer desmoralizar o meu negócio? quer me botar na rua da amargura, seu cachorro? Pois vai levar um tiro nas pernas para nunca mais pensar em voltar nesta casa! O homem sumira em disparada, o pedaço de charque ficara caído no chão, Isaías esperou que Gründling se fosse, examinou o charque, os bichos pululavam.

Ao cair da noite, reunia no escritório dos fundos os seus amigos, só os do seu grupo, bebiam em meio da maior algazarra, caíam de bêbados, arrastavam mulheres que perambulavam pelas redondezas e com elas dormiam em cima dos fardos de musselina. Mas o dinheiro na caixa subia, a coisa ia bem demais para tempo de guerra.

Ele, Cristiano Richter, Engele e Gebert pulavam dos seus duros colchões de palha, noite escura ainda, atrelavam os cavalos nos carroções, descarregavam os que haviam chegado na véspera, traziam sacos, abriam caixas, embalavam mercadorias – Gründling cobrando os despachos, quantos sacos de batata? quantos de milho, quantas arrobas de manteiga, de lingüiça, de toucinho? À luz de um grande candeeiro, ao cair da noite, ele sempre chegava com o dinheiro, esparramava-o sobre a mesa de largas tábuas, fazia uma divisão rápida, embolsava o que dizia ser dele, mandava guardar as papeletas de requisições e lá se ia, estrada a fora, seguido pela matalotagem que não o largava nem para dormir. Isaías confidenciava aos outros: abriram uma casa de mulheres só para eles, Gründling quase nem vê os filhos, deixou lá as crianças entregues a uma pobre mulher velha e uma negra que se arrasta, nem sempre dorme em casa, isso lá é vida que alguém leve? Engele passava um pano na cara, disse para os outros:

– A vida que eu queria levar, dinheiro no bolso, mulheres e boa bebida.

Richter ouviu surpreso, pois muito me admira, acho que é uma vida boa demais para quem está envolvido numa guerra que não acaba mais, numa cidade cercada, a gente comendo o pão que o diabo amassou e Gründling sempre a dizer que está prestando um grande serviço ao Império.

– No fim – disse Gebert – ele vai exigir uma bela estátua em qualquer praça central.

– A cavalo e de espada na mão – completou Engele.

Ficaram um pouco sem saber o que dizer, Isaías fabricando com vagar um palito, sua grande e afiada faca lascando um graveto, vez que outra espreitando curioso os amigos, não sei não, esta coisa de entrar mercadoria e sair mercadoria, Gründling chegando e saindo com dinheiro no bolso, bebendo como uma esponja, mulheres todo o santo dia, não sei, para mim tudo isso está bom demais para durar. Calou por algum tempo, os outros intrigados, continuava a falquejar o graveto sem pressa, depois prosseguiu arrastado: esses barcos subindo e descendo o rio como no melhor dos mundos, enquanto os soldados se matam, fuzilam gente, enforcam, degolam, só nós fazendo negócio, eu pergunto, até quando?

– A que vem essa conversa? – disse Gebert.

– Ontem vi soldados e um sargento espreitando a gente de longe, andaram depois mais perto, sorrateiros, espiam, sei lá, podem muito bem estar tramando algo.

– E acha que soldado pode assaltar?

Isaías parou um pouco com o trabalho de faca, limpou o nariz, olhou para os companheiros:

– Soldado, é? Qualquer dia desses os bandidos botam as portas abaixo, saqueiam, matam e nós aqui dentro feito ratos.

Engele disse, é melhor dizer logo o que sabe, pelo menos a gente não arrisca a pele por esse safado do Gründling ou se manda pedir mais gente para Frau Catarina. Isaías pediu a ele que calasse a boca, que ouvisse, se é que estava interessado em saber de alguma coisa. Fez uma pausa breve, prosseguiu, para mim esses bandidos estão por atacar a qualquer momento, quem sabe esta noite ou na noite de amanhã, Gründling vai estar longe, como sempre, na casa das raparigas, ele sabe que a gente dorme aqui, que cada um tem uma espingarda debaixo dos pelegos da cama.

Terminou o palito, guardou a faca na bainha, levantou-se lépido:
– Pois meus amigos, quem vai dormir fora hoje sou eu, não vejo mulher há mais de duas semanas.

Os outros se movimentaram, Richter disse logo que ele teria um companheiro, Engele levantou a mão, pois contem comigo, Gebert sugeriu, vamos passar as trancas nas portas, a última mulher que me caiu nas mãos deve estar esperando o primeiro neto. Todos riram, Isaías bateu palmas, pois minha gente vamos tratar de arrumar as coisas, a noite está chegando, devemos sair daqui pelos fundos, um a um, que ninguém desconfie que o empório vai ficar sem ninguém.

Houve um rebuliço, Gebert e Richter correram para os fundos, Engele pediu a eles que trouxessem as armas. Virou-se para Noll que agora limpava os dentes, afinal bem que poderiam dormir na espelunca da negra Maria, havia pouca mulher, mas se chegassem cedo dava para todos. Isaías concordou, aprovava a idéia, eles que fossem dormir lá.

– E tu?

– Vão vocês. Eu durmo na Rua da Margem, tenho lá a minha patrícia, odeio essas mestiças fedorentas.

O outro deu de ombros, tanto fazia. Gebert e Richter voltavam, deram a Engele a sua espingarda, depois ajudaram a passar as trancas nas portas e janelas, encheram um pequeno saco com mantimentos, pelo menos hoje essas mulheres não passam fome, dá para fazer um bom cozido à castelhana. Engele então disse aos outros dois que Isaías não os acompanhava, ia dormir com aquela menina da cidade baixa. Isaías disse que cada um devia sair escondido pelas árvores combinando um lugar certo de encontro, enquanto isso ele ia determinar aos escravos que ficassem atentos, que abrissem os olhos e depois trataria de sair também à socapa, os negros iam ficar pensando que todos eles estavam lá dentro.

Dia clareando, meio bêbados, eles tornaram a encontrar-se nas imediações do empório, caminhavam juntos, coração acelerado a cada passo, estaria tudo como haviam deixado? E que diria Gründling se soubesse que eles haviam abandonado a casa durante a noite? Por fim avistaram o empório, tudo como aparentemente haviam deixado, nenhum sinal de violência, a não ser que houvessem arrombado pelos fundos. Mais perto, notaram a presença de um homem sentado junto a um palanque de amarrar cavalos, reconheceram Pedro Heit, o relojoeiro. O homem, ao vê-los, caminhou ao encontro do grupo, Engele disse, que diabo quer o Heit por aqui a essas horas? Encontraram-se, Isaías perguntou o que havia, Heit disse, bati até doer a mão, não havia ninguém lá dentro, pensei que diabo pode ter acontecido, a gente nunca sabe, acontece que o menino filho de Frau Schneider fora visto preso num dos porões do Arsenal da praia.

– Philipp?

Quase todos haviam feito a pergunta ao mesmo tempo, entreolharam-se, preocupados.

– Esta noite?

Heit confirmou com a cabeça, disse depois que muita gente havia sido presa, boatos por toda a parte, mas pouco se sabia do que realmente estava acontecendo. Engele quis saber se Juanito fora visto junto com Philipp. Heit disse que não, nem haviam falado nisso. Depois, eles quase nunca prendem índio. Índio eles matam.

Fizeram a volta até os fundos, Isaías abriu a porta, convidaram Heit para entrar, relancearam os olhos para tudo em redor, enxergavam pouco, estava muito escuro, então Engele abriu uma porta grande, entrou a luz da madrugada, estava tudo em ordem, houve um alívio geral, sorriram. Cada um sentou a um canto, sonolentos, que diabo de noite que havia voado, a noite mais curta do ano, graças a Deus que ninguém havia assaltado a casa. Heit arregalou os olhos, alguém teria ameaçado com assalto? Isaías disse que não, mas nunca se sabia ao certo o que pode acontecer com um empório fechado, aqueles malditos negros ainda roncando debaixo das árvores. Deu, então, um forte pontapé num caixote que estava no meio da peça, gritou que fossem abrir o resto, que iniciassem a limpeza, não estava ali para ouvir de Gründling os desaforos que por certo diria se chegasse no empório e encontrasse a casa daquele jeito, batia palmas, vamos, todo o mundo. Heit perguntou, meio constrangido: eu também? Não, por certo que não, meu caro, estou falando com esses vagabundos que passaram a noite de farra e agora pensam que vão tirar o dia para dormir.

Richter abria as grandes folhas da porta da frente, virou-se para Isaías:

— E como se houve com a nossa patrícia da Rua da Margem? Agachou-se rápido, livrando-se de um pedaço de madeira atirado por Isaías. Heit não compreendia o que estava se passando, perguntou timidamente:
— E que vão fazer com o menino Philipp?

Eles ficaram sérios, Noll acercou-se de Heit, botou a mão no seu ombro:
— Muito obrigado pelo aviso, pode voltar tranqüilo, alguém vai agora procurar Herr Gründling, estou certo que tiramos o rapaz de lá.
— Um café fresquinho? – perguntou Gebert.

Isaías disse: não é coisa de perguntar, é de fazer. Heit apressou-se, vão me desculpar, gostaria muito de tomar um café com os amigos, mas preciso abrir a minha casa, minha mulher está me esperando. Despediu-se de cada um, desejou felicidade, fazia votos de que conseguissem soltar o menino de Frau Catarina.

Noll passou a mão pelos cabelos emaranhados, que diabo, aquela menina era de virar a cabeça de qualquer cristão, se não houvesse calçado as botas e pulado pela janela, na certa ainda estaria àquela hora em cima dela, uma doida varrida, com fúria de negra escrava. Os outros escutavam calados, Isaías achou que eles duvidavam, que talvez ele estivesse exagerando, pois quero dizer uma coisa a vocês, os pais dela vieram numa das primeiras levas, da Baviera, o avô havia sido uma figura importante em Augsburg, chegou a ver Napoleão a menos de uma jarda, ao lado de Maximiliano I.
— Mentira da cadelinha – disse Richter.

Isaías não gostou, fingiu não ouvir, tratem de arranjar essa coisa toda e a porcaria desse café que não sai nunca? Virou-se para os outros, sério:
— Vocês acreditaram na história desse Heit?

Richter achou engraçado, e a troco de quê esse Heit viria aqui para inventar qualquer história? O caso é que Philipp bem que podia estar preso por ali e Gründling precisava de ser avisado com urgência. Gebert retornou com o bule de café, pediu que vissem as canecas, ouvira parte da conversa, disse:
— Outro dia falaram por aí que o Major Heise estava na *Presiganga* e que até von Salisch havia sido preso. O menino Philipp seria, por acaso, diferente?

Isaías tomou apressado o café, cuspiu no chão, foi o pior café que tomei em toda a minha vida. Pegou no chapéu, vou procurar Herr Gründling, essa coisa não está me cheirando bem. Ordenou: Gebert, me prepara um cavalo, aquele baio ligeiro. Não chegou a terminar a ordem, ouviram que se aproximava uma carroça, correram até a frente, viram Gründling entre os que chegavam. Encontraram-se a meio caminho, Isaías passou a ele as informações de Heit, curioso por saber qual seria a reação do patrão, concluiu seco:
— O menino Philipp preso, o índio desaparecido.

3.

– Tenho o direito de fazer esse pedido, como uma pessoa sempre fiel à causa da legalidade, capitão – disse Gründling ao comandante do Arsenal, um paulista gordo, calmo, olhos ágeis.

O homem estava em mangas de camisa, calçava chinelos, suspensórios largos prendendo as calças a meia canela. Examinou demoradamente Gründling.

– E pode me dizer por que tanto interesse por um simples soldado, afinal não é o primeiro e nem será o último.

– Trata-se do filho de um velho casal amigo meu, um menino ainda, nem sabe por que anda metido nessa coisa. Se fosse um soldado mesmo eu não me atreveria a pedir favor algum, afinal seria apenas um inimigo da nossa causa.

O capitão coçou a cabeça, o senhor no fundo está me criando um problema sério, na verdade isso não depende só de mim, há autoridades superiores.

Gründling sorriu, não diga isso, capitão, o senhor aqui é Rei e Presidente, ninguém tem a relação dos presos, levo o rapaz e mando trazer ainda hoje mesmo uma carroça de mantimentos fresquinhos para o senhor comemorar com sua gente, ovos deste tamanho, uma lingüiça de porco como há muitos anos o senhor não vê igual. E isto fica entre nós, amigos são para essas horas, aquele empório lá não tem portas para o senhor.

Pouco depois saía do Arsenal acompanhado por Philipp, magro, ar sonolento, roupa em petição de miséria, a pele encardida, rosto ferido. Caminhavam calados, ambos sem saber o que dizer, Philipp a claudicar.

– Alguma coisa no pé?

– Uma inflamação, bolha arrebentada – respondeu o rapaz sem deixar de olhar para a frente.

– Vamos direto para a minha casa, um médico precisa olhar para essas coisas, não gosto também dessa ferida na cara.

– Não preciso de médico.

– Claro, pode ser que não precise, mas posso garantir que de um banho o menino está muito necessitado. Água não faz mal a ninguém e nem é coisa de mulher.

Philipp agradeceu, mas preferia ir direto para o empório, queria ver os amigos, saber da família, precisava seguir para São Leopoldo. Gründling parou, abriu os braços, o menino está ficando maluco? não há jeito de passar pelo rio sem revista e logo um soldado alemão. Seria degolado como um peru. Agora, posso afirmar que a sua família está bem, tenho notícias recém-chegadas de lá, fizemos um acordo, agora trabalhamos juntos.

– É mentira sua, não acredito.

– Ora vamos, disse Gründling, tentando pegar de seu braço, não deve levar as coisas assim como uma mula, os tempos são outros, muita coisa mudou enquanto esteve na guerra, nós os alemães precisamos nos unir cada vez mais, está tudo muito difícil não só para mim como para a tua mãe.

– Que sabe de São Leopoldo?

– Está nas mãos dos Farrapos, há muita tropa rebelde por lá, o Dr. Hillebrand foi obrigado a esconder-se nas picadas, está à frente de tropas de patrícios nossos.

Atravessaram a Praça da Matriz. Caminhavam agora pela esburacada Rua da Igreja, a casa de Gründling, o enorme portão, no fundo do quintal a caleça onde as crianças brincavam, um deles, o mais novo, a cavalo num dos varais apoiados no chão. Philipp ainda relutava, indeciso, Gründling puxou-o delicadamente, vamos comer alguma coisa, gritou para dentro, a negra Mariana botou a cabeça para fora de uma janela, queria Frau Metz, entraram, a mulher veio espiar, meio assustada, o dono da casa ordenou: prepare alguma coisa para o meu amigo Philipp, quero um banho bem esperto, vê aquelas minhas pomadas para ferida.

Philipp olhava para tudo, meio espantado, era uma casa rica, tudo muito limpo, o assoalho brilhando, cortinas nas janelas. Teve vontade de dar meia-volta e sair correndo, mas o pé ardia, o estômago contraído de fome lhe dava náuseas, envergonhava-se de parecer um mendigo naquele palácio de móveis muito polidos. Gründling tirou uma garrafa do armário, um gole não faz mal a ninguém, afinal a gente ainda vive, respira, bebamos pela saúde dos nossos amigos.

Antes de emborcar o copo na garganta fez uma parada, olhou de esguelha para o rapaz, notou que ele mal segurava o copo na mão suja e ferida.

– E o nosso índio?

Philipp bebeu um pequeno gole, caminhou capengando até a janela, viu lá embaixo as águas tranqüilas do Guaíba, o céu claro, os urubus nas suas lentas evoluções, muitos deles pousados nos telhados mais próximos. Voltava à escuridão de uma noite qualquer, agora já perdida no tempo, quantos dias, quantas semanas, meses já haviam passado? o estampido dos tiros a poucos metros, as línguas de fogo, as patas dos cavalos fugindo campo a fora, os gritos de Juanito, o ronco de extertor do índio, depois a pancada na sua cabeça, a terra rodopiando, uma grande e pesada nuvem de silêncio e de assombração.

Engoliu depressa a bebida forte do copo, voltou-se para Gründling.

– Acho que um banho me vinha bem, estou empestando a sua casa.

Mariana e outra negra passaram carregando jarras de água quente, ouvia-se que enchiam uma banheira, voltavam e retornavam espiando de soslaio

o rapaz esfarrapado que bebia igual ao patrão, como se fosse da mesma classe.
Depois de uma pausa embaraçosa, Philipp respondeu:
— Juanito morreu em combate.
Entrou logo no quarto. A água da banheira fumegava, começou a despir-se, as meias rasgadas custaram a desgrudar dos pés feridos, as ceroulas não tinham mais cor, a calça de pano riscado guardava ainda o barro e o estrume de um tempo muito longo.
Mergulhou um pé, o calor aplacou a dor dos ferimentos, entrou de todo na banheira, afundou o corpo, a água transbordava e escorria pelo assoalho; nada mais importava. Agora, era só a vontade incoercível de fechar os olhos, dormir. Banhou o rosto, os cabelos duros e espigados, apenas os olhos e os joelhos à flor d'água, o nariz tocando as rótulas, o útero cálido e aconchegante de Catarina, o sono, o esquecimento.

4.

Daniel Abrahão permaneceu na sua toca além do costume, Catarina ficou um pouco preocupada, andou ali por perto, viu que o lampião estava aceso, ele devia estar lendo o Novo Testamento, quem sabe dormira mal, nem se dera conta de que era hora de trabalhar. Cuidou um pouco mais das coisas da cozinha, acendeu o fogo, tornou a espiar a porta do alçapão, bateu de leve nas tábuas:
— Está sentindo alguma coisa?
Ouviu a voz abafada do marido, me deixa em paz, preciso orar a Deus pelo nosso filho Philipp. Catarina não disse nada, foi preparar o café para Juliana, viu Emanuel já na oficina lidando com uma grande roda. Philipp estaria mesmo precisando daquelas orações urgentes do pai? A idéia ficou martelando na sua cabeça, Daniel Abrahão às vezes via coisas que os outros mortais não enxergavam, sentia-se desamparada, triste. Deixou a água e o leite sobre o fogão bem aceso, foi até a oficina, passou por alguns trabalhadores, acercou-se de Emanuel:
— Daniel Abrahão parece que vai ficar um pouco mais na cama, deve ter dormido mal.
Sentou-se numa tora, ar preocupado, Emanuel achava que poderia ter acontecido alguma coisa de ruim com Philipp? O rapaz limpou as mãos no avental, olhou intrigado para Catarina, acho que a senhora não deve preocupar-se, afinal ele está ao lado de Juanito e do Major Heise, qualquer coisa e se saberia logo, essas notícias correm logo, voam. E se houvesse algo os rapazes dos batelões diriam, eles não tinham interesse de esconder nada.

Ela sorriu enigmática, encarou Emanuel:

– Pensei que soubesse, mas há cinco dias não chega um barco de Porto Alegre.

Gründling fazia esforços para conter-se, permanecia de pé frente ao inspetor do governo, o homenzinho remexia no seu cigarro de palha, tinha a camisa de algodão suja e puída, as unhas negras, tratava o alemão como um pária:

– Pois é, o governo resolveu não enviar mais nada para aquela gente, não tem mesmo cabimento estar a abastecer o inimigo.

Gründling contestou, mas pelo amor de Deus, nós mandamos quinquilharias e recebemos de lá a comida que está sempre faltando na cidade.

O inspetor soltava longas baforadas, não sei se o senhor Gründling sabe, mas a Armada Imperial começou a trazer alimentos de Rio Grande, não é lá muita coisa, mas o suficiente para manter os nossos soldados em forma. E a população? perguntou Gründling.

– A gente da rua sabe o que faz nesses casos, planta uma horta, come fruta do quintal, defende-se, meu caro, defende-se – e dando uma chupada forte no cigarro apagado – e, por favor, quando sair mande entrar o tenente que está aí fora, é assunto urgente.

Gründling saiu sem dizer uma palavra. Ao encontrar o tenente do lado de fora fez um sinal vago, mandando-o passar. Era um sujeito baixo, roupa indefinida, cara indiática, um cinturão de couro apertando o casaco largo. Já na rua, virou-se para a velha casa de onde acabara de sair, cruzou os braços dando uma figa e cuspiu grosso na terra avermelhada. Que fossem todos para o inferno!

Catarina só voltou quando ouviu o leite derramado chiar sobre a chapa quente, começou a preparar o café, viu quando Emanuel aproximou-se da porta enquanto ela cortava grossas fatias do pão escuro. Ele disse com voz sumida:

– A senhora sabe, Philipp me preocupa também, já pensei até em dar um jeito de chegar a Porto Alegre e procurar os dois, saber notícias, quem sabe lá no empório.

Catarina disse que deviam ter paciência, de nada adiantava saírem pelo mundo todo à procura de alguém, a terra era muito grande, Deus sabia olhar pelos seus filhos e Philipp estava sob a sua proteção. Emanuel disse:

– Mesmo assim penso muito em ir e só não faço isso com medo de deixar Juliana nesse estado, a senhora sabe, ela passa todo o tempo em que estou com ela segurando as minhas mãos, diz que não enxerga mais, não adianta abrir a janela e nem acender o candeeiro.

Catarina parecia alheia ao que ele dizia. Emanuel prosseguiu, a senhora tem notado os olhos dela? estão ficando sem cor, opacos, os banhos de erva já não adiantam nada, passa um pouco a ardência, a dor, mas quando acorda no meio da noite as pálpebras permanecem fechadas, coladas pelo pus seco, eu já não sei o que fazer.

Catarina não quis olhar para o rapaz, tratava de arranjar, nervosa, as coisas todas sobre a mesa.

– A gente precisa saber enfrentar todas essas coisas, meu filho. O desespero não é cristão.

Ergueu da mesa a bandeja de madeira com o café do marido e caminhou até o alçapão, sempre acompanhada pelo rapaz, agachou-se, bateu com o nó dos dedos na tampa, esperou que Daniel Abrahão abrisse a meia-folha e apontasse a cabeça desgrenhada, olhos piscando para a luz do dia que filtrava pela janela: toma o teu café, fica descansado, o Emanuel dá conta do recado, o trabalho diminuiu muito. Ele pegou a caneca de café quente e a gamela com o pão, olhou bem para a mulher e para o rapaz, sua voz estava emperrada, quero que saibam que Philipp não pecou e nem morreu, porque o salário do pecado é a morte e o dom gratuito de Deus é a vida, Philipp vive, Catarina – seus olhos derramavam grossas lágrimas, a mulher virou o rosto para o lado, para a janela de onde se avistava a luz do dia, para as árvores, disse para ele, toma o café antes que esfrie, depois descansa; eu também sei que Philipp está bem.

Uma voz forte se fez ouvir do outro lado da porta, Philipp reconheceu a voz de Gründling que dizia, aqui tem roupa nova para trocar, depois vamos queimar esses trapos.

Teria dormido muito tempo? Olhou as pontas dos dedos, estavam murchas. A água esfriara. Viu um pedaço de sabão sobre uma banqueta ao lado, pegou-o, era perfumado e macio, começou a esfregá-lo devagar nos cabelos, no rosto, no pescoço. Novamente Gründling: posso entrar? Não esperou resposta, empurrou a porta:

– Mas então o meu jovem dormiu na banheira, pois fez muito bem, nada como um bom banho para tirar o cansaço do corpo.

Colocou o pacote enorme que trouxera sobre uma cômoda, sentou-se tranqüilamente, pois eu acho que ainda precisa descansar mais, esquecer um pouco essas coisas da guerra, o que passou, passou. Fez uma pausa, continuou: temos muitos problemas pela frente, conto contigo, agora o governo resolveu não mandar mais nada para a colônia, diz que não se deve mandar abastecimento para o inimigo. Veja, os nossos patrícios da colônia inimigos do governo! O que eles querem mesmo é matar de fome a gente desta cidade, eles andam rondando os nossos armazéns vazios, uma cambada de inimigos, eu digo para eles que estão no lugar errado, que batam na porta do Palácio, que peçam às autoridades que deixem a gente buscar comida para eles. Bem, eu acho que para eles tanto faz.

Philipp esfregava o sabão no corpo, desajeitado, não sabia o que fazer tendo Gründling à sua frente, tirou da água o pé ferido, a chaga apustemada, um vergão roxo que ia dos dedos à canela, as bordas esbranquiçadas. Gründling disse, mas espera aí, isso é coisa séria, rapaz, e ainda caminhando daquele jeito, feito louco. Vamos sair logo desse banho, vou buscar um médico, termina perdendo o pé.

Daniel Abrahão parecia não escutar, depositou a caneca e o pão sobre o chão, fez um sinal para que eles se aproximassem, oremos: ó Senhor, grande médico do corpo e da alma. Tu que feres e que também saras, nós te pedimos que olhes com favor para o teu servo. Rogamos que lhe poupes a vida e restabeleças o seu vigor. Compadece-te do teu servo Philipp, ele está em tuas mãos.

Retomou a caneca e o prato e desapareceu na toca escura. Catarina pediu a Emanuel que retomasse ao trabalho, era melhor que não contassem com Daniel Abrahão. Disse para ele, vou cuidar um pouco de Juliana, ver como ela está. Emanuel ainda caminhou até a porta sentindo a mão dela sobre o seu ombro, mão que irradiava calor e confiança, ele a sentir que qualquer coisa desabava sobre a sua cabeça, nada que pudesse ser detido, nem por sua vontade, nem pela vontade daquelas palavras obscuras que Daniel Abrahão costumava recitar com os olhos iluminados. Deus sabe o que faz – pois se tirasse os olhos de Juliana estaria punindo alguém que não merecia. "Nada é feito em vão e nem Deus castiga as pessoas por prazer." Primeiro a filha, agora os seus próprios olhos.

A oficina estava agitada e barulhenta, mas ele não escutava e nem via nada.

– Doutor, este é o nosso doente, quero que cuide muito bem dele.

Enquanto o médico, óculos na ponta do nariz, examinava o ferimento, Gründling observava o rapaz, a sua bela cabeça, o tórax forte e desenvolvido, o nariz bem feito, o talhe de rosto denotando resolução e força de vontade. Lembrava o perfil da mãe, talvez os mesmos olhos, o queixo vigoroso.

– Quando foi isso, meu filho?

Ele disse que não se lembrava muito bem, quem sabe quinze dias, um mês, nem se fora o estribo, se algum pontaço de lança ou corte de espada. O doutor pediu uma bacia com água limpa, panos, abriu a maleta de fole, tirou vidros e latas, vamos ver o que se pode fazer de melhor numa ferida assim como esta, tantos dias na terra e no estrume, essa gente do exército não tem médico e nem medicamentos? Philipp deu de ombros, se havia nunca chamou por um. Gründling foi até a cozinha e momentos depois a negra trazia a bacia com água e os panos pedidos.

– O senhor não tem um *schnapp* dos fortes para o rapaz se distrair um pouco? Preciso espremer a ferida.

Philipp estendeu a mão, não se incomode, Herr Gründling, não preciso de bebida nenhuma, o doutor que faça aquilo que achar melhor. Ah, meu filho, disse o médico, um gole nunca é demais, mesmo para os heróis. Eu, por exemplo, não consigo espremer uma ferida sem tomar um ou dois goles reforçados.

Gründling já servia conhaque para os dois, olhou a garrafa contra a luz da janela, restava pouca coisa, enfiou o gargalo na boca e depois limpou os lábios com a manga do casaco. Como nos velhos tempos, disse ele rindo alto. Depois pediu licença, queria estar um pouco com os filhos, no quintal, andava afastado das crianças nos últimos tempos. Sabia que ia sentir-se mal se visse o médico apertar o ferimento apustemado, na certa vomitaria e logo ali na frente do rapaz que parecia indiferente aos preparativos todos.

Juliana, ao ouvir a porta abrir-se, perguntou se era Emanuel. Catarina disse, sou eu, sentou-se na beirada do catre, segurou as mãos da moça, deves estar com fome, mas primeiro vou trazer um pouco de água fervida para lavar os teus olhos e depois um copo de leite. Emanuel está trabalhando, só Daniel Abrahão é que resolveu não sair da cama, ele anda um pouco perturbado nesses últimos dias, para mim é a falta de notícias de Philipp. Juliana perguntou:

– E ninguém traz notícias dele?

Catarina respondeu que não, com a retomada de Porto Alegre pelos caramurus as coisas haviam se tornado mais difíceis, até mesmo os lanchões, rio acima, rio abaixo, não podiam navegar. Mas ele volta, estou certa disso, qualquer coisa aqui dentro me diz isso. Juliana apertou forte a mão de Catarina:

– Acho que não vou enxergar mais quando Philipp vier. A senhora me promete dizer direitinho como ele está? Sei que vai voltar um homem bonito, sabe, ele é muito parecido com a senhora, até no jeito de dizer as coisas.

Catarina desprendeu-se das mãos da moça, levantou-se apressada, disse por dizer, Emanuel está muito contente com as últimas encomendas, imagina, oito serigotes só para o Portão, pedido feito pelo pai dele. E isso apesar de toda essa guerra maldita. Já volto logo.

Ao passar por perto do alçapão, imaginou o marido lá embaixo, indiferente ao cheiro de mofo e do óleo queimado do lampião feito um bicho – ouviu a sua voz rouca na ladainha de todos os dias, ouviu as batidas secas da enxó sangrando a madeira de lei, o canto de um pássaro que fizera ninho no beiral da cozinha. E, quando tentava avivar o fogo com novas achas de lenha, sentiu que a fumaça entrava pelos seus olhos, com ardência, fazendo-a chorar.

5.

São Leopoldo perto, talvez meia hora de marcha, ou menos, esporeou de leve o cavalo, reconhecia o caminho como um chão amigo, as árvores, a noite grande, céu coberto de estrelas, os pios agourentos das corujas. As primeiras ruelas, a praceta Triângulo, a Rua São Pedro e a casinha dos Hartel, a Rua Sapucaia onde morava o Fredrico Fayete, a Rua Formosa dos rapazes do velho Estevam Seubert, o Cemitério Protestante na estradinha da Conceição, a Praça do Cachorro, por fim a Rua do Sacramento. Seu coração batia mais forte, um nó apertava-lhe a garganta, pressentia, dentro das casas, as luzinhas fracas dos lampiões.

Viu a sua casa, o grande portão do empório, notou os puxados construídos para os fundos, a erva ruim apontando dos beirais velhos. A porta da rua, a janela baixa, alguém lá dentro ouvira o ruído abafado das patas do cavalo na areia fofa. Uma tênue luz bruxuleou lá dentro, ouviu um arrastar de pés, a voz de sua mãe que varou a noite; angustiada, pressaga, trêmula:
– Philipp?

Adivinhara. Estaria assim, esperando meses e meses, desde quando? Por certo o pai nada pressentira, enfurnado na sua toca de bicho, o lampião, a Bíblia, os trapos encardidos da cama subterrânea. Novamente o grito espantado, desta vez quase que com a alegria da certeza:
– Philipp!

Apeou, largou as rédeas – o animal afastou-se espantado – ficou por instantes paralisado, ouvido atento, sua mãe agora arrastava os chinelos, os pés de um banco rascara o assoalho, os passos de uma outra pessoa, talvez Emanuel, um cão latiu. Quis responder e não teve voz, mas precisava dizer: mãe, mãe, estou aqui, sou eu, teu filho Philipp. Caminhou lentamente, era como se reconhecesse a terra sob suas botas, o céu era o mesmo, a noite, as árvores, a rua descampada, os muros. Parecia enxergar através das paredes. A saleta de entrada, o fogão no canto, o telheiro, o quartinho dos irmãos. Como estariam eles? Carlota, Mateus, João Jorge. E Juliana já com um filho.

O pai, mais velho, encurvado pela enxó e pelo alçapão. O cheiro dos lombilhos, da madeira das carroças, da cola e do couro cru. A sola das botas na terra enchia agora de ruídos a noite silenciosa. Ouviu a tranca sendo arrancada das presilhas da porta. A meia folha que se abria, a luz mais forte do candeeiro empunhado bem alto, a mão, o braço, os cabelos, o rosto fantasmagórico de Catarina.

– Philipp, meu filho, pelo amor de Deus, eu sabia que eras tu, Deus é grande.

Quente e forte o abraço, as lágrimas da mãe molhando a sua barba. As mãos dela passando nervosas pelo seu rosto, então o meu filho de barbas, o meu filho vivo. Depois calou-se, abraçada a ele, como a não querer acreditar. O lampião já nas mãos de Emanuel que olhava espantado. Então era Philipp mesmo – tocava nos seus braços enrodilhados em Catarina, o tato no pano áspero que viera da guerra, o rosto de Philipp em lágrimas. Daniel Abrahão espiando pela metade da porta aberta, Catarina repetindo, meu filho, meu filho. Ele disse com voz embargada: ora mãe, sou eu mesmo, não me aconteceu nada, e as crianças? Viu Daniel Abrahão: meu pai como está? Ele respondeu, eu ouvi a voz de Cristo me dizendo que voltarias, eu ouvi.

Philipp desprendeu-se dos braços fortes da mãe, caminhou devagar em direção do pai, entrou, abraçou-o desajeitado, sentiu de encontro ao rosto a barba dura, as mãos ásperas do pai que alisava seus cabelos. Depois o abraço de Emanuel, mudos os dois, mãos espalmadas a bater nas costas.

– Mas está um outro homem, engordou – disse Philipp afastando de si o amigo, sem largar seus ombros.

– Outro homem, eu? Deixa disso. Vejam, Philipp de barbas, deve ser furriel depois de toda essa guerra, ou capitão, sei lá, mas é o mesmo Philipp de sempre.

Catarina limpava os olhos, deixa disso Emanuel, traz lenha, vamos aquecer água para um café, ele deve estar morrendo de fome também, vamos, te mexe, temos um pão de milho feito hoje, parece que a gente adivinhava, eu sabia, qualquer coisa aqui dentro me dizia que o meu filho ia chegar. Daniel Abrahão disse, os desígnios de Deus não falham. Philipp pegou do lampião e entrou no quarto das crianças, iluminou o rosto de cada um, Mateus mudou tanto, vejam só a Carlotinha, o João Jorge até parece outro. E este aqui? Catarina estava atrás dele: é teu irmão Jacob. Philipp afastou as cobertas, examinou bem a carinha rosada do irmão, mas então a família ficou maior, e que belo rapaz é o Jacob.

Catarina movimentava-se sem parar, nervosa, alegre, foi para a beira do fogão, atiçava as chamas, tropeçava na camisola comprida, retomava para junto do filho, senta, descansa, depois desta viagem ficar aí de pé, deixem ele descansar, batia nas suas costas, passava as mãos no seu rosto.

De repente ela ficou com uma chaleira suspensa, virou-se assustada para o filho, ele adivinhou logo o motivo do seu gesto:
— Juanito desapareceu na guerra.

Houve um silêncio geral, ela tornou a colocar a chaleira sobre a chapa, Emanuel puxou um banco para Philipp, Daniel Abrahão acocorou-se ao lado da porta. Ela então perguntou, sem olhar o filho:
— Morreu?
— É quase certo. Sim, Juanito morreu.
— Está com Deus — disse soturno Daniel Abrahão.

Ouvia-se a água a ferver, mas onde está este pó de café, exclamou Catarina, enquanto Emanuel abria um pequeno armário.

— Juliana assomou à porta, mãos tateando, os cabelos escorridos, a grande bata encobrindo o corpo franzino, cabeça erguida, olhos presos a um ponto fixo. O marido estendeu a mão para ela, ajudou-a a encontrar Philipp, suas mãos envolveram o rosto do rapaz que parecia não acreditar, olhar aterrorizado passando de rosto em rosto, como a perguntar se era verdade, Juliana a dizer: então Philipp voltou, Deus ouviu as nossas preces, eu sempre sonhei com este dia, como deve estar diferente com essa barba. Emanuel deu a Catarina um pequeno embrulho de papel, está aqui o pó, virou-se para Philipp:
— Juliana foi atacada por uma doença dos olhos, ninguém aqui ainda sabe que doença é, já se fez de tudo.

Philipp agarrou firme a mão da moça, abraçou-a, isso não há de ser nada, vamos encontrar um médico. Juliana sorriu triste, os olhos baços, eu até que já estou acostumada, passei a conhecer a casa palmo a palmo e não adianta, o Dr. Hillebrand está na guerra, não apareceu mais.

Catarina disse, ela me ajuda até na cozinha, costura, lava roupa, acende o fogo. A princípio, retornou Juliana, eu chegava a queimar as mãos, mas agora isso não acontece mais, a gente se acostuma com tudo, eu agora me guio com os olhos de Deus. Philipp olhou para o pai, depois para Emanuel, não sabia mais o que dizer a Juliana que agora sentara-se a seu lado, examinando seu rosto com as mãos, percorrendo com dedos leves o nariz, a testa, as orelhas, os cabelos, a barba cerrada.

— Não posso imaginar Philipp com esta barba, deve ter ficado parecido com o pai.

Só então Catarina percebeu a semelhança entre os dois, encheu uma caneca com o café fumegante, Emanuel cortava um naco de pão, sentou-se ao lado do filho, vou arrumar agora a tua cama, deves estar muito cansado.

– Não vou mentir, estou mesmo – disse ele chupando com cuidado o café quente – mas eu daria tudo para não dormir esta noite.
– Deves ter muito o que contar – disse Emanuel.
– Alguma coisa, a gente termina esquecendo.

Daniel Abrahão levantou-se devagar, passou pelo filho, alisou seu cabelo, vou rezar agradecendo a Deus pela volta do meu filho. Saiu meio trôpego, limpando os olhos. Philipp achou-o alquebrado, mais velho do que esperava. Catarina aguardou que ele sumisse pela porta, ouviram o barulho da porta do alçapão, o ringir das dobradiças.

– Teu pai tem feito muitas orações por ti, acho que todas as noites e todos os dias. Com a tua volta ele pode melhorar, Deus precisa olhar por ele também.

Perguntou ao filho se tinha achado o pai muito envelhecido. Philipp disse um não muito sem convicção, não prestara atenção a isso. Enquanto bebia o café e mastigava o pão que lhe lembrava tempos distantes, observava em redor, Emanuel um homem feito, cara marcada; Juliana desfigurada, a doença deixara os seus olhos opacos e mais abertos, o corpo afinara, emagrecera muito, parecia outra moça. A mãe ainda era a mesma, estava mais rija, talvez mais forte, notava a sua preocupação em fingir que cuidava das coisas inexistentes sobre o fogão, não se queria trair, como sempre costumava fazer em horas e momentos assim. Disse para ela, cheguei a sonhar com o gosto e com o cheiro deste pão, com as laranjeiras do fundo do quintal, até com o cheiro da madeira recém-cortada. Lembrou-se dos grandes carroções que passavam na frente da casa, fazendo tremer a casa toda, sacudindo as panelas em cima da mesa, o rascar da enxó na oficina, a conversa dos homens nos balcões do empório.

Catarina saiu, foi arranjar a sua cama, ajudada por Emanuel. A seu lado ficou Juliana, segurando forte a sua mão.

– De algum tempo para cá eu sempre quis saber como estaria o Philipp que eu conheci, depois de toda essa guerra que afinal terminou me levando a luz dos olhos.

Ficaram os dois calados, ela ainda disse, agora eu sei, me alegro por Frau Catarina que vai voltar a ter prazer na vida. Philipp ouvia a voz da mãe na outra peça, perguntando a Emanuel pelos lençóis, pedindo mais um cobertor. Juanito estava presente no calor de Juliana. E quando, finalmente, foi deitar-se, as mãos de Catarina puxando as cobertas, aconchegando-o, dizendo coisas que ele aos poucos não entendia mais, percebeu em algum lugar a voz autoritária do Major Heise, o retinir de espadas, a dor lancinante do pé ferido, a figura enevoada de Herr Gründling andando pelos corredores da casa da Rua da Igreja, o gosto da bebida forte que ele costumava servir, as noites sem fim que passara nos escuros porões do arsenal dos inimigos. Seus cavalos, agora, andavam em coluna por um e ele sentia, reconfortado, o calor amigo do joelho de Juanito que se confundia com o negrume da noite, que surgia e desaparecia como um fantasma.

    Só acordou, manhã alta, com o choro forte de uma criança estranha que se espantara com aquele desconhecido de grandes e eriçadas barbas.

    Era o pequeno Jacob.

VII

1.

O pedreiro João Moog, com fios brancos nos cabelos ralos, limpava o suor da cara com um grande lenço. A noite chegava; a Praça do Cachorro deserta, os primeiros lampiões a piscarem atrás dos postigos abertos, ar pesado, céu sem nuvens. Moog viu o filho do velho Renner, Jorge Felipe – mesmo nome do pai – seu irmão menor Pedro, aprendiz de sapateiro, imberbe, grandes olhos azuis; também Frederico Pfingsten, estabanado nos seus vinte anos, grossas calças de lã naquele calorão de seca. Logo adiante avistou Philipp que andava meio sem rumo, camisa empapada de suor no peito. Fez um sinal para eles, a mão em forma de concha, acenando. Os rapazes se aproximaram.

– Que tal a gente tomar umas cervejas para matar o diabo deste calor? Eu pago.

Philipp apertou a mão dele, grossa e úmida, depois apontou para os outros, uns meninos ainda, isso de beber cerveja era perigoso. Moog riu, pois o próprio Philipp não era muito mais velho, que diferença havia entre eles?

– Uma guerra, Herr Moog.

Claro, eu sei, uma guerra, repetiu o pedreiro, o menino andou na guerra, foi ferido, claro, o menino tem trinta anos mais do que esses dois bebês aí, mas que diabo, a cerveja aqui de São Leopoldo, de cerveja mesmo só tem o nome, é uma água e se não estiver bem fresca sabe a mijo. Avistou um outro rapaz, José Rohde, filho de Carlos, não mais velho do que os outros, gritou por ele, que viesse, iam todos beber pelo fim da guerra. O rapaz aproximou-se, tímido, desconfiado, beber cerveja? Moog repetiu: cerveja nada, uma água choca que se pode dar às crianças de peito e, depois, ninguém aqui é mais criança ou será que algum de vocês ainda não tem pêlos entre as pernas? Todos riram, Moog levantou-se e apontou para a frente, como se empunhasse uma espada.

– Pois em frente, soldados, o inimigo nos espera na primeira tasca! Philipp perguntou a Pfingsten se ele por acaso não trazia algum dinheiro. O rapaz sacudiu a cabeça. José Rohde ouviu a pergunta e apressou-se a dizer, eu também não tenho dinheiro nenhum. Philipp sorriu, mesmo assim vamos, eu tenho algum que dá. E olhem, desconfio que Moog não tem dinheiro para um *schnapp*. Renner confidenciou: ele deixa os filhos em casa com um pedaço de charque e gasta o pouco que tem na cerveja. Philipp fez um sinal de indiferença, ele é maior de idade e sabe o que faz, afinal, beber uma cerveja neste calor só pode ser bom mesmo.

Ouviram um tropel de cavalos que passavam pelas barrancas do rio, Philipp disse:

– Deve ser um piquete de vanguarda do Major Morais.

Caminhavam para a pousada do João Schulter, um lugar à beira do Rio dos Sinos, onde um braço de água morria podre, alimentando o agrião forte e viçoso. Quando a cerveja azedava o velho emborcava os potes naquele banhadal, os fregueses aliviavam a bexiga na porta dos fundos e de lá gritavam para o dono da casa: amanhã me faz uma salada de agrião fresquinho, seu velho porco. E pensam que é de duvidar? disse Moog. O rapaz Renner urinava escorado na porta e os outros entraram em fila, à espera de fazer o mesmo. Depois sentaram todos numa mesa comprida, suja, Schulter olhou bem para o grupo, Moog por acaso sabia que era proibido servir bebida para aqueles meninos? Moog apontou para Philipp:

– Cala a boca, velho doido. Este menino aqui veio da guerra e já matou mais inimigo do que muita gente que até hoje só conseguiu sangrar porco para fazer morcela.

Philipp disse, eu nunca matei ninguém. Moog perguntou: e como sabes disso? de noite a gente atira e nem sabe aonde acerta. Todos riram, o rapaz Renner levantou a caneca recém-servida, vamos beber pela paz eterna dos soldados mortos pelo guerreiro Philipp.

A cerveja estava morna e grossa. Moog deu uma cusparada no chão, porcaria de cerveja. Chamou Schulter, bebe com a gente, se esta droga estiver envenenada vais morrer como um cão. O dono da casa empinou uma caneca: melhor cerveja do que esta não se faz nem em Porto Alegre. Claro, contestou Moog passando as costas da mão na boca, em Porto Alegre, também, só se bebe mijo. E gritou, mas um mijo melhor, seu filho de uma vaca.

Os rapazes não conseguiam beber o líquido espesso e amarelo. José Rohde disse que preferia beber aquela água do rio que chegava até ali, era capaz de vomitar o xarope fedorento. Moog levantou-se, foi até a porta de frente, de lá gritou para os companheiros:

– Pois façam o que eu faço, joguem esta porcaria para os sapos.

Aproximou-se de Schulter, diz logo quanto devemos, mas cuidado, se quiser roubar chamamos o delegado e vais explicar o roubo nas grades. Schulter riu, pois, se não beberam nada, não pagam nada. Isto é que é falar, gritou Moog, homem honesto está aqui e se chama Schulter. Vamos embora, pessoal.

O calor estava mais pesado, o céu sem estrelas, o rio invisível marulhando forte, tudo deserto em redor. Pedro Renner perguntou ao irmão mais velho se não seria melhor voltarem para casa, deviam levantar cedo, caía de sono. Moog passou o braço em torno dos ombros do rapaz, chamou o irmão, os outros se acercaram dele, Philipp quase não via o grupo. O homem confabulou, bem que podiam deitar mais tarde, o que era um dia no mês, um dia no ano, e depois era capaz de apostar que nenhum deles ainda estivera com uma mulher debaixo do corpo. Ninguém disse nada. Ele insistiu, conheço um lugar aqui perto, subindo a margem do rio, é uma pocilga de uma velha megera, tudo fede, mas a gente sempre encontra lá umas meninas deixadas aí por aquela gente que foi mandada para Torres e de qualquer maneira nem se precisa de casa, temos o matinho, faz-se a coisa debaixo das árvores, de noite todos os gatos são pardos. Pfingsten disse que já ouvira falar nesse lugar, mas que ficava longe, não chegariam antes de uma hora de caminhada.

– Nem isso, meus filhos, e vale a pena, pega-se a menina e se faz tudo ouvindo grilo e sapo e, o que é mais importante, elas se contentam com qualquer moedinha de cobre.

– E a velha? – perguntou Philipp.

– Pois uma outra moedinha e a cadela se dá por satisfeita.

Os irmãos Renner ficaram falando baixo, José Rohde perguntou a Philipp se valia a pena mesmo ir até lá. Philipp disse em voz alta, de maneira a ser ouvido por todos:

– Pois eu acho que vale, afinal aqui ninguém mais é criança.

– Bravos! – berrou Moog batendo palmas. – Assim é que um soldado veterano deve falar.

Abraçou Philipp, começaram todos a caminhar, tropeçavam no caminho tortuoso, de vez em quando enlameavam as botinas nos charcos de água podre que vazava do rio. Andavam em silêncio, Pfingsten perguntou em voz baixa:

– E se uma patrulha daquele tal major dá com a gente por aqui? É bem capaz de achar que somos caramurus.

Moog pediu a ele que calasse a boca e não dissesse tolices. Todo o mundo sabia que ele era farrapo e que a maior garantia que eles todos tinham era Philipp que recém viera da guerra onde lutara sob as ordens do Major Heise. E, por falar nele, onde anda o homem, Philipp?

– Desapareceu, ninguém mais viu o major, uns dizem que ele foi morto, outros garantem que ele foi deportado para a Corte.
– E tu, o que achas? – perguntou Moog.
– Pois não sei, os imperiais davam uma barra de ouro para botar a mão no major.

Moog interrompeu a caminhada, examinou bem o lugar onde estavam, depois disse, acho que agora a gente envereda por ali, a casa da velha é um pouco mais adiante. Embarafustaram por um mato ralo, Pedro Renner gritou para os que iam à frente, cuidado com os índios, há muito bugre onde há cheiro de mulher. Depois acercou-se do irmão, sussurrou ao seu ouvido: alguma vez já estiveste com mulher? Jorge Felipe mandou que ele calasse a boca, não era de perguntas. Philipp abria os galhos com os braços, sentia-se confuso, e se os meninos soubessem que ele nunca estivera e nem se deitara com uma mulher? Sentia as têmporas latejando, suor frio na palma das mãos, abençoava a noite escura, sem lua.

Quando chegaram ao pé do casebre não viram sinal de vida, tudo escuro. Andavam agora com cuidado, Moog praguejou, logo hoje essas cadelas sumiram. Ficaram um tempo à escuta. Assustaram-se, de repente, com uma voz esganiçada, era a dona da casa, devia estar sentada debaixo de alguma árvore, a megera costumava ficar ali naquelas noites quentes, a abanar-se contra os mosquitos, destratando os homens que não apareciam, eles agora não gostavam mais de mulher. Moog gritou: onde está essa gente? A megera casquilhou uma risada, pois vão chegando, as meninas estão todas por aí, quem não procura não acha.

– Trago uns rapazes de boa família, fique sabendo – disse ele.
– Pois as minhas meninas também são de boa família, podem até casar, mas sempre é bom experimentar primeiro, assim vão na certa.

Seu riso parecia o de uma galinha choca. Pedro permanecia colado ao braço do irmão mais velho. Pfingsten perguntou a Philipp se o melhor não seria voltarem, aquilo não lhe agradava em nada, não se via ninguém, sabe lá que espécie de mulheres seriam aquelas, era até arriscado. Philipp não respondeu, ouvia rumores estranhos pelas cercanias, vozes abafadas, a fala ininteligível de Moog a uma certa distância, Rohde chamando pelos irmãos Renner, venham aqui, por este lado, onde diabo vocês se meteram? Ouviram o tropel de gente que corria, quebrando galhos, uma risada, Rohde dizia em altos brados: os safados dos Renner fugiram, vejam só, segurem aí esses dois, peguem.

Philipp distanciou-se um pouco, de repente algo lhe dizia que não estava só, as macegas se mexeram, a voz nítida de alguma menina, a mão quente segurando o seu braço, ela dizia: aqui, aqui, Philipp prendeu sua mão, ela gemeu, Pfingsten gritou para os outros, Philipp já pegou a dele, o rapaz enxerga no escuro. Um outro gritou, peguei. Philipp arrastou a sua presa para uma encosta empedrada, poucas árvores, uma tênue claridade, então pôde ver a silhueta da menina, os cabelos compridos, sentou-se no capim alto, puxado por ela, não conseguia ver o seu rosto. Ela ficou ao lado dele, tímida, apenas a mão descansando sobre o seu joelho.

– Qual é o teu nome?
– Apolínia, nome da minha avó que nasceu na Prússia.
– E como é que tu sabes disso?
– Minha mãe me contou.
– E onde está a tua mãe?
– Morreu.

Philipp calou-se, suava de escorrer água pelo pescoço. Ela tentava limpar o rosto dele com a ponta do vestido que o rapaz imaginou sujo pelo cheiro acre. Ela quis saber o nome dele.

– Pois Philipp era como se chamava um tio meu que ficou na Alemanha, ele não quis vir, disse que isso aqui era terra de índio e de feras.

Ele pediu que ela falasse mais baixo, não queria ser localizado pelos amigos. Eles já haviam encontrado os seus pares, menos Moog que se mostrava irritado.

– Raios, onde se meteram essas cadelas?

A voz em falsete da velha se fez ouvir novamente, trata de procurar, há mulher por aí para mais dez homens. Ele disse: Ah, peguei, finalmente peguei, mas não sei nem a cor que a diabinha deve ter. A velha retrucou, só tenho menina da nossa raça, negra não entra aqui; e trata de não soltar a tua que vale muito dinheiro.

Philipp perguntou a Apolínia se ela também valia muito dinheiro. A menina disse, não sei, ela sempre é quem recebe. E não ganhas nada? Casa e comida, sussurrou ela. Philipp tateou o rostinho miúdo, lembrou-se do gesto de Juliana tentando reconhecer a sua fisionomia, estava ele também cego, sentia uma angústia, um mal-estar que lhe contraía a boca do estômago. Sua mão correu pelo ombro magro, desceu até o peito, parecia um peito de rapazinho, o pequeno seio mal apontando, o mamilo duro e espevitado. A mão dela penetrou na sua roupa, ágil, hábil, quente, perguntou se não estava incomodando, ele era casado? Não, nem pensava nisso. Ela chegou onde queria, Philipp tentando virar o corpo; estou vendo que tu não me queres, gemeu triste, não fica com medo que ninguém chega aqui, eles já estão acomodados, escuta. Ouviram os gemidos fortes de outra mulher, a voz de Rohde repetia, assim não, assim não, esta mulher é maluca.

Por um instante ela se separou dele, Philipp viu que tirava a roupinha que mal cobria o corpo. Tornou a encostar-se nele, então o meu amor ainda está vestido? Vamos, eu te ajudo. Tinha experiência, a roupa molhada de suor custava a desgrudar do corpo. Então ela passou a mão pelo seu corpo, disse, como tu és forte. Moog, não muito longe, gritou: quem é esse homem forte aí?

Philipp botou a mão aberta sobre a sua boca, fala baixo, eles estão nos ouvindo. Ela o obrigou a deitar-se de costas, ele via no alto a ramagem das árvores, os pedaços mais claro de céu, a mãozinha dela ligeira e sábia, a sombra da mulher cavalgando seu corpo, o suor dela pingando sobre o seu rosto, ela se aprofundando nele, uma dor gostosa e estranha, os gemidos contidos a fazer coro com outros mais distantes, os palavrões de Moog, a voz da velha: uma vez só, nada de me enganarem, depois me vêm com a história de quem está com pouco dinheiro, eu estou vendo tudo.

Apolínia, agora, estendera o seu corpo sobre o dele, rosto molhado sobre o peito, os cabelos longos tapando-lhe a respiração. Puxou-a para si, braços cruzados nas costas magras, uma dor que sentia nas entranhas, a bola de fogo expelida como um raio, o giro da terra e das árvores, a escuridão total, o grito da menina que o ensurdeceu por momento. O desmaio repentino do corpinho molhado que tinha entre os braços, a exaustão, o choro fininho, lágrimas que caíam do rosto dela e que molhavam o seu peito ofegante.

Ela escorregara para a grama áspera, aquietara-se nua, um braço ainda sobre ele, respirava forte.

– Há um grilo aqui perto – disse Philipp.

Ela disse, há milhões de grilos por aqui. Por que ele não contava alguma coisa da guerra, um soldado sempre tem o que contar. Em quantos combates estivera, fora ferido alguma vez? Ele disse, eu nunca estive na guerra, Moog é que inventa essas coisas. Sabe, eu mal passei dos vinte anos e eles não aceitam rapazes na guerra.

– Não faz mal, eu gosto de ti assim mesmo. Se eu tivesse um filho, algum dia, ele nunca iria para a guerra.

Philipp pensou num filho. E se dali saísse um filho? Ela estaria falando num filho dos dois? Ficou aterrado.

– Achas que deixei um filho dentro de ti?

A menina riu baixinho, que idéia! Às vezes ficava numa mesma noite com três homens e nunca ficara esperando filho. Certa vez seguiu um regimento que ia na direção de Porto Alegre, junto com muitas outras mulheres, só para divertir os soldados nas noites de acampamento. Mas as outras também saqueavam os soldados mortos e eram corridas a chicote pelos oficiais e pelos sargentos, terminou voltando. Não valia a pena, tinham que comer as sobras dos panelões virados no campo, eles nunca tinham dinheiro para pagar e se não remexessem nos bolsos dos mortos voltavam como tinham seguido. Philipp perguntou a ela se achava que a guerra estava por acabar, falavam muito nisso, se dependesse dele, podia estar certa, cada um voltaria para a sua casa, iam plantar, criar os bichos, a colônia já nem tem o que comer, pouca gente a plantar, ele bem que sabia de tudo.

– Sei lá – disse ela –, em tempo de guerra é quando há soldado e quando não se arruma dinheiro pelo menos um pouco de comida sempre aparece.

Philipp então procurou as calças, vasculhou um dos bolsos, tirou dele algumas moedas, guarda estas para ti. Não adianta, disse ela, a velha me toma tudo. Esconde aqui por perto, olha, debaixo desta pedra, aconselhou ele.

– Pois vou tentar fazer isso.

Beijou as suas mãos, seus braços, seu peito, recomeçou a apalpá-lo de leve, disse que ficava muito contente porque ele havia gostado dela, que ainda a estava querendo, olha aqui, não adianta dizer que não, deitou-se de costas, puxou-o para cima de si, ela fremia, movimentava-se, ele sentia o gosto de barro e de capim, esmagava a pobre menina sobre a terra.

Algum tempo depois, enquanto ele vestia a camisa, ela chorava e pedia que ele não fosse embora. Era como se ele fosse o pai que ela nunca tivera.

2.

As janelas abertas para o dia ensolarado, lá embaixo as águas do Guaíba, mais parecendo uma grande e serena lagoa, Gründling sentado numa das poltronas de braços puídos. Albino sentado sobre os seus joelhos, cabelos compridos, um rapazinho, camisa de seda palhinha, calças justas, curtas, presas à altura da barriga da perna, pés descalços.

Numa outra poltrona Jorge Antônio vestido a rigor, suor escorrendo pelo rosto bem feito, cabelos penteados, imóvel, exceção dos olhos angustiados que iam do pai para o pintor Câmara, este a executar com esmero o seu retrato a creiom, volta e meia a pedir aprovação de Gründling que se mantinha calado, atento, pensamento a voar pelo tempo, o nariz era de Sofia, as orelhas pequenas, o jeito de sorrir, muitas vezes a postura ao sentar-se.

Reparava no retrato, Câmara acabando, a esfuminho, o sombreado do rosto sob os cabelos, os olhos já bem vivos e brilhantes.

— Está bastante parecido. O senhor não acha que falta qualquer coisa na boca, não sei, talvez no queixo?

O artista ouviu calado, levantou-se, permaneceu um momento afastado, olhos espremidos a analisar o retrato e o modelo, tornou a sentar-se, apagou alguns detalhes da boca, recomeçou a desenhar, a mão ágil, Gründling admirado com o seu engenho, era homem para estar na Corte, retratando as grandes damas do Paço, o imperador, a reproduzir os ricos mantos de seda e de brocados. E lá vegetava o infeliz a pintar panos de boca de teatrinhos de segunda categoria, ou paisagens das cercanias, os remansos de Itapuã, os negros da Rua da Praia, os seus balaios, as ruelas de velhos sobrados.

— Agora sim, acho que acertou em cheio, é bem a boca de Jorge Antônio, ele está muito parecido.

O menino mantinha-se espigado na poltrona. Perguntou se já podia sair daquela posição e olhar o trabalho.

— Só o professor poderá dar licença — disse o pai.

O desenhista consentiu prestimoso, o menino pode levantar-se quantas vezes quiser, o senhor seu pai foi quem achou melhor manter-se aí o tempo todo, eu sei, essas posições cansam até mesmo as pessoas adultas. Jorge Antônio não entendia o que o pintor falava, Gründling disse a ele que podia sair da cadeira, que ficasse à vontade. Ele correu para a frente do retrato, ficou algum tempo pensativo, surpreso, voltou-se para o pai.

— Parece o retrato de outra pessoa.

Gründling não respondeu, continuou de olhos fixos no desenho, depois disse como se estivesse falando com alguém que não estivesse ali na sala: um bom retrato, os mesmos olhos, a mesma boca, um trabalho digno de ser assinado por qualquer grande pintor. Era Sofia retratada, o rapaz tinha os seus traços e se fosse uma pintura a cores os olhos teriam aquele mesmo azul transparente, translúcido, o formato alongado que lembrava os velhos ancestrais europeus.

Disse ao artista, meus cumprimentos, está um belo trabalho, o menino gostou muito dele. Volte amanhã, será a vez de Albino, vou mandar prepará-lo como convém. Meteu a mão no bolso e entregou a Câmara um punhado de moedas, depois acertamos o preço final, isso é só para comprar mais material e beber alguma coisa fresca contra esse calor. O pintor agradeceu e perguntou se podia deixar tudo ali, como estava, assim ganhava tempo no dia seguinte.

— Mas é claro, os rapazes não tocarão em nada.

Naquela noite esperou ansioso que os filhos fossem para a cama, que a negra Mariana terminasse de arranjar os trens da cozinha e que Frau Metz apagasse o candeeiro de seu quarto. Colocou o retrato recém-feito entre dois lampiões, ajeitou-se na poltrona, garrafa de rum à mão, tirou as botinas e acendeu um charuto.

O rapaz ficara levemente diferente, mas era ele, a cara máscula conciliando os traços duros com os olhos de Sofia, com as curvas dos seus lábios. Mandaria, pelo primeiro navio, as medidas para encomendar uma bela moldura trabalhada, folheada a ouro, num especialista do Rio, quem sabe uma moldura oval. Dependuraria o quadro entre o relógio parado e a janela. Do outro lado ficaria o retrato de Albino, ao lado do armário com cristais. Encheu o copo, olhou a bebida contra a luz, experimentou o seu paladar, estalou a língua. Fazia muito calor, mariposas entravam pelas janelas e vinham morrer à boca das mangas lavradas dos lampiões belgas. Havia luar, chegava até ali o cantochão dos negros em algum terreiro próximo.

Jorge Antônio, de expressão serena, a gola rendada emergindo do veludo negro do casaco, a fileira de botões de madrepérola em casas bordadas. Esta é Sofia, padre, minha mulher. Padre Nunes de Souza, morto por um coice de mula no adro de sua igreja de São Leopoldo. Ele falara, naquele dia, nas boas pérolas compradas por um comerciante, uma delas seria a sua mulher, ele deixara a frase bonita inscrita num livro, onde andaria o livro? Não ligue para os tapetes, padre. Sim, chovia muito, o homenzinho calçara os seus chinelos. Sulzbach, Zimmermann, Schilling, Tobz, ora vejam só, a senhora Izabela com o seu grande chapéu de feltro, as enormes abas sacudindo como copas de árvores à brisa, o decote exagerado, o par de seios murchos da pobre Izabela que havia deixado, naquele dia, as suas mulheres entregues ao deus-dará. Sofia entrando como uma rainha na sala, os belos ombros nus, o vestido mandado de presente pelo seu bom amigo Schaeffer, as flores de laranjeira, a saia armada com crinolinas, longa, até os pés. Sofia grávida de Jorge Antônio, a saia aberta nas costas, a voz pesada do padre, estamos aqui reunidos para unir pelo Sagrado Matrimônio da Santa Madre Igreja, Carlos Frederico Jacob Nicolau Cronhardt Gründling, solteiro, católico, alemão. As mariposas batendo no seu rosto, presas ao suor viscoso, debatendo-se em desespero a algaravia dos negros agora mais forte, Sofia Spannenberger, de pais luteranos, quem seriam eles? a Igreja concede dispensa a casamento entre católico e não-católico, desde que haja para isso razões fortes. Riu-se para o rapaz imóvel no quadro, bebeu um grande gole. Sofia balbuciando um fraco e hesitante "aceito", depois *im Namen des Vaters, des Sohnes und des heiligen Geistes,* amém. Agora me tragam o meu vinho-do-reno especial, da região do Mosela, do Sarre. A porta do quarto aberta com o pé, a casa silenciosa, Sofia se desfazendo da grinalda, as mãos dele arrebantando as casas, os botões saltando, ela a dizer "o meu amor comeu tanto", os seios nus, ele passando a boca semi-aberta pelos bicos arroxeados.

Hoje é a nossa grande noite; não, a grande noite havia sido aquela outra, quando acabavam de voltar do teatro, ela despida sobre os seus joelhos, outras noites, outros dias, trancados naquele mesmo quarto, ah, nem todos os matemáticos do mundo seriam capazes de contar a duração exata de cada minuto, de cada segundo daquelas horas que escorriam como azeite dentro do tempo, os dias chegando e sumindo sem que as suas luzes atravessassem as portas e nem as janelas do seu reduto. Bom trabalho esse seu, mestre Câmara, os olhos do menino são os olhos dela, a boca, o nariz. Cuidado, meu amor, com o bebê. Pois, mestre pintor, parabéns pelo retrato do bebê que saíra do ventre de Sofia, ela ainda viva e palpitante, meiga e suave, uma Sofia que nem ele próprio chegara a conhecer integralmente. Sua imagem escorria por entre os seus dedos como água da fonte. Sofia imersa no quarto em penumbra, a luz lhe fazia mal aos olhos, pois vira o rosto para o outro lado e escuta a carta que acabo de receber do nosso grande amigo Schaeffer, na verdade eu não posso te mentir, ele morreu, coragem, não quero que chores. O Dr. Hillebrand e a sua velha maleta de fole, interrompeu a leitura, bateu nas suas costas, Herr Gründling, lamento muito, sua esposa está morta há quase meia hora. E que sabem os médicos a respeito da morte e da vida? Pois Sofia continuava ali, viva, integral, ela o olhava amorosa e serena através dos olhos escuros, do rosto negro, da sombra disforme de Jorge Antônio grudado naquele papel onde as mariposas batiam ruidosamente, suicidando-se.

A garrafa de rum caíra das suas mãos, o copo estava cheio de mariposas, a noite continuava quente e abafada, nenhuma aragem, nem a mais leve brisa que fosse.

Pois mestre Câmara, volte amanhã, sem falta, o meu pequeno Albino estará ali naquela mesma cadeira, imóvel, fixo no tempo, imorredouro.

3.

Gründling saíra, mas tivera o cuidado de deixar sobre a mesa uma garrafa de aguardente velha para o mestre inspirar-se. Albino substituirá o irmão, a mesma pose, a mesma altivez. Frau Metz cuidara bem da roupa, uma camisa branca engomada, gola de bilro, penteara os cabelos longos e sedosos do menino. A negra Mariana espiava da porta dos fundos e admirava Albino como um dos anjinhos da Igreja de Nossa Senhora do Rosário, tão alvinho, tão corde-rosa, fraquinho e desprotegido. O artista trabalhava com rapidez e inspiração, já tinha a figura quase toda esboçada, detinha-se agora nos olhos, temia que Herr Gründling chegasse naquela hora, na certa começaria a fazer observações num trabalho que mal se iniciara. Suspendia o desenho apenas para um gole de aguardente, dava um passo atrás, ganhava perspectiva, corria a retocar, a esfumar, corrigia traços. Depois de um gole entreviu no pátio o outro irmão, brincava com bugigangas, e, sem saber por quê, ficou com pena dos dois alemãezinhos, sempre confinados naquele velho casarão, longe dos outros meninos, entregues aos cuidados daquela negra velha que mal conseguia arrastar os pés no assoalho de largas tábuas, arredios às ordens severas da gorda governanta, sempre a rondar pela casa, as chaves todas dependuradas na cintura, a tilintarem a cada passo. Então sorriu para Albino que retribuiu timidamente. Não se compreendiam, falavam línguas diferentes. Para corrigir a posição do menino fazia gestos ou assumia a posição do modelo. Trabalhava agora na boca, logo depois no nariz, os irmãos se pareciam, às vezes lhe parecia estar repetindo o desenho da véspera.

Ouviu quando Gründling entrara pelo portão das caleças, a sua voz forte falando com o filho mais velho. Com ele um amigo. Seus passos ressoaram fortes na escada dos fundos, logo a seguir irrompeu na sala, ruidoso, dirigiu-se para o amigo que seguia atrás, veja aqui, Tobz, mestre Câmara trabalha na sua outra obra-prima, deixei uma garrafa para aumentar a sua inspiração. Notou que ela estava a menos da metade, exclamou fingindo consternação:

– Mas o meu caro professor está desenhando ou apenas matando a sede?

Câmara sorriu, não diga uma coisa dessas, Herr Gründling, em primeiro lugar a minha arte. Gründling encaminhou-se para Albino que permanecia impassível, movendo apenas os olhos. E como está se portando esse modelo? Vamos ver aqui de mais longe, o professor acha que se deve olhar a distância. Caminhou até a janela, ladeou ligeiramente a cabeça, examinou bem o trabalho, pois devo dizer que a coisa está melhor do que eu pensava. Câmara a dizer que o retrato recém estava começado, não se podia fazer uma idéia desde logo. Veja aqui, Tobz, é o meu Albino em pessoa. Vou mandar fazer as molduras no Rio, assim ovais, revestidas de ouro em folha, quero ornatos executados por mãos de mestres.

Bateu palmas, bebida para dois, ninguém consegue agüentar mais esse calor, ainda se chovesse, vá lá. Tirou o casaco, desapertou o colarinho e, como fazia sempre, o seu cacoete de atirar longe as botinas. Puxou Tobz pela manga, veja aqui o meu Jorge Antônio, retrato feito ontem mesmo, é ou não é um artista que devia estar na Corte, ganhando a peso de ouro? Tobz exclamou, admirado:

– Está uma perfeição, é o menino em pessoa.

– Um homem é o que ele é – disse Gründling enchendo os copos –, e cada dia se parece mais com a mãe. Veja os olhos, a boca.

– Pois acho o rapaz mais Gründling – disse o outro admirando o retrato.

– Para mim, parecido com a mãe, se me permite, é este que aí está, e tem muito pouco do pai.

– São opiniões – disse Gründling sentando-se na sua poltrona predileta –, mas no fundo os dois se parecem demais com a mãe.

Fez sinal para o artista, que continuasse o trabalho, que não ligasse para a presença deles ali, queria era o retrato pronto o mais breve possível. Albino, como que petrificado, sentia-se invisível na grande sala, adivinhava apenas o que o irmão estaria fazendo no pátio, uma dor aguda nas costas da posição incômoda, empertigada, a que o forçara o desenhista. Gründling e Tobz admirando a perícia de Câmara, o rascar nervoso do creiom sobre o papel áspero, de vez em quando o retinir de copos, o zunir das asas das grandes moscas que entravam pela janela, importunando o modelo.

– Pois então D. Pedro II já pode ser imperador – disse Gründling sorrindo.

– Pois fiquei sabendo disso ontem, pelo foguetório – respondeu Tobz.

– Para mim ele vai terminar com essa guerra, isso não interessa nem a ele, nem à Corte, nem aos rebeldes.

Os dois se encaminharam para uma janela, garrafa em punho, Gründling denotava preocupação com algo que o outro não sabia bem o que fosse. Esse novo presidente, o tal de Marechal Soares Andréia, não vai conseguir nada e nem esse deputado que veio da Corte para tentar a pacificação. Vão dar com os burros n'água. E além do mais não querem abrir o caminho do Rio dos Sinos, mal se consegue, na calada da noite, fazer passar um lanchão com carne de porco e alguma fruta. E isso mesmo nem está vindo, Catarina é mulher de cabeça dura, já mandou avisar, se não mandamos mercadorias em pagamento ela não abre mão de um nabo. O empório aqui quebrado, já tentei passar alguma coisa por Itapoã, mas os desgraçados não fecham os olhos nem para dormir, essa maldita esquadra imperial a rondar sem descanso. Veja aqui, Tobz, mais seis meses assim e ficamos sem dinheiro nem para a comida. O outro mostrava-se preocupado, atento. Acho que Herr Gründling está exagerando um pouco, é claro, a situação não está boa e isso nós todos enxergamos, mas um jeito qualquer se termina dando, já saímos de situações bem piores. Gründling caminhava agora de um lado para o outro, mãos às costas, pois prefiro morrer na miséria a ter que pedir qualquer coisa para quem quer que seja; prefiro meter tudo isso aqui de dentro num navio e me tocar para o Rio de Janeiro, lá o campo é maior, é um comércio atrasado, só de portugueses e mestiços.

Tobz virou-se para o interior da sala, ficou olhando para tudo como a avaliar as coisas, pensativo.

– Não sei, não. Desconfio de que na hora de encaixotar essas coisas muita gente que eu bem conheço vai pensar duas vezes. É uma casa que não se larga como uma camisa usada.

– Não é bem assim – disse Gründling –, quando a gente leva as coisas que estão dentro de uma casa, leva também todas as recordações que nela existem. As recordações, meu caro, a gente carrega aqui no peito, ou aqui na cabeça.

Mestre Câmara afastara-se do quadro, estudava, torcia a cabeça, cerrava os olhos.

– Já terminou?

Ele disse que não, faltava ainda muita coisa, algumas sombras, não estava gostando do cabelo, a camisa estava apenas esboçada, não tinha volume.

Gründling concordou. Não seria melhor prosseguir amanhã? A luz já está ficando fraca.

– Era o que eu ia dizer, Herr Gründling.

Só então o pai falou com o filho: cansado? Pronto, vai esticar as pernas e os braços com o teu irmão, mas antes tira esta camisa, ela deve ser usada ainda amanhã. O menino saiu devagar, estava com os músculos entorpecidos, Frau Metz surgiu, passou a ajudá-lo a despir a camisa engomada. Mestre Câmara tomou um último trago, hoje não foi de todo mau, modéstia à parte, eu estava inspirado, confesso que isso não tem acontecido muito seguido; sabe como é, o artista depende de sua inspiração, não é como os demais trabalhadores, a inspiração é a nossa matéria-prima. Fez sinal de que ia deixar tudo, novamente, acenou mudo e saiu. Tobz disse que também precisava ir embora, não andava com a saúde muito boa ultimamente, sentia palpitações, dores no peito, mãos formigando. Não podia adivinhar o que fosse.

– Falta de bebida – disse Gründling.

– Ou bebida demais – respondeu Tobz, já descendo a pequena escada da frente.

Gründling bateu palmas para dentro, gritou que precisava comer mais cedo, ia sair.

4.

Catarina arranjou as coisas de Philipp sem proferir uma palavra.

Se o filho devia retornar à guerra, depois de todo aquele passado junto da família – com as tropas passando, muitas vezes, pelas proximidades da vila

– então era porque o seu destino era aquele mesmo, era a vontade de cima. Emanuel encilhava um cavalo, enquanto Juliana preparava, com habilidade, um café quente, guiando-se pelos olhos das mãos. Daniel Abrahão deu ao filho um exemplar da Bíblia, a sua própria Bíblia, não devia separar-se dela em nenhum momento.

Montados nos seus cavalos, os companheiros de Philipp o esperavam na frente da casa. Frederico Bornemann, de grande chapéu negro de abas largas e poncho cor de café rodeado de franjas. João Franke, de boné, botas de couro cru. Jorge Lemmertz, marido de Elisabeth Kuwer, viúva de Altenhofer, morto em combate ao lado dos farroupilhas. E ainda Martin Luft, recém-saído da cadeia, com as marcas do açoite no rosto crestado pelo tempo.

Juliana veio trazer café para o grupo, Emanuel alcançou a caneca para cada um deles, depois ela sentou-se perto deles, perguntou para onde iam, pois falavam que a guerra já estava perto de acabar, falava-se em armistício.

– Não acabou, não – disse Franke –, isso é boato dos legalistas para a gente abandonar a luta.

– E agora, vão acompanhar Bento Gonçalves? – perguntou Emanuel que se aproximara da mulher e pegara de sua mão.

– Não – disse Lemmertz –, vamos nos encontrar com o comandante Jacinto Guedes.

– O mesmo que já bateu o legalista Alves Pereira – acrescentou Luft com orgulho.

Philipp beijou Catarina na testa, abraçou o pai e Emanuel, despediu-se das crianças, Carlota já uma mocinha de seios salientes sob o vestido de algodão descolorido. Depois acercou-se de Juliana, pegou das suas mãos, vou deixar o Emanuel entregue aos teus cuidados, fiquem descansados, nós voltamos logo.

– Estou com medo – ela disse, agarrando-se ainda mais à manga de Philipp.

Ele sorriu, desprendeu uma das mãos, alisou o cabelo dela, isso não é coisa que a mulher de um farrapo diga na frente de tanta gente, podem pensar que é verdade. Todos riram. Catarina continuava de longe, encostada na portalada da oficina, o pequeno Jacob, já pelos seus nove anos, agarrado na sua saia como fazia antigamente Mateus, agora segurando faceiro as rédeas do cavalo do irmão que ia partir para a guerra.

Todos montaram, os cavalos nervosos, a escarvar o chão de terra batida, Philipp empunhando uma velha espingarda de muitas batalhas, abanou para a mãe que parecia de pedra, fisionomia impassível, disse adeus para Juliana, esporearam os cavalos e partiram.

Depois de breve e afoita correria, estugaram o passo dos cavalos. Bornemann aconselhou cautela, seria uma viagem demorada, o principal era poupar a cavalhada. Luft perguntou a Philipp como ele se sentia ao retornar, depois de tanto tempo, para a guerra; não estava com medo de não voltar mais? Philipp encostou o seu cavalo na montaria do amigo, se estivesse com medo não tinha vindo, bem que poderia ter ficado em casa, ajudando na oficina, fazendo o que tinha de fazer, ninguém ia para a guerra obrigado. E ele, como se sentia? Luft sorriu desajeitado, estou para o que der e vier. Fez uma pausa, disse: estou com medo de que esta luta acabe antes de se encontrar o comandante Guedes, os soldados que vieram dos lados de Porto Alegre garantem que a paz está para ser assinada nestes dias, hoje ou amanhã, quem sabe dentro de uma semana; vai ser o trabalho de ir e de voltar com o rabo entre as pernas.

Philipp gritou que não acreditava em conversa fiada e que cada um fosse disposto a dar tiro, se quisesse voltar logo para casa. Depois perguntou se todos haviam trazido provisões de boca.

– Pega-se por aí – disse Lemmertz.

Então ele levantou bem alto um embornal de pano grosso:

– Minha mãe e Juliana botaram comida aqui dentro que dá para todos os homens do Comandante Guedes pelo prazo de um ano.

Houve uma alegria geral, Franke sugeriu se não seria o caso de fazerem o primeiro acampamento e dar cabo de uma pequena parte das provisões de Philipp. Então eles deram gritos de guerra, apoiavam a idéia do primeiro acampamento.

Philipp prosseguiu a passo, distanciou-se dos outros, disse sem voltar-se:

– Pois acampem, eu desejo felicidades.

Esporeou o cavalo e partiu a galope. Eles tinham hora certa para encontrar o grosso das tropas.

5.

Era um sábado, manhã cedo. Mestre Câmara viera concluir o retrato de Albino, trabalhara com afinco, aplicara-se no acabamento da obra. Gründling, depois de haver recebido o trabalho como concluído, mandou que Câmara os colocasse lado a lado sobre uma grande cômoda. Apertou a mão do artista, passou-lhe o dinheiro, e agora fica para almoçar comigo, mandei preparar algo especial para assinalar o dia de hoje. Acanhado, Câmara esquivou-se, tinha um compromisso para a tarde, precisava ainda fazer muitas coisas, pequenos detalhes a tratar.

— Pois se são pequenos detalhes podem muito bem esperar. O senhor fica para almoçar, precisamos conversar, é de seu interesse, estou certo disso. Câmara acedeu, meio assustado, sentou-se atabalhoadamente à mesa, sempre a pedir desculpas, não sabia o que conversar com o dono da casa, que parecia inteiramente alheio à sala quente, distante daquela mesa, a dizer coisas disparatadas, sem nexo, não ouvia e nem respondia ao que o artista falava. A negra Mariana levou as travessas e trouxe, por último, um licor preparado por ela mesma, com folhas de anis. O desenhista bebeu o licor esverdeado, estalava a língua, arregalava os olhos, nunca tinha provado coisa igual em toda a sua vida. Temeroso, observava Gründling que monologava e que nem tocara na bebida. Câmara levantou-se, respeitoso:

— Bem, agora, se me dá licença...

— Sente-se — ordenou o dono da casa, batendo com a mão espalmada sobre a mesa.

Gründling ficara vermelho, depois sorriu olhando em redor, como se estivesse cercado por muitas pessoas; o artista deixou-se escorregar para a cadeira, novamente, mãos trançadas sobre o joelho.

— Mas eu já almocei, já terminei os trabalhos, o senhor já me pagou, e muito generosamente, não vejo...

— Cale-se.

O homem sentia o suor escorrer testa abaixo e nem se valia do lenço, atônito, surpreso, estaria Gründling bêbado? Ele não raro se excedia na bebida e os amigos é que sofriam com as suas grosserias, com a sua prepotência. Ficou calado, olhando para o chão. Gründling começou a caminhar para lá e para cá: então o senhor já terminou os seus trabalhos, já recebeu o seu dinheiro e já almoçou, pois não. Nisso estamos de acordo. Câmara conseguiu articular um apagado: é o que estava dizendo ao senhor, Herr Gründling.

— Mas agora venha cá, junte as suas bugigangas, pegue de todos esses papéis, esses carvões, o cavalete, e me acompanhe.

Câmara obedeceu sem pestanejar, suas mãos tremiam, teria enlouquecido o homem? O dono da casa encaminhou-se para o seu grande quarto batido de sol, os vidros coloridos das janelas enchendo de tons alegres o chão de madeira.

— Então? Trouxe as suas tralhas todas? Arme esse cavalete, prepare o papel, peça a Deus inspiração, o senhor vai começar o trabalho mais importante de sua vida.

Foi até a porta, gritou em alemão para dentro, queria silêncio, que ninguém incomodasse, que tomassem conta das crianças. Dirigiu-se a Frau Metz, olho vivo no trabalho da negra Mariana, aquele diabo estava ficando caduca ou de miolo mole; trate de cuidar da casa. Fechou a porta, deu duas voltas na grande chave, colocou-a no bolso da calça. Abriu o guarda-roupa que ocupava quase toda uma parede, tirou dele dois cálices de cristal e uma garrafa de conhaque ainda fechada. O senhor vai sentir, agora, um aroma dos deuses, um perfume digno dos reis, pegue este cálice, cuidado, não quero que perca uma gota, é a única garrafa que resta em todo o Brasil, se o imperador mandar alguém vasculhar a sua adega não encontrará bebida igual.

Câmara segurou o cálice, mãos trêmulas, devagar Herr Gründling, não gaste cera tão boa com defunto tão ruim, eu não mereço isso, poupe para os seus amigos. Olhava para ele como a querer apreender seus traços principais, Gründling preparava-se para ser retratado, tinha os olhos pequenos demais para o tamanho do rosto, a barba redonda, o cabelo solto, nariz grosso e ventas largas; na certa ele gostaria de figurar entre os dois filhos, uma galeria de toda a família, pensou na encomenda de mais uma moldura folheada a ouro, cimeira de inflorescência majestosa, dois arremates laterais em forma de fita, ele de três quartos, sobre o peitilho da camisa bordada uma gravata plastrão, luzidia.

– Muito bem, arranje as suas coisas e peça a Deus que o ilumine.

Ofereceu uma cadeira ao artista, sentou-se num canapé forrado de palhinha, tirou as botinas, enxugou o suor do rosto com um grande lenço quadriculado.

– O senhor prefere de frente ou de três quartos? – perguntou Câmara.

– Como achar melhor, pode ser de frente, não, acho que assim meio de lado, mas pouca coisa, não muito, o suficiente para se ver a curva do nariz, a forma do queixo.

– Então três quartos, Herr Gründling, acho a melhor posição para um retrato.

Gründling deixava o pensamento voar, um retrato para a posteridade, um belo retrato, o rosto de alguém que fora gente no meio de mestiços e de negros, que tivera dignidade no meio de tanto servilismo. No canto direito, embaixo, a assinatura do artista e a data. Não, a data não. Um retrato sem época, sem tempo, pintado no século dezenove como poderia ter sido pintado um século antes, quem sabe dois. O tempo não interessa mais. Voltou à realidade:

– Importa a data de um quadro?

Câmara foi apanhado de surpresa enquanto preparava o seu material e observava os traços mais característicos de Gründling.

– A data?

– Sim, importa a data num quadro? Onde anda o senhor com a cabeça que não ouve o que a gente fala? Quero saber se botar a data em que um quadro foi feito é importante, se é indispensável.

– Bem, a data quase sempre é importante, pelo menos o ano em que foi executado. No dos meninos, por exemplo, eu escrevi 1840. Posso escrever a mesma coisa no seu. Ou prefere não botar data nenhuma? – fez uma pausa, confuso – o senhor é quem manda, Herr Gründling.

O dono da casa ficou quieto por alguns momentos, bebeu lentamente um gole de conhaque, aspirando o seu perfume, fez um sinal para que o artista sentasse: vamos começar.

– Mas eu pediria ao senhor que viesse um pouco mais para a luz, está quase no escuro, assim eu não vejo bem as suas feições. Por favor, Herr Gründling, puxe a sua cadeira um pouco mais para aqui.

Gründling não ouvia.

Pois comece de uma vez, homem, o que está esperando? Ouça bem, preste atenção, faça um rosto oval, sim, oval como o de Albino. O nariz pode ser quase o mesmo, um pouco mais fino na parte de baixo, as maçãs do rosto mais salientes, sim, pouca coisa mais. Parou de falar, olhou para o artista que permanecia quieto, sentado na ponta da cadeira, olhos muito abertos.

– Que está esperando para começar?

– Herr Gründling, por favor, não estou entendendo.

– Não precisa mesmo entender, não quero que entenda coisa nenhuma, faça o que estou mandando, vamos, comece, estou pagando para que faça o retrato e não para perguntar.

– Mas começar o quê, Herr Gründling? Pelo amor de Deus.

Viu espantado quando ele caminhou em sua direção, olhos esbugalhados, as suas mãos de ferro pegando a camisa de algodão que rasgava, o seu bafo quente de conhaque.

– O retrato de Sofia, quero um retrato dela, quero Sofia viva para ficar entre os seus dois filhos, e faça um retrato maior para moldura redonda, larga, trabalhada, é isto que estou mandando fazer, Herr Câmara, ou quantas vezes quer que eu repita isso? Ou só as coisas que se manda fazer a chicote, como os negros, é o que o senhor entende? Um retrato de Sofia para ficar ao lado do relógio dela para que só ela ouça o carrilhão marcando as horas, entendeu agora, Herr Câmara?

Largou o homem, que caiu trêmulo sobre a cadeira, limpou as mãos, bebeu mais, comece de uma vez antes que eu perca a paciência, já disse, rosto oval, o nariz como o de Albino, vamos!

Câmara segurava a camisa rasgada, sentia-se febril, estômago contraído.

— O senhor não terá, por acaso, algum retrato dela, mesmo que não seja muito bom? — Não. Comece a desenhar.

Ele obedeceu, virou-se para o papel branco, levantou a mão trêmula, traçou riscos no ar, a seguir começou a traçar de leve, fino, um oval de rosto, a forma aproximada do que poderia ser a cabeleira, a base do pescoço, uma gola apenas sugerida. Parava, de vez em quando, para observar as reações de Gründling. Ele disse: assim, agora o nariz e os olhos, não, um nariz mais fino, os olhos maiores. Câmara esforçava-se para imaginar uma mulher bonita, de feições delicadas. Aumentou um pouco os olhos, traçou uma boca delicada, lábios arqueados. Gründling deu um soco na perna, assim, a boca é quase esta mesma, os lábios inferiores mais carnudos, pouca coisa mais, vamos; agora reforce as sobrancelhas, com cuidado, trabalhe, homem, trabalhe.

Parecia possuido por mil demônios, por que Deus não lhe dera o dom do desenho, das artes? Traçaria o retrato de Sofia viva, palpitante. Bebeu outro gole. Câmara prosseguia, às vezes hesitante, outras vezes decidido, procurava lembrar-se dos traços dos filhos, acrescentava aqui e ali algum detalhe mais pessoal de Albino, a implantação dos cabelos, os zigomas, fez os cabelos longos, depois parou, extenuado.

— Não posso, Herr Gründling, simplesmente não posso.

Largou o lápis, levantou-se, estava decidido a sair, ir-se embora, aspirar um pouco de ar fresco, sufocava naquele quarto fechado. Gründling pulou em sua direção, o senhor está muito enganado se pensa que vai abandonar a obra recém-começada, não pense em sair deste quarto enquanto não terminar definitivamente este quadro, entendeu bem? Enquanto não terminar este quadro vai continuar, sentado nessa cadeira, trabalhando, ouvindo com atenção o que digo. Volte para seu lugar, não me faça perder a paciência.

Frau Metz ouviu os gritos do patrão, acercou-se da porta:

— Precisa de alguma coisa, Herr Gründling?

— Suma-se, já disse. Dei ordens para que ninguém me incomodasse, suma-se!

Câmara ouviu o ruflar dos pés da velha fugindo corredor afora. Ficara mais uma vez sozinho e abandonado com aquele alemão de quase dois metros de altura, barba agressiva, olhos injetados, mais parecendo um doido. Voltou calado para o seu lugar, recomeçou, retocava, apagava, corrigia pequenos detalhes, apagou os traços da gola alta, Gründling gritou que seu vestido devia ser de brocado, com decote grande e rasgado, parte dos seios à mostra. Sabe, Sofia tinha belos seios, seios que nenhuma dessas megeras que o senhor conhece jamais teve a ousadia de sonhar; pois faça um vestido como este – foi até o guarda-roupa, abriu as suas pesadas portas, arrancou de lá um cabide com um belo vestido azul, de pedrarias. Quero a gola deste vestido que o meu velho amigo Schaeffer mandou de presente para ela; Schaeffer tinha bom gosto, era homem acostumado às grandes Cortes da Europa, não vivia afundado na merda desta terra de negros e de escravos. Pois aí tem o senhor o vestido. E o que mais quer?

Câmara examinou bem a gola do vestido, o corte em ponta do decote, retornou ao papel e reiniciou o trabalho, de vez em quando conferindo os detalhes.

– Isso, assim mesmo, agora o senhor está sabendo fazer as coisas, começou a entender.

Câmara reclamou timidamente, estava ficando escuro, estava vendo mal. Gründling começou a acender os candeeiros de sobre as mesinhas de cabeceira, levou-os para junto do artista,

– Assim poderá ver muito bem e se achar que ainda falta luz mando buscar todos os lampiões de Porto Alegre.

Fez uma pausa, acercou-se do quadro, examinava-o com atenção, virou-se para o artista:

– Mas o senhor nem pense em sair daqui sem terminar o retrato de Sofia. Está ouvindo bem? Não sai daqui sem terminar a obra.

Câmara empenhava-se no acabamento do vestido, deixou livre o pescoço esguio, no decote sombreou o par de seios, sabia que aquilo seria de agrado de Gründling, exagerou os seus contornos. Ele aplaudiu, perfeito, eram assim mesmo os seios de Sofia. Agora o rosto; as linhas do queixo estão duras demais, apague isso. Vamos, faça novamente. Assim, esta curva aqui um pouco mais atenuada, menor, isto, o lábio superior mais fino. Saiba, Sofia tinha a boca mais bonita que já vi em toda a minha vida.

Esperou que Câmara completasse os retoques, aprovou, agora os olhos, os traços estão muito duros, eles eram mais compridos, alongados, assim, como os olhos de Albino.

Voltou-se para beber mais, abriu a camisa no peito, sorriu satisfeito.

– Se for preciso ficaremos aqui toda a noite, todo o dia, outra noite, tome nota disso, vamos ficar aqui neste quarto a vida inteira, se for preciso. Portanto, continue.

Frau Metz acercava-se da porta nas pontas dos pés, colava o ouvido na madeira, ouvia Gründling a falar, começava a perceber o que estava se passando, o patrão parecia enlouquecido, estava fora de si, temia pelo infeliz do pintor preso naquele quarto, teve vontade de bater de leve, quem sabe faria um café forte para eles, servia alguma coisa de comer, o pobre homem obrigado a desenhar o rosto de uma pessoa morta há tantos anos, nem mesmo ele, Gründling, conseguiria lembrar-se em detalhes como fora o rosto de Sofia. Pensou em chamar os amigos, quem sabe Tobz, ou Zimmermann, ou todos eles, o patrão bem que poderia terminar por cometer uma loucura com o infeliz que se conservava mudo.

O dia amanheceu cedo, galos cantando forte pelas redondezas, as crianças foram levadas para o quintal, Frau Metz movia-se com leveza, nervosa, preocupada, era preciso preparar um café reforçado e bater na porta. Voltou a escutar, ouvia a voz autoritária do patrão ainda comandando o trabalho do artista, ele misturava impropérios com recomendações, reparos, está fazendo os cabelos de uma prostituta, apague isso de uma vez, não me faça perder a paciência, vamos, assim, eles descem pelo ombro suavemente, eu já disse mil vezes como eram os cabelos de Sofia, não encubra a ponta da orelha, eles caem de leve sobre a testa, isto, desenhe agora os brincos.

Frau Metz retornou para os fundos, olhou pelos meninos, deu ordens a Mariana.

Gründling abriu uma gaveta, vasculhou diversas jóias, voltou triunfante, estes brincos, tão fácil, coloque nela estes brincos, eram os seus preferidos. Um breve silêncio. Que está esperando? Tem os brincos na sua frente, comece.

– Posso descansar um pouco? – gemeu Câmara.

– Depois, agora desenhe os brincos.

Ele esmerou-se no trabalho, rosto junto ao papel, os arabescos do brinco reproduzidos com fidelidade. Perfeito, gritou Gründling, quando o senhor quer as coisas saem com as mãos de artista. O outro disse, com voz sumida:

– Mas isso é uma coisa que eu estou vendo, Herr Gründling.

– Pois continue, o que não enxergar eu vou descrevendo, é a mesma coisa. Tome um gole para reanimar.

Gründling mandou que ele saísse da frente, queria ver de longe como estava ficando o retrato. Nada mau, mas ainda falta muita coisa, precisamos trabalhar, agora Sofia começa a ganhar feições mais parecidas com ela mesma, mas aqui nos olhos há qualquer coisa que não está bem, esta sobrancelha um pouco mais longa, não escureça tanto, ela possuía uma pele branca como leite, rosada quando se emocionava, parece que estou ouvindo a sua voz.

Fez uma pausa, tornou a sentar-se, monologava. Às vezes chego a acreditar que ela vive, acordo de noite e sinto o seu calor, ouço a sua voz, a mão dela nos meus cabelos, ela curvada, bordando, contando pequenas histórias para

Jorge Antônio dormir, sentada aqui à beira desta cama. E para onde vão as pessoas que morrem? Sacudiu a garrafa vazia, o meu caro artista terminou bebendo a garrafa inteira do meu melhor conhaque, mas não me importo. Meus parabéns, mestre Câmara, meus parabéns, este é o retrato dela, agora com esse fundo escuro os cabelos dela ganharam brilho, sua pele ficou mais clara.

– Herr Gründling, vou trazer um café bem forte – murmurou Frau Metz com voz apagada.

– Desapareça daqui, sua megera!

Ao cair da noite, a casa mergulhada em silêncio, a porta do quarto abriu-se lentamente, não se ouvia mais a voz de Gründling, o artista surgiu lá de dentro, trôpego, passou como um fantasma pela governante muda, não a viu, desceu os degraus da porta da rua, movimentou o trinco e desapareceu.

Quando a velha espiou a medo para o interior do quarto, viu o patrão estendido na cama, as roupas em desalinho, cabeça afundada no travesseiro, e sobre o cavalete, deslumbrante, luminosa, bela, Sofia viva, seus tristes olhos sorrindo.

6.

Somos quantos alemães, afinal? Franke não sabia e nem tinha idéia sobre isso. Nem Luft. Lemmertz afirmou que não passavam de trinta, se tanto. Havia um tenente brasileiro que reclamara da presença dos alemães, eles não precisavam de estrangeiros, os imperiais iam continuar a dizer que os farrapos se valiam do braço estrangeiro para combater o governo. Lemmertz contou isso para Philipp e perguntou: então não era da gente voltar e desaparecer, eles que se arranjem, que se matem.

Philipp ouviu os comentários do companheiro, não disse nada, continuou no seu trabalho de trançar alguns fios da sincha velha que se desfazia. Lemmertz provocou-o: então, que me dizes disto? a gente aqui arriscando a pele e esses mal-agradecidos a dizer que não querem estrangeiros, não precisam de ajuda, é de mandar tudo longe. Philipp ainda ficou mais algum tempo calado, depois disse:

– Pois eu não sei o que eles dizem, não ouvi nada e se ouvisse não entendia. Não estou aqui por eles.

Olha, disse Franke, eles enchem a boca com essa história mas vai ali perguntar para o comandante se podemos ir embora? Luft pediu para os amigos chegarem perto, queria contar a conversa que tivera com o sargento Goltermann,

era o comandante designado do pelotão, havia chegado dos arredores de Porto Alegre, estava bem informado. Afastaram-se um pouco, olharam para ver se não haveria alguém por perto, então Luft disse:
– Chegou notícia de que a paz está por ser assinada.
– Conversa – disse Lemmertz.
– Pois garantem que é verdade e falam até que o Barão de Caxias vai assinar pelo império, junto com Canabarro, pelos Farrapos.
– E por acaso não teriam já assinado? – perguntou irônico Philipp.
Luft riu meio sem graça, seria o cúmulo a gente morrer numa batalha depois de assinada a paz. Todos riram.
Philipp voltou para junto dos seus arreios, pensou em Oto Heise, no que lhe dissera o soldado Gottlieb, que o major fora tirado da *Presiganga,* passara por vexames e depois fora jogado às águas do Guaíba com as mãos amarradas às costas. Pensou com ódio, rilhando os dentes, era assim que os bandidos tratavam os combatentes inimigos e ainda mais com um homem do prestígio e do valor de Heise. As noites intermináveis de marcha sob chuva e vento, o joelho amigo e fiel de Juanito, a noite de Pedras Brancas, o olfato do índio a denunciar a presença do inimigo, a maneira resignada como suportava o sofrimento, os pontapés, nem uma palavra de revolta, de dor, só os olhos de cachorro, encolhido sobre o capim molhado, a respiração ofegante, o temor de que Philipp sofresse alguma coisa, cão de guarda seguindo o seu rasto. Que teria acontecido a Juanito? os bandidos não eram de abater um índio com um tiro, isso era morte de soldado. Como animal teria merecido morte lenta, tiros nos pés, nas mãos, pontaços de espada no vazio, relho de couro cru vergastando a pele das costas, a sola das botas pisando o seu rosto. Lemmertz bateu no seu braço:
– Pensando em quê, meu velho?
Ele voltou à realidade, havia mais soldados alemães por perto, os homens preparavam os seus cavalos, vozes esparsas de comando, incompreensíveis para eles, que estava se passando? Aproximou-se um graduado seguido de mais dois soldados, suas botas de fole eram imensas, chegavam à altura dos joelhos, sobre os ombros um pala de cor indefinida. Luft disse, é o Sargento Julius Goltermann, nosso comandante. Philipp disse, já o conheço. Os cavalos estacaram, o sargento gritou:
– Preparar para montar, atenção rapazes, marcha batida dentro de dez minutos.
Passou por Philipp: meu amigo Jacobus, do Portão, me falou de você e disse que é um bom soldado. E fique sabendo que agora vai comandar o seu grupo, cabo Philipp.

Os outros esperaram que ele se afastasse, cercaram Philipp, perfilaram-se em continência com fingido ar marcial, cabo Philipp, dê as suas ordens, morreremos em nome da pátria. Philipp girou a sincha sobre a cabeça, tentando atingi-los, eles correram e de lá gritaram em coro: cabo Philipp! Calaram-se, o sargento estava de volta, cruzou por eles, não estou vendo ninguém a preparar os cavalos, o que se passa? Eles trataram de obedecer, o sargento deu uma cusparada no chão, afastou-se novamente, arrastando as esporas na terra solta. Eles se reagruparam, Franke disse: o sargento é durão mesmo, aqui o Luft disse que já conhece histórias sobre ele, é um tipo meio maluco, briga como vinte, diz que ainda chega a general se esta guerra durar mais cinco anos. Lemmertz acrescentou, conheço Goltermann, faço votos que chegue mesmo a general, vai ser o primeiro general analfabeto da história. Todos riram, Bornemann disse em voz baixa:

– Pois se pensam assim, estão todos muito enganados. Sei por boca de gente muito séria que mais da metade dos generais que andam por aí assina o nome em cruz.

Trataram de preparar os cavalos, já colocavam os pelegos sobre os lombilhos, mediam o comprimento dos loros, ajustavam os freios e bridões. Goltermann retornou, exigiu rapidez, que montassem logo, formação por seis, revista do comando geral. Estabeleceu-se confusão, gritos de tropeio, cavalos empinando com o freio nos dentes, soldados tentando equilibrar-se nos arreios e embaraçados com as lanças, outros sem conseguir os pés nos estribos, o sargento a gritar histérico, por fim ordenou:

– Cabo Philipp, ponha os seus homens em forma!

Alguns minutos depois o alto-comando passava em revista as tropas, montavam uns belos cavalos, vestiam uniformes e alguns ostentavam dragonas douradas. Franke, ao lado de Philipp, comentou:

– Repara que eles estão com a cara assustada, o inimigo a ser atacado chama-se Menna Barreto.

– Eles são muitos?

– E quem pode saber?

Goltermann passou por perto, formar filas, silêncio, não quero nenhuma conversa, nosso pelotão segue na vanguarda. Quando já se encontravam em marcha Franke disse para Philipp, é sempre assim, na frente devem ir os alemães, são os que morrem primeiro.

– Carne para canhão, como dizia o comandante Oto Heise – disse Philipp.

Naquele instante passavam frente ao comando geral que havia se postado à margem, assistindo o desfilar da tropa. Jacinto Guedes de cara fechada, atrás dele o Estado-Maior, alguns velhos militares com espada desembainhada, longas barbas, Guedes com o peito estufado, chapéu duro de abas largas, grande lenço em volta do pescoço. Philipp cochichou para Bornemann: o homem me parece bom. O outro disse, faço votos que estejas certo.

O terreno para a frente era de grandes e suaves coxilhas, caponetes, às vezes mato cerrado, sangas e riachos, um céu azul pontilhado de lentos urubus. Luft olhou para os bichos, fez uma figa para o alto: não contem comigo.

Naquela noite acamparam no alto de um pequeno morro, os alemães divididos como sentinelas nas beiras dos caminhos, nos fios de água, distanciando-se tanto que chegavam a sentir-se sozinhos, perdidos naquela imensidão toda, solitários, engolfados nos seus próprios pensamentos.

Philipp dispusera os seus homens, deixou que o seu cavalo prosseguisse pisando macio na relva úmida, não enxergava nada à sua frente, boiava no meio da escuridão, como Juliana, com a vantagem de ser guiado pelos olhos do cavalo, como se fossem as mãos dela, ágeis, nervosas, tocando nas coisas, paredes, mesas, cadeiras, bancos, tateando as pessoas e os bichos, ela sem olhos estendendo roupa nos varais, passando roupa a ferro, pregando botões, penteando os cabelos compridos onde se adivinhava já, aqui e ali, alguns fios brancos. Emanuel sem tocar no assunto, sem falar na cegueira da mulher, paciente quando ela esbarrava num lampião, espatifando-o no chão, numa das vezes o azeite pegando fogo, passando para a barra do seu vestido. Ele acorrera pressuroso a abafar as chamas com as próprias mãos que ficaram cobertas de bolhas, ele a dizer que não havia sido nada, podia acontecer com qualquer um. Juliana dissera "eu não vi o lampião" e Philipp lembrava-se agora que havia ficado muito espantado, todos sabiam que ela estava cega e Juliana julgando que podia esconder a verdade, às vezes dizia "eu ainda enxergo luzes, alguns contornos, as sombras", mas Emanuel confidenciava, ela está completamente cega, não tem mais cura.

Deu de rédeas, perdido nos seus pensamentos, distanciara-se em demasia, e se estivesse em campo inimigo? Sentiu que o cavalo apressava o passo, viu então que estava voltando, era deixar o animal seguir. Naquele resto da noite mal chegou a dormir, foi sacudido por Franke "cabo, os seus homens esperam pelo seu comandante". A marcha reiniciou antes do sol nascer, as últimas estrelas desaparecendo, as brasas das fogueiras ainda vivas, homens e animais nervosos, Goltermann na frente de todos, repetindo alerta, a coisa é para hoje, rédea curta e pé firme nos estribos.

O sol do meio-dia enchendo de claridade sinistra a aproximação da tropa inimiga, as ondas de poeira bordando a barra do horizonte, na distância. Os oficiais que passavam a galope dando ordens, vozes de comando, a cavalhada estendendo-se em linha dupla, o sargento Goltermann de espada em punho, aos gritos que o seguissem, deveriam fazer uma ampla manobra para cobrir os flancos, os soldados com arma de fogo avançaram, Jacinto Guedes sem abrir a boca, dando ordens por sinais, logo depois avançando para a vanguarda, a galope.

Quando as primeiras ondas de soldados inimigos chegaram mais perto, Philipp notou espantado que eram diferentes de quase todos os outros que conhecera, vestiam fardas e não trajes civis, as golas vermelhas, seus comandantes com dragonas vermelhas e douradas, lanças ostentando bandeirolas com as cores do Império, cavalos bem aperados. Ao lado deles os seus companheiros pareciam um bando de maltrapilhos. Eles eram lustrosos, tocavam cornetas de som claro e estridente, as armas rebrilhavam ao sol e pareciam milhares, chegavam em ondas sucessivas, os cavalos se batiam e muitos deles rodopiavam, os homens prosseguindo na luta, a pé, vinham os cavaleiros e os trespassavam com a lança. Philipp era levado pelo cavalo veloz, estava num grupo de lanceiros, corria agora ao lado de Lemmertz, era preciso gritar, um oficial brandia a sua espada no ar, a mesma linha de corrida, eles davam uma grande volta, era preciso agora atacar pelo flanco direito, Franke de lança bem empunhada, presa debaixo do braço, o sargento a fazer sinal de que deveriam abrir, tomar distância, ocupar mais terreno, o inimigo abrindo-se em três, lá vinham eles, o terreno desaparecia sob as patas, se entrecruzavam, havia cerradas descargas de fuzis ao redor, a lança de bandeirolas fremindo, veloz, direta, o impacto do golpe seco, o ferro entrando peito adentro, Philipp arrancado de cima do cavalo, deixando no corpo do inimigo a arma certeira. Cavalos passaram por cima dele, levantou-se tonto, desorientado, mãos vazias, dois inimigos caindo sobre ele, ainda vislumbrou Franke correndo em seu auxílio, um outro soldado brasileiro, a dor do primeiro golpe no ombro, um outro sobre a orelha, algo de forte, de frio, de úmido atingindo as vísceras, as carnes repuxadas como pano resistindo agulha rombuda, aquele sangue quente, vermelho, tingindo a camisa, o céu descrevendo uma ogiva, as árvores próximas subindo, a terra áspera ferindo o seu rosto, a grande nuvem baixando como neblina, os olhos opacos, as imagens disformes, as sombras irreconhecíveis, a escuridão.

– Sargento, Franke, Lemmertz, estou cego, não vejo nada!

Quanto tempo havia passado? A boca seca, uma dor aguda e persistente na cabeça, alguém respirando a seu lado, Franke? Não ouvia a própria voz. Um companheiro alemão pediu a ele que ficasse quieto, imóvel, o inimigo ainda rondava pelas cercanias, davam tiros de misericórdia nos inimigos feridos que encontravam ainda com vida. Onde estamos? A voz disse "no Cati", perdemos a batalha, mataram o sargento Goltermann. Quieto, eles estão indo embora, não se mova. Um pouco depois Philipp tentou levantar a cabeça, não conseguia, o corpo todo dormente e a dor insuportável no ventre. Fez um esforço, levou a mão até a cintura, estava tudo molhado, pegajoso, estou muito ferido? pode falar a verdade, não estou com medo. O companheiro disse que não sabia, a noite caíra muito depressa, ele também estava com uma perna quebrada, tateou pelo corpo de Philipp, retirou a mão num repente, horrorizado:

– Fica como está, esse teu ferimento não é brincadeira, espera que vou ver se acho alguns panos.

Rastejou, buscava alguma coisa entre as touceiras de capim grosso, encontrou um corpo, sacudiu-o, estava morto, mesmo sem enxergar conseguiu rasgar-lhe a camisa, retornou, deixa eu ajudar a estancar essa hemorragia, nossos amigos devem aparecer de volta antes do dia chegar, eles devem trazer um médico, é melhor não sair de onde estás, calma, a gente só morre quando a hora é chegada.

Philipp sentiu vontade de dormir, apertou os olhos, não via nada, a noite estava muito escura, não havia uma estrela em todo o céu imenso. A voz disse: só nos faltava agora que começasse a chover, ia ser uma mistura muito boa de sangue com barro, estou aqui com uma ponta de osso para fora da perna, acho que esta não tem mais jeito, se me safar mando fazer uma perna de pau. Perguntou: como é o teu nome? Philipp não respondeu, aquela voz estava muito distante, seria preciso gritar e ele não tinha forças. Cerrou os dentes, Gründling andava por perto e não devia saber que ele estava sentindo muitas dores. Catarina lavava as feridas com água morna, grandes panos molhados, não foi nada, um simples arranhão, ouviu quando ela pedia a Emanuel que trouxesse mais lenha para o fogão, queria água bem esperta, Juliana passava pela saleta tateando, trazia tiras de lençóis velhos, disse "ainda bem que esta maldita guerra terminou", ele agora está salvo. Só não conseguia escutar as orações do pai, alguém bloqueara o alçapão, pois gostaria de ouvir aqueles trechos da Bíblia que são ameaças e que ao mesmo tempo nos trazem paz e segurança, como se alguma voz descesse do alto e falasse pela boca de Daniel Abrahão. As Sete Pragas. Os Selos, as ondas de fogo, os raios, as grandes ondas do mar engolindo a terra e varrendo de sua superfície os pecadores, homens como ele, Philipp, que trespassavam o próximo com o ferro empunhado com ira e com ódio. E por que, meu Deus, matar?

– Cala a boca, alguém nos pode ouvir.

Era a mesma voz, a voz de alguém que ele não sabia quem era, uma voz sem nome e sem cor. Gemeu fundo, cortou a respiração ao sentir uma dor violenta no peito, abriu os olhos, apalpou em redor, encontrou o corpo do companheiro, mas ainda estamos aqui, não veio ninguém? Então vão nos abandonar, não sabem que estamos morrendo? Quieto, disse o outro passando a mão calosa pela testa de Philipp. Estou com mais medo da chuva, agora, nós dois estamos com febre.

Philipp passou mais uma vez a mão pelo ferimento e sentiu que de um ponto qualquer saía sempre, sem parar, alguma coisa quente, uma pasta pegajosa que descia sem pressa e colava a grama alta às suas virilhas; esvaziava o seu ventre dolorido, seu peito, sua cabeça, sabia que a morte chegava assim, as coisas em redor desaparecendo, e aos poucos, muito lentamente, chegava o sono incoercível, tranquilo, suave, definitivo.

SEGUNDA PARTE

VIII

1.

Quando abriu os olhos doloridos, Philipp sentiu o corpo dormente, as pálpebras como se fossem duas capas de chumbo, sentia-se envolto numa espessa névoa onde pássaros escuros boiavam, sem asas, leves, lentas evoluções, subiam, eram perdidos pontos que espocavam e fragmentavam-se, caindo em forma de chuva seca, fustigante, agulhas penetrando em suas carnes. Ouvia vozes em redor, seus companheiros. Ou seriam inimigos? Tentou passar a mão sobre o rosto, seu braço não obedecia, precisava arrancar de si algo fluido, opaco, algo que dificultava a sua respiração, que o impedia de enxergar, que o esmagava contra o solo. Alguém a seu lado disse: não senhor, espere um pouco mais o médico que foi buscar recursos, não se mexa. Fazia esforços para ver, mas tudo era baço, impreciso, tinha idéia apenas de que era dia, um dia nem muito claro e nem tão sombrio, as manchas que percebia deviam ser daqueles mesmos pássaros negros a boiarem lentos. Fazia frio, mãos amigas estendiam sobre o seu corpo uma coberta qualquer, a voz disse, fique como está, não faça nenhum movimento, só um pouco mais de paciência, os ferimentos não são dos piores. Philipp quis falar, e não conseguia abrir os lábios, estavam grudados, secos, a língua grossa, engolia com dificuldade. A mão amiga passou alguma coisa molhada em seu rosto, limpou os lábios, um pouco de água chegou à língua pesada, fez um novo esforço, tentou dizer alguma coisa. Não faça esforço, disse a voz, descanse. Ele conseguiu, finalmente: estou morrendo, diga, eu sei.

– Espero que não, meu tenente, acho que ainda não vai ser desta vez.
– Sargento Goltermann?
– Sargento Barth, meu tenente.

Barth? não se lembrava dele, mas lhe parecera a voz de Goltermann, um Goltermann sem rosto, impessoal. Falou ainda em Franke, em Bornemann. Tateou em volta, encontrou um braço, uma outra mão pressionou a sua, é você, Lemmertz? E o resto do pessoal?

– Calma, tenente, aqui é Ziedler, vamos tratar desses ferimentos e depois partir devagar, afinal perdemos a praça de São Borja. Calma, dentro de pouco o cirurgião-mor está aqui.

Mãos vigorosas, muitas mãos, a respiração forte dos companheiros que o arrancavam do chão úmido, só então sentiu uma dor lancinante na perna, na altura da coxa, carregavam-no com cuidado, mas a sensação era de que estava sendo dilacerado, que o esquartejavam. Voltou a ser depositado em outro lugar, sobre cobertores, talvez sobre pelegos. Seus olhos embaciados percebiam um pouco mais de luz e de sombras, eram seus companheiros, ouviu distante ordens de marcha, seu corpo estremeceu, solavancos fortes repercutiam dentro de sua cabeça, devia estar numa carreta, as rodas a rechinar no terreno irregular, o tamborilar de muitas patas de cavalo pelos arredores.

Conseguiu erguer a mão e passá-la sobre os olhos, esforçava-se para enxergar. O companheiro pediu licença e começou a passar, levemente, um pano molhado sobre as suas pálpebras, o senhor deve estar vendo mal as coisas, isso é natural. O dia estava muito claro, a luz feria os seus olhos. Viu a sombra do outro, os contornos mais precisos, a farda, perguntou: São Borja? A voz confirmou, Estigarribia chegara de surpresa, a praça de São Borja caíra, mas o Coronel Menna Barreto ainda tivera tempo de evacuar seus homens, não havia como resistir.

– Quem é você?

– Sargento Conrado Maurer, meu tenente. Dentro de duas horas vamos encontrar recursos médicos, esse ferimento dentro de quinze dias está fechado – fez uma pausa, ouviam forte o rechinar dos eixos sem graxa –, milagre mesmo, me disseram, foi ter saído com vida do Cati e isso me confirmou o Capitão João Franzen.

Cati, Franzen, Conrado Maurer, os paraguaios invadindo São Borja, levas de milhares e milhares, a fuga desordenada a princípio, os últimos combates na retaguarda, o ferimento inesperado – ligava umas coisas às outras, estavam na guerra contra os paraguaios, Sargento Maurer, morreu muita gente nossa? A voz disse, nenhum homem, eles se preocuparam mais no saque do que no inimigo. E o meu ferimento? Uma lança atirada de passagem, seu cavalo caiu e achamos que o senhor tinha morrido, mas voltamos mais tarde, já noite escura, e trouxemos o senhor para lugar mais distante.

– Não quero que mandem dizer à minha família que fui ferido – recomendou Philipp, sentindo retornar a dor na perna.

– Fique tranqüilo, tenente, mesmo porque a gente nem conta com estafetas, esta de nos tomarem São Borja não estava nos planos.
– Não aconteceu nada com o Comandante Menna Barreto?
– Não, está dirigindo a retirada em boa ordem.
– E as tropas dos generais Neto e Canabarro?
– Ficaram onde estavam, dizem que não confiavam muito nos seus soldados, ia ser derrota na certa.
– Quantos dias de cerco?
– Cinco, no total, meu tenente.

Mal conseguia descerrar as pálpebras, a luz era muito intensa, via melhor a figura do sargento, as laterais rústicas da carreta, as costas de alguém que ia no banco da frente.
– Posso perguntar uma coisa?
– Mas é claro, tenente.
– Esse ferimento não está começando a gangrenar?
– Que é isso, tenente, o senhor só pensa no pior, já botaram remédio, mais adiante o médico vai examinar melhor.

Sentiu um agradável torpor, apertou os olhos, entrou num limbo de paz, que estaria fazendo Augusta àquelas horas? Amanda, mocinha, ajudando a mãe a cuidar dos irmãos; Daniel armando arapucas para apanhar os passarinhos que pousavam no quintal; Joana de poucas palavras, decidida, era a avó Catarina nos seus dias. George e Guilherme assistindo de longe as manobras do irmão mais velho na caça miúda, os dois montados nos seus joelhos como se fossem cavalos de guerra, George lembrando a cabeça do avô Daniel Abrahão que olhava para o neto e dizia que "este vem com a espada da justiça para fazer o bem na terra, este vai ser um instrumento de Deus". Está bem, dizia a avó, repreendendo, cuida agora dos teus serigotes; ele retornando à enxó, amuado, mandando buscar as peças de couro para trabalhar, "todos devem saber que a Justiça Divina já se aproxima e se anuncia, os homens serão punidos, os maus, os ateus, os que fazem pouco das palavras de Jesus", Juliana levando água para os empregados, eles agora eram mais de vinte, haviam construído dois novos galpões só para construir carroças.

– Esses solavancos vão terminar me arrancando a perna.
– Estamos fora da estrada, tenente, é o caminho mais curto.
– Esses corvos estão adivinhando carniça?

Maurer olhou para o alto, sorriu, só se for carniça de paraguaio, aqui o meu tenente é um osso duro de roer. Se contam com esta carniça, vão morrer de fome. Muita dor, tenente? Philipp não respondeu, mantinha os dentes cerrados. Sabe, Tenente Philipp, a ferida foi lavada com água-da-guerra, infeccionar é que não vai; e, depois, a natureza sabe o que faz.

– Não chegamos nunca.

– Pois olhe, acho que estamos chegando, foi o senhor falar e parece que eles ouviram.

A tropa havia feito alto, a carreta não se moveu mais, cessara o rechinar irritante, cavaleiros passavam a galope dando ordens de alto e instruções de como acampar, um deles aproximou-se da carreta, e como passa o tenente? Maurer gritou que ele estava bem, perguntou pelo médico, o outro respondeu que haviam contatado com outra tropa, o cirurgião já estava chegando para tratar o tenente; depois gritou para os soldados que viessem ajudar a tirar Philipp da carreta; ele sentiu os homens se acotovelando, as mãos fortes que o sustentavam, a perna amparada, vislumbrou um oficial que se debruçava sobre ele, então vamos ver essa perna, tragam uma bebida forte, vamos ter de tratar isso a frio, tenente, não há outro jeito. Enquanto falava ia retirando de cima da ferida os panos ensangüentados, pediu que fervessem água, abriu um vidro grande, enquanto isso limparia as bordas do ferimento com água-da-guerra.

– Tenente Philipp Schneider, pois não?

Philipp acenou com a cabeça, olhos apertados, o ferimento, exposto, recebia o ar frio da tarde, era como se fossem agulhas picando as suas carnes. O médico colocou a mão sobre a testa de Philipp, um pouquinho de febre, isso é natural. O tenente pediu água. Deram-lhe na concha de um meio-porongo, os lábios secos pareciam rachados, a água escorria pela barba, molhava o pescoço, refrescava a cabeça quente. Queria dormir, sentia-se fraco.

– Perdi muito sangue, doutor?

Algum, ele disse, mas teve muita sorte que o aço não atingiu a femural, caso contrário quem estaria trabalhando eram os sapadores e não ele. Mas o tenente podia ficar descansado, não seria daquela vez que a sua família iria ficar sem o seu chefe. Muitos filhos? Philipp fez um esforço, sim, muitos filhos, cinco ao todo, três homens e duas mulheres.

– De que família é a sua mulher?

Augusta é filha de André Krumbeek e de sua mulher Ana Maria, de São Leopoldo. O médico exclamou: Krumbeek, o comerciante? Ora vejam lá, as pedras se encontram, conheço muito Herr Krumbeek, ele foi um dos que chegou aqui no *Wilhelmine* e depois na sumaca *Delfina*.

– Pois então o tenente é casado com uma filha dele? – disse o médico enquanto prosseguia cuidando da ferida. – E Krumbeek já com cinco netos.

Chegaram trazendo a água pedida, o médico abriu a sua sacola de ferramentas, vamos botar essas coisas aí dentro d'água, sempre é bom. Um sargento alcançou a bebida encomendada pelo médico.

– É uma aguardente mandada pelo próprio Coronel Menna Barreto, feita em São Borja mesmo.

Philipp bebeu alguns goles pelo gargalo. Engasgou-se, tossiu.

– Quero mais, doutor, com esse frio é a única maneira de aquecer o corpo.

– Quanto quiser, tenente.

– Como se faz com os perus, doutor.

O médico riu-se, mais ou menos como os perus, mas com alguma diferença. O líquido escorria pela garganta como pimenta-brava. Fazia-se noite? ou Philipp é que via as coisas com menos nitidez, o chão rodopiando, um balanço de barco em águas revoltas, ao longe, muito distante, a voz cava, confusa, de Daniel Abrahão, saía do alçapão de mistura com as réstias de luz do lampião fraco, Catarina lidando junto ao fogão da saleta, Juliana a caminhar de um lado para outro, as duas mãos estendidas para a frente, sem esbarrar em mais nada, era como se não fosse cega. O pai lia a Bíblia, enquanto lá fora as crianças corriam e gritavam. "E Jesus, voltando-se e vendo-a, disse, tem bom ânimo, filha, a tua fé te salvou. E desde aquele instante a mulher ficou sã." Agora metiam ferros em brasa nas suas carnes, arrancavam a perna doente, era cortada em postas, um arroio vermelho, de sangue quente, a correr pelas pedras, rebordos coagulados, as varejeiras esverdeadas zumbindo, entrando pelos seus ouvidos, o ruído cortante da serra atravessando a madeira nova, a voz do pai, "retirai-vos, porque não está morta a menina, ela apenas dorme".

2.

O Tenente Leopoldo Bier tinha a cabeça enrolada em trapos, o fardamento irreconhecível, perfilou-se desajeitadamente perante o Major Cronhardt Gründling, do Serviço de Intendência, impecável na sua apresentação, como se as tropas dos Voluntários da Pátria houvessem derrotado o inimigo. Gründling olhou o tenente de alto a baixo, o senhor devia ser obrigado pelo governo a indenizar essa farda, ela não serve para lavar um cavalo doente. Bier examinou-se bem, sorriu, cabe ao meu caro major arranjar uma farda digna do Império e, se não fosse muito difícil, pediria também uma cabeça nova, esta minha está bastante avariada, mas ainda pego esses índios do Estigarríbia. Gründling fez um gesto de enfado, esse porco saqueou a praça de São Borja, vem logo depois e nos corre de Itaqui como se a gente fosse índio como eles. O tenente disse:

eram cinco contra um, major. Gründling não ouviu, remoía o seu ódio, sentia-se envergonhado, gritou que ele, pessoalmente, nada tinha a ver com a derrota, não estava na linha de frente, sua obrigação era a de abastecer a tropa.

– Pois estou de mãos abanando, eles ficaram com tudo, os mantimentos, os agasalhos, a munição, as armas, cavalos, mulas e cachaça. Sim senhor, com a cachaça.

– Já sei – disse Bier –, o senhor com isso quer dizer que não tem um fardamento decente para mim, que daqui para a frente devo andar como um mendigo.

– Bem, para vestir um santo preciso despir outro. Assim que eu encontre no campo um tenente morto, da sua estatura, da sua arma, tiro-lhe o fardamento e acabou-se o mendigo das tropas imperiais.

Bier fez uma continência ridícula, deu meia-volta e afastou-se. Gründling, esfregando as mãos, ficou ainda algum tempo vendo o rapaz desaparecer entre os outros, depois foi examinar dois carroções cheios do que haviam conseguido salvar da pilhagem dos paraguaios, em cada um deles dois soldados na boléia, ele próprio, de um salto, subiu para a primeira delas, gritou para o outro: vamos, cuidado com os cupins. O grosso da tropa fazia a retirada a pé, só o alto-comando montava cavalos trôpegos, feridos eram transportados em macas. Olhou para trás, odiando. Muitos companheiros haviam ficado lá, às margens do Botuí, uma semana depois da derrota de Itaqui. O Sargento von Steuben passou a caminhar ao lado do carroção, disse alto para Gründling ouvir bem: pelo menos dois paraguaios passaram desta para melhor com a minha pontaria. Eu vi, major, um deles recebeu a bala no peito, caiu como um passarinho, sabe, quando eles recebem uma pedrada no papo, fecham as asas e vão direto para o chão. Eu ouvi até o barulho do baque, ou pelo menos tive essa impressão. O outro estava mais perto. Ah, o outro, major! A bala acertei em cheio na cabeça dele, o sangue jorrou por entre os olhos, ele gritava *"mi madre, mi madre"* e eu aqui contando só para mim, mais um, um a menos, preciso de outro, eles corriam feito lebres, arrastavam-se, eu a mirar, é aquele. Meu Deus do céu, demorasse o combate um pouco mais e aposto que derrubava meia dúzia mais. Gründling olhou bem para ele:

– Continue, só assim vou poder enxergar todo o exército paraguaio posto por terra.

Depois disse, pode ficar tranqüilo que ainda vou arranjar um belo troféu para o amigo, talvez uma condecoração imperial para o seu peito. O sargento não ouvia direito, custava a acompanhar a marcha do carroção, estava descalço e tinha um ferimento na altura do joelho.

Ao anoitecer, fizeram alto. Os alemães se juntaram, prepararam uma fogueira só para eles, a solução era dormirem uns colados aos outros, não havia barracas, nem cobertores. Uma voz disse: vou tentar pegar alguma caça, alguém quer sair comigo? Uma voz respondeu: e que caça pode haver por aqui se é só campo aberto? a não ser que seja tatu, ou coruja. O outro disse, que seja, uma preá serve, uma perdiz ou, com muita sorte, uma anta gorda. Quase todos riram, uma anta por aqui, sem rio? O Tenente von der Oye aninhou-se ao lado do fogo, disse para von Reisswitz:

– Pois lá ficaram Roeding, Strobach e Leisten.

– Já fiz as contas: vão pagar dez por um.

– Strobach com cinco filhos. Outro dia, depois do rancho, ele me dizia que a filha mais velha estava fazendo doze anos. E que mais dois ou três anos já ia começar a escolher um dos pretendentes.

– Pois é, já não escolhe mais, com a morte do pai vai ser criada de casa, vai trabalhar na terra para comer ou vai ser puta, claro, há muito soldado por aí precisando de mulher, já fez doze anos, deve estar taluda.

Von der Oye bateu nas costas do outro, calma, não seja tão pessimista, nem sempre as coisas correm assim. Von Steuben veio juntar-se a eles, o assunto voltou a ser os mortos. Gründling postara-se frente ao fogo, mãos espalmadas, eu, se fosse vocês, procurava dormir enquanto o fogo vai alto, esta madrugada deve gear. Os outros calaram, olhos fixos nas chamas.

Gründling sentou-se sobre um pelego que trouxera do carroção, envolveu as pernas com os braços, descansou o queixo sobre os joelhos. Perguntou, em voz baixa, que dia da semana era aquele, von Steuben respondeu e enrodilhouse. Ouvia-se o chiar do fogo na lenha verde, a luz desenhando arabescos nos corpos dos homens, Gründling fechou os olhos doloridos, viu o filho Jorge Antônio, seu último neto já devia ter chegado, ou quem sabe a sua última neta, quando saíra de Porto Alegre. Clara estava esperando para julho, a barriga em ponta, deve nascer mulher. Sentiu saudades de João Frederico e de Dorotéia, os mesmos olhos, os mesmos traços delicados da avó. Daria tudo para estar lá, sua presença havia sido útil das outras vezes, Jorge Antônio caminhando sem parar pelo corredor comprido da casa da Rua da Igreja, agora a casa deles, a casa grande dos netos. Albino acompanhando o pai na casa nova, na cidade baixa, entre grandes árvores, um riacho delimitando os fundos, o salsochorão, o belo portão de ferro com grades trabalhadas, dois leões de pedra encimando as pilastras. Se fosse menina, a neta se chamaria Sofia. João Nicolau, se fosse homem. O avô, Pedro Hausmann, estaria lá, ele sabia bem o que fazer nessas horas. O fogo abrandava, o sono também chegava, rasteiro como o vento frio que atravessava as roupas e abanava nervoso as touceiras altas de capim-melado. Tobz, quase chegando aos setenta, por certo estaria na sua tosca cadeira de rodas, rodopiando pela velha casa de madeira que Gründling lhe dera depois da doença, quando estivera entre a vida e a morte, as alucinações da febre, ele a gritar "salve o pobre Schirmer, Herr Gründling, eles matam Schirmer", depois chorava, falava em Sofia, ela está aqui do meu lado, Herr Gründling, ela não morreu. A cadeira rodopiando, os olhos esbugalhados a espiarem pela janelinha sem vidros, ansioso pela chegada do negro enviado por Jorge Antônio, carregado de sacos e pacotes, o pão negro de centeio, os pedaços de fumo, garrafas de cerveja e de aguardente. Recebia tudo, vasculhava os embrulhos, depois gritava para o escravo: agradece ao patrão pela esmola, corre daqui negro imundo, não me aparece mais. Depois alisava com a faca a palha seca de milho, cortava o fumo, esfarinhava-o, acendia o cigarro tosco, tirava grandes baforadas de fumo, bebia goles de cachaça e dormia de cabeça pendente. O velho Tobz, coitado. Gründling sentia os pés gelados dentro das botas, o frio da terra subindo pelas ilhargas, o pensamento agora rondando Albino, suas roupas bem talhadas, as camisas engomadas, punhos de renda, as boas águas-de-colônia importadas, os sapatos de bico fino ou as botinas de gáspeas cinzas, os olhos de Sofia boiando na cara rosada, quase imberbe. Gründling cravou as unhas na terra, lembrou-se do que preferia não mais lembrar-se, da noite em que o levara, com Tobz e Zimmermann, à casa das mulheres importadas do Uruguai, a escolha da mais limpa e mais bonita delas, os dois trancados no quartinho, na saleta da frente os amigos bebendo pela virgindade que morria e o belo e indiferente Albino na cama com a fêmea, examinando nervoso as carnes da mulher, os seios pequenos, o ventre liso e esticado. O pai levantando o copo para homens recém-chegados, sabem o que o meu filho está fazendo dentro daquele quarto? Pois perguntem à paraguaia Izabela o que o pai desse rapaz aí dentro fazia há muitos anos com as mais lindas mulheres do Brasil, a casa quase vinha abaixo e tanto fazia eu dar dinheiro ou não dar nada, era a mesma coisa, valia o homem. Os estranhos levantaram também os seus copos, pois à saúde do jovem seu filho! A porta abrira-se, num repelão, a jovem surgiu nua como em sonho, cabelos desfeitos, gritou para todos: que bom encontrar tantos homens nesta casa. Livrara-se das mãos ávidas dos mais próximos, acercou-se de Gründling, olhou bem na sua cara, empinou os peitos na altura de seu nariz, pois saiba que seu filho está lá na cama polindo as unhas, não quis desmanchar os cabelos, nem tirou o casaco. Houve um silêncio constrangedor, ela voltou, parou no limiar da porta, alisou o ventre, os quadris, disse com ar sedutor:

– Eu quero um homem. Levem esse menino para casa, o pobrezinho.

3.

Há muito que os pequenos galpões haviam sido postos abaixo, agora eram as grandes oficinas, uma grande forja espalhando fagulhas, muitos homens lidando com ferro e com madeira, a grande casa de Joaquim Kurtz e de sua mulher Carlota, um quarto para cada filho, o quarto maior, com duas janelas, para o primogênito Daniel Abrahão, agora com dezoito anos, a dizer que já tinha idade para ir lutar, o tio Philipp não tinha sentado praça com menos idade do que ele? Catarina, pele crestada, mandando o rapaz calar a boca, aqui ninguém mais vai para a guerra antes dos trinta anos, já se foi o tempo das crianças se matarem umas às outras. E Carlota só gerara filhos varões, depois de Daniel Abrahão mais três, João Conrado e Libório. O avô a dizer que Deus sabia quando criava as coisas e os homens, estava escrito que Carlota só teria filhos homens, era essa a sua vontade – e quando repetia isso entalhava com mais vigor os seus belos serigotes, agora disputados pelos compradores que exportavam as peças para o Rio de Janeiro, diziam que o próprio Imperador D. Pedro II tinha um e com ele costumava ordenar que aperassem o melhor animal das suas cavalariças.

Um pouco além, a casa de alvenaria de Philipp, Augusta cuidando dos filhos enquanto o pai desaparecia mais uma vez naquelas guerras que não acabavam mais. Um dia, em conversa com a sogra, ela dissera que estava preparada para receber a notícia da morte do marido, muitas outras mulheres já haviam recebido a mesma notícia e se desgrenhavam e uivavam, corriam para o poço, jogavam-se nas águas do rio; ela queria estar preparada, tinha os filhos para criar, Amanda já com quinze anos, depois Daniel, Joana, George e o pequeno Guilherme que fizera sete anos naquele mês. Quando as crianças vinham da escola, depois de passarem pela casa da avó e pedirem a bênção à velha que sorria pouco, ao avô que não dizia nada, juntavam-se com os primos, filhos de Mateus; Dorotéia com dez anos, Bárbara e Francisco, este manquitolando com o pézinho torto, caindo sempre que corria, juntado do chão pelos braços vigorosos de Catarina, depois o colo de Daniel Abrahão, que aplacava o choro esculpindo num pedaço de madeira qualquer a figura de um bicho, a falar sempre coisas incompreensíveis para o menino, pois se Deus assim determinara o pequeno haveria de possuir virtudes para compensar o pezinho eqüino, talvez até estudando para ser pastor de almas. Francisco dormia quando o avô recitava a Bíblia, "o Senhor saberia olhar pelo seu pequeno filho".

Naquela tarde Catarina tinha o rosto afogueado, apesar do vento frio que soprava pelas frinchas, as oficinas desertas. Daniel Abrahão apareceu sob o telheiro dos fundos, grossa roupa de lã domingueira; logo depois Emanuel, já cinqüentão, roupa preta, grossas botinas de couro, gente que ia e vinha pela frente das casas, as negras carregando gamelas cobertas por alvas toalhas bordadas. Catarina examinou o marido de alto a baixo, alisou-lhe com os dedos os cabelos revoltos, pediu que terminasse de limpar as unhas, que diriam os convidados se vissem o pai do noivo com as mãos daquele jeito, mãos de trabalhador da terra e que nem lavadas haviam sido. Ela então desapareceu no seu quarto, precisava trocar de vestido, lavar-se, pentear os cabelos. Ouviu a voz de Emanuel, na rua:

– Precisam ver o noivo, Jacob está igual a Philipp nesta idade.

Catarina passava o pente nos longos cabelos, formava um coque no alto da cabeça, lembrou-se daquele dia triste quando haviam trazido Philipp de Porto Alegre, acabava de sair da Santa Casa, magro, desfigurado, quase irreconhecível, as grandes cicatrizes na barriga, as longas noites em que eles não conseguiam dormir, Philipp suava e tinha pesadelos, ela segurando forte as mãos dele, pedindo aos céus que velassem pelo filho que se tornara homem e que, homem, envelhecera como o pai, fios grisalhos na barba cerrada.

– Está na hora, Frau Catarina – gritou Emanuel.

Quando saiu de casa, juntando-se a um grupo, deu o braço para Juliana: você ficou muito bonita neste vestido novo. Juliana sorriu, eu sei que a senhora só quer me deixar alegre, mas dá no mesmo, para mim tanto faz. Se me disserem que o meu vestido é branco, para mim ele é mesmo branco, mesmo que seja de outra cor. Depois cochichou ao ouvido de Catarina:

– Só fico triste por não poder ver Jacob, justamente no dia do seu casamento, e nem Sofia Maria.

Catarina caminhava tesa, respondeu como se estivesse falando consigo mesma:

– Em compensação tiveste a graça de não ver com teus próprios olhos o corpinho afogado de João Jorge, mal acabava ele de fazer quinze anos.

Juliana prosseguiu calada e, pelo tato, agarrada ao braço de Catarina, sentiu que ela ruminava as lembranças daquele dia, quase vinte anos atrás, o homem gritando da porta da rua "Frau Catarina, seu filho desapareceu nas águas do Rio dos Sinos, que desgraça!" Ele havia ido tomar banho com os amigos, caminhavam pelo vau até quase a metade da corrente, de lá voltavam tentando adivinhar os baixios, as águas fortes, o rapaz desequilibrado, os outros tentando prestar ajuda, tudo em vão, as pessoas viram da margem o menino carregado pela correnteza, as mãos, os pés, os cabelos, depois a sombra de algo que revoluteia por esconsas paragens, um pedaço de Catarina arrancado de súbito, os dias de angústia, os batedores vasculhando as margens distantes, ela junto ao rio, sem dormir, sem uma lágrima, e por fim a notícia para Daniel Abrahão, que se metera na toca como a nunca mais querer enxergar a luz do dia. Juliana apertou o braço de Catarina, a senhora agora só deve pensar em Jacob, é um grande dia para todos, Maria Luíza não pode ver sombra de tristeza no seu rosto. Eu sei, estava pensando em João Jorge, que Deus o tenha no seu reino.

– É como diz Herr Schneider, contra a vontade divina não prevalecem lágrimas e nem mesmo orações.

Quando entraram na casa recém-construída, a cal ainda fresca, muita gente já se apertava pelos corredores. Era uma casa grande, toda branca, as portaladas em talha caprichada de Daniel Abrahão e de Emanuel, o forro de tábuas largas formando um losango em cada peça, candeeiros vindos de Porto Alegre, as mangas lavradas, móveis em madeira crua, a grande cama de caviúna, sólida, larga, alta. Daniel Abrahão chegou logo depois, entre o pai da noiva, Pedro Martens, comerciante de peles selvagens, seguido pelos seus homens de oficinas, entre eles o velho Jacobus, mal podendo andar, olhos cobertos pela catarata impiedosa, encurvado. Uma caleça chegou, levantando a poeira da rua, cavalo baio fogoso, dela descendo Jorge Antônio e a sua mulher Clara, filha do dono de uma farmácia em Porto Alegre, alemã de cabelos presos em dois coques laterais, encobrindo as orelhas. Alguém sussurrou para Catarina:

– Acabam de chegar o filho e a nora de Herr Gründling.

Catarina foi até a porta, recebeu o casal, perguntou se havia recebido notícias de Herr Gründling. Jorge Antônio disse que sim. Depois acrescentou, a senhora sabe, as tropas brasileiras não foram bem sucedidas na fronteira, haviam sido derrotadas em São Borja e em Itaqui. Ela disse, meu filho está no exército de São Borja. Jorge Antônio replicou, meu pai no de Itaqui. Ambos ficaram por um momento sem dizer nada, então ele bateu de leve no ombro de Catarina, a senhora pode ficar tranqüila, recebi notícias de lá, os dois estão bem, não há nada o que recear, já devem estar reunidos com as demais tropas. Catarina perguntou por João Frederico, pela menina Dorotéia e pelo mais novo, João Nicolau. Clara agradeceu, as crianças estavam muito bem, mas com muitas saudades do avô. Convidou o casal para entrar, caminhou à frente. Ao passar pelo marido, que prendia entre as mãos a sua velha e desbotada Bíblia, disse em tom suave:

– Vamos passar para a sala, o pastor já está aí.

Daniel Abrahão olhou para Jorge Antônio e para Clara, parecia não os reconhecer, então o filho de Gründling estendeu a mão:

– Meus cumprimentos, Herr Schneider. Sou filho de Gründling e acabo de dizer a Frau Catarina que tanto meu pai quanto Philipp estão bem, não houve nada com eles. É em nome deles que trago um abraço nosso para Jacob e para a menina Sofia Maria.

Catarina sorriu: é verdade, não me havia dado conta, Sofia Maria também tem o nome de sua falecida mãe, lembro-me bem dela – ficou por um momento constrangida – foi uma das moças mais bonitas no seu tempo. "Gosto de errar sozinha, doutor Hillebrand. Esse homem não vai mandar matar mais ninguém. Já causou muita desgraça. Saia da frente, estou pedindo pela última vez." Afastaram-se de Daniel Abrahão que prosseguiu mais atrás, Catarina com ar distante. "A senhora está enganada. Gründling não sai de casa há quase dois meses. Esteve todo esse tempo ao lado da mulher que morria." "O senhor está mentindo!" As portas do belo casarão abrindo as suas portas, o caixão saindo carregado por poucos amigos, Gründling de fundas olheiras, abatido: "Não esperava que a senhora viesse. Não sei como agradecer".

Assustou-se com a voz de Jorge Antônio:

– Passe, Frau Catarina, o senhor também, Herr Schneider, hoje é um grande dia.

O reverendo parecia apenas aguardar pela chegada dos dois, estendeu as mãos, o casal ajoelhou-se, Catarina notou que muita gente ficara do lado de fora, tentando espiar pelas janelas. O pastor, voz grave e arrastada, dizia:

– "Diz o Senhor Deus: não é bom que o homem esteja só; far-lhe-ei uma auxiliadora que lhe seja idônea".

4.

A grande sala ficava numa mansarda, as traves do teto aparentes, um grande lampião duplo pendente da tora central, gravuras em sépia cobrindo as paredes de tijolo à vista, grandes almofadas de veludo esparramadas pelo chão coberto de pelegos brancos, um canapé de cetim vermelho sob a janela pequena e alta, uma poltrona de couro lavrado, espaldar encimado por uma grande águia de asa partida. Recostado nela, ao pé de um aquecedor a carvão, envergando um roupão azul de largas listas brancas, chinelas de lã, calças de veludo, Albino lia. Suspendeu a leitura quando ouviu que batiam à porta, outras batidas impacientes, gritou para baixo se não havia ninguém em casa para abrir a porta. Ouviu o arrastar de chinelos da velha empregada, ela gritou: – Já estou indo, um momento, por favor. A grande chave rascou na fechadura, ouviu várias vozes, sabia quem chegava, gritou que subissem e tentou prosseguir a leitura, assim o encontrariam como sempre. Apareceu no limiar da escada em espiral a cabeça ruiva de Henrique Müller, pode-se entrar? ou o nosso caro sultão não deseja que ninguém interrompa a sua leitura? Albino fez um gesto lento mandando que subisse. Depois de Henrique chegaram os outros, todos jovens, entre os vinte e os vinte e cinco anos, alegres, agitados, esfregando as mãos pelo frio que traziam da rua. Augusto Oppenhagen, Jorge Breitenbach e Carlos Barnatski. Rodearam o pequeno fogão, despejaram dentro dele um resto de carvão que havia ao lado, Augusto quis ver a capa do livro, o dono da casa adiantou:

– *Um Drama no Mar*, de von Koseritz.

– Ah, lendo os *Brummers*, muito bem, deve ser muito instrutivo.

Albino espreguiçou-se, perguntou se eles queriam beber alguma coisa, havia conhaque, vinho branco-do-reno, licor de laranja. Eles tiraram copos de um pequeno armário em forma de oratório, ao fundo um crucifixo, Henrique Müller bateu palmas, ora vejam, vamos começar a nossa velha missa. Sentaram-se pelo chão, Carlos e Jorge de mãos estendidas para o braseiro, Henrique acercando-se de Albino:

– Venho agora mesmo da Câmara Municipal. Enquanto os nossos irmãozinhos morrem na guerra, os nossos ilustres pró-homens acabam de votar uma lei redentora.

– Recrutamento geral – disse Breitenbach.

– Não tentem, ninguém será capaz de adivinhar.

Albino pediu com enfado que ele dissesse logo que diabo de lei era aquela, ninguém ali tinha bola de cristal e nem estavam interessados no que decidia a Câmara.

– Pois a nossa Rua da Praia passa a chamar-se Rua dos Andradas, em homenagem aos patriarcas da independência.

Todos riram à solta. Albino cruzou as pernas com elegância, por mim tanto faz chamarem a Rua da Praia de Rua dos Andradas, ou de Rua D. Pedro II, ou José Bonifácio, ou quem mais eles queiram. Eu, da minha parte, vou continuar a chamá-la de Rua da Praia até morrer. Houve concordância geral, motivo para um novo cálice de bebida, para um brinde todo especial à eterna Rua da Praia, Albino sentenciou com fingido ar solene: que se entortem as bocas de quem, daqui para a posteridade, chamar de Rua dos Andradas à nossa querida e poética Rua da Praia, nós, reunidos em Câmara Extraordinária, decretamos esta praga pelos tempos afora.

Augusto Oppenhagen pediu silêncio, se me derem licença eu gostaria de saber se há algum programa para esta noite, mas um programa que valha a pena, francamente, esta terra parece que está morrendo, já não há mais teatro, nem bailes, nem aniversários.

– E que fim levou a *troupe* do Luís Livreiro? – perguntou Albino.

– Bem – disse Augusto –, esta ainda anda por aí, mas o povo está pedindo que ela seja remetida para a frente de batalha, para alegrar os paraguaios. Ninguém suporta mais o nosso querido Luís Livreiro.

– Ah, já sei – gritou Barnatski – o maestro Medanha dá um concerto, hoje, na Sociedade Musical Rio-Grandense.

Todos olharam para Albino, que ficara pensativo. Na falta de coisa melhor, disse ele depois de esvaziar o seu copo, todos ao concerto do nosso caro maestro Medanha; pelo menos gente fina estará lá, envergando as suas velhas casacas ruças. Virou-se para Müller, corre lá e compra os ingressos, enquanto isso nos sobra tempo para os preparativos. Silenciaram, ouvidos atentos, um ruído qualquer na distância, Breitenbach subiu numa banqueta para espiar pela pequena janela da mansarda. Ouvia-se agora, nitidamente, os sons desencontrados de uma banda. Ele desceu, limpando as mãos.

– Meus caros, para mim, vem aí a banda "Firmeza e Esperança".

– E como sabes que não é a "Euterpe"? – perguntou Albino.

– Muito simples, meu caro fidalgo, o trombone desafina menos.

A banda aproximou-se, passava agora pela frente da casa, Albino tapou os ouvidos, os outros fizeram o mesmo, por fim a barulheira sumiu dobrando ruas e vielas. O dono da casa empurrou os amigos para a escada, vamos, vamos todos nos preparar para a noitada do maestro Medanha. Enquanto os rapazes desciam a escadinha estreita, ele segurou Augusto pelo braço, era o mais jovem deles, recém umas penugens apontando no queixo, um leve buço dourado:

– Tu ficas, está muito frio aí fora.

Augusto sorriu, constrangido, retornou para junto do fogão de brasas.

– E não vai à Sociedade Musical, como ficou combinado?

– Não. Quando eles voltarem a Elisa dirá que já saímos, que já fomos ao concerto. Não estou com disposição para sair, para sapecar a cara nesse frio danado.

O rapaz anuiu em silêncio, acercou-se do topo da escada, botou as mãos em concha na boca e gritou para baixo:

– Vão vocês, eu saio logo, vou esperar por Albino.

Breitenbach ainda respondeu: espero que não nos deixem a ver navios na porta do salão, trato é trato. Augusto gritou, vão e não incomodem, cuidado com uma pneumonia.

Ouviram risos, o barulho da porta da rua batendo com estrondo, a algazarra deles na rua. Albino abraçou o amigo, passando o braço pelos seus ombros, puxou-o para perto do pequeno fogão, sentaram-se entre almofadas,

sobre os pelegos brancos. Estava com uma garrafa na mão, perguntou pelo cálice de Augusto, encheu-o até as bordas, isso é para compensar esse braseiro que está quase em cinzas. Enquanto o rapaz bebia, Albino disse:
– A noite, hoje, não está para sair.

5.

Gründling não estava bem certo, mas corria a notícia de que marchavam ao encontro de novas tropas. Por certo não seria uma retirada, von Steuben mostrava-se desolado, tudo se combinava para arrasar o moral dos homens, inclusive a chuva fina e gelada que trespassava os uniformes, molhava os pés, dificultava a visão. O Tenente von der Oye ia ao lado de Von Reisswitz, retornou ao assunto da véspera, não se conformava com a morte de Strobach, um homem daquele valor, morto como um cão, como negro, a mulher sem saber de nada, os filhos esperando o pai.

– As mulheres sempre esperam pelo pior – disse von Reisswitz.

O tenente pegou do braço do companheiro, seus dedos pareciam tenazes: pois quando terminar esta guerra suja juro pelo que há de mais sagrado que vou ser o primeiro a procurar a família dele, vou ajudar aquela infeliz a criar aquelas crianças. Como é mesmo o nome da maiorzinha que fazia doze anos naquele dia? O outro disse que não sabia, Von der Oye soltou um palavrão, soqueou a própria mão. Gründling aproximou-se deles, vinha com a roupa colada ao corpo, gritou para os amigos:

– Já avistamos gente nossa, há uma coluna muito grande de alemães.

Ouviram as ordens de alto, von Reisswitz sentou-se num charco, tanto faz mais água, menos água, não agüento mais as bolhas que tenho nos pés, estas malditas botinas de pau, e se tudo continuar assim vou até a presença do imperador e digo a ele, sem rodeios, que para mim chega, quero voltar para casa, não tenho nada a ver com esta guerra. Os outros riram.

– E nós, como vamos continuar na guerra sem a sua proteção?

Viram ao longe os comandos juntos, as tropas em redemoinho, uma aparente desordem no encontro alegre, os amigos a se procurarem, grandes abraços trocados ainda em cima dos cavalos, os que vinham a pé sentavam-se no chão, deitavam-se, espojando-se. Gründling caminhou ao encontro dos seus compatriotas, a maioria deles sem os seus cavalos, reconheceu o Tenente Ziedler, abraçaram-se, o major deu dois passos atrás, olhou-o de alto a baixo:

– Mas que sorte, estamos inteiros. Houve muitas baixas?

O tenente informou que não, apenas um morto. Ah, sim, e um ferido muito seu conhecido, o Tenente Philipp Schneider. Gründling mostrou-se surpreso, Philipp ferido? com gravidade? Ziedler fez com a mão um sinal de mais ou menos, um ferimento de lança na perna, parece que uma fratura, mas foi medicado ontem, está sem febre e só não comeu ainda porque ninguém aqui comeu coisa alguma também. Ou vocês tiveram mais sorte do que nós? Gründling pediu para ver Philipp, caminharam os dois, com dificuldade, em meio da tropa em confusão, aproximaram-se do tenente que ainda estava no carroção, coberto por panos molhados, Philipp parecia dormir, o cabelo a escorrer água, grandes olheiras na cara pálida. Abriu os olhos com dificuldade, viu a cara barbuda de Gründling junto a si, tentou sorrir.

– Pois me pegaram, Herr Gründling, e pela segunda vez.

– Segunda vez?

– Sim, não está lembrado da primeira? Em Passo do Leão, major.

– Ah – disse Gründling batendo com a palma da mão na testa. – Isto faz tanto tempo que nem me lembrava mais. E ainda na Guerra dos Farrapos, veja lá.

Pediu licença e levantou parte das cobertas, afastou alguns panos das ligaduras, franziu as sobrancelhas, o local não é dos melhores para um ferimento desse tipo, disse ele procurando descobrir no rosto de Philipp algum sinal de preocupação ou de medo. Mas o ferido sorria.

– Faço uma aposta com o meu caro major que mais uma semana e estou montando de novo e dou de rédeas e vou direto à casa daqueles paraguaios cobrar esta dívida.

– Enquanto isso vou tratar de conseguir uma licença para você recuperar a saúde em casa.

– Essa não – disse Philipp cortando qualquer outro argumento. – Não vou chegar em casa de maca e nem carregado por ninguém. Em casa chego com os meus pés.

Gründling não disse nada, mas lembrou-se de Catarina, ela estava ali, transfigurada no filho, os dois eram vinho da mesma pipa.

– Bem, se não quer, nada peço.

– Obrigado.

– De vez em quando os velhos pensam que os homens de quarenta anos ainda são os mesmos meninos de antigamente. E, se quer saber, faz muito bem em decidir assim.

Despediu-se com um aperto de mão, voltou acompanhado pelo Sargento von Steuben, disse a ele, preocupado:

– Trate de arranjar alguma coisa para o ferido comer, eu vou tentar conseguir alguma roupa e cobertas secas.

– Já estão carneando, major, olhe lá.

Gründling parou, cabeça voltada para onde von Steuben apontava, não disse nada e nada via. Por mais que lutasse contra os próprios pensamentos, não conseguia livrar-se da transposição da imagem de Philipp pela de Albino, seu filho estirado naquela carroça, ferimento aberto, a voz calma e estóica, olhos serenos, a voz embargada e roufenha, os seus companheiros em redor, eles diziam em coro: Major Gründling, ele morre como um verdadeiro homem. Von Steuben notou o alheamento do major, seu ar distante:

– Passa-se alguma coisa, major?

6.

Albino parecia dormir, os galos da vizinhança cantavam, cães latiam, as poucas brasas do aquecedor estavam encobertas pelas cinzas, a madrugada ia alta. Augusto permanecia sentado numa almofada, costas apoiadas na parede, acordado. Ouviu a voz de Albino, abafada pelas cobertas:

– Está muito frio, aviva esse braseiro.

Depois levantou a cabeça, os cabelos em desalinho, mostrou-se surpreso, mas então ainda estás acordado até agora, que diabo anda se passando contigo? Augusto disse que não era nada, simplesmente perdera o sono. Ou por acaso é proibido alguém ficar aqui na tua casa acordado? Albino sentou-se no sofá baixo, arranjou os cabelos com os dedos, mandou que o amigo preparasse uma bebida qualquer, algo bem forte que compensasse aquela sala gelada. Perguntou que horas eram. Augusto olhou para o relógio de Albino que estava sobre uma mesa baixa, disse que faltavam quinze minutos para as cinco horas e lá fora ainda era noite fechada.

– Eles teriam ido ao concerto do Maestro Medanha? – perguntou Albino.

– Não sei – disse Augusto –, mas eles já estão acostumados, nem esperam mais quando a gente combina.

Houve um silêncio entre os dois, enquanto Augusto derramava bebida em dois copos. Alcançou um deles para o amigo e foi tratar de refazer o braseiro, assoprava, remexia nas pequenas brasas perdidas entre as cinzas, depois voltou a sentar-se no mesmo lugar, bebeu um gole grande, disse para Albino:

– Já deves ter esquecido, mas hoje é dia de procissão.

Albino forçou uma expressão de quem se concentra, bateu na cabeça, era verdade, estavam em plena Semana Santa, ele era membro da irmandade, ia ser um dia cansativo. Ficaram os dois observando o carvão que reacendia, em seguida Albino acomodou-se na cama, puxou as cobertas, chamou o amigo para junto de si, que diabo, não vais passar este resto de noite aí sentado feito um boneco de engonço, quando chegar a hora de levantar a Elisa sabe o que fazer.

— Não estou com sono, palavra — disse Augusto.

— O sono chega quando o corpo aquece — disse Albino puxando o amigo pela mão.

— Então primeiro vou beber este resto de conhaque, preciso de aquecer por dentro.

Empinou o copo, entrou para debaixo das cobertas, sentiu o calor úmido de Albino, afundou a cabeça no grande travesseiro de penas, uma almofada coberta em parte pela ponta do lençol. Detesto procissão, disse Augusto, cruzando os braços sob a cabeça. As roupas dos padres cheiram a mofo, a roupa suja, estou a te jurar que eles fedem. Nem tanto, disse Albino, conheci um padre, eu tinha o quê? treze anos, era meu professor, cheirava a água-de-colônia, tinha as unhas sempre limpas, tomava banho com sabonete estrangeiro, deixa eu me lembrar, era um cheiro que lembrava camomila, conheces camomila? Augusto disse, conheço alfazema. Não é a mesma coisa, replicou Albino. Esticou o braço, abriu uma pequena gaveta na mesinha, tirou de dentro dela um saquinho de pano, levou ao nariz do amigo, isto é alfazema, é muito diferente de camomila. Ouviram um galo cantar, Albino levantou-se a meio corpo, assoprou a boca da manga do lampião, se a gente não dorme estaremos os dois com grandes olheiras pela manhã. Augusto sentiu o calor da mão do amigo, apertou os olhos, queria que o dia clareasse.

A velha Elisa mexia-se ao redor da mesa, servia a primeira refeição, cortava grossas fatias de uma broa açucarada, os dois amigos ainda se espreguiçavam, roupas amarfanhadas. A governanta repreendeu Albino, então preferiam ficar naquela mansarda dos diabos, a cama ali embaixo arrumada, lençóis engomados, o sofá grande preparado para o amigo e os dois naquela sala fria e incômoda. Pelo menos que não houvessem dormido bêbados, por acaso não sabiam que era a Semana Santa?

— Foi bom falar nisso — disse ela —, as tuas roupas da procissão estão no armário da direita, limpas e bem passadas, os sapatos como novos.

Ele que tratasse de se apresentar à altura, pela sua posição na irmandade tinha que ser um dos primeiros a chegar, e não só por isso, também pela posição do pai. Albino bebeu um gole de chá, estava preocupado, não havia recebido nenhuma notícia do pai, na certa já estaria em território paraguaio.

— Vou rezar por ele, pedir a proteção de Nossa Senhora dos Aflitos.

Virou-se para o amigo que não dera uma palavra, Augusto bebia um copo de leite:

— Bem que podias fazer um esforço e me acompanhar hoje neste ato religioso. Não te envergonhas de ser ateu?

Augusto, sem olhar para ele, disse não. Passou um grande guardanapo na boca, levantou-se, se me dás licença vou embora, não quero servir de estorvo ao nosso eminente cardeal, hoje é dia das ladainhas. Elisa permaneceu onde estava, bandeja nas mãos, olhar espantado para o rapaz. Albino não ligou para a brincadeira, caminhou para ele, bateu-lhe de leve nas costas, não se preocupe, Frau Elisa, este moço já sabe que quando morrer tem um lugar reservado no inferno, então não deve mais contar comigo, estarei noutro lugar, se Deus quiser. E num gesto brusco, teatral, apontou para a porta da rua:

– Suma-se, não quero herejes nesta casa!

À tarde, da janela de sua casa, Augusto viu quando a procissão passava. Sua mãe colocara nas janelas grandes colchas de seda roxas, enquanto velas ardiam em cada peitoril. Nas outras casas, a mesma coisa, algumas com colchas de renda.

O andor era carregado por muitos homens e a irmandade vestia as suas opas coloridas, vivas, brilhantes, em vermelho, verde, azul e branco. Albino levava nas mãos, contrito, um grande rosário de âmbar que fora de sua mãe e que ela jamais deveria ter tocado, esquecendo-o num fundo de baú, entre leques de sândalo e estolas de arminho. Por um momento ele levantou a cabeça e espiou para cima, viu Augusto ao fundo da janela, sentiu vontade de fazer um sinal qualquer, abanar, mas apenas sorriu quando seus olhares se cruzaram.

Quando passou pela Rua da Praia, rumo à Praça da Alfândega, notou entre a multidão respeitosa, eles também de preto, descobertos, os seus amigos Müller, Breitenbach, José Wildt e Carlos Barnatski. Baixou a cabeça, concentrou-se no terço, a ladainha vinha lá de trás, em eco, um padre gordo inflava as bochechas na cantoria interminável.

Na praça houve a concentração, os negros todos a um canto, acuados, grandes olhos curiosos, estremecendo todos com a chegada da figura de Judas, um tipo vestido de vermelho, a tocar sua grossa corneta. Frente a ele, o estandarte roxo, imenso, sustentado com dificuldade, quatro guias pendentes, quatro irmãos nas pontas das guias.

Albino não escutava o sermão, vociferado por alguém que ameaçava com os tremendos castigos do céu, com o diabo, com as labaredas eternas do inferno. Ele flutuava distante, pernas trêmulas, sentia-se cansado da noite indormida, aquela multidão colorida o esmagava, era empurrado, o ar frio que subia das pedras chegava nas suas carnes como agulhas, joelhos entorpecidos, se pudesse trataria de fugir, de encontrar com os amigos, iriam todos para a mansarda aconchegante, o seu mundo. Tudo o mais lhe era indiferente, estranho, desprezível. Na outra semana levaria os sobrinhos à Igreja das Dores, passaria pela porta do Colégio Santa Isabel, deveria cumprimentar D. Ponciana friamente, a diretora não simpatizava com ele, era uma mulher dura e autoritária, sempre a querer saber se Albino trazia mesmo autorização de Herr Jorge Antônio Gründling para levar as crianças. No caminho os pequenos lhe mostravam, em meio a correrias e algazarras, as pobres e feias flores de cera e de veludo que a professora lhes ensinava a fazer. Parecia ouvir a voz da cunhada em meio ao sermão tonitroante, está na hora de casar, termina ficando solteirão, conheço uma moça feita sob medida para um Gründling.

Ao terminar o sermão levantou os olhos e entreviu os amigos na Rua da Ladeira. Entre eles, cabelo revolto, Augusto que abandonara o refúgio de sua janela embandeirada e que agora conversava alegre entre os outros.

IX

1.

O fogão aceso, Catarina acabando de fazer as contas do empório do Portão. A noite começava a chegar antes das seis horas, nas oficinas os homens ainda trabalhavam. De onde estava, ela ouvia o som agudo da bigorna, os olhos embaralhando a escrita, os pés gelados, batidas fortes na porta. Levantou-se, abriu o trinco, entraram os netos, discutiam, Amanda carregando pela mão o primo Francisco, o pézinho torto arrastando no chão. Dane, o mais velho, filho de Carlota, empurrou Dorotéia que vinha enrolada numa manta de lã, entraram com o vento frio. Catarina fechou a porta, e o que andam fazendo com este tempo na rua? é hora de criança estar na cama, cheguem aqui para perto do fogão, Francisco vem cá, tem uma sopa de legumes, é uma sopa muito boa para as crianças que perambulam pela rua feito filho de ninguém. Pegou o neto no colo, passou a mão no cabelo espigado, limpou a carinha suja e vermelha de frio, chamou a neta:

– Amanda, serve um pouco de sopa para ele.

A neta encheu um prato com o caldo fumegante tirado da grande panela preta de cima da chapa, disse para a avó que a sopa dele estava em casa só esperando que voltasse, a tia Maria Luíza nem sabia que ele estava ali. Dane e Dorotéia correram para junto do fogão, queriam provar um pouco da sopa, a que eles tinham em casa era muito ruim. Catarina fez cara de zangada, pois ia contar para a mãe deles, então onde se viu dizer uma coisa dessas, o que eles não queriam era comer em casa.

– Vamos, encham os pratos, tem sopa que dá para cinco famílias.

– E não vai faltar para o vovô Daniel Abrahão? – disse Dorotéia.

– Não vai faltar coisa nenhuma, tragam os pratos aqui para a mesa, cuidado que vão queimar a boca, assoprem primeiro, devagar.

Ficou com Francisco ao colo, passou uma toalha em redor do peito do menino, encheu a primeira colher e assoprou para esfriar o caldo. Dane chupou uma colherada e disse para a avó:

– Quando será que o meu tio vai voltar? Com este frio juro que ele daria duas medalhas de guerra por um prato de sopa quente, destes aqui.

Catarina ralhou com ele, na guerra eles davam sopa quente para todos os soldados, ele que tratasse dos estudos e do trabalho, Philipp sabia se cuidar. Depois suspirou fundo, só Deus sabia quando uma guerra ia acabar e essa contra os paraguaios recém se iniciava.

Dane passou as costas da mão na boca, sabe vovó, eu disse para a minha mãe que eu vou lá para o Portão ajudar o tio Jacobus no empório, ele está muito velhinho e precisa de um ajudante. Ela olhou para o neto, ficou pensativa, perguntou se ele ia agüentar lá longe da mãe e se ela sabia dessa idéia dele. Dane disse que ela sabia e que o pai até falara que estava bem na hora dele pensar num trabalho sério, de homem, e que no Portão podia ajudar a avó muito melhor.

– E quando está pensando em seguir?

– Este mês – disse Dane terminando de tomar a sopa. – A senhora acha que o tio Emanuel podia ir comigo e ficar lá uns dias para me ensinar bem as coisas?

Catarina fez que sim com a cabeça, Emanuel ia ficar muito satisfeito com a ida de alguém que pudesse dar uma olhada pelo pai, ainda mais depois da última doença, o velho ficara quase sem poder falar, na certa coisa do espasmo. Então o rapaz disse:

– Isto até não me chamarem para a guerra.

– Pois não vão chamar – disse Catarina enérgica –, o governo não vai querer que fiquem aqui só mulheres.

Terminou de dar a sopa para Francisco, botou o menino no chão, disse para todos eles que terminassem de comer e que fossem para casa, os pais deles deviam estar esperando, já era noite. Amanda perguntou se não podiam pedir a bênção ao vovô Daniel Abrahão, Catarina disse que fossem correndo até as oficinas, que não demorassem. Saíram todos para os fundos, ela foi até o fogão, ficou mexendo na panela com uma grande colher de pau, botou um pouco mais de água e algumas pitadas de sal, o vapor tinha o cheiro forte de couve. Provou e retornou à mesa, onde ficou cortando grossas fatias de pão de milho.

Um pouco depois chegavam Daniel Abrahão e Emanuel, esfregavam as mãos nos aventais, Catarina apontou para a mesa:

— Sentem, vou servir a sopa. Um pouco mais e as crianças tinham comido a metade.

Emanuel disse que elas já haviam ido para as suas casas depois de pedir a bênção para o avô, sentou-se no banco, alisou o cabelo.

— A senhora acha bom que Daniel vá para o empório do Portão?

— Acho bom para ele e para teu pai. Jacobus não tem mais saúde para cuidar de tudo aquilo lá.

— Pelo pai acho bom – disse ele –, mas o menino vai estranhar muito viver naquele ermo, longe da família, dos primos e dos avós.

— Na idade dele Philipp já estava na guerra e era um homem, não vejo nada de mais em que ele siga o exemplo do tio, mesmo porque trabalho não mata ninguém, é até bom para as pessoas.

— A senhora é quem sabe – disse Emanuel começando a tomar a sopa. – Assim que ele quiser partir, vou até lá com ele.

Daniel Abrahão olhou para Emanuel e disse que podiam ir descansados, Deus iria com eles.

Catarina sentou-se à mesa, ao lado deles, ouvia-se apenas o ruído dos três chupando a sopa quente das colheres. Então ela disse para eles que havia tomado uma decisão, uma coisa na qual vinha pensando há muito tempo, mas sempre a deixar que o tempo corresse, ora uma coisa, ora uma doença, o trabalho cada vez maior, mas agora estava decidida, eles todos iam passar uns tempos nos fundos, mandaria derrubar aquela casinha velha, os filhos viviam a reclamar, o telhado deixava entrar água e o vento filtrava-se à vontade pelas frestas e desvãos. Daniel Abrahão arregalou os olhos: derrubar esta casa? Depois ficou sério, juntou as duas mãos, ele achava que a mulher podia construir uma nova casa, estava no direito dela, pois até que a ajudaria; mas uma coisa ele queria dizer, ela que escutasse, levantou-se, parou na porta dos fundos, abriu os braços, mas que se fizesse a casa dali para a frente, daquele lado para o outro, que não tocassem na sua moradia, só ele e Deus sabiam por que a sua casa era aquela, viessem os tempos que viessem. Catarina, à beira do fogão, botou mais algumas toras de lenha, remexeu nas brasas, voltou-se:

— Vou fazer uma casa nova e nela vais ter um quarto de gente, os teus netos estão ficando moços, ninguém quer mais saber do avô dormindo debaixo da terra como um animal, e nem sabem mesmo explicar por quê.

— Na minha casa ninguém toca – disse ele com voz rouca.

Catarina olhou para Emanuel que se mostrava preocupado. Depois disse com naturalidade que a casa nova não ia ser construída naquele dia e nem no dia seguinte, eles tinham tempo pela frente para discutir o assunto. Daniel

Abrahão deu as costas e sumiu, eles ouviram o baque surdo da porta do alçapão. Emanuel perguntou:

– A senhora não acha que se pode dar um jeito, fazer a casa nova e quem sabe construir um outro lugar para ele, tantos anos assim e de uma hora para outra tirar Herr Schneider de seu lugar?

– Não. Quero construir uma casa nova exatamente para que ele comece a viver uma vida nova. Não te preocupa, conversando a gente chega aonde quer.

– A senhora é quem sabe.

Saiu da mesa, deu boa-noite e carregou para os fundos o prato de sopa e uma grande fatia de pão para Juliana. Explicou: ela já está ficando boa da constipação, mas achei melhor que não saísse da cama nestes dias de minuano. Catarina disse sem olhar para ele:

– Antes de deitar eu ainda levo um chá de limão com bastante mel. Ela precisa de um bom suador.

2.

Von der Oye aparava a barba, disse que um fardamento novo levantava o moral, mesmo depois de uma derrota, como era o caso, e que se um dia chegasse a general trataria de dar aos seus homens, todos os dias, fardamentos novos. Philipp esforçava-se para acertar os primeiros passos, apoiado num cajado rústico, a perna ferida ainda doía, virou-se para o amigo, pois eu, se um dia chegar a general, vou preferir dar aos meus soldados muita arma e munição, fardamento não ganha guerra. O outro ficou por algum tempo admirando as tentativas de equilíbrio de Philipp, quem diria, uma semana atrás eu era capaz de jurar que você ia ficar dois meses, no mínimo, estirado numa enxerga; vou até passar a contar esse caso como milagre.

– Nem na artéria e nem no osso – disse Philipp –, a pontaria deles não é das melhores.

– Ou tens um santo muito forte. A coisa parecia tão feia que alguém chegou a sugerir que o melhor a fazer, naquele dia, era te deixar para trás. Carregar um ferido em retirada é sempre perigoso e motivo de atraso.

– Pois eu esperaria até ficar bom e largava atrás do regimento.

Nem bem havia terminado de fechar a boca desequilibrou-se e caiu redondamente no chão. Von der Oye correu em seu socorro, ajudou-o a levantar-se, perguntou se não caíra sobre a perna machucada, Philipp gemeu um pouco, disse que não fora nada, me alcança aquele danado bastão, ele não fez o trabalho que lhe competia. Caminhou um pouco mais, depois sentou-se sobre os varais de uma carroça, afogueado, bateu com o cajado no chão:

– Em dois ou três dias mais, já posso montar. Aposto esta muleta contra um pedaço de costela gorda assada nas brasas. Vamos lá.

– Está fechado o negócio. Já estou sentindo o cheiro da carne no espeto.

Aproximou-se de Philipp, ajudou-o a levantar-se, começaram a caminhar na direção das fogueiras, a soldadesca em rebuliço, os homens voltados para a limpeza das armas. Oficiais a cavalo, ao longe, pareciam estudar o terreno, depois desapareceram por detrás da coxilha mais alta. Ziedler e Gründling vieram ao encontro dos dois, perguntaram como estava se sentindo o ferido. Philipp sorriu, não fora daquela vez ainda que os paraguaios se tinham livrado de um bom inimigo e nem se dariam ao luxo de dormir tranqüilos. Viraram-se ao mesmo tempo: ao longe aparecia um magote de cavaleiros, carruagens de duas parelhas, uma grande escolta dividida em duas alas, lanças em riste, bandeirolas tremulando ao vento. Acercou-se deles von Reisswitz, num belo cavalo baio de crinas longas, apeou-se e correu para Philipp:

– Então, como está se sentindo?

Philipp pediu que não se preocupasse com ele, queria saber quem estava chegando com tanta segurança e tanto aparato. Gründling respondeu pelo outro:

– Os homens do 16º Corpo de Voluntários da Pátria podem e devem sentir-se orgulhosos. Está chegando o Imperador D. Pedro II e com ele sua comitiva.

Ajudaram Philipp a caminhar mais depressa, colocaram-se ao lado de uma das últimas barracas, viram sair ao encontro dos recém-chegados o Barão de Porto Alegre, o General Caldwell e, logo depois, o Visconde de Tamandaré. Philipp não queria perder nada do que seus olhos podiam ver, procurava identificar entre eles, ainda distantes, a figura do imperador, imaginava que viesse com seu grande manto de púrpura, sua coroa de pedras preciosas e na certa montado num belo e fogoso cavalo branco. Von der Oye disse, lá vão, também, Flores e Mitre. Depois apontou para as tropas formadas para receber o imperador, reparem naquelas blusas de flanela encarnada, é gente dos batalhões de infantaria de voluntários e de linha. Gründling chamou a atenção para os homens do Quinto Batalhão, para seus uniformes verdes, e disse que eles pareciam muito disciplinados. Philipp apontou, vejam, eles estão se encontrando ao lado daquele pomar de laranjeiras e seguem agora para a barraca do Barão de Porto Alegre. Von der Oye faz um sinal de irritação, tanto aperto de mão, tantas apresentações, mas ninguém nos diz quando vamos atacar esses paraguaios que se encastelaram em Uruguaiana, que adianta plantar barraca aqui desta distância, ficar olhando o inimigo através dos binóculos? Ou eles aqui não sabem que aquela gente só sai de lá debaixo de bala e de carga de cavalaria? Gründling pediu a ele que tivesse calma, eles estavam lá embaixo consumindo toda a comida e mesmo que ninguém atacasse terminavam por hastear uma bandeira branca. Apontou para a cidade sitiada:

– Vejam lá, os nossos barcos cortando o rio, na outra margem os argentinos, aqui brasileiros e uruguaios. E sabem quantos nós somos? Pois tomem nota, meus amigos, somos mais de quinze mil homens. E mando cortar esta mão se eles tem lá dentro mais do que cinco ou seis mil. Meus caros, eles estão perdidos e os nossos generais sabem disso.

Von Reisswitz disse que Deus ouça as suas palavras e que todas elas encerrem a mais pura verdade; estamos cansados de ser minoria. Depois sorriu e apontou para os outros.

– Philipp, von der Oye e eu devemos escolher o mesmo paraguaio, um segura o bicho pelo pescoço, outro pelos pés e o terceiro enfia a espada até o cabo.

Gründling bateu nas costas de Reisswitz, faço votos de que as coisas se passem assim e que não seja o paraguaio a segurar os três pelo pescoço e utilizar o primeiro galho de árvore à mão. Viram passar por perto um grupo de oficiais uruguaios, quepe amarelo-macela, outros com grandes chapéus e fitas encarnadas, com letreiros. Entre eles um argentino ostentando, nas mangas, grandes laços de galão estreito de ouro. Reisswitz comentou:

– Já teriam contado ao imperador sobre os desastres de São Borja e das margens do Mbutuí?

Olharam para o céu escuro, grossas gotas de chuva começavam a cair, Philipp pensou nos braseiros e na carne assada, entreolharam-se e procuraram a primeira barraca. Von der Oye correu a buscar o churrasco, voltou com a respiração opressa, um pouco mais e ninguém ia comer nada hoje. As facas estavam afiadas, Philipp disse que sempre que comia carne assada sob a chuva se lembrava dos tempos de menino, numa longínqua e perdida estância perto do mar, de onde se podia avistar o Uruguai.

Ziedler chegava logo depois, roupa encharcada, trazia debaixo do braço um espeto e protegido por um pedaço de pano um grande naco de carne tostada. Sentou-se ao lado dos companheiros e disse:

– O nosso imperador não é homem de ter medo de chuva. Agora mesmo ouvi as ordens dadas para prepararem os cavalos que ele quer passar em revista as tropas de cavalaria do Barão do Jacuí.

– A Segunda Divisão Ligeira – disse Gründling.

– Barão do Jacuí – disse Philipp –, o nosso inimigo de ontem, lembram-se dele? Foi legalista na Guerra dos Farrapos e então se chamava Coronel Abreu.

– O Chico Pedro – acrescentou Gründling.

– Isso – disse Philipp –, vejo que Herr Gründling tem boa memória.

O churrasco foi dividido e enquanto mastigavam a carne espiavam, volta e meia, pela abertura da barraca a ver se a chuva diminuía, ouvindo o chapinhar das patas dos cavalos que cruzavam por perto, gritos distantes e o relinchar dos animais à soga. Gründling foi até a porta da barraca e ficou algum tempo a espiar a linha de carretilhas onde se instalara o Quartel Imperial, no alto da maior coxilha, de lá a visão abarcava o pampa ao redor e, mais abaixo, o casario miúdo de Uruguaiana, envolto na bruma de chuva, como se estivesse a afogar-se nas águas escuras do rio.

Gründling retornou, sentou-se ao lado de Philipp que ainda comia.

– Bem, o imperador chegou, as tropas estão prontas, temos três vezes mais soldados do que eles lá em Uruguaiana e estou a apostar que ainda esta noite se receba ordens para atacar.

Ficou a riscar o chão com a ponta da faca engordurada, depois bateu nas costas de Philipp:

– Sendo assim, o tenente vai esperar aqui até que um de nós venha lá debaixo buscá-lo. Vai encontrar uma cidade limpa de paraguaios, uma cama macia para dormir tranqüilo e, quem sabe, alguma mulher que se venha a descobrir em algum porão, uma mulher branca, das nossas.

Reisswitz levantou o dedo, fica para Philipp a segunda mulher branca, a primeira agarro com unhas e dentes.

Philipp não disse nada, limitou-se a olhar para os companheiros e a continuar tentando arrancar o pouco de carne que ainda se mantinha agarrada à costela.

3.

A mão segurava desajeitadamente um grosso lápis de carpinteiro, sobre a mesa um pedaço de papel pardo, meio amarrotado, com manchas de gordura. Emanuel seguia atento as explicações de Catarina; Juliana, ao lado do marido, mantinha-se atenta ao que ela dizia, aos detalhes e pormenores que adivinhava.

Domingo de sol fraco, oficinas mergulhadas em silêncio, os restos do almoço ainda permaneciam sobre o fogão frio. Catarina permaneceu um momento na escuta, depois disse, Daniel Abrahão deve estar dormindo, tenho notado que ele passa muito tempo acordado durante a noite, acho que está aproveitando agora que é domingo e que os netos estão explorando os matos para os lados de Estância Velha.

No quadrado que antes havia rabiscado, ela passou outros dois traços:

— Aqui se assenta o alicerce de pedra, o muro levanta mais, pedra sem barro e sem argamassa, assim o vento entra e não deixa o assoalho apodrecer, é preciso que o ar entre e que saia, os barrotes devem correr nesta direção, pode-se botar quatro apoios de pedra, assim o piso não sacode quando caminhar alguém.

— As paredes vão ser de madeira? — perguntou Emanuel, interessado.

— Não, só as divisões, com tábuas caiadas. Foi o que eu ouvi Herr Mühlen dizer, acho que as paredes todas vão ser de tijolos e por aqui é preciso cruzar barrotes de madeira, talvez ligados ao telhado.

— Herr Mühlen não ficou de vir hoje para conversar sobre isso?

— Já devia ter chegado — disse Catarina.

Ela continuou absorta olhando os traços imprecisos, riscou mais alguns, Emanuel e Juliana calados. Logo depois ouviram um cavalo aproximar-se, Catarina disse, deve ser ele. Foi até a porta, confirmou, é ele mesmo.

— Entre, pensei que não viesse mais.

— Desculpe, Frau Schneider, mas ainda tive de passar na casa dos Silermagel, com as últimas chuvas o trabalho atrasou, eles querem ir para a casa nova até o fim do mês e não sei ainda se vai ser possível.

Cumprimentou Emanuel e Juliana, viu o papel sobre a mesa, então a senhora já está desenhando a casa, vejo que o meu serviço não vai ser mais necessário. Catarina apanhou o papel num gesto rápido, amassou-o, não era nada, estava apenas dizendo a Emanuel como pensava que a casa podia ser, de acordo com o que haviam conversado na última semana. Ofereceu uma cadeira ao recém-chegado, sentou-se também, espalmou as mãos, agora é só o senhor quem vai falar.

João Mühlen tirou do gibão um maço de papéis grosseiros, pediu licença a Catarina para usar o lápis que estava sobre a mesa, estendeu uma folha maior, alisando-a com a mão calejada. Catarina espiou, não havia risco nenhum no papel. Pelo que vejo o senhor não trabalhou muito a nossa casa, esta semana.

— A senhora se engana, Frau Schneider. Eu primeiro trabalho com a cabeça e só depois é que boto a coisa no papel. Veja aqui.

Mostrou outros papéis menores com números e contas, folheou todos, disse: aqui estão todas as medidas, fiz a conta das pedras e dos tijolos, da madeira e dos pregos, só não fiz ainda cálculos sobre o custo da mão-de-obra. Emanuel sorriu, nem precisa fazer, conte com a gente aqui de casa, todos querem ajudar, até Mateus e Jacob. O construtor disse, eu sei, eu sei. Depois concentrou-se na papelada, separava as folhas, falava sozinho, baixo, ninguém entendia, por fim bateu na mesa, vamos começar por aqui, veja a senhora, temos na frente – riscou firme no papel – quase dez metros, daqui até aqui, livrando o muro e o portão das oficinas. Da frente aos fundos temos nove metros, o muro de arrimo passa junto do poço, aqui o terreno cai um pouco, sobra um porão que bem pode servir para guardar um pouco de lenha seca no inverno ou mesmo alguns trastes velhos. A senhora ainda não disse nada, mas eu pergunto, fazemos a cozinha no corpo da casa ou separada? Catarina sacudiu a mão, a cozinha devia ficar no corpo da casa. Bem, então eu mudo o plano aqui dos fundos, deixo o poço no meio e levanto a cozinha deste lado, se a senhora quiser se levanta aqui uma cobertura para o poço. Catarina disse, isso depois se vê. Pois muito bem, continuou Herr Mühlen, esta é a frente, aqui tem as paredes da frente aos fundos, são nove metros, esta parede divide a casa em duas partes, passa bem pelo meio, amarrada no barrote mais forte.

 Levantou a mão com o lápis e mostrou, a parede sairia do meio do telheiro atual, vinha por ali, cruzaria quase por cima da portinhola do alçapão de Herr Schneider, terminava na altura da janela e da porta de entrada. Três peças deste lado direito, de quem está de dentro de casa, nos fundos a cozinha e na frente da cozinha a sala de jantar. Catarina disse, não precisa fazer parede entre essa sala e a cozinha, afinal dá tudo na mesma. Mühlen interrompeu-a, tenha a santa paciência, Frau Schneider, já que vamos fazer uma casa nova não vejo por que misturar sala com cozinha e nem a senhora precisa disso, o terreno é grande, ainda se fosse gente pobre, de pouco recurso para comprar tábua e prego, mas não, devia até ser a melhor casa de São Leopoldo, as dos seus filhos até que são melhores e nelas não economizei material e nem Emanuel as suas lavraturas.

 Depois ficou algum tempo riscando embevecido o que começava a parecer uma casa, Catarina admirada por sua agilidade, Emanuel de boca aberta, voltou-se para Juliana: Herr Mühlen está desenhando a casa, agora se vê o telhado, ele risca as janelas, agora uma porta grande, é uma bela casa.

 O construtor ia falando como se fosse para ele mesmo, dando explicações de por que era assim e não de outro jeito, estes dois vértices das paredes laterais são de madeira como os do telhado; o telhado leva ripas finas e pregadas em cima delas as chapas de pinho de doze por vinte e cinco, não precisa mais do que um centímetro de espessura, a água escorre e não entra, o caimento forte não deixa. Estas paredes a gente enche de tijolos, depois são rebocados e caiados, as janelas eu quero fazer de guilhotina, de seis vidros com postigos inteiriços por fora. Estes alizares de madeira a gente também pinta de branco, de fora nem se nota, as portas e janelas eu recomendo que sejam pintadas de escuro.

Catarina pediu licença para interromper, estava gostando muito da casa, não podia ser melhor, mas Herr Mühlen não achava melhor pintar portas e janelas de azul-anil? Explicou, na Europa eles dizem que o azul espanta, além dos maus espíritos, as moscas. Ele disse, tanto faz, a casa vai ser sua, a senhora é quem vai morar nela, pois se quer as janelas e as portas de azul, já vou escrever aqui azul e ninguém pode dizer que não sabia e nem que não foi avisado. Catarina segurou a mão de Juliana:

– Escuta aqui, minha filha, a casa vai ter quatro quartos, um deles para nós, um outro para vocês dois, um para quando chegar visita de longe e outro para as crianças ficarem em dia de chuva ou de muito frio e ainda para a gente guardar coisas velha.

– Um quarto para nós? mas nós temos o nosso lá nos fundos, Frau Catarina.

– Aquele também vai abaixo, é uma peça muito pequena e velha, tem buraco por todos os cantos.

Mühlen aproveitou a interrupção para perguntar:

– E por falar nisso, Frau Schneider, o que ficou resolvido com relação ao, como é que posso dizer, ao quarto, ao poço de Herr Schneider?

– Não há a resolver, vamos entulhar o buraco e sobre vai passar o assoalho da casa nova.

– Mas ele me disse que preferia morrer a sair de lá, que não queria saber de quarto e nem de janela.

– Não se preocupe, com o tempo tudo se resolve, deixe a coisa comigo.

Houve um breve silêncio, Catarina perguntou se a casa não ia ter sótão, ou algo assim parecido.

– Bem, sobre isso eu gostaria de ouvir a sua opinião. Para fazer sótão reforça-se os barrotes das tesouras e além do forro bota-se assoalho. Então precisa de uma escada para chegar até lá. Ela podia ficar aqui no primeiro quarto, ou aqui no último, ou ainda na cozinha, não sei aonde a senhora prefere essa escada.

Catarina examinou bem o desenho, passava o dedo, lentamente, pela planta baixa, estacou num ponto:

– Acho melhor aqui na cozinha, pode-se descer ou subir a qualquer hora do dia ou da noite, não incomoda ninguém.

Ouviram a voz abafada de Daniel Abrahão.

– Acho que ele está chamando pela senhora, ouça – disse Emanuel levantando-se e indo até a porta dos fundos.

Catarina pediu licença, levantou-se apressada, ao passar a porta ouviu distintamente os grunhidos do marido, era uma voz estranha, roufenha, como de alguém que estivesse sufocado. Ela abriu num repelão a portinhola, espiou para baixo, o lampião estava com a luz muito fraca, Daniel Abrahão falava sem cessar, assustou-se com a figura da mulher que surgia no alto, "fora com satanás", tateava com as mãos trêmulas em busca de algo, suava, olhos arregalados, onde está a cruz, a minha cruz?" Catarina sentou-se na borda do assoalho, desceu os pequenos degraus, passou a mão pela testa do marido.

– Daniel Abrahão, acorda, estás tendo um pesadelo.

Sentiu que ele estava febril, procurou um pano, enxugou seu rosto, falou com voz mansa, precisas sair um pouco, andar, por que não aproveita o restinho de sol lá fora e caminha, respira ar puro, isto aqui não é lugar para um homem viver. Ele parecia olhar sem ver, balbuciava palavras ininteligíveis, depois disse:

– Catarina, és tu Catarina? Não deixa que me enterrem aqui, eles não podem fazer isso, chama Emanuel, eles não podem fazer isso, onde está Philipp, quero ver meu filho.

Emanuel já estava no alto, trazia nas mãos um copo de água, alcançou-o a Catarina, ela levantou a cabeça do marido:

– Bebe um pouco, é água fresca, bebe.

Ele ainda ficou algum tempo desconfiado, olhou bem para a mulher, por que abriram a tampa? este ar frio que vem de cima me mata, vocês querem mesmo me matar? Ela fez um sinal para Emanuel fechar a portinhola, acomodou a cabeça do marido contra o peito, recostou-se na parede forrada com madeira escura, disse a ele que procurasse ficar quieto, acalmar-se, não havia perigo nenhum, lá em cima estavam Emanuel e Juliana, não havia nada a temer.

– E Philipp?

Catarina respondeu que o filho ainda estava na guerra e que a guerra mal começava, ninguém sabia quando os soldados começariam a voltar, era coisa de que não se falava. Alisou os cabelos dele como se tivesse entre os braços a cabeça de um filho, como se fosse Philipp ou Mateus, Carlota ou Jacob. Ou como se tivesse ao colo o neto Francisco, o pezinho aleijado protegido por suas mãos. Disse para ele:

– Amanhã vamos até a casa de um tal João Jorge Maurer, um homem que tem feito muitas curas com as suas ervas, fica logo depois de Hamburgerberg, ao pé do morro Ferrabrás.

– Não quero remédios de ninguém, estou me sentindo bem, não estou doente.

– Estás com febre e não tens dormido. Se os remédios não fizerem bem, mal não vão fazer. E depois, fica aqui perto, não se trata de nenhuma viagem.

Ele gemeu, entregando-se. Catarina olhava para a chama do candeeiro que bruxuleava soltando fumaça negra e logo a seguir a toca mergulhou na escuridão. Ele disse, não enxergo nada. Catarina passou a mão grossa sobre seu rosto, acalmou-o, eu também não, depois, vou buscar mais óleo para o lampião, procura dormir, mesmo porque não há mais sol lá fora, a noite está chegando, o frio também.

Emanuel despediu-se de Mühlen, pediu desculpas, ele na certa compreendia, fechou a porta e levou Juliana para os fundos. Falou baixo:

– Não faz barulho, acho que eles estão dormindo lá embaixo, Herr Schneider anda muito agitado ultimamente, pode até estar doente.

4.

O 16º Corpo de Voluntários da Pátria estava colocado no extremo oeste da formação dos aliados. Havia atrás do acampamento de Philipp uma casinhola de pau-a-pique cercada de laranjeiras, nas suas duas pequenas peças jaziam meia dúzia de feridos, entre eles um oficial italiano que se dizia haver lutado ao lado de Garibaldi na Europa.

À noite, enquanto o imperador recebia para o jantar os comandantes Mitre, Flores e Paunero, cercado de nobres e de chefes de Estado-Maior, Philipp fazia demonstrações de agilidade para provar que estava curado e de que nada mais o impediria de participar do assalto iminente ao reduto paraguaio, emparedado na cidade sitiada. Gründling havia bebido um pouco mais pelo frio, sentara-se sobre pelegos ao lado da grande fogueira, e ao redor de Philipp, aos gritos de entusiasmo e de incentivo, reuniam-se os amigos, Ziedler, von Reisswitz, von der Oye, João Franzen Filho, o cirurgião-mor Henrique Grave e os sargentos Barth, Shann e Bienbeck. Depois Philipp cansou, fez um sinal de que iria sentar um pouco, procurou a companhia de Gründling.

– Já vejo que em lugar da bebida o melhor remédio contra o frio é o exercício – disse Gründling.

– Na verdade ainda é o melhor – disse Philipp –, mas o diabo desse ferimento ainda me dá umas pontadas que me fazem suar frio.

– Eu acho mesmo que esses exercícios terminam por prejudicar a própria cura.

– Não acredito, o que eu quero é ir em frente e não ficar aqui feito um inválido enquanto as tropas estiverem tomando a cidade.

O médico Grave aproximou-se dos dois, agachou-se para ficar mais perto, disse que tinha algumas novidades para contar. Philipp antecipou-se: o ataque é esta madrugada. Não, disse Grave, o pior é que ninguém sabe nada a esse respeito.

– Merda – exclamou irritado Philipp –, já estamos há um mês aqui cercando essa gente, somos mais do dobro do que todos eles somados e ainda estão com medo de retomar Uruguaiana. Esta é que é a verdade.

– Pelo que sei e ouvi dizer – prosseguiu o médico –, não são os brasileiros que estão com medo, mas os castelhanos. O General Paunero se desculpou dizendo que os seus soldados precisavam proceder à limpeza das armas. Imaginem vocês, limpar armas agora, às portas da cidade, esses paraguaios a tremerem lá dentro como varas verdes, cercados por todos os lados e até por água, Tamandaré fazendo os seus barcos passearem para lá e para cá. É o cúmulo.

Gründling não dizia nada, deixou o queixo cair sobre o peito e logo depois ressonava. Philipp afastou-se e logo depois estava reunido com Ziedler, Franzen, Barth e Shann. Sem fazer bulha foram para a proteção das laranjeiras, ao lado da casinha escura, em ruínas. Shann querendo saber de que se tratava, Ziedler a pedir que ouvissem o que Philipp tinha a dizer, era bom que ouvissem, ele já estava de acordo. Philipp ainda perguntou se não havia ninguém por perto, Ziedler disse que precisavam ter cuidado com Grave, era o único que poderia passar por ali caso precisasse olhar algum doente. Então Philipp puxou os companheiros para mais perto de si, revelou que tivera uma idéia, um plano, que não entendia por que os três exércitos, com mais de quinze mil homens bem armados, continuavam ali amarrados, indecisos, enquanto nas outras frentes havia escassez de homens. Na certa se portavam assim porque desconheciam a situação do inimigo, julgavam os paraguaios ainda muito fortes, e daí a demora, o tempo precioso que estavam perdendo. Franzen quis saber quais eram os seus planos, não entendia onde Philipp queria chegar e nem o que estava pretendendo, afinal havia generais em profusão por ali, era mesmo o que não faltava, e não seriam eles, simples voluntários subalternos, que poderiam dar ordens de avançar. Philipp escutou sem um gesto, depois disse:

– Ordens de avançar, não – falou ainda mais baixo, tentando adivinhar alguém por perto –, mas quero saber se vocês estão dispostos a formarem comigo uma patrulha, nesta madrugada ainda, irmos até as linhas avançadas deles e conseguir informações concretas e assim acabar com essa vergonhosa indecisão.

– Nós? – disse Shann espantado.

– Pelo menos, nós – disse Philipp –, pois se você não quiser ir é só voltar e tratar de dormir, como os outros. Mas escuta aqui, bico calado, nem um pio.

O outro titubeou um pouco, finalmente disse que, se eles achavam que podiam ir, então ele iria também. Mas vamos a pé? Não, disse Philipp, levamos os cavalos para mais longe e de lá saímos em direção da cidade. Quando chegarmos mais perto, sim, aí vamos a pé, e se os sentinelas não estiverem de olhos bem abertos vamos entrar reduto adentro e colher o maior número de informações possível. Ziedler esfregou as mãos, afinal se vai fazer alguma coisa, termino ficando maluco neste marasmo dos diabos.

– Essa gente – ciciou ele – pensa que fazer guerra é comer um banquete por noite na barraca do imperador, é ficar discutindo quem ataca primeiro, quem deve disparar o primeiro tiro, se os brasileiros, se os castelhanos.

– Claro – disse Philipp –, o imperador não vai aceitar outra condição senão a de que as suas tropas tomem a iniciativa. É a maior autoridade aqui presente.

– Mas quando? – perguntou Ziedler.

Philipp determinou que Shann e o Tenente Ziedler levassem os cavalos para um local mais distante, apontou a direção, e ele e os outros se encarregariam de levar os arreios e as armas. Só arma branca, sublinhou.

Quando Philipp passou por perto da fogueira, na volta, viu Gründling ressonando e alguns soldados italianos conversando junto de uma árvore baixa, desfolhada. Foi até sua barraca, reuniu o seu material e saiu por trás, procurando não despertar a atenção de ninguém. E quando caminhava na direção do lugar combinado lembrou-se de Augusta e das crianças e pensou se algum dia ainda os veria de novo. Mas imaginou seu pai lendo a Bíblia e fazendo as suas orações, na certa estaria pedindo proteção para ele e para seus companheiros.

5.

Albino disse que estava com vontade de beber pela memória dos que morriam na guerra contra os paraguaios, que até já havia escolhido o local, iriam todos à pensão da Ernestina, na Rua da Alegria. Breitenbach arregalou os olhos, na Rua do Arco da Velha? Lá mesmo, redargüiu mal-humorado Albino, abotoando a carreira de botões de madrepérola do seu jaquetão de veludo azul. Tinha olheiras profundas no rosto pálido, enquanto Augusto mantinha-se sentado num dos almofadões, a um canto da mansarda.

– Não será melhor beber por aqui mesmo ou acabou a bebida nesta casa? – disse Barnatski.

– Vamos beber na Ernestina – repetiu Albino.

– Está bem, meu caro fidalgo, vamos beber na casa da Ernestina se vossa alteza assim ordenar.

– Que horas são? – perguntou Albino.

Breitenbach foi até à escada, desceu um pedaço, espiou para baixo e gritou que eram quase oito horas. Möller, que folheava um jornal velho, disse que era muito cedo, que na Rua da Alegria as coisas começavam lá pelas onze horas, meia-noite. Albino disse:

– As coisas, em geral, começam quando eu chego. Podemos ir às onze como às dez ou mesmo agora – fez uma pausa. – Mas vamos às onze.

Breitenbach notou Augusto, estranhou, o nosso caro amigo ali não me parece muito disposto, deve estar com receio de respirar o mesmo ar daquelas senhoras prostitutas da Ernestina; pois não há o que temer, elas não falam a nossa língua e nem a megera da dona da casa. No fundo, nos fazem aquelas festinhas pelo dinheiro.

– E depois, há muito pouco homem nesta Porto Alegre abandonada – disse Möller.

Augusto levantou-se com preguiça, alisou os cabelos, passou as mãos pela roupa tirando pó e desfazendo dobras, mostrava-se entediado, por fim virou-se para Albino e disse peremptório:

– Vocês hoje não contam comigo, vou para casa, não estou disposto.

– Já disse que vamos todos – disse Albino sem olhar para o amigo.

– Pois eu também já disse que não estou disposto e vou embora. Divirtam-se bastante, são meus votos – replicou Augusto enfrentando o outro.

Albino virou-se rápido, segurou a camisa de Augusto e gritou colérico:

– Vamos todos!

– Já disse e repito, não vou. Largue a minha roupa e não grite comigo, não sou seu criado.

Albino levantou a mão e deu uma estalada bofetada no rosto de Augusto que, surpreso, desequilibrou-se e teria caído se não fosse Breitenbach que tratou de ampará-lo e ainda gritou para os dois, mas o que é isso? pelo amor de Deus, se portam como dois negros da Rua da Praia. Augusto cobriu o rosto com as mãos, Breitenbach ainda o ajudou a sentar-se no sofá da parede, voltou-se para o dono da casa:

– Francamente, jamais esperava que você fizesse uma coisa dessas, tanto mais que está na sua própria casa e com um amigo de tantos anos.

Por um momento ficaram todos calados, depois Möller disse sem convicção, eu se fosse você pediria desculpas ao Augusto, afinal isso não tem explicação, ainda mais entre amigos, entre pessoas bem-educadas. Albino esfregava as mãos, nervoso, ajoelhou-se ao pés do amigo:

– Augusto, por favor, peço desculpas, não sei onde estava com a cabeça, devo estar ficando louco.

Segurou forte a mão do amigo, roçou de leve com os dedos no rosto avermelhado, nas marcas latejantes do golpe, Augusto, peço mil perdões, está aqui o meu rosto, pronto, te vinga, bate à vontade, por favor me bate, eu mereço.

Breitenbach encaminhou-se para a escada, com licença, eu me retiro, às onze vocês me encontram na Ernestina, agora sim me deu vontade de beber até cair. Desceu seguido de Möller e de Barnatski, esses também confirmando que estariam juntos com Breitenbach, afinal era melhor todos terminarem bebendo juntos, encomendariam bebida para uma dúzia de bons bebedores.

Augusto permanecia impassível, tentando não olhar para o dono da casa, cobrindo metade do rosto com a mão, Albino foi encher dois copos, enfiou um deles na mão do amigo, vamos lá, meu querido Augusto, um brinde pela nossa amizade, pelo amor que coisa nenhuma deste mundo poderá acabar; devia estar louco para fazer uma coisa dessas e justamente na frente dos outros, não sei o que se passa comigo, estou com nojo de tudo, de todas as coisas, estou com nojo de mim, promete que me perdoa, vamos, quero uma palavra tua, uma só.

Augusto mantinha a expressão dura, recusava-se a falar, teimava em desviar os olhos, em não o encarar.

– Que é isso, meu querido, está aqui o meu rosto, bate nele, tens todo o direito de vingança, ela é toda sua, vamos.

Levantou a mão inerte de Augusto e com ela bateu no próprio rosto, enfrentando a resistência do amigo que terminou por levantar-se num repelão, fazendo menção de encaminhar-se para a escada e sair. Albino correu e obstruiu o caminho.

– Não, embora não vais, quero antes o teu perdão, exige o que quiseres, me humilha, cospe no meu rosto.

Meteu a mão no bolso do jaquetão, tirou um punhado de moedas de prata e enfiou-as no bolso de Augusto. Esquece isso, antes de mais nada somos amigos, juro por tudo o que há de mais sagrado que jamais repetirei uma coisa dessas, mas compreende, fiquei fora de mim, jamais iria naquela espelunca sem que você fosse também, não sinto prazer na companhia de mais ninguém. Augusto disse com voz quase inaudível "meu pai proibiu a nossa amizade". Albino pegou das suas mãos, seu pai o quê? não acredito, seu pai não quer mais a nossa amizade? foi isso o que você disse? mas, pelo amor de Deus, isso é mentira sua, fala Augusto, diz que estás mentindo, que isso é só para me ferir, é vingança, não posso acreditar.

– Deixa eu sair – disse Augusto tentando abrir caminho.

— Peço, eu lhe imploro pelo que mais quer neste mundo, pelos seus pais, pelos seus irmãos, escuta aqui, tenho naquela gaveta duas moedas de ouro que o meu pai me deu e que foram presente do Major Schaeffer, sabes quem foi o Major Schaeffer, era como se fosse um irmão do meu pai. Pois elas são tuas a partir de hoje.

Augusto permaneceu onde estava enquanto ele abria a gaveta e de lá tirava as moedas envoltas num lenço de seda branco. Voltou triunfante, exibindo-as, vês, são suas e com elas selamos a nossa amizade que jamais será desfeita. Abriu a mão de Augusto e introduziu nela as moedas, fechando-lhe os dedos com força. Augusto retornou ao sofá, sentou-se mudo e abatido, como se estivesse cansado.

— Amigos para sempre? — disse Albino ajoelhando-se ao lado dele, pegando em suas mãos.

Augusto fez apenas que sim com a cabeça, depois pegou o copo que ficara sobre a mesinha ao lado e emborcou na garganta toda a bebida. Albino sorriu, vejo que estou perdoado, onde está o meu copo, quero beber também, assim.

Ouviram a voz da governanta ao pé da escada:

— O senhor Albino vai querer comer alguma coisa antes de sair?

Ele gritou que não, que ela podia ir dormir, não queria mais nada. Depois voltou-se para o amigo que permanecia absorto no sofá, tirou o jaquetão, a camisa rendada, os sapatos.

— Vou trocar de roupa, vamos encontrar os outros às onze, conforme o combinado, eles ficarão sabendo que continuamos amigos como sempre, que não houve nada demais.

Buscou a garrafa que ficara aberta e empinou a bebida na boca, bebeu grandes goles, parte do líquido escorreu peito abaixo, trauteou um pequeno trecho de uma ária conhecida, vamos lá meu caro e querido Augusto, um pouco mais de alegria neste rosto, vamos passar uma esponja em tudo o que ficou para trás, a vida começa agora entre nós dois, somos escravos um do outro. Queres beber um pouco mais, assim no gargalo como fazem os marinheiros e as putas? é o selo do amor eterno. Augusto sacudiu a cabeça, disse que não queria beber daquele modo e nem sabia. Pois bebo eu por nós dois, até enxergar o meu amigo pelo fundo da garrafa, através dele vou ver um monstro, o monstro Augusto. Abriu uma gaveta da cômoda e dela tirou uma camisa engomada. Uma das camisas que meu pai mandou buscar no Rio de Janeiro, lê aqui as minhas iniciais bordadas em seda, A. G. que significam Albino Gründling, irmão mais novo do operoso e genial Jorge Antônio, dirigente de grandes empórios, casado com a bela e inexpressiva Clara Hausmann, pai glorioso de três filhos, glórias do avô Carlos Frederico Jacob Nicolau Cronhardt Gründling, oficial das forças imperiais que agora se cobrem de medalhas no campo de batalha. Vê, não somos nenhuma família de negros e nem de mestiços. Vamos beber um pouco mais para enfrentar esse frio de cachorro que anda pelas ruas. Eis aqui um conhaque especial, selo negro, está há mais de vinte anos dentro desta garrafa. Como eu, há trinta e três anos dentro desse outro garrafão, dentro desta casa, dentro dessa imensa merda que não tem saída.

Augusto permanecia mudo e quieto, meio assustado com o desabafo do outro. Viu-o enfiar a camisa, calçar os sapatos e vestir o mesmo jaquetão azul. Albino colocou-se na frente do espelho, já meio tonto, demorou-se a pentear os longos cabelos sedosos. Virou-se para Augusto, estou bem? Não vais sentir vergonha de andar ao lado de um perfeito cavalheiro, alguém que afinal deve ser respeitado, alguém que tem um pai que se bate como um bravo na guerra contra os paraguaios. Puxou Augusto pelas mãos, dirigiram-se ambos para a escada. Antes de começar a descer os degraus íngremes, pediu:

– Por favor, ajuda-me a descer esta maldita escada, acho que bebi um pouco além da conta. Preciso do teu amparo – sorriu passando a mão na cabeça do amigo –, sempre precisei.

Desceram com uma certa dificuldade, atravessaram a sala principal e quando Augusto abriu a porta ambos sentiram a lufada forte do vento frio que vinha da rua. Albino pediu que ele passasse a chave na fechadura e que ficasse com ela no seu bolso. Sou capaz de perder essa chave e depois precisamos acordar a Elisa na volta. Passou o braço sobre o ombro do amigo e iniciaram uma hesitante caminhada pelos becos e ruas escuras, o vento fino levantando pó e folhas secas, céu nublado e ameaçador.

Quando Augusto entrou na casa de mulheres tinha a roupa molhada e a fisionomia transtornada. Dirigiu-se para a mesa onde já se encontravam os outros, olhou vago para cada um deles, sentou-se numa das duas cadeiras vazias, tirou do bolso uma chave e duas moedas de ouro, jogando tudo sobre a mesa, para espanto de todos, deixando cair a cabeça de cabelos desgrenhados sobre copos e garrafas.

– E o Albino, onde ficou Albino?

Möller sacudiu o recém-chegado, repetiu a pergunta várias vezes. Augusto ergueu a cabeça, olhou para eles como se os desconhecesse, teve um esgar imbecil e depois sorriu estranhamente.

– Albino?

– Sim, ele ficou de vir contigo. Que aconteceu, afinal o que houve? – disse Breitenbach.

– Matei Albino, acabei de matar Albino. Sabem, ele está no fundo do Riacho Dilúvio, ele agora não pode mais bater em ninguém, ele está afogado.

6.

Philipp tinha o rosto colado ao capim áspero, guiava-se pelos pequenos e cintilantes focos de luz que tinha à frente, sabia que os companheiros o seguiam de perto, podia escutar a respiração de cada um deles. Esperou que chegassem mais perto. Sussurrou, és tu, Ziedler? Franzen, Barth, Shann, cheguem mais para cá. Vamos contornar pela direita, estão vendo aquela luzinha mais avermelhada? À direita fica a mureta do cemitério, é onde eles devem ter a guarda mais frouxa. Vamos à frente, agora mais juntos, cada um deve sentir o corpo do outro, ninguém mais pode abrir a boca, eles são capazes de ouvir, lembrem-se, eles são índios. Lembrou-se de Juanito, daria um braço para contar com ele naquela noite escura, olhos e deslizar de tigre. Bateu na mão do que estava mais próximo, era Ziedler, continuou a rastejar colado ao chão, mão direita empunhando forte a espada desembainhada. Sem armas de fogo não correriam o perigo de um disparo acidental. Seria o fim de todos eles.

Só pararam quando deram de rosto no muro do cemitério. Ficaram ainda um certo tempo quietos, a ouvir atentos, ganhando a certeza de que nenhum soldado inimigo estaria de sentinela por ali. Ouviam vozes, mas seguramente a uns trinta metros, percebiam até algumas palavras indecifráveis. Philipp deu dois toques na mão de Ziedler e logo o sinal foi passado adiante. Levantaram-se cautelosos, o muro era baixo, não mais que um metro, as pedras irregulares e pontiagudas feriam as mãos que tateavam no escuro. Começaram a escalada silenciosa, procurando evitar qualquer retinir de metal, alcançaram o outro lado, tornaram a colar-se ao chão e não se moveram. Dois sentinelas, fazendo chegar até eles o cheiro acre dos seus cigarros de palha, passavam naquele momento pelo lado de fora, conversavam em voz alta, prosseguiram descuidados.

Mais dois toques, o rastejar cuidadoso, procuravam agora contornar as sepulturas cobertas de mato, vinte metros além havia uma boa posição para espiarem seguros os movimentos das tropas dentro da cidade. De repente Philipp sentiu falsear o seu braço de apoio, havia um buraco junto de si, seu corpo escorregava para dentro dele, sentiu a mão de Ziedler que segurava forte sua túnica, tentando impedir que escorregasse; outras mãos vieram em seu socorro, mas as beiradas de terra úmida começavam a desmoronar e ele sentiu que afundava junto com a terra esboroada até chegar embaixo, desesperado com o fedor nauseabundo em que mergulhava, as mãos enterravam no frio da lama podre, panos, tateou um rosto descarnado, virou-se para cima, ciciou para os companheiros que havia caído numa sepultura aberta, há um morto aqui, acho que muitos outros. Os amigos ajudaram-no a sair, ele estendia a mão para a frente, depois abaixou-se e a esfregava nos arbustos, acho que enfiei esta mão nas vísceras de um morto qualquer, está tudo podre aí dentro. Shann sussurrou, mas eles não têm terra para cobrir os seus mortos? Ouviram vozes novamente, emudeceram, esperaram que o silêncio retornasse e prosseguiram com cuidado até o muro dos fundos. Levantaram-se devagar, espiaram, permaneciam colados uns aos outros, viram uma rua comprida e reta, pequenas fogueiras atraíam chusmas de soldados maltrapilhos, nenhum deles empunhando armas; falavam uma algaravia incessante, muitos deles bebiam qualquer coisa em canecas escuras. Pelos cantos e junto às paredes das casas outros dormitavam sentados, cabeças apoiadas sobre os joelhos juntos, cingidos pelos braços cruzados.

Philipp esfregava continuamente a mão esquerda de encontro à roupa, tentava livrar-se do que achava ser o sangue e os restos do cadáver em que afundara a mão, enquanto não despregava os olhos do movimento dentro da cidade. De uma porta saiu um grupo, eram quatro homens carregando, pela forma, um corpo dentro de uma espécie de manta, dois outros mais com archotes, dirigiam-se para o lado deles onde havia um velho portão que dava passagem para o cemitério onde estavam. O grupo vinha com dificuldade, o da frente empurrou com o pé o portão que bateu forte de encontro ao muro. Passaram em silêncio, os que levavam o fogo alumiavam a frente, até que chegaram à cova onde Philipp caíra. Ouviram um baque surdo, tinham despejado o morto lá dentro. Mas recolheram o pano para o levar de volta.

Um dos soldados com archote ainda permaneceu junto ao buraco, chegava o fogo bem perto da terra, chamou os outros, falavam baixo entre si, um deles saiu correndo, voltou logo depois com mais três companheiros armados, mais dois traziam mais archotes, Philipp sussurrou ao ouvido do que estava mais próximo "eles descobriram os nossos rastos". Outros vieram, um deles gritava para dentro da cidade com a mão em concha protegendo a boca, houve uma correria desenfreada, os que dormitavam junto às paredes levantaram-se meio tontos e corriam em busca das armas.

Philipp e os companheiros estavam protegidos dos focos de luz por uma quina de pedras e traves de madeira encostadas umas às outras. Os paraguaios faziam muito barulho e agora corriam em massa para o pequeno portão quebrado, atropelando-se. Barth disse para Philipp que ainda havia tempo de fugirem colados ao muro, rumo ao norte, antes que se aproximasse algum deles com uma das tochas fumegantes. Shann estava como que paralisado, gaguejou que se movessem um braço sequer seriam descobertos como ratos num paiol vazio. Philipp ainda tentou empurrar decidido os companheiros, mas dois paraguaios já estavam quase junto deles, gritaram histéricos e um grupo avançou apontando as suas armas, baionetas caladas, a luz das tochas dando a cada um deles o aspecto de fantasmas. Para Philipp eram os próprios mortos que haviam saído do buraco onde caíra. Os cinco imóveis, olhos muito arregalados. Uma dezena de baionetas muito agudas a comprimir as costelas de encontro às pedras do muro. Um archote foi passado lentamente pela cara de cada um, Franzen teve a certeza de que o iriam cegar a fogo, enquanto os ferros entrariam carne adentro, aos gritos guerreiros de homens ensandecidos, raivosos. Foi quando chegou um outro, espada em punho, dragonas esfarrapadas dependuradas nos ombros, gritava mais forte, era uma voz de comando, chegou-se bem perto dos alemães, ia segurando ferozmente o queixo de cada um, enquanto soldados os desarmavam. Ziedler ia dizer qualquer coisa quando recebeu violenta bofetada na boca, o oficial agora falava de dedo em riste, afastou seus homens e apontou o portão para o grupo de inimigos, empurrando-os com vigor, com uma força insuspeitada para homem tão pequeno e tão magro. Philipp notou que da boca de Ziedler o sangue escorria forte, saiu à frente, caminhavam trôpegos num terreno irregular e escuro, em meio a um corredor de soldados maltrapilhos que cuspiam neles e batiam-lhes com a folha da espada nas costas, braços e pernas.

Foram levados para uma espécie de praceta em ruínas, centenas de homens surgiam de todas as esquinas, cada vez mais archotes iluminando a cena, Philipp pensou se as suas tropas não estariam lá de cima vendo toda aquela balbúrdia, aquelas dezenas de fogos deviam parecer a eles, do alto, um pequeno incêndio, algo de anormal numa cidade sitiada, quem sabe estariam estendendo os homens para o ataque final, o ataque que não saía nunca, que estava deixando os homens nervosos, afinal um mês ao redor daqueles soldados maltrapilhos e famintos. Eles sentiam que não havia mais comida na cidade, os soldados vinham e revistavam os seus bolsos, na certa buscando um pedaço de pão, um naco de charque ou algo para mastigar.

Cada um foi cercado por três e quatro homens, tratavam agora de amarrar as suas mãos às costas, utilizando para isso finas tiras de couro cru, com laçadas tão fortes que penetravam nas carnes e eles sentiam o sangue escorrer pelos dedos. Ziedler disse, estão quebrando os meus pulsos, são uns animais. Barth começou a chorar, a gente com tropa capaz de entrar aqui com boleadeiras e ninguém tem coragem de dar uma ordem. Philipp chutou a sua perna com força, Barth o olhou espantado, que vão eles pensar de um soldado que chora na frente do inimigo, disse Philipp com raiva, se nem chegou ainda a hora do fuzilamento? O outro ficou momentaneamente quieto, surpreso, olhou sofrido para Philipp, pronunciou um apagado "fuzilar?" Depois deixou o queixo cair sobre o peito, mantinha-se de pé apoiado pelo corpo de Philipp e de Shann. A túnica de Ziedler estava coberta de sangue, disse para os companheiros: é até engraçado morrer aqui debaixo dos olhos de mais de quinze mil homens bem armados e que só não avançam por medo, olha para esses miseráveis, está tudo a morrer de fome, nem botinas eles têm mais, bastava acenar lá de longe com algumas costelas gordas. Olharam para os lados escuros do rio e distinguiram pequenas luzes boiando. E Tamandaré deste outro lado sem atacar, disse Barth com ódio. Rilhou os dentes, um tiro só para esses lados e os paraguaios fugiam como corvos. Depois perguntou para Philipp se achava mesmo que eles iriam ser fuzilados.

– É o que eu faria no lugar deles – respondeu ele quase sem mover os lábios.

Os cinco foram amarrados numa grossa árvore, um plátano sem folhas. Ao redor deles se postaram uns vinte homens de armas apontadas, muitos com lanças e espadas. Aos poucos foram sentando na terra solta do chão, pareciam agora não ter pressa, era como se guardassem cinco vacas transviadas. Philipp repetiu com voz quase apagada, eles vão nos fuzilar ao amanhecer. Então notou que numerosas outras patrulhas batiam pelas redondezas, na certa estavam desconfiados de que pudessem encontrar ainda mais soldados inimigos.

– E o pior – disse Philipp – é que ninguém sabe que estamos aqui, estão certos de que estamos a dormir nas barracas. Quando se derem conta, de manhã, vai ser muito tarde.

– E a ordem de ataque não era para hoje? – perguntou Shann.

Philipp devia ter sorrido, seus companheiros não enxergavam seu rosto escondido pelas sombras. Disse, eles estão por atacar todos os dias, mas sempre acontece alguma coisa, vão adiando, sei lá, devem atacar depois que toda essa gente miserável tenha morrido de fome.

Notaram que outros corpos eram retirados das casinholas dentro daqueles panos pretos e a seguir levados para os lados do cemitério. Philipp falou entredentes, aquele buraco onde eu caí já deve estar cheio de cadáveres. É de gente que está morrendo dentro dessas casas. Houve um silêncio. A voz de Philipp parecia vir de longe, cava, soturna, os outros o ouviram sem acreditar:

– Eu sei, estão morrendo de cólera.

A noite era enorme e fria, não acabava mais. Barth perguntou a Philipp se estavam no dia 16 de setembro. Ele disse, 18. Barth ainda pensou um pouco mais, depois disse com voz trêmula:

– Eles podiam esperar um pouco mais, dentro de vinte dias me fuzilariam já com trinta e cinco anos.

– Sorte, então, tenho eu – disse Philipp –, consegui viver onze anos mais do que tu.

Notaram, de repente, meio apavorados, que o dia se anunciava na barra do horizonte, exatamente do lado dos seus canhões.

X

1.

Jorge Antônio parecia de pedra, pés cravados no barro, cabeça descoberta e fustigada pela chuva fina e persistente, braços cruzados enquanto a seu lado um policial, com divisas de sargento na manga, dava ordens aos seus homens encarapitados numa pequena e insegura canoa, um deles segurando um lampião. Muitos negros, na margem, remexiam com varas o fundo das águas do Arroio Dilúvio em busca do corpo de Albino. Atrás de Jorge Antônio, formando um pequeno grupo, Breitenbach, Barnatski e Möller calados, acompanhando nervosos a faina de toda aquela gente, ouvindo as ordens do sargento que em determinado momento aproximou-se do irmão mais velho, limpou a água do rosto:

– Eu pergunto, meu caro senhor, se esse rapaz Augusto não teria inventado uma história qualquer depois de uma grande bebedeira, afinal o seu irmão é bem capaz de estar num outro lugar, até mesmo dormindo na casa de algum amigo.

Jorge Antônio virou-se para os três rapazes que estavam logo atrás de si, perguntou se eles tinham ouvido o sargento. Breitenbach disse que sim, mas Augusto não estava bêbado quando afirmou que matara Albino, nem eles haviam bebido demais, pois acabavam de chegar. Jorge Antônio pediu ao sargento que continuasse, por favor, nas suas buscas, não poderia voltar para casa sem levar uma certeza. Depois falou para os rapazes, estava certo de que Augusto matara o amigo depois que este havia descoberto o roubo das moedas de ouro, ao saírem de casa; talvez houvesse ameaçado Augusto ou então Augusto, vendo-se descoberto, só encontrara essa saída. Möller protestou, Augusto seria incapaz de uma coisa dessas, as moedas deviam mesmo ter sido dadas para ele pelo próprio Albino, eram os dois melhores amigos do grupo.

– Vocês viram Albino dar essas moedas a ele?

– Não – disse Barnatski –, nós saímos e os dois ficaram sozinhos.

– Pois vou acusar esse bandido de roubo e de assassinato – ameaçou Jorge Antônio perdendo a calma aparente.

Apesar do frio e da chuva dois negros foram obrigados a entrar água adentro para vasculharem o fundo do arroio com os pés. Mais pessoas haviam trazido lampiões, alguém de dentro da canoa gritou, acho que por aqui não há corpo nenhum. O sargento armou as mãos em concha e berrou que continuassem as buscas, que fossem mais para baixo, havia um pouco de correnteza.

Parou uma caleça, Clara desceu correndo para junto do marido, chorava convulsamente, foi abraçada por ele. Eu disse que ficasses em casa, terminas doente com um tempo desses. Ela continuou soluçando, cabeça enterrada no seu peito, então o marido começou a levá-la de volta subindo uma pequena rampa escorregadia. Vai para casa, fica lá, assim que eu souber de alguma coisa vou te avisar, volta, as crianças podem acordar, terminam se assustando.

Quando a caleça desapareceu, engolida pela chuva, ele voltou para o mesmo lugar, os rapazes às suas costas, falou em voz baixa e dura:

– Eu sabia que vocês andavam desviando Albino do bom caminho, ele só queria saber de bebidas, de boas roupas, nem a família ele visitava mais e o resultado de tudo está aí, para mim são todos culpados.

Os rapazes permaneceram em silêncio, ouvia-se apenas o ruído das longas varas batendo nas águas, vozes que ordenavam "mais ali, um pouco para este lado, os negros que não fiquem aí parados, movam-se". Jorge Antônio retomou a fala, cada um vai pagar pelo que fez, vou tirar tudo a limpo, esse miserável vai morrer de podre na cadeia, todos os dias vou lá cuspir na sua cara, toda a família dele vai pagar caro por esse banditismo, isso eu juro pela memória da minha mãe. Virou-se para os rapazes, avançou sobre eles desferindo socos e pontapés, chegou a derrubar Breitenbach. O sargento veio correndo, esbaforido, mas o que se passa, Herr Gründling, pelo amor de Deus, não piore as coisas, tenha calma. Segurou Jorge Antônio, auxiliado por mais dois policiais que haviam chegado logo depois dele.

– Eles são culpados também pela morte de meu irmão, são criminosos iguais ao outro, vou matar um por um, juro que vou.

O sargento auxiliou Breitenbach a levantar-se do barro, aconselhou a eles que fossem para as suas casas, mais tarde seriam chamados para contar direitinho a história toda, uns rapazes de boa família metidos num crime hediondo, era melhor que estivessem na guerra onde tantos rapazes da idade deles defendiam a pátria em vez de levarem aquela vida ociosa e de bebedeiras. Um dos policiais foi com eles até o nível do caminho onde havia muitas carroças paradas, vazias, mandou-os embora e depois voltou. Disse ao sargento que os rapazes já se tinham ido e que, na sua opinião, achava melhor suspender as buscas até o dia clarear. Não iam encontrar nada naquela escuridão, até os negros já estavam se recusando a trabalhar naquelas condições. O sargento perguntou a Jorge Antônio se podiam suspender as buscas. Ele disse que não, pagaria a todos em dobro, mas só sairia dali depois de encontrarem o corpo do irmão.

– Mas nem sabemos se ele realmente foi morto – disse o sargento abrindo os braços.

– Pois eu sei que ele foi morto e precisamos achar o corpo – disse Jorge Antônio em seu português atravessado e difícil.

O sargento deu de ombros, pois vamos continuar, somos pagos para isso e recebemos ordens do chefe de Polícia, fique tranqüilo. Ordenou aos homens: continuem, não parem o serviço, temos que achar o corpo.

Alguém deu um grito que já era esperado, mas que a todos encheu de pavor:

– Está aqui, achamos!

Houve um rebuliço, Jorge Antônio correu pela margem, o sargento saiu atrás dele, ordenava que usassem a corda, que a canoa chegasse mais para perto, pediu mais lampiões, os negros começavam a sair de dentro d'água tremendo dos pés à cabeça, tinham as roupas coladas no corpo, um outro negro que ficara de fora alcançou para eles uma garrafa que começou a passar de boca em boca. Quatro ou cinco candeeiros se juntaram sobre um mulambo coberto de barro. Um soldado puxou para cima o corpo que fora arrastado de bruços, jogaram um balde de água sobre ele, surgiu do monturo a cara branca de Albino, olhos escancarados, cabelos cobertos de musgo e de limo, no rosto de pedra a expressão era de espanto ou de medo.

Jorge Antônio olhou rapidamente, voltou o rosto, respirou fundo e agachou-se ao lado do corpo do irmão, tirou um lenço do bolso e começou a limpar a terra e o limo viscoso que tapavam a boca e as narinas, depois fechou os terríveis olhos esgazeados, levantou-se, foi amparado por dois amigos que acabavam de chegar, virou-se para a escuridão para que não o vissem chorar, ele, um Gründling, e através da cortina de lágrimas a nebulosa e perdida figura da mãe, o menino Albino sentado ao colo dela numa pomposa roupinha de veludo preto, alva camisa engomada de rendas e botões de madrepérola, Albino montado no varal da caleça no fundo da antiga casa da Rua da Igreja, ele tomando a primeira comunhão num dia de muito sol e de calor, os negros vendedores de melancia à porta da igreja, olhos e dentes brancos, a pele das caras negro azuladas, reluzentes de suor, o potrinho baio que o pai lhe dera e que estava arisco e nervoso no fundo do pátio, sacudindo as crinas claras, as longas pernas desgraciosas e as delicadas patas tamborilando no chão duro e seco de verão. Albino chorava de alegria, o pai abraçou os dois, sua barba ruiva reluzia contra o céu azul e o sol quente que demarcava em sombras fortes os altos muros de pedra.

Quando chegou em casa Clara estava na porta, corpo enrolado numa grande mantilha de lã, ansiosa, e então? Jorge Antônio sacudiu a cabeça, ele foi encontrado no fundo do arroio, Eichner e Schulze se encarregaram de tudo, não sei agora o que vou mandar dizer ao nosso pai.

Entrou, tirou o casaco e as botinas, Clara já havia trazido um par de chinelos, disse ao marido que precisava trocar toda a roupa. Ele foi para o quarto seguido por ela, sentou-se numa pequena cadeira, deixou cair os braços, eu sabia que um dia isso ainda poderia acontecer a Albino, podia terminar nisso que aí está, achava que o trabalho tinha sido inventado para os negros, seus amigos eram todos iguais, só bebida, mulheres e roupas finas e o pior é o escândalo, o falatório, essa gente imunda, esses mestiços todos que vão passar a comentar nas nossas costas, que vão rir de nós.

Clara chorava baixinho enquanto ajudava o marido a trocar de roupa, depois trouxe uma toalha e começou a esfregar os seus cabelos empapados de água da chuva. Bateram na porta do quarto, ficaram surpresos, Clara disse que talvez fosse a vizinha do lado, Teresa, mulher do Mateus Luft, que ficara ali lhe fazendo companhia assim que soubera da desgraça. Ele fez um sinal para que ela mandasse a vizinha embora, não queria ser visto naquele estado. Clara entreabriu a porta, a vizinha estendeu uma bandeja, trago uma xícara de chá para Herr Gründling, tem mel e limão para evitar constipação. Clara agradeceu, pegou da bandeja e tornou a fechar a porta. Veio para o lado do marido, este chá vai te fazer muito bem, queira Deus que não apanhes uma doença com toda essa chuva e ainda mais ficando por tanto tempo com os pés enterrados na lama.

– Não sei o que mandar dizer ao pai, mas preciso escrever para ele, contar o que houve, sei que vai ser um sofrimento muito grande, no fundo acho que ele também temia o que pudesse acontecer para o Albino.

Bateram forte na porta de entrada, batidas ocas de punhos fechados, Jorge Antônio saiu do quarto perturbado, alguém já havia aberto a porta, ele ouviu distintamente a voz do sargento, "preciso falar urgente com Herr Gründling". Jorge Antônio gritou que ele podia entrar, o sargento enfiou a cara molhada pela fresta da porta e pediu desculpas, não podia entrar, suas botas estavam cobertas de lama.

– Afinal, o que houve? – perguntou o dono da casa, penteando os cabelos revoltos com os dedos.

– Augusto, Herr Gründling, Augusto.

– Prenderam esse bandido?

– Não, Herr Gründling, ele foi encontrado na casa do seu irmão, na mansarda, matou-se com um tiro de garrucha na boca.

2.

Ziedler gemeu, Philipp olhou angustiado para ele, os paraguaios que estavam mais perto olharam também, mal saídos do breve sono, mas ele disse para o amigo que não era nada, tinha quase dormido, o corpo escorregara um pouco e os tentos de couro cru haviam penetrado nas carnes doloridas dos pulsos. Philipp disse que não conseguia mover com as pontas dos dedos, sentia agulhadas de fogo nas feridas causadas pelos tentos, tinha as mãos inchadas. Disse em voz um pouco mais alta, de maneira que os outros o pudessem ouvir, que todos deviam estar sentindo as feridas, era natural, as carnes inchavam e as tiras apertavam cada vez mais. Depois olhou para o céu, perscrutou o horizonte que era visto por entre dois telhados em ruínas, as nuvens estavam baixas e pesadas.

Ele disse para os companheiros que seriam mais de oito horas, mas que o dia não teria sol. As sentinelas permaneciam ainda sentadas, alguns dos soldados dormiam deitados de corpo inteiro na terra batida, havia algum movimento maior no fim de uma das ruas; um grupo se destacava, agora, mal saídos de um prédio maior. Philipp chamou a atenção dos outros, acho que lá vem um graduado com a sua gente, a nossa hora deve estar chegando, eles se parecem com um bando de hienas. O grupo aproximou-se, a maioria ostentava galões, mas seus fardamentos eram miseráveis. Bem ao centro um tipo mais moço, o único que não levava galões, mas envergava um fardamento azul-escuro, quepe do mesmo pano, gola e canhões encarnados. Os demais discutiam entre si, ele caminhava à frente, calado, mãos soltas, a espada arrastando e deixando um risco na terra.

– Aposto as minhas duas mãos podres como aquele de punho encarnado é o próprio Estigarríbia – disse Philipp.

– Estigarríbia? – estranhou Barth – não pode ser, é muito moço e parece tão miserável como os outros.

– Vocês reparam numa coisa? – disse Ziedler – ninguém aí atiça fogo, não vejo sinal de comida.

– Olha, eu acho que eles não têm mais nada para botar na boca, estão com cara de esfomeados, esses soldados estão morrendo – disse Shann.

O oficial de gola encarnada parou, os outros formaram uma roda em torno dele, falavam como periquitos. Philipp perguntou "quem é que disse aí que a nossa gente ia atacar essa madrugada?" Sorriu triste, quando entrarem aqui vão encontrar cinco mil cadáveres. Fez um breve silêncio, acrescentou, cinco mil e cinco. Entreolharam-se, voltaram a cabeça para o mesmo lado, não viam movimento nenhum por entre a nesga de terra divisada entre os telhados.

– O imperador deve estar reunido na sua barraca com os generais aliados, cada um pedindo mais tempo para o preparo dos seus homens, enquanto tomam um bom café quente com fatias de carne assada – disse Philipp amargurado.

Um daqueles oficiais destacou-se do grupo, encaminhou-se para o lado deles, chamou os soldados que apenas levantaram a cabeça, outros arrastaram os pés descalços em sua direção; o oficial gritou qualquer coisa, agora todos olhavam para ele e muitos se aproximaram, sem continência e nem postura. O oficial falava, falava, apontou para o grupo de prisioneiros, então meia dúzia deles caminhou para a árvore, Philipp sentiu o bafio azedo das suas bocas, os homens começaram a cortar a corda maior que a todos jungia, Shann gemia baixinho, Ziedler não pôde conter uma praga, as feridas queimavam como brasa, Philipp disse entredentes que fossem homens, que soubessem morrer com dignidade na frente daqueles miseráveis índios, uns pobres-diabos famintos e doentes. Disse para os amigos, eles cheiram a podre.

Foram empurrados para o centro do largo que devia ter sido uma pequena praça, ainda se via a marca dos antigos canteiros. Esparramados por todos os lados viam-se barcos dos mais variados tipos, desde canoas semiconstruídas, o cavername de madeira quase verde ainda, sem revestimento, estranhas balsas improvisadas com velhas cômodas sem gavetas, com proas e quilhas feitas de galhos grossos de árvores, até barcos revestidos de couro cru de boi e alcatroados, e uma grande jangada de tábuas de forro sobre pipas e quatro frascos esverdeados de farmácia. Philipp disse, eles estavam pensando em fugir pelo rio, reparem nas embarcações, mas com isso eles morriam afogados a vinte metros da margem. Ziedler bateu com os cotovelos em Philipp, olha lá, uma banheira velha sustentada por quatro pedaços de pau, meu Deus, essa gente está desesperada, bastava fazer rebentar um obus num telhado qualquer de uma dessas casas e eles desapareceriam como lebres. Barth batia os dentes, disse a Philipp que estava com febre, o outro disse "os nossos males acabam dentro de mais um pouco".

Ouviram um tiro, viraram-se assustados. Um cavalo velho e magro dobrou os joelhos e caiu lentamente por terra, sangrando na cabeça. Vários soldados caíram sobre o animal ainda vivo e começaram a tirar-lhe o couro com afiadas facas, todos exímios carniceiros. Outros tratavam de refazer algumas fogueiras, mas a lenha verde desprendia uma fumaça escura e só pegavam fogo os pedaços de móveis que iam sendo tirados das casas velhas, a maioria sem portas e nem janelas. Barth perguntou que horas seriam, Shann respondeu que se falasse pelo seu próprio estômago o dia estava a meio e nem atacavam as suas tropas e nem chovia para que a água fria pudesse lavar e refrescar a febre dos pulsos cortados e inflamados.

As postas da carne de cavalo já estavam chegadas ao fogo, os soldados aguardavam por perto, facas em punho, olhos fixos nos espetos sangrentos. Ouviram-se outros tiros, Ziedler disse, estão liquidando com o que sobrou da cavalhada roubada em São Borja e Itaqui, esses miseráveis. Muitos outros soldados apareciam de outras ruas, saíam das casas, apoiavam-se nos companheiros, mal se sustendo em pé, lívidos, olhos esgazeados, famélicos. Philipp lamentou, se tivessem podido voltar e dizer aos seus comandantes em que estado se encontrava a praça sitiada, na certa tomariam coragem e era só aparecer na ravina mais próxima uma linha de cavalaria e todos ali se renderiam de joelhos, talvez alguns até morressem de susto ao ouvir o primeiro toque de clarim ordenando atacar.

Um oficial menor reagrupou um magote de soldados estonteados, formou uma primeira linha de oito homens com um joelho em terra, mais oito atrás, de pé, empunhavam velhas clavinas e espingardas de pederneira, Philipp esboçou um sorriso triste vendo a formação do pelotão de fuzilamento aprontando-se à frente deles, sentiu o latejar dos pulsos feridos, as dores que subiam forte cotovelos acima, fechou os olhos, o tempo desaparecia, sentiu-se leve, imponderável, era o imperador do Brasil que ele entrevia pelas dobras da saia da mãe, os negros escravos armando a rede entre um casebre descolorido e uma pequena árvore, as franjas brancas, os fios vermelhos trançados; a figura enevoada do imperador esparramando-se na rede, a cobertura de palha seca ondulando e ameaçando ruir, sua mãe ralhando, "este não é o imperador, é só um amigo do teu pai"; o homem da rede deixando cair sobre as pernas uma grossa corrente de ouro, o anel reluzente no dedo indicador, as grandes e belas botinas de couro curtido, a camisa muito limpa, as mãos alvas de dedos finos como se fossem de senhora rica; o cesto aberto pelos escravos e um índio que lhe entregava uma bela, redonda e lustrosa broa de milho; o índio seguindo os seus passos, a correr pelo campo para salvar os borregos da fúria dos caracarás que lhes furavam os olhos; o índio ao lado do poço, os soldados batendo nele com as coronhas das suas espingardas; a sombra do índio nas longas noites entre inimigos; uma profunda sensação de falta de ar, de angústia, Philipp gritou: Juanito!

Abriu os olhos, os soldados preparavam as suas armas, o oficial já havia desembainhado a sua espada, Ziedler perguntou se ele estava sentindo alguma coisa, Philipp disse que não, tivera uma visão, real, palpável, agora estava bem, os outros juntavam-se mais a ele, ombros colados, os tiros seriam despejados a meia altura, ventre e peito, na hora de "fogo" levantariam o queixo para evitar que o chumbo entrasse pelos olhos, que deformassem o rosto. Então o oficial virou-se de costas para eles, os soldados do pelotão fizeram o mesmo, naquele momento pulava um pedaço de trincheira, mais parecendo uma vala e que circundava a cidade, o oficial de quepe e fardamento azul-escuro, ladeado por mais quatro outros companheiros, um deles empunhando uma lança com um trapo branco preso no lugar da bandeirola com as cores nacionais.

Então a cena pareceu a eles um sonho, algo inacreditável, os soldados do pelotão de fuzilamento correram para ver a caminhada do seu comandante-em-chefe rumo às tropas inimigas; Philipp e Ziedler viram no alto da primeira coxilha a linha negra, agitada das suas tropas, batalhões iniciavam pelas pontas um avanço lento, as baterias chegavam ao alto puxadas por parelhas de cavalos, os quais eram logo desatrelados e seus homens tratavam lépidos de instalar as peças. Estigarríbia prosseguia impávido na sua marcha para a derrota, pelo grupo cruzavam indiferentes os primeiros magotes de cavalerianos com suas lanças ainda erguidas. Philipp viu Shann dobrar os joelhos e cair redondamente ao solo, cara enfiada na areia solta, as mãos roxas e sanguinolentas presas às costas; Ziedler tinha os olhos cheios de lágrimas, encostou o rosto no ombro do amigo, perguntou se não podia chorar um pouco, por certo que não era de medo; Philipp cerrou os dentes e conseguiu dizer a todos eles que podiam chorar, mas depressa que os companheiros que chegavam podiam achar que estivessem chorando de medo, e isso não era verdade. Viram saltar o fosso os primeiros soldados, os paraguaios atiravam longe as suas armas e muitos deles, guindados pela mão de um cavaleiro, se aboletavam na garupa do inimigo e com ele desaparecia de volta, fugindo da cidade sitiada, em meio a gritos e ordens confusas. Então Philipp deixou escorregar o corpo e caiu sentado, as pernas dormentes não mais o sustinham, os outros fizeram o mesmo, Shann ainda permanecia na mesma posição, devia ter desmaiado. O primeiro amigo a avistá-los, o cirurgião-mor Grave, apeou do cavalo num salto, correu para junto deles:

– Philipp, Ziedler, mas pelo amor de Deus, que loucura fizeram vocês?

Passou as mãos nos cabelos de Philipp, agachou-se às suas costas e depois de olhar as feridas dos tentos nos pulsos disse a eles: lamento muito, lamento muito mesmo, mas vai doer um pouco para cortar essas tiras.

3.

Emanuel e Juliana sentados no banco junto à parede; ao lado deles, bem juntos, Carlota e o marido, Joaquim Kurtz. Mateus e Maria Luíza de pé, ao lado do fogão; Dane junto à porta, ainda com a mesma roupa com a qual chegara do Portão, relho e chapéu de abas largas nas mãos. Augusta, ladeada por Amanda e Daniel, olhos vermelhos, cabelos em desalinho. Daniel Abrahão sentado num tamborete, olhar distante, Bíblia presa entre as mãos. O fogão semi-apagado com as panelas negras sobre a chapa, Catarina sentada junto à mesa, blusa branca de mangas arregaçadas, passando os olhos, de vez em quando, pelo grupo. Era um domingo, chegavam até ali os gritos e as conversas das crianças reunidas nas oficinas mortas.

Sobre a tábua da mesa uma carta de muitas folhas de papel amarelado, Catarina disse que havia chamado os filhos para que soubessem do que se passava com o irmão deles na guerra. Era uma carta de Herr Gründling, eles haviam estado juntos na rendição de Uruguaiana, e sabe Deus para onde mais iriam, cumpria-se a vontade do Senhor.

– É uma letra muito difícil, esta de Herr Gründling – disse ela procurando desculpar-se dos tropeços.

Ajeitou-se na cadeira, aproximava e afastava o papel dos olhos, mais difícil ainda porque deve ser uma carta escrita em cima dos joelhos, num acampamento, e nunca sobra tempo aos soldados para escreverem cartas.

Com a ponta da blusa que puxara de dentro do cós da saia, enxugou os olhos, a gente vai ficando velha, vai ficando mais fraca, Herr Gründling diz aqui que tem o coração partido pela notícia que recebeu da morte do filho Albino, que Deus sabe o que faz nos seus altos desígnios, que a vida para ele está perdendo todo o sentido, que foi melhor que isso acontecesse sem que Sofia estivesse viva, que ela não suportaria uma dor tão grande.

Calou-se um pouco, enquanto percorria o papel com os olhos. Depois disse, Philipp está bem agora, ele diz que o nosso filho foi sempre um bravo soldado, mas que escapou por muito pouco de morrer fuzilado pelos paraguaios. Conta que quando as tropas aliadas entraram em Uruguaiana lá encontraram Philipp com mais quatro companheiros, mãos atadas às costas, no meio de uma praça destruída, onde estavam para ser passados pelas armas; que foram salvos porque o general comandante dos paraguaios havia se decidido pela rendição e que, se não fora pelos ferimentos nos pulsos, causados pelas tiras de couro cru com que haviam sido manietados, nada de mais se poderia lamentar; mas os ferimentos, naquela altura, estavam arruinados e chegou-se a pensar que os rapazes poderiam vir a perder as mãos, mas tal não aconteceu graças aos cuidados do cirurgião-mor Grave que tudo fez, dia e noite, para curar as feridas; que encontraram Uruguaiana arrasada, milhares de paraguaios morrendo de cólera e de tifo, as casas saqueadas e que o único lugar onde foi possível receber o imperador, a igreja em construção, tinha lá dentro doentes esperando a morte, mas mesmo assim foi rezada uma missa pela vitória dando graças a Deus por não ter havido uma chacina, por não ter morrido nenhum homem dos nossos, o que prova que o Senhor está do nosso lado.

Daniel Abrahão levantou o braço, tinha os olhos vermelhos, depois abriu a Bíblia:

– O Senhor sempre esteve do nosso lado, ao lado do nosso filho, esteve sempre com a nossa gente.

Tirou do bolso um pequeno livro negro, uma fita encarnada separava as páginas, abriu onde queria, leu com voz soturna, oremos: "Ó Deus que és o autor da paz e amas a concórdia, no conhecimento de ti está a vida eterna e servir-te é liberdade perfeita. Defende-nos, teus humildes servos, contra as investidas dos nossos inimigos, para que nós, confiando inteiramente em tua defesa, não temamos o poder de nenhum adversário; pelo poder de Nosso Senhor Jesus Cristo, Teu Filho, nosso Senhor, amém".

Todos repetiram o amém; neste momento entrou o menino Francisco puxando o pezinho deformado, correu e aninhou-se no colo de Maria Luísa que o abraçou em lágrimas. Augusta permanecia ereta, agarrada à mão da filha mais velha; parecia não chorar, mas as lágrimas abriam, de cada lado do rosto, um quase invisível sulco, cada um deles terminando nas comissuras dos lábios trêmulos e cerrados.

Catarina esperou que o marido terminasse de falar, olhos sempre atentos à carta procurando decifrar certas palavras obscuras, havia termos que ela nunca vira, acostumada que estava com as palavras ligadas às coisas e aos produtos do empório e das oficinas, aprendera um pouco mais quando da morte do filho João Jorge, quando Carlota, já com o primeiro filho, Daniel Abrahão, o Dane, passara longas horas e largos dias ensinando a mãe a ler, ela precisava, para conforto próprio, valer-se da Bíblia nas horas de desespero, nas noites que não acabavam nunca, nas noites em que o sono não chegava nunca.

Catarina esperou pelo silêncio de todos, recomeçou: que Deus foi injuriado pela presença de um tal padre Duarte, um dos cabeças da expedição inimiga, que instigara o saque e os massacres nas praças de São Borja e de Itaqui e que, ao aproximar-se do imperador brasileiro, tratou de pedir, em prantos, que lhe fosse dada proteção a ele e ao seu país, esse um homem que só vinha praticando o mal em nome de Deus, e que o padre Gay, estando ao lado do Estado-Maior Imperial, revoltou-se com a presença e com o cinismo daquele sacerdote pecador, avançando sobre ele a proferir injúrias e até o ameaçando com um chicote, um espetáculo triste para a Igreja, dois ministros de Deus atracados como selvagens ou como índios, diante dos olhos de todos, dos grandes generais e do próprio imperador, que se mostrou desgostoso com a cena. Depois os soldados vencidos foram obrigados a desfilar perante os oficiais aliados e caminhavam um a um, como se não fossem soldados, mas mendigos, numa procissão que não acabava mais, todos eles carregando alguma coisa do saque, uma panela amassada, um pedaço de cadeira, uma porta de armário, uma gaveta de cômoda, peças de roupas de senhoras, pedaços de ferro arrancados das grades de janelas e de portões, outros levavam guarda-chuvas rotos, sombrinhas de seda, caixas e sacos, os soldados de cavalaria levavam sobre a cabeça todos os seus arreios; e, como isso demorasse muito, o imperador resolveu entrar na cidade enquanto os oficiais inferiores assistiam ao desfile dos paraguaios prisioneiros a fim de ver se não carregavam armas e nem munições. Na cidade nenhum habitante, todos haviam fugido ao aproximar-se a horda inimiga e muito bem agiram, pois seriam na certa trucidados. Philipp foi removido para fora da cidade, que havia o perigo do contágio do cólera, ficou numa boa barraca de campanha e lá foi tratado com carinho; nos primeiros dias recebia água na boca e comia pelas mãos dos amigos; seus companheiros Ziedler, Shann, Barth e Franzen também, sendo que logo no dia seguinte o próprio imperador quis ver os feridos e saber bem de toda a história, repreendeu-os pela indisciplina, mas relevava a falta pela intenção generosa e heróica de prestar um serviço tão arriscado para a causa brasileira, mandando citar os nomes deles com elogio a ser registrado. Devo dizer que Philipp, no momento em que escrevo estas linhas, já usa as duas mãos com certa facilidade estando os cortes quase cicatrizados.

Maria Luísa abaixou-se, remexeu nas brasas que ainda restavam no fogão e botou mais lenha, assoprando com força. Disse para todos, enquanto isso vou esquentar água para um café, já sabemos que o pior já passou, que Deus não deixou de olhar para os seus filhos. Mateus resolveu ajudar a mulher, foi até a parte de trás da casa e de lá trouxe um balde de água do poço, enchendo a chaleira e uma das panelas, levando as outras para a sala do lado, empilhando-as no chão. Retornaram os dois para os seus lugares, Daniel Abrahão pediu que Catarina prosseguisse na leitura da carta. Ela demorou ainda um pouco para decifrar alguma palavra que a confundia, disse: não entendo esta linha, mas não faz mal, mais aqui diz Herr Gründling que ficou muito triste com o estado em que ficou a cidade, os paraguaios haviam cavado em torno dela uma comprida trincheira muito primária, sustentada a terra por tábuas velhas e tijolos sem argamassa; tinham só cinco peças de artilharia, se é que se pudesse chamar aquilo por esse nome, imaginem, canhões de 8, um deles fundido em Barcelona no ano de 1788, outro em Douai, em 1790, outro em Sevilha, no ano de 1679, e os reparos, pelo que se observou, pareciam todos feitos naquelas mesmas épocas remotas; eles pretendiam fugir pelo rio e Philipp e seus companheiros já tinham notado isso quando feitos prisioneiros, mas na certa haviam temido a vigilância da esquadra de Tamandaré. Houve um "*Te-Deum*" rezado pelo pároco de Itaqui que, como não tinha paramentos, terminou usando os que havia encontrado na mala do padre paraguaio; a banda de música do "*Niterói*", que o visconde passara para o "*Onze de Junho*", executou muito mal os hinos dos três países aliados. E que o que salvou mesmo Philipp foi a chegada, nesse dia, do vapor de guerra "*Tramandaí*" trazendo muitos médicos, remédios e material para o serviço dos hospitais de campanha. Acontece que, não havendo feridos de combate, muitos saíram queimados pela explosão de um paiol deixado pelos paraguaios, pois ao despejar-se as patronas caía dos cartuchos muita pólvora que, por qualquer atrito inesperado, incendiou-se, explodindo o resto de munição. Dez homens ficaram com queimaduras muito feias, dois morreram logo, calcinados. Foi um espetáculo terrível e que causou horror mesmo aos homens mais acostumados à guerra, pois os feridos tinham as cabeças deformadas e gritavam de dor sem parar, enquanto os médicos tentavam aplicar algodão e ligaduras em volta das chagas; foi uma vitória sem heroísmo e isso nos entristece muito, além da minha tristeza pessoal pelo fim que teve o meu Albino e que só em saber disso perco o sono durante a noite e às vezes, não fosse Jorge Antônio e os meus netos, penso que seria melhor não voltar mais, ficar perdido por estas terras ou quem sabe por terras do Paraguai depois que eles forem derrotados e que Deus faça justiça e se compadeça de todos nós.

  Catarina foi interrompida por Daniel Abrahão, que se levantara e abrindo o pequeno livro de capa preta trovejou na sala a sua voz colérica, em meio ao temor respeitoso de todos; o pequeno Francisco a olhar espantado para o avô; "Onipotente Deus, dá-nos graça para que possamos libertar-nos das obras da escuridão e colocar sobre nós mesmos a armadura da luz". Fechou o livro, olhou em redor, estava emocionado e fraco; foi amparado por Mateus, saíram os dois, pai e filho, em direção dos fundos. Catarina dobrou as folhas de papel e disse que precisava levar aquela carta para o filho de Herr Gründling, em Porto Alegre, ele devia saber o que escrevera o pai, devia saber que estava bem, são e salvo.

Continuaram todos calados, num silêncio opressivo, ouvia-se apenas o chiar da água posta a ferver sobre a chapa do fogão. Catarina alisava a carta, depois cruzou os braços e sobre eles deitou a cabeça, iniciando um choro abafado como não fazia há longos e longos anos. Mas em parte era de alegria por saber que Philipp vivia e, por outro lado, pelos sofrimentos e pela dor que ele sofrera ao ver de perto a morte, imaginando as clavinas dos paraguaios apontadas para o coração de seu filho.

4.

Catarina enxugava a testa com um lenço xadrez, estava postada no meio da rua, olhava para o alto, mão em pala sobre os olhos, que o sol enchia o céu azul de intensa claridade; dali ela podia ter uma visão melhor das quatro paredes já levantadas, seis homens tentavam erguer um grosso barrote de madeira de lei. Encarapitado no alto, torso nu, João Mühlen dava ordens, sustentando a ponta de uma corda que ajudava a erguer a trave. As crianças, enxotadas pela avó que não queria nenhuma delas ali por perto, brincavam longe, os maiores um pouco mais perto, atemorizados pela maneira confiante com que o velho Mühlen se equilibrava sobre os barrotes, enquanto alguns homens, a meia altura, enchiam os vãos com tijolos e argamassa de barro vermelho.

O barrote foi suspenso, ficou atravessado sobre dois outros, formando um triângulo em cima do qual o velho Mühlen sentou-se exausto, suor a escorrer pela cara, costas lustrosas. De lá gritou para Catarina:

– É preciso cobrir logo antes que caia uma dessas chuvas de verão, depois a coisa fica mais difícil.

Ela fez um gesto de mão como a dizer que aquilo não tinha importância, afinal não havia mais nada dentro da casa antiga, a toca de Daniel Abrahão tinha uma cobertura provisória contra as intempéries, o sol quente não batia lá, chuva não entraria também. Calou-se, atravessou o vão desprotegido da porta da frente, caminhou entre pilhas de tijolos e de pedaços de madeira e acercou-se do alçapão, batendo nele com o nó dos dedos. Daniel Abrahão, sai um pouco, precisas de sol, está quase na hora de comer, Augusta já mandou avisar. Ele empurrou a portinhola, abriu uma pequena fresta, olhos apertados contra a luz forte, não estou com vontade de sair, estou pedindo a Deus que proteja todos os seus filhos dos pecados do mundo que está mudando e por isso o castigo dos céus virá, mais cedo ou mais tarde, o Livro Sagrado nos fala dos novos tempos.

Catarina terminou de abrir a pequena tampa, o marido recuou como se tivesse sido empurrado por mãos invisíveis, sentou-se a um canto mais protegido, mãos estendidas como a querer impedi-la de entrar. Ela apenas ficou pensativa, agachada, disse que traria comida, ele que procurasse descansar, o dia seguinte seria de trabalho nas oficinas. Ele perguntou por Emanuel, a mulher disse que ele andava por aí, acompanhando Juliana num passeio curto até o rio, Juliana gostava de ouvir o barulho das águas batendo nas estacas do trapiche e os gritos dos rapazes quando conseguiam pescar alguma coisa. Então ela deixou cair a tampa, saiu pensativa, virou-se para o alto:

– Mestre Mühlen, já pode descer, o senhor hoje come com a gente, Augusta mandou convidar.

Ele agradeceu, disse que havia trazido comida de casa e que assaria um bom pedaço de charque com os seus homens, nem sabia mais comer dentro de casa, havia até esquecido, comida para ele tinha que ter gosto de sol. Catarina disse, o senhor é quem sabe, vou mandar trazer água bem fresca para todos.

Quando chegou à rua viu aproximar-se uma carroça, na boléia dois homens, reconheceu Römerding e Schmidt, empregados da Casa Trein da Picada Bom Jardim. Eles pararam a carroça e ficaram a olhar para a construção, lá do alto Mühlen abanou para eles, Schmidt gritou: um dia desses o senhor ainda despenca aí do alto. Desceram da carroça e foram ao encontro de Catarina de mãos estendidas:

– A senhora não quer mandar nada para Porto Alegre? Estamos com a carroça quase vazia, temos lá um bom carregamento de Kopp e Rech para trazer, a senhora sabe, um pouco de papel e muita ferramenta.

– Se não se incomodam, vou querer, sim – disse Catarina apertando a mão dos dois. – Preciso mandar oito serigotes para o nosso empório e quatro fardos de fumo e de couro para solas.

Acercou-se da carroça, olhou para dentro dela: se não vão carregar mais nada acho que isso cabe aí, mesmo porque o peso não é dos maiores.

– E que fosse – disse Römerding –, os cavalos são fortes e de tiro longo. Tem certeza de que não quer mandar mais nada?

Ela pensou um pouco, bem, não é todo o dia que isso acontece, acho que cabem aí mais dois eixos de carroça que pediram de lá para trocar por outros que estão gastos e trincados, carroças lá de casa mesmo. Eles disseram que iam comer qualquer coisa e antes de partirem, na primeira hora da tarde, passariam ali para carregar. Mühlen gritou do alto que ela fosse para casa almoçar, ele e os seus homens ajudariam no carregamento quando os dois voltassem.

A carroça partiu e Catarina encaminhou-se para a casa de Philipp, chamando os netos espalhados pelo largo, cabelos ruivos como pequenas fogueiras ao sol do meio-dia, entre algumas cabras e cães vadios que corriam junto deles.

Augusta esperou que as crianças lavassem as mãos e a cara suada, deu um copo de água fresca para a sogra. Catarina disse, manda um dos meninos levar uma bilha de água fresca para Herr Mühlen e seus homens. Augusta gritou por um deles e começou a servir os pratos tirando a comida das grandes panelas de cima do fogão.

– Fique quieta aqui com as crianças, eu mesma vou levar o prato de Herr Schneider e a água para os homens.

Catarina disse, ele não quis sair da toca, ando preocupada com Daniel Abrahão, está doente, está piorando muito, mas se recusa a procurar alguém que lhe possa dar remédio, tratar da sua saúde.

– E quando vão até a casa daquele Maurer, em Hamburgerberg?
– No dia em que ele se convencer.

Augusta ainda ficou um certo tempo parada, indecisa, Catarina meteu a colher na comida e encheu a boca, depois fez sinal para a nora levar a comida e a água.

Em abril, a casa pronta, Catarina andava como um fantasma pelo casarão, o tamanho das peças davam-lhe a impressão de estar em casa alheia; Emanuel e mais alguns homens da oficina arrastando os móveis toscos encomendados por Dane no Portão; o grande fogão de tijolos amarelados e a chapa de ferro com duas aberturas, o cano que subia reto pela parede, atravessava o forro e saía entre as plaquetas de pinho da cobertura. No segundo quarto o assoalho por terminar, bem à mostra o alçapão da toca de Daniel Abrahão, as tábuas empilhadas a um canto, cavaletes, uma caixa de ferramentas. Emanuel aproximou-se, a senhora não achava melhor chamar o Dr. Hillebrand, há dois dias que ele não sai nem para trabalhar, parece que perdeu a vontade ou deve estar ficando muito fraco.

– Para mim, quero que saiba, o Dr. Hillebrand morreu.

Emanuel pediu desculpas, havia se lembrado do médico apenas porque estava preocupado por Herr Schneider. Em outras vezes, mesmo doente, ele nunca abandonara o trabalho, já lavrara lombilhos ardendo em febre. Catarina ouviu de cenho franzido, sentou-se num tamborete de couro, mãos apoiadas nos joelhos.

– Pede a Mateus que te ajude a preparar a caleça deles, vamos levar Daniel Abrahão a esse João Maurer que está fazendo curas milagrosas com ervas. Saindo daqui dentro de uma hora pode-se estar de volta antes da noite.

Emanuel saiu apressado, ela acercou-se do alçapão, chamou pelo marido. Abriu-se uma fresta lentamente, ela viu apenas os dedos escalavrados de Daniel Abrahão.

– Não quero nada, me deixem em paz.
– Apronta-te, vamos sair.
– Não quero sair, já disse para me deixarem em paz.

Ela puxou a tampa com rapidez, prendeu-a com o pé, falou com voz mansa e pausada:

– É para o teu bem, é para fazer a vontade de Deus. Emanuel foi aprontar a caleça do Mateus, vamos até Hamburgerberg, precisas também de remédio para o corpo, que a alma a Deus pertence.

Ele permanecia encolhido como um bicho do mato, olhava desconfiado para a mulher, cofiava lentamente a barba forte, acalmou-se um pouco mais, depois subiu a pequena escada, relanceou em redor como se de repente descobrisse que estava em lugar desconhecido e hostil.

– Eu sei que vocês querem me tirar daqui para fechar a minha morada, eu sei, quando me trouxerem de volta não vou mais poder entrar.

– É verdade, vamos fechar sim, isto não é lugar para um ente de Deus morar, é até uma ofensa ao Senhor que tudo vê, teus netos não querem saber de um avô que dorme debaixo da terra.

Examinou-o bem, troca de roupa, alisa esse cabelo enquanto vou tirar tudo o que está aí embaixo. Vais passar a dormir num quarto como o de qualquer pessoa filha de Deus.

– Não, as minhas coisas eu mesmo tiro aí de dentro, ninguém mais vai entrar a não ser eu.

Apontou para um malão: quero botar dentro dele tudo o que estiver lá embaixo. Catarina disse que achava ótima a idéia, enquanto isso ela ia preparar-se para a pequena viagem.

Quando retornou, o marido estava sentado no tamborete, o malão fechado, apenas o velho lampião a óleo ficara de fora, negro pela fumaça de tantos anos. Tinha a Bíblia entre as mãos, olhava firme para a escuridão da toca. Catarina, com o pé, empurrou a tampa do alçapão, botou a mão no ombro do marido, eu sei, não é nada fácil, mas nunca é tarde demais para alguém tomar uma atitude, fazer alguma coisa pensando nos outros, lembrando-se do próximo. Abotoou a sua camisa, foi buscar um casaco grosso, o vento frio do outono já andava pelos campos, por entre as árvores do mato, poderiam voltar muito tarde, dependendo de como estivessem os arroios.

Emanuel entrou, acompanhado de Mateus, disse que o coche estava lá fora, haviam atrelado nele o melhor cavalo.

– Eu vou com a senhora – disse Mateus. Depois virou-se para o pai que permanecia imóvel –, o senhor pode vir descansado, é uma viagem bem curta, quase um passeio, e dizem que esse homem é melhor do que os próprios médicos.

Catarina havia jogado sobre os ombros um xale de lã, pegou do braço do marido e, ajudada pelo filho, caminharam em direção da porta da frente. Daniel Abrahão, antes de sair, voltou-se e ficou algum tempo a olhar para todos os lados, parecia achar tudo estranho, Catarina disse:

– Com essa casa vamos passar um inverno menos frio.

Subiram para a caleça, apertaram-se no assento estofado em pano vermelho, Mateus pegou das rédeas e chicoteou o animal. Disse para o pai que ainda permanecia mudo, esta é a melhor caleça de toda a região, nem em Porto Alegre eles têm melhor. Ao passarem pelas ruas centrais muita gente parava espantada, então até que um dia haviam conseguido tirar de casa, arrancar da sua toca, o pobre do Daniel Abrahão Schneider. Segurava forte a mão do marido e não via nada, a não ser o grande céu aberto sobre eles e, às vezes, os pássaros que em bando levantavam das ramadas à beira do caminho. Era como se ela também andasse naquela manhã pela primeira vez depois de muitos anos a céu descoberto, o sol batendo nas suas roupas, na pele gretada do marido que mantinha um ar de espanto, de alheamento.

Chegaram a uma casa cercada de cinamomos, nos fundos de um pinheiral fechado, o poço na frente, quase junto ao muro baixo de pedras; era uma casa grande, de madeira velha. Num descampado lateral eles viram muitas carretas, carroças e cavalos bem ajaezados, gente que entrava e saía, outros que conversavam animados envergando roupas domingueiras. Mateus estranhou, deve haver alguma coisa, não é possível tanta gente. Catarina olhava para tudo intrigada, um pouco temerosa, quem sabe a casa não é esta, Jorge Kober me disse em janeiro que ele morava neste caminho, mas numa casa pequena, junto de mais duas de amigos seus.

Um homem aproximou-se, deu bons dias, perguntou se não iam descer, eram bem-vindos.

– Por favor – disse Catarina –, é aqui que mora Herr Maurer, o que receita ervas?

– Pois é justamente quem está se casando hoje, minha senhora.

Depois, chegou-se mais perto, fixou Catarina, tirou o chapéu preto e perguntou intrigado:

– Por acaso não é Frau Catarina Schneider?

Ela olhou para Mateus, apertou ainda mais a mão do marido, respondeu com a cabeça que sim. Então desçam, disse ele sorridente, sou João Ludovico Höpper, já estive comprando no seu empório de São Leopoldo e vendi alguma coisa no de Porto Alegre. Estou certo que João Jorge Maurer vai ficar muito orgulhoso com a sua presença, ele conhece a senhora de nome.

– Fico muito agradecida – disse Catarina –, mas acho que devemos voltar num outro dia qualquer, quem sabe no fim de maio, o senhor sabe, não sabíamos do casamento, eu trazia o meu marido para uma consulta, este é meu filho Mateus.

O homem ficou um pouco confuso, mas não custava nada descerem para dar um abraço nos noivos; ele casa hoje com uma das filhas mais moças do falecido André Mentz e da viúva Maria Elisabeth Müller, a menina Jacobina. Eles vão ficar muito felizes com isso. Então viram apontar na porta da casa um homem jovem, aparentando menos de trinta anos, estatura baixa, barba e cabelos louros, olhos azuis. O homem disse: é João Jorge, o noivo. Fez um sinal para ele, que se encaminhou curioso para a caleça, como a querer reconhecer as pessoas que nela estavam. Höpper adiantou-se, disse a ele, imagine que estão aqui Herr Schneider, sua mulher e seu filho, não sabiam do casamento, vinham consultar.

Maurer não disse nada, sentia-se que não estava à vontade na roupa nova, fez um cumprimento com a cabeça, Höpper explicou, na verdade eles nem sabiam do casamento, Frau Schneider trazia o marido para uma consulta, ele está se sentindo doente, mas eu expliquei que era o dia do casamento e que Frau Schneider podia descer, consultava noutro dia.

Os três permaneciam na caleça, Maurer pediu que descessem, pelo menos ficariam conhecendo a sua noiva, era da família Mentz. Mateus saltou primeiro, deu a mão para o pai que desceu com uma certa dificuldade, seguido de Catarina que observava Maurer com interesse. Ele disse, sei que Herr Schneider é do mesmo ofício, eu também trabalho com madeira, um pouco na lavoura, mas agora os doentes quase não me deixam tempo para essas coisas. Virou-se para Daniel Abrahão:

– O senhor não se incomoda se tiver de esperar por mais alguns dias? Pode ser no fim da próxima semana.

A noiva surgiu na porta, trajava um vestido branco singelo, os cabelos puxados para o alto num coque largo, movia-se com vagar, rosto extremamente pálido. Catarina olhou para ela, disse para Maurer que voltasse, a moça estava esperando e os convidados enchiam a casa. Maurer fez um sinal, a moça aproximou-se lentamente, olhou indiferente para os desconhecidos, ele disse:

– Esta é Jacobina – e virando-se para ela –, esses amigos vinham consultar, não sabiam do nosso casamento, mas voltam na próxima semana.

Ela estendeu a mão, fazia ligeiros sinais com a cabeça, perguntou com voz sumida se não queriam entrar um pouco, estavam todos em festa. Daniel

Abrahão que não havia dado nenhuma palavra durante a viagem disse para Jacobina:

– Deus ouve as súplicas dos seus servos enfermos e só Ele nos dá ajuda e misericórdia, só a Ele rendemos graças.

Jacobina fez um gesto rápido, olhos brilhantes, segurou as mãos de Daniel Abrahão, vejo que o senhor tem fé e só na fé encontramos salvação. Foi Deus quem guiou os seus passos até esta casa.

Catarina olhou para Mateus, sentia-se um pouco indisposta, talvez o sol forte sobre a cabeça ou o ajuntamento de pessoas sob a ramada das árvores, o zumbido forte das varejeiras, o rosto pálido da moça que não largava as mãos de Daniel Abrahão. Nisto ouviram uma mulher gritar autoritária da porta:

– Jacobina, os convidados estão aqui dentro e por que não entras?

Ela ainda sacudiu de leve as mãos de Daniel Abrahão, por favor volte breve, venha que esta casa também é sua, aqui o senhor encontrará o remédio que procura, alguém me diz isso. Despediu-se de Catarina e de Mateus e voltou aérea, sempre lenta, sem olhar para trás.

Quando a caleça, de retorno, chegava às primeiras ruas de São Leopoldo, Catarina disse:

– Estranha criatura essa Jacobina, ela me pareceu doente e triste.

– Ora mãe – disse Mateus, fustigando o animal –, a senhora vê coisas que os outros não enxergam. Como poderia estar triste uma moça no dia do seu casamento?

5.

Havia muito fumo no ar. Espantados com a carnificina, os próprios urubus sobrevoavam a grande altura, no ar o cheiro de pólvora e de carne queimada. Philipp havia tirado a túnica rota, depois tirou também a camisa e agachou-se à beira de uma pequena sanga, lavando-a calado, sem olhar sequer para Gründling que falava com ele, rodeado de outros alemães, enquanto por perto grupos especiais removiam os cadáveres e muitos outros cavavam sepulturas. Ziedler, com a cabeça enfaixada, advertiu Philipp que o ar estava muito frio para ficar sem camisa, ia terminar ficando doente. Gründling disse, eu até vou rezar por isso, assim voltamos os dois para a retaguarda, é sempre melhor voltar com um soldado doente do que voltar só.

– O senhor não consegue convencer o comando de ficar pelo menos até o fim do ano? – disse Shann.

– Fiz tudo o que podia, não consegui nada.

Aproximou-se de Philipp: trata de ir escrevendo as cartas para a família, mais um mês e estou em São Leopoldo, devo passar por lá antes de ir para a minha cadeira de balanço em Porto Alegre, como o pobre do Tobz que nunca mais levantou daquela cadeira. Sorriu triste, bateu nas costas de Philipp, é bom vestir outra camisa, agora mesmo surpreendi um daqueles urubus olhando guloso para as tuas carnes brancas. Todos olharam para o alto.

– Enquanto houver fogo e fumaça eles não descem – disse Ziedler –, mas depois até que nos fazem um favor, senão a peste chega primeiro.

Shann sentou-se num caixote meio queimado, tinha o fardamento imundo e a cara escura de fogo de pólvora; olhou desconsolado para os companheiros, já estou começando a achar graça nisso tudo, às vezes tenho uma vontade doida de rir às gargalhadas, mas terminam me mandando embora por maluco. Gründling interrompeu, é melhor ser mandado de volta por louco do que por velho, como eu. Ziedler perguntou, que idade tem o senhor? Ele disse, pelos meus cálculos, se não estou muito enganado, se já não cheguei aos setenta, já devo andar muito perto.

– Setenta? – estranhou Shann.

– Setenta – concordou Gründling –, mas os meus pais, meus avós e a maioria dos meus tios, que eu saiba, morreram todos ao redor dos oitenta. Ora vejam só, ainda tenho dez anos pela frente.

Philipp terminou de lavar a camisa, agora a torcia com força, indiferente à água que escorria pelas calças. Sacudiu-a bastante, depois deixou-a estendida sobre os varais de uma carroça semidestruída.

– Por que não enfia a túnica? – perguntou Ziedler.

Philipp ficou por instantes a olhar para ele, depois para todos os outros, pegou da túnica, jogou-a sobre Ziedler, vê aí essa roupa, está crivada de piolhos e de bichos, isto aqui virou um inferno, já não somos gente, tenho os braços e as pernas picadas por pulgas do tamanho de um percevejo, os percevejos são do tamanho de baratas. Esticou o braço, vejam aqui debaixo da pele: são bichos, nem sei os nomes deles, a pele chega a sangrar quando se coça e comicha como agulhas de fogo.

– Estamos todos dentro da mesma canoa – disse Gründling – ,olha aqui para a minha barriga, vê a pele do meu peito, tenho as pernas em ferida, em carne viva.

Shann passou a mão no rosto, vocês falam nesses bichos, chego a me sentir mal só em lembrar o Conrado Maurer caindo naquela sanga lá; perto do rio, caiu botando sangue pela boca e com um rombo deste tamanho nos intestinos; não chegou nem a bater naquela água podre, caiu direto nas goelas daquele crocodilo, ou seja que bicho for. Ziedler disse, Maurer não deve ter sentido nada, caiu morto.

– Vi homens bebendo água parada – disse Philipp –, nas margens do Estero Bellaco, passavam a mão por cima para tirar um pouco do limo e depois enfiavam a boca naqueles ninhos de ovos de mosquito da febre amarela.

Shann disse, o resultado é que há centenas deles a queimar de febre tifóide, de disenteria, estive ontem em duas barracas e é um horror ver esses infelizes estrebuchando, já quase sem cabelos, os olhos no fundo, disseram por aí que chegam a enterrar muitos deles ainda vivos.

Von Steuben aproximou-se do grupo, havia perdido uma das pernas das calças, trazia sobre o torso só a túnica aberta e chamuscada, um pé descalço e enfaixado em trapos, caminhou em direção de Philipp, vejo que o amigo não agüentou as pulgas e os piolhos, pois olha, já botei a minha camisa fora, as costuras dela fervilhavam. Virou-se para Gründling e disse, lamento muito, major, fiquei sabendo da notícia há poucos instantes, mas é melhor voltar logo e sair aqui deste inferno, isto aqui é lugar para bicho e para índio. Sentou-se num tronco de árvore; fiquei sabendo também que morreu o General Sampaio e que o nosso comandante-em-chefe está ferido, o General Osório.

– Sabe o número das nossas baixas? – perguntou Philipp acomodando-se ao lado dele.

– Ainda não há números certos, mas já ouvi falar em oito mil entre mortos e feridos.

– Deve haver um exagero – disse Gründling –, pois se tivemos oito mil baixas os paraguaios devem ter tido o dobro, no que não acredito.

– Isso só se vai saber com o tempo – concluiu von Steuben.

Gründling virou-se para os outros: von Steuben foi citado por ato de heroísmo, agarrou uma granada acesa que havia caído entre a peça que comandava e uma outra da Primeira Bateria, jogando-a para fora da amurada. Explodiu três segundos depois que saiu das suas mãos. Von Steuben baixou a cabeça, veja só, major, não fiz por heroísmo, se deixasse a granada ali ela terminava por explodir e matar aqueles rapazes e a mim também.

– O General Mallet não ia citar ninguém que não fosse merecedor – disse Philipp batendo nas costas do companheiro.

– Se isso tivesse acontecido no meu tempo – disse Gründling – mandava a negra Mariana abrir duas garrafas de rum da Jamaica para comemorar.

Von Steuben sorriu: lamento, meu major, acho que cheguei muito tarde. Gründling passou as mãos no cabelo grande e quase todo branco, concordou com a cabeça, depois disse com ar de dissimulada revolta íntima:

– Ao contrário, meu filho, eu é que cheguei muito cedo neste mundo. Ouviram o toque de rancho, a seguir a correria da soldadesca aos gritos de entusiasmo. Shann deu um soco no ar, quero ver se hoje, pelo menos, vamos ter um pouco de carne, não me lembro mais do gosto que essa coisa tem. Von Steuben tranqüilizou o companheiro:
– Vi entrar pelo norte uma boa tropa, não contei, mas eram bem umas cinqüenta cabeças.
– Então vamos para a carne – disse Shann dando o exemplo com vivacidade.
Os demais seguiram atrás, Gründling e Philipp por último, caminhavam como se estivessem cansados, sem pressa, cabeças baixas.
– Devo seguir na madrugada de manhã com um comboio de feridos, acho bom escrever as cartas esta noite ou quem sabe nesta tarde mesmo, o dia foi tirado para descanso, para lamber as feridas deste Tuiuti que vai passar à história, meu caro.
Philipp mordiscava um talo de grama, não sei escrever direito, escrevendo não consigo dizer o que quero. O senhor é que poderá dizer a eles de tudo o que se passou até agora, mas não convém contar os lados ruins, Augusta não precisa saber dessas coisas; queria também que conversasse um pouco com os meus filhos, diga a eles como sou, quem eu sou, nunca tive muito tempo para que me conhecessem melhor, sabe, essa vida que a gente leva, é bem possível que eles pensem que eu já não me lembre de casa, mas na verdade eles estão sempre comigo, estou chegando naquela idade em que um homem fica a pensar se tudo o que fez não foi em vão, se não teria sido melhor viver uma outra vida, desculpe, estou falando demais.
Gründling bateu com a mão aberta no ombro do amigo, e que diria eu, meu filho, que estou ficando para semente? que perdi a minha Sofia tão cedo, ela que nem chegou a me conhecer direito? que quando voltar para casa vou encontrar quatro paredes vazias, Albino morto, Jorge Antônio com a sua vida, sei lá, chego a invejar a triste sorte do Maurer, já que me resta pouca coisa na vida.
Havia uma aglomeração muito grande, resolveram sentar-se à sombra de uma pequena árvore de folhas amareladas; Gründling agachou-se e passou a mão esparramada nas folhas caídas: como vês, estamos no outono, não é das estações mais alegres. Philipp passava as mãos nas pernas feridas, disse para Gründling que conversasse um pouco mais com Amanda, devia estar uma mocinha feita, qualquer dia ia receber a notícia de que estava por casar, era melhor assim. Conte algumas histórias para Daniel, para Joana, para George, meu Deus, quantos filhos, George deve ter feito dez anos, é uma idade toda especial, tem

coisas na vida da gente que se passa nessa idade e a gente nunca mais esquece; e ainda tem o Guilherme, este eu acho que saiu ao avô Daniel Abrahão.

Ficou um pouco pensativo, não sei como irá o meu pai, queira Deus que a minha mãe continue a mesma, forte como sempre. Gründling interrompeu-o: sobre isso não tenhas a menor dúvida, conheço muito bem a fibra daquela mulher, deves ter sempre muito orgulho de ser filho dela, criou os filhos, cuidou do marido doente, fez os negócios prosperarem como pouco homem seria capaz de fazer.

Philipp disse, mas a idade vai minando as pessoas, vai nos curvando a espinha, não se enfrenta mais as coisas como antigamente.

– Isso também é verdade, basta olhar para mim.

– O senhor não aparenta a idade que tem, vale por dez desses rapazes que andam por aí a correr de um lado para outro sem saberem bem o que fazem e nem o que pretendem. E quando morrem, morrem sem saber por quê.

– Mas o comando do meu Regimento não pensa assim, tanto que está me mandando embora como se joga no lixo uma laranja chupada.

– Eles sabem muito bem quem merece descansar depois de tantos anos de lutas.

Gründling sacudiu a cabeça:

– Não sei, não. Houve uma época em que eu sempre pensei que o melhor na vida de um homem era ganhar dinheiro, muito dinheiro; depois a gente aperta esse dinheiro na mão e sente que ele não passa de cinza.

– Acho que deve pensar diferente – disse Philipp notando o ar de profundo abatimento do major –, deve pensar que agora volta para junto do filho, e da nora, para junto dos netos, afinal eles também não lhe conhecem mais.

Gründling descansou o corpo contra o chão, os dois cotovelos cravados no capim chamuscado, olhava para o céu límpido, para os bandos de urubus que planavam a grande altura. Pois estou curioso em rever Jorge Antônio e Clara, João Frederico que já deve ter feito cinco anos, Dorotéia que não vejo há dois anos, está agora com três, e quero conhecer também o último dos meus netos, chama-se João Nicolau.

Deixou a cabeça repousar no chão, sobre as mãos cruzadas, notava-se no rosto uma expressão de angústia e de cansaço.

– Sabe, os meus netos todos conservaram muitos dos traços da avó, preciso não chorar quando estiver com eles no colo.

XI

1.

Quando Mateus pulou da caleça e estendeu a mão para Daniel Abrahão notou que o pai estava mudado, fisionomia tensa, dedos crispados segurando o encosto do banco. Catarina ainda empurrou de leve, vamos descer, está na hora de tirar a poeira do corpo, aconteceu alguma coisa? O marido virou-se para ela, não quero descer, me levem para bem longe, eles fecharam a minha casa. Mateus bateu na sua perna:

– Que é isso, pai, desça.

Catarina despregou as mãos crispadas que ferravam a madeira, o filho pegou de seu braço, Daniel Abrahão começou a descer devagar, seu corpo tremia como se estivesse doente, olhos fixos na fachada da casa nova, perguntou a Catarina por Philipp, onde está o meu filho? se ele estivesse aqui não deixava fazer isso comigo, eu não quero entrar numa casa que não é a minha. Foi sendo levado pela mulher e pelo filho; Emanuel, que aparecera na porta, ficou onde estava, apreensivo, logo depois chegava Juliana que se postou atrás do marido e olhava como se tivesse olhos, disse com voz quase imperceptível: ele não quer entrar, não é isso? eu tinha medo que fosse assim, não se muda uma pessoa de um dia para outro. Ouviram a voz autoritária de Catarina:

– Vejo que não acreditas mais em Deus e te apegas às tuas coisas aqui na Terra como se elas fossem santas, conheces a palavra do Senhor e isso torna o pecado ainda mais grave.

Ele parou indeciso, esboçou um gesto de quem vai falar, deixou cair os braços, reiniciou sozinho a caminhada, passou por Emanuel e pela sua mulher, subiu os degraus que levavam à sala, parou, abriu os braços:

– Esta não é a minha casa, não é a morada do Senhor. – Prosseguiu até chegar ao quarto onde havia deixado a portinhola do alçapão, olhou para a arca preta, caminhou frenético por toda a peça, batia com os pés nas tábuas rústicas, sapateava, vocês me enterraram aí embaixo, estou soterrado vivo, meu Deus, por que fizeram isso para mim que nunca fiz mal a ninguém, que sempre pedi pelos meus semelhantes? Virou-se para a mulher, preciso falar com meu filho Philipp, quero que chamem Philipp. Catarina fez com que ele sentasse num banco, ficou de mão pesada sobre seu ombro, Mateus acercou-se dele:

– Philipp está na guerra, meu pai, e o senhor sabe disso, sabe que quando ele voltar não vai querer o seu pai metido num buraco como se fosse um excomungado, um pecador.

– Que pecado cometi eu, Santo Deus?

– O pecado de temer a luz do sol – disse Catarina afastando-se dele e fechando os tampos da janela –, de odiar a luz do dia, de preferir as trevas. Eu te pergunto, de quem são as trevas, quem é a própria escuridão?

Ele cobriu o rosto com as mãos, sacudia a cabeça em desespero, Catarina fez um sinal para o filho que saiu silenciosamente do quarto, fechou a porta atrás de si, ela puxou o tamborete, sentou-se ao lado do marido e passou o braço sobre seus ombros. A peça havia ficado quase no escuro, ela divisou a Bíblia sobre a cama alta que havia sido colocada a um canto, foi buscá-la, disse para ele, aqui está o Livro Sagrado, ele é a tua morada e o teu abrigo. Ele segurou a Bíblia num gesto rápido, corriam-lhe as lágrimas pela barba, com um pequeno lenço Catarina enxugou os olhos do marido.

– Vou acender o lampião, está ficando muito escuro.

– Não – gritou ele –, não quero luz, não preciso de luz, estou bem assim.

– Esqueceste as tuas orações?

Ele falava agora com a cabeça erguida, seus olhos brilhavam na semiobscuridade: ilumina a nossa escuridão, Senhor, por tua infinita misericórdia livra-nos de todos os perigos e ameaças desta noite, por amor do teu único Filho. Catarina uniu as mãos, sentia-se fraca e desamparada, disse com voz trêmula: ilumina também as nossas mentes, nós te suplicamos, ó Deus, e te pedimos para que nos conduzas a toda a verdade, olha para teus filhos, dá a todos nós um pouco de paz. Ele apalpou o braço da mulher, Catarina, Catarina pede a Deus também para que olhe pelo nosso João Jorge que está a seu lado, para que olhe por Philipp na guerra, para que não nos desampare. Ela chorava sem ruído, pegou da mão dele, vem comigo; ajudou-o a levantar-se, caminharam os dois até a cama, ela pediu que ele sentasse ali, depois forçou o seu corpo até que o sentiu deitado; procura descansar um pouco, o desespero e a revolta fazem mal a Deus. Tirou as botinas dele, buscou de cima do malão um cobertor, colocando-o sobre o corpo do marido que se mantinha tenso e alerta. Ele perguntou, estás chorando? Ela disse: um pouco, mas é porque eu sei que estamos sob a proteção divina. Houve um silêncio muito grande, Daniel Abrahão por fim estava calmo.

— Já não me lembro de nenhuma oração, e isso é um castigo.

— Dorme, procura dormir, estás cansado, na nossa idade é natural que a gente esqueça muitas coisas, mas isso não é crime e nem é pecado, é a velhice que chega.

Aconchegou o cobertor às costas dele, passou a mão por sua testa, alisou seu cabelo, levantou-se devagar, saiu pé ante pé fechando a porta atrás de si com cuidado, procurando não fazer o menor ruído. Encontrou junto à porta o filho, Emanuel e Juliana, os três tentando adivinhar as palavras pronunciadas por eles dentro do quarto. Catarina cruzou o indicador sobre os lábios, fez sinal para que se afastassem, foram todos para a cozinha onde as panelas chiavam sobre o fogão.

— Ele dormiu? — perguntou Mateus.

— Acho que não, está muito cansado, está esgotado com tudo o que se passou durante o dia de hoje, ele não consegue compreender certas coisas.

Mateus foi até o fogão, encheu uma caneca com o caldo quente de uma das panelas, sentou-se à mesa, ficou assoprando o vapor, olhou para a mãe que sentara na outra ponta, braços apoiados no tampo ainda novo.

— A senhora nunca me contou nada por que o meu pai passou a viver nessa toca, eu também nunca perguntei, mas por alguma coisa foi, por pouco é que não deve ter sido. Foi na guerra?

Ela estava pensativa, passando os dedos sobre as tábuas da mesa, disse ao filho que preferia não falar, não remexer no passado, o que estava morto enterrado devia ficar, o tempo era um bom remédio para todos os males.

— Nem sempre — disse ele, insistindo —, muitas vezes nos livramos dos fantasmas abrindo uma janela e deixando que por ela entre um pouco de sol. Meu pai tem o corpo são, a cabeça é que está doente.

— Pode ser, meu filho, houve tempo em que ele era um homem igual aos outros, levava uma vida normal, sonhava com uma vida melhor, em trabalhar muito e criar os filhos, queria muitos filhos, mas então aconteceu a desgraça.

— A desgraça?

Emanuel fez com que Juliana sentasse no banco comprido, ao lado de Mateus, ele próprio sentou-se também, queixo apoiado nas mãos, sentiu que Catarina mergulhava num passado remoto, que os olhos dela eram naquele momento como os de Juliana, abertos sem nada enxergar. Lá fora o dia desaparecera de todo, o lampião dependurado numa trave bruxuleava inseguro, a luz amarelada que saía da boca do fogão desenhava uma faixa irregular nas pedras do piso. Catarina deu a impressão de que começara a falar só para si, começava a dizer coisas desligadas, o tempo parecia não contar, um ar de alheamento como se falasse de outras pessoas, de alguma gente estranha e morta, de um passado que se perdera por caminhos desfeitos.

Mateus ficara atento, caneca abandonada sobre a mesa, intocada, Juliana apoiada no braço do marido. Catarina mal se fazia ouvir, estava tensa e trêmula.

Havia um regato, os soldados acampados num bosque, o mar ficava logo ali adiante, a fronteira perigosa, dela vinham caixotes, depois se viu que eram armas, Harwerther não revelara nada, Daniel Abrahão perguntou um dia que mercadoria era aquela, ele disse mercadoria, meu velho, para o Major Schaeffer e seu amigo, não se deve perguntar nada e além do mais pagam bem. Num dia os soldados chegaram e abriram os caixotes e deles tiraram espingardas e mais espingardas, pacotes de munição, Daniel Abrahão escondido dentro do poço, eles queriam enforcar o dono da casa, bateram em Juanito, quebraram os ossos do pobre índio, bateram nos escravos e depois outros vieram; Philipp denunciava a aproximação deles do alto de uma figueira, o pai sem poder sair do poço, cavando uma toca para não morrer dentro d'água, Mayer desaparecido, Carlota era ainda muito pequena, de colo, eu tinha medo de que eles me levassem a menina, ou carregassem Philipp, Daniel Abrahão escondido no poço, os soldados jogando o balde lá dentro e tirando uma água barrenta; e se descessem para limpar o fundo do poço? eu pensava e nem mesmo de noite eu conseguia dormir, um filho em cada braço, apavorada, tinha medo de perder os dois. Aquelas noites não acabavam nunca e no meio delas eu ia levar comida e água limpa para Daniel Abrahão, ele sabia lá embaixo de que se fosse descoberto terminaria dependurado num galho daquela mesma figueira em que já haviam enforcado o antigo dono daquelas terras; não eram como as terras daqui, elas não acabavam nunca, a vista não alcançava o fim, por todos os lados elas encontravam o céu e com ele se confundiam ou terminavam dentro das águas do mar; e todos os dias o medo dos soldados, nunca se sabia de onde eles vinham e os dias passando e de noite eu a levar comida para Daniel Abrahão até que abrimos um poço novo e sobre a boca do velho eu botei troncos de árvore, lenha, era um poço que não dava mais água. Muito tempo depois consegui que ele se animasse a sair um pouco protegido pela escuridão e desse uns passos, a princípio como um entrevado, ele havia desaprendido a andar; e quando os soldados acampavam ali por perto eu ficava caminhando ao redor do poço velho com medo que eles descobrissem o que havia lá dentro e então um soldado surgiu da escuridão, me agarrou com mãos de ferro, rasgou a minha roupa bem ali ao lado do poço, Daniel Abrahão ouvindo tudo e sabendo que se gritasse haveria um massacre, o soldado tinha um hálito de fumo e de podridão e se eu gritasse os outros acorreriam, pensava sempre nas crianças, afinal era uma fera que me atacava – corriam grossas lágrimas pelo rosto de Catarina, Mateus cerrou os dentes como a querer trincá-los – me lembro ainda da dor da areia áspera nas costas, a pele esfolada, o céu repleto de estrelas, uma noite de desespero como eu nunca antes havia tido, era como se me estivesse afogando junto com o nosso barco que vinha da Alemanha, e em cima de mim um tigre sem piedade e nem remorso, rasgando as minhas entranhas com um ferro em brasa de maldição e de vergonha; depois eu largada como um trapo imundo, sozinha, vomitando como a purgar doença, tudo a rodar, ora o céu lá embaixo, ora a terra em cima de mim, até que cansei de chorar e fui até a boca do poço, chamei por ele, perguntei se queria alguma coisa, eu precisava correr para casa e abraçar e proteger os meus filhos, Daniel Abrahão perguntou se o bandido já fora embora, se não havia ninguém mais por perto, se eu estava bem, então ele disse chorando "eles me pagam, juro por Deus que eles me pagam"; depois, numa outra noite, os animais de novo se cevaram em mim como bestas e Daniel Abrahão sempre preso ao poço e quando tudo retornou ao silêncio ele alcançou a borda do poço e perguntou impotente "novamente os selvagens, Catarina?"; chorava de soluçar e eu a dizer que ele fosse dormir, Deus a tudo estava olhando. Muito tempo passou, as tropas a rondar a fronteira como abutres, Daniel Abrahão enterrado vivo, eu não suportava a idéia de ver o pai dos meus filhos dependurado num dos galhos daquela figueira do inferno.

Calou-se, rígida, dedos entrecruzados com força; virou-se para Mateus: nunca mais, meu filho, teu pai quis sair do poço, nem mesmo depois que voltamos aqui para São Leopoldo, quando viemos para a casinha velha que agora desapareceu; Harwerther morreu, Mayer foi assassinado, Juanito morreu depois de acompanhar por muitos anos o teu irmão Philipp, parecia um cão; a mulher dele morreu aqui nos fundos, as coisas todas foram desaparecendo, só ficou em Daniel Abrahão esse medo de dormir fora do poço, de sentir o ar fresco da noite, nunca mais foi o mesmo homem.

Ouviram um grito lancinante de Daniel Abrahão, Catarina correu pressurosa para junto dele, Mateus e Emanuel ficaram do lado de fora da porta, Juliana permaneceu onde estava, cobrindo o rosto com as mãos.

– Fora com esses cães malditos, onde está a minha arma, Catarina, onde está a minha arma?

Catarina abraçou o marido, estou aqui, estamos na nossa casa, deves ter tido um pesadelo, escuta aqui, Daniel Abrahão, sou eu. Ele ainda tentou livrar-se de suas mãos: tapa este poço, eles estão vindo, foge, Catarina, foge. Ela pediu a Mateus que trouxesse um copo de água, Daniel Abrahão tentava lutar, fugir, Emanuel aproximou-se e ajudou Catarina a sujeitá-lo, Herr Schneider, sou eu, Emanuel, deite um pouco mais, descanse. Mateus voltou com a água, trazia também um candeeiro que iluminou a peça, o pai tinha os olhos esbugalhados, suava, ele disse:

– Beba uns goles, meu pai, nós todos estamos aqui, não precisa ter medo de nada.

– Onde está Philipp?

– Calma, Philipp não demora a chegar.

Daniel Abrahão olhou para a mulher, depois para o filho e para Emanuel, Catarina sentiu que ele relaxava o corpo, ajudado por Mateus tornou a deitá-lo, recostou-se a seu lado, aconchegou-se a ele, dorme que eu fico aqui a teu lado, teus filhos estão aqui, estamos todos juntos.

Ficaram sós, o quarto voltou à escuridão. Lá fora, Mateus depositou o lampião sobre uma cadeira e encostou a cabeça no peito do amigo. Emanuel sussurrou:

– Chora baixo para não alarmar a tua mãe.

2.

Philipp desenrolou a atadura que envolvia a perna direita do joelho até a canela – as últimas voltas com cuidado – que os panos estavam grudados entre si. O Tenente Blauth pediu que ele não fizesse aquilo, na tenda de enfermaria havia mais recurso, era preciso botar todas aquelas ataduras fora, podiam infeccionar ainda mais as feridas. Philipp não deu ouvidos ao companheiro: ainda se fosse ferimento de guerra, um estilhaço de obus, um pontaço de ferro, uma bala, ainda se fosse isso eu me consolava; mas é de morrer de vergonha se esta coisa vai adiante e termino recebendo um monte de terra por cima, morto pelas muquiranas na frente de batalha do Paraguai, uma bonita medalha para a família, mais um dos que deram a vida lutando contra as pulgas, os piolhos e os bernes dos pantanais de Curupaiti.

Blauth olhava com certa repugnância a perna purulenta, bateu no ombro de Philipp, quem sabe vamos dar uma chegada na enfermaria antes que a noite caia, alguém passa uma pomada nisso aí, bota um pó secante qualquer, não convém descuidar.

– Ainda se o pobre do Doutor Grave não tivesse ficado estendido em Curuzu – disse Philipp –, os danados desses bichos estariam recebendo o veneno que merecem.

Blauth pediu mais uma vez que pelo menos enrolasse as ataduras, não adiantava ficar ali a falar no médico morto. Philipp obedeceu, tornava a enrolar as tiras sujas, olhou para o companheiro, sabe, eu estava do lado dele, não mais que quatro metros, um soldado gritava com os intestinos à mostra, o infeliz correu para prestar socorro e foi quando o obus explodiu mesmo ao lado dele, eu só tive tempo de enfiar a cara no chão e quando levantei a cabeça o doutor estava caído ao lado do soldado, tinha a cabeça cortada, o estilhaço entrou na altura da boca, rasgou a orelha e arrancou metade do cabelo, deve ter morrido na hora. Fez uma pausa, e ainda um pouco antes ele me dizia para não sair de onde eu estava, era uma chuva de fogo; depois vim a saber que só ali ficaram mais de mil e quinhentos dos nossos homens.

Terminou de enrolar a perna, pediu desculpas a Blauth, as ataduras seriam trocadas no seu devido tempo, depois de arrancar os paraguaios do outro lado do rio; não havia muito tempo para cuidar de uma perna, o principal era cuidar da cabeça. Eles estavam no Segundo Corpo do Exército, sob o comando do Conde de Porto Alegre, em grande parte formado por alemães, Barth tinha se aproximado e Shann andava por perto, um pouco mais para a frente, limpando com vagar a sua arma.

– O conde é quem vai comandar o ataque? – perguntou Blauth.

– Não, desta vez o comando toca a Mitre, vamos ver como ele se sai da empreitada, não confio muito nesses castelhanos.

– E nem eu nesses brasileiros.

Ziedler chegou acompanhado de um outro oficial, de nome Dickel, de Lomba Grande, trazia um grande pedaço de papel que tratou logo de abrir no chão, fazendo sinal para os outros que se aproximassem, chamou Philipp, é bom que todos saibam sobre o terreno em que vão pisar, no fundo acho uma arrematada loucura, acabo de sair de uma reunião com oficiais do Estado-Maior, vejam aqui, este é o Rio Paraguai, aqui Boquerón que já conhecem, esta cruz é Tuiuti, vejam Potrero Sauce, este pontilhado é a trincheira deles, sai aqui da Piris, passa por aqui e vem vindo até os lados de Humaitá; mais ou menos dois quilômetros de defesa, com fossos de seis pés de profundidade, por onze de largura.

– Sabe quantos homens têm eles? – perguntou Philipp.

– Falam em mais de dez mil, o comandante é um tal de General Díaz, um bom militar, segundo se sabe.

Voltou ao mapa rascunhado às pressas, apontou para um trecho do rio, os navios de Tamandaré vão atacar deste lado, a jusante, Venâncio Flores vai procurar romper as linhas por esta altura e nós, como não podia deixar de ser, vamos fazer o eterno trabalho de pontoneiros e assim vai ser mais fácil para esses índios nos matarem, já que estaremos todos com as mãos muito ocupadas para responder ao fogo. Notou Philipp mexendo nas ataduras, aproximou-se dele:

– Não vais poder entrar no rio com essa perna ferida, sinto muito.

– Vejo que as nossas opiniões não coincidem, eu estava justamente pensando que seria muito bom para as feridas se eu pudesse entrar no rio e lavar toda essa porcaria, chegava do outro lado de perna nova.

– Vamos examinar isso.

– Não vamos perder tempo, já disse aqui para que todos ouvissem, pretendo trocar essas ataduras imundas na volta. E agora quero comer qualquer coisa, não gosto de lutar de estômago vazio, fico covarde.

– Vamos todos – disse Ziedler –, eu estou com o estômago no espinhaço e já mandei um ofício timbrado a Mitre dizendo que de barriga vazia me passo para o inimigo.

Todos riram, Shann gritou de onde estava: e como eles lá não têm comida, vão gostar muito de alemão assado. Saíram em grupo para a parte central do Segundo Corpo, Philipp capengueando, a usar a espada como bengala, Ziedler ameaçou:

– Vou dar parte dessa tua perna ao comando e vais assistir à passagem do rio pelo binóculo, nunca vi ninguém de cabeça mais dura.

– Pois se deres parte ficamos os dois do lado de cá, eu com a perna ferida e tu com a barriga furada.

Em toda a linha o movimento recrudescia, grandes peças de artilharia eram implantadas cuidadosamente nas margens do rio, presas a grandes falcas de madeira escura; soldados corriam para todos os lados, passavam cavaleiros a galope largo, oficiais davam ordens, Ziedler comentou para Philipp:

– Até parece que vamos atacar dentro de um minuto.

– Um minuto acho um exagero, mas não te dou cinco horas e esse Mitre vai levantar a espada para mostrar o caminho. Da minha parte, confesso, até gostaria que fosse logo, essa espera me deixa nervoso.

– E quem não fica, meu velho?

Philipp apontou para um sargento deitado de costas no terreno arenoso, braços cruzados sob a cabeça e o quepe caído em cima dos olhos: aquele ali, por exemplo, não está assim tão ansioso.

Comeram um churrasco mal assado, a carne meio crua deixava escorrer um sangue ainda vivo, não havia farinha e nem pão, Philipp lembrou ao amigo de que a coisa, dali para a frente, só podia piorar, pois se estavam mandando para casa um Major Gründling que era sempre quem dava um jeito de conseguir as coisas mais impossíveis, ia terminar faltando carne. Ziedler disse, ele fazia uns passes de mágica, chegou a mandar preparar para o comando churrasco especial com carne assada no couro e até um ensopado de nonato com cebolas que deve ter mandado buscar em Assunção; ele sempre sabia onde encontrar as coisas, até leite fresco de vez em quando aparecia pelos acampamentos, em tarros acomodados em carroções que vinham nunca se soube de onde.

– Ele parte agora – disse Philipp –, lá estão as carretas prontas para a viagem.

Vamos até lá, não sei se vou tornar a ver o nosso major, Philipp ia falando enquanto caminhava, o terreno estava atravancado de apetrechos de guerra, caixas de munição, pilhas de barrotes para os pontoneiros, embarcações médias, rasas, muitas delas ainda em trabalho de calafetação, tonéis de betume sobre fogueiras, cavalhada indócil presa em cordas comuns. Chegaram junto das carretas, os feridos e doentes eram postos nelas por grupos de padioleiros; um pouco mais à frente viram Gründling dando ordens, afogueado, fardamento em desordem.

– Major – começou Ziedler –, viemos aqui trazer as nossas despedidas, no fundo toda a gente queria mesmo mas era partir na direção dessas carretas, deixar esses paraguaios roendo as unhas.

Gründling fez uma ligeira pausa no trabalho de ordenação do embarque daqueles homens, olhou para os dois amigos, botou a mão no ombro de Philipp, então você não escreveu mesmo uma linha para a sua gente.

– Não adianta, major, o senhor sabe melhor do que eu o que deve e não deve contar, diga a eles que estou muito bem, que, se tudo correr como até agora, no princípio do ano que vem a gente vai estar em casa para cuidar dos filhos e dos negócios, tratar de refazer a vida.

– Essa é muito boa, depois de velho vou dar em mentir, a enganar as mulheres e os filhos delas, qualquer um está vendo que isso aqui vai longe, que agora é guerra na casa do inimigo, eles conhecem o terreno a palmo e cada mendigo de rua é um aliado, por mais comida que você lhe dê.

Ouviram repetidos toques de clarim, olharam todos para trás, Gründling disse, acho bom voltarem, estão chamando para a comida, um pouco mais estão atravessando o rio. Abraçou os dois, eu vou tratar de tocar essas carretas para a frente, para mim a guerra terminou.

– Não esqueça da conversa com as crianças, isso é muito importante – recomendou Philipp.

– E não esqueça de proteger-se das granadas do inimigo, isso é ainda mais importante. Quero esperar vocês de volta, depois me contem como as coisas se passaram.

Abraçaram-se, Gründling deu as costas para os dois, caminhou resoluto para a cabeça do trem de carretas, demorou-se ainda falando com um oficial superior, enquanto os dois retornavam cabisbaixos, Philipp comentou: Herr Gründling merecia um descanso, está de cabelos brancos, não é mais o homem que todos nós conhecemos.

– Ele volta infeliz – disse Ziedler –, deve estar se sentindo como uma mulher velha, inútil, e logo ele.

Assumiram os seus postos logo depois do rancho, comandariam pelotões de pontoneiros, seriam os primeiros a tentar abrir caminho para a travessia das tropas de assalto e para tanto contavam com a proteção da esquadra de Tamandaré que já se mostrava em posição de combate.

Philipp acordou, no dia seguinte, e viu Shann ainda dormindo a seu lado, olhou em redor, sentia a cabeça a latejar, o corpo todo dolorido, a perna queimando, dores que subiam pela coxa acima. Tinha a farda molhada, barro na túnica chamuscada, recordava-se vagamente de alguns detalhes, o trabalho frenético executado sob jatos d'água provocados pelas granadas que caíam no rio, o fogo cerrado dos navios, a tropa vadeando o rio onde era possível; sacudiu forte o rapaz que dormia, Shann abriu os olhos com dificuldade.

– Onde está Ziedler?

O outro olhou estremunhado para Philipp, permanecia deitado, sorriu de modo estranho, Ziedler? Passou a mão pela barba suja, não vi mais o Ziedler, foi a gente cair n'água e o céu desabou. Philipp tentou ajeitar a perna dolorida, eu nunca tinha visto um fogo tão cerrado, eram os canhões da nossa esquadra pelo lado, o fogo da nossa artilharia que passava por cima e o do inimigo que caía nas nossas cabeças. E, francamente, não sei como estou aqui, não me lembro de muitas coisas.

Alguém levantou a cabeça um pouco mais distante, gritou pelo nome de Philipp que não conseguia saber quem era, o outro gritou mais forte, aqui é Blauth, que diabo, estou assim tão deformado? Philipp olhou bem para ele e começou a rir, Blauth tinha a cara negra de pólvora queimada, sobre o torso os trapos do que havia sido um fardamento, gritou para ele que viesse para onde eles estavam. Blauth respondeu que não podia, tinha uma perna ferida, sangrava um pouco, estava esperando que aparecesse um médico por ali, se é que houvesse sobrado um deles. Philipp perguntou: então perdemos a batalha? O outro confirmou, pelos meus cálculos aqueles miseráveis estavam amarrados nas trincheiras e lutavam como cães danados.

– É verdade – disse Philipp –, e daqui para a frente vai ser pior, afinal eles estão defendendo agora a própria terra deles, não vai ser fácil e é bom que todo o mundo saiba disso.

Aproximaram-se dois compatriotas, Haefner e Hoher, vinham com um aspecto melhor, mas andavam descalços e caminhavam com uma certa dificuldade. Pararam junto a Philipp, então, como está?

— Não tão bem como vocês, mas que diabo, ainda vivo, respirando. E que têm vocês nos pés?

— Bicho-de-porco debaixo das unhas, os miseráveis formam umas bolsas cheias de filhotes e se alimentam de pus. Como vê, a gente consegue se livrar do fogo dos paraguaios, é apanhado por baixo nessa imundícia e um homem quase não consegue mais caminhar.

— O segredo é conseguir arrancar a bolsa deles com a ponta de um bom canivete, mas sem rebentar senão cria outras no mesmo dia.

— É o que vamos fazer – disse Hoher –, assim que descobrirmos esse tal de bom canivete.

— Eu, se fosse vocês dava uma olhada no bolso dos que vão ser enterrados, algum sempre aparece.

— Se depender disso – disse Haefner –, vou terminar com bicho-de-pé até nas gengivas.

Sentaram-se junto a Philipp, Shann veio de onde estava arrastando-se, protegia com a mão a perna ferida, deitou-se novamente, falou alguma coisa das dores que sentia, depois disse, pensando bem a sorte ainda esteve do nosso lado. Philipp sorriu com amargura, afinal a gente pode dar o nome de sorte a qualquer coisa, por exemplo, o de não ter morrido com um pedaço de granada nas tripas, mas sim com um tiro na cabeça, pelo menos é mais rápido.

— Afinal não conseguimos passar – disse Philipp. – Tudo resultou em nada. O que vocês sabem a respeito disso tudo? Nós, como vêem, estamos aqui como cavalos doentes.

— Pelo que ouvi – disse Haefner –, perdemos nessa brincadeira por volta de três mil homens.

— Três mil homens? – perguntou espantado Philipp – não é possível, é gente demais.

— Pois estou a dizer que deve ter sido até mais. Tanto Tamandaré quanto Venâncio Flores foram afastados, se me perguntarem os motivos vou logo dizendo que não sei.

— Na verdade – ajuntou Hoher –, fomos repelidos e agora é tratar de reagrupar a tropa, enterrar os mortos que o rio não carregou, curar os feridos e mandar de volta para a sua casa Mitre e as suas táticas.

Philipp levou a mão à testa, acho que estou com febre, a cabeça parece que vai rebentar. Shann encostou a sua mão na testa do amigo, rapaz, estás com uma fogueira aí dentro, precisamos chamar um médico, com febre desse tamanho não se brinca.

– E por que não chama logo um para tratar da tua perna? – perguntou Philipp zangado.

O dia acabava, Haefner e Hoher disseram que iam providenciar socorro e, quem sabe, um pouco de comida; voltariam logo, eles que tivessem um pouco de paciência, tinham que andar devagar.

Shann ainda arrastou-se para mais perto de Philipp, disse que estava desconfiado de haver perdido muito sangue, sentia-se sem forças, e não era por hemorragia forte, mas o sangue saía sem parar, havia deixado uma grande mancha no local onde acordara. Philipp disse que estava sentindo muito frio e temia pela noite que se aproximava, os dois ao relento, desabrigados, iam tremer como varas verdes. Muitos soldados passavam, mas eram brasileiros e eles não se entendiam, de nada adiantava pedir ajuda a qualquer um deles, pedir notícias, saber das coisas, se alguém cuidava do rancho. Um oficial acercou-se dos dois, perguntou muitas coisas, botou a mão na testa de Philipp, depois examinou a perna de Shann, falou ainda mais, eles se limitavam a olhar sem abrir a boca, depois o oficial afastou-se e ainda olhou para trás, desaparecendo logo entre os outros. Andava por ali muito cavalo solto, Shann disse: é preciso cuidar senão esses animais terminam pisando em nós, eles estão tontos com a fumaça e com todo o barulho que houvem.

Philipp levou a mão à cabeça, depois ao estômago, olhou espantado para o amigo e começou a vomitar forte, as entranhas ameaçando sair boca afora, era um vômito esverdeado, nauseabundo, um pouco depois passava a manga da farda rota pela boca, virou-se para Shann:

– Deve ser a água que bebi no rio, essas águas estão podres.

Bateu com os punhos no chão, Shann assustou-se, pegou um braço de Philipp, calma, não adianta desesperar, eles já foram chamar um médico, alguém deve aparecer por aí. O outro virou o rosto, falava para o lado contrário, não queria encarar o amigo.

– Que vergonha, morro de vergonha, sujei a roupa toda, é uma disenteria que não dá para agüentar. E nem tenho forças para me arrastar até o rio lá embaixo, vão me encontrar aqui neste estado.

Shann ficou penalizado, isso acontece, vergonha de quê? os médicos estão acostumados com essas coisas, a diarréia já atacou mais da metade da tropa. Philipp deitou a cabeça no chão, mantinha os olhos fechados, maxilares apertados, mãos crispadas segurando o ventre, depois disse com voz rouca, estranha:

– Eu sei, conheço bem, estou com o cólera-morbus, eu sabia, mais cedo ou mais tarde isso tinha que acontecer com a gente, é o final da comédia.

Quando o médico chegou era noite fechada, teve dificuldade em localizar os dois, logo depois chegaram quatro soldados, eram os padioleiros, o médico gritou: aqui, eles estão aqui. Era um alemão de Santa Maria, disse para Shann que se mantinha sentado: sou Herbst, que se passa com o seu companheiro aqui do lado?

– Esse aí é o Tenente Philipp Schneider, do Segundo Corpo, deve estar atacado de cólera, doutor.

O médico apalpou Philipp que recomeçou a vomitar, chamou os homens, vamos primeiro levar o tenente, ajudem-me. Philipp foi colocado sobre a maca, tinha as calças grudadas nas pernas, exalava um mau cheiro insuportável, dizia coisas sem nexo. Shann perguntou para onde iriam levar o amigo, o médico disse:

– Os atacados por cólera vão para a Ilha do Cerrito, há lá um hospital improvisado para eles.

– Há esperanças, doutor?

O médico deixou que os padioleiros levassem Philipp, disse para Shann enquanto examinava, quase que só por tato, a perna ferida:

– Temos que tratar logo essa ferida, não pode continuar perdendo sangue, primeiro uma atadura com essa camisa velha, já vai ser levado para a enfermaria, lá temos luz e esse ferimento não é de morte.

– Doutor, eu pergunto por Philipp, acha que há esperança de salvar o tenente?

O médico terminou de fazer a atadura, pediu que ele aguardasse a maca deitado, não devia fazer esforço. Depois respondeu:

– Bem, o caso dele é mais grave, depende de Deus, nós temos poucos recursos contra o mal, mas sabemos de muitos que se salvaram. Se fosse cólera seca então eu já podia afirmar que teria visto o seu amigo pela última vez.

3.

Jacobina foi quem recebeu os visitantes. A caleça parara na beira da estrada, Emanuel acabava de perguntar a um colono que vinha a cavalo onde ficava a casa dos Maurer, ele então virara o corpo apontando para a casa de madeira ainda nova, restos da construção ao redor, alguns animais soltos num potreiro ao lado, ao pé de um pequeno morro, coberto de árvores. Para chegarem até ali haviam passado por picadas fechadas de mato, Catarina desconfiada de que nunca chegariam e que as indicações dadas estavam todas erradas.

Daniel Abrahão, encolhido no banco, não abrira a boca durante a viagem inteira. O colono bateu com a ponta dos dedos na aba do chapelão preto e prosseguiu pelo caminho. Jacobina vestia uma saia de cintura que ia até os joelhos, meia preta de cano alto e botinas. Dirigiu-se à caleça, disse que ela e João Jorge já estavam preocupados, então Herr Schneider não viria mais e o marido a lhe repetir que Herr Schneider já devia ter procurado um médico na cidade, quem sabe o Dr. Hillebrand em São Leopoldo mesmo, mas ela não sabia dizer bem por que, mas jurava sempre que ele viria a qualquer momento, sonhei até que seria hoje, disse ela juntando as mãos, acordei muito cedo e disse para João Jorge, é hoje que Herr Schneider vem.

Emanuel desceu estendendo a mão para Catarina, logo depois Daniel Abrahão fez o mesmo, apertou a mão de Jacobina emocionado, tenho pedido nas minhas orações pela saúde dos dois, sei que ele ilumina os seus passos, minha filha. Catarina cumprimentou também, caminharam os três em direção da casa, enquanto Emanuel levava a caleça para debaixo de uma grande árvore, começando a desatrelar o animal dos varais.

– Herr Maurer vai bem? – perguntou Catarina.

– Muito bem, Frau Schneider, ele não deve demorar, passa grande parte do dia colhendo as suas ervas, é um trabalho muito cansativo.

Fazia muito calor, Catarina limpava o suor do rosto e do pescoço com um grande lenço, Jacobina disse a ela "que belo lenço esse seu, um desses aqui vale pelo menos trinta quilos de feijão". Catarina ficou um pouco sem jeito.

– Da próxima vez trago um para você, minha filha, eu recebo esses lenços do nosso empório de Porto Alegre.

– Não senhora, muito obrigada, aqui no meio do mato eu nem teria como usar um lenço igual a esse.

Pediu desculpas, seria melhor que sentassem ali fora mesmo, à sombra das árvores, o sol tornava a casa muito quente, não havia a menor viração, até os bichos ficavam parados, assoleados. Trouxe duas banquetas rústicas, Catarina apressou-se a ajudá-la, deixe isso comigo, uma mulher grávida deve saber cuidar-se. Jacobina disse, deve ser para abril ou maio, vai ter sorte de não nascer neste calor, em maio o tempo já está mais fresco, dizem que é melhor para se ter filho.

Emanuel aproximou-se carregando duas cestas cobertas por panos brancos, deixou-as ao lado de Catarina e sentou-se numa grossa raiz da árvore maior. Catarina levou as cestas para a casa, foi acompanhada por Jacobina que lhe pediu que botasse as duas sobre um banco, eles ainda não haviam feito a mesa, estavam esperando mais tábuas grossas.

– Não trouxe aqui nada demais – disse Catarina –, fiz alguns pães de trigo e estou também trazendo aqui uma boa lingüiça do empório do Portão mandada pelo meu neto Dane que agora cuida de lá, ele tem o mesmo nome do avô, se chama Daniel Abrahão.
– Deve ser um belo rapaz.
Depois olhou para dentro de uma das cestas e disse para Catarina:
– Que coisa boa, não como pão de trigo há muito tempo, nem me lembro da última vez.
– E trouxe também aí dois lampiões de azeite e mais alguma coisa que sempre faz falta numa casa nova, tudo isso é muito difícil de se conseguir no meio do mato.
– João Jorge vai ficar muito feliz e eu nem sei o que dizer, tenho até vontade de chorar.
Catarina sorriu, que é isso, minha filha? é só dizer o que mais precisam e a gente traz de lá, não custa nada. Jacobina agarrou um balde e dirigiu-se para o poço, mas Emanuel correu ao seu encontro, tirou-lhe o balde das mãos, deixe isso comigo, sente-se ali, eu me encarrego da água, ela me parece estar lá embaixo fresquinha de doer nos dentes. Ela agradeceu, entrou em casa e voltou de lá carregando canecas de folha, depois sentou-se ao lado de Daniel Abrahão, começou a falar com ele, João Jorge vai tratar da sua saúde, em pouco tempo vai sentir a diferença, a natureza é obra de Deus e nos dá todos os remédios. Olhou para o livro preto que ele sempre trazia nas mãos, disse, eu sei, este livro é a Bíblia – passou de leve os seus dedos sobre a lombada –, minha irmã Carolina estava me ensinando a ler numa igual a esta, eram palavras tão bonitas e às vezes tão terríveis que em muitas noites eu nem conseguia dormir e nem sentia fome, mas sonhava com visões do céu se abrindo e uma voz que dizia que o nosso reino não é deste mundo.
Daniel Abrahão estava comovido, segurou a mão da moça, disse para ela: estamos nos tempos do Apocalipse, é chegado o Sexto Selo.

Gründling, sentado numa cadeira de balanço, não queria acreditar que estivesse de volta, olhava de maneira estranha o retrato do filho quando menino, cercado pela bela moldura que mandara fazer no Rio de Janeiro, a cristaleira era a mesma, as cadeiras, o candelabro de lampiões belgas, o tapete. Jorge Antônio lhe parecia agora um homem estranho, alguém que ele conhecia pouco, um velho companheiro dos outros tempos. Clara tinha as mãos brancas e delicadas e a sua maneira de sentar lembrava no tempo alguém que se perdera para sempre; o pequeno João Nicolau olhava para o avô com medo e desconfiança, João Frederico e Dorotéia estavam ao lado dele, dois pequeninos estranhos que eram carne da sua carne. O filho vestia uma boa roupa, não lembrava mais o rosto da mãe, nele ficara muito pouco do menino pintado no quadro, disse:

— Um homem envelhece e nem sente, meu filho já caminha para os quarenta, eu às vezes ainda penso que tenho essa idade.

— Acabei de completar trinta e oito, meu pai.

— Pois é, o tempo passa, a gente nem se dá conta.

Ele percorria tudo com o olhar, deu com o relógio na parede do fundo, estava meio na sombra, perguntou se ainda funcionava bem. Jorge Antônio acompanhou a direção dos seus olhos, funcionar bem? mas meu pai, nunca deixei ninguém dar corda nele, o senhor sempre repetiu que não queria nunca mais que ele batesse horas.

— Tolice, meu filho, manias que a gente mete na cabeça, vamos dar corda, sim, e Clara vai passar a ouvir o som mais bonito de toda a sua vida.

— Hoje não – disse o filho decidido –, amanhã nós dois tratamos de fazer com que funcione, temos que lidar com cuidado, tantos anos aí parado, a mola pode até partir-se ou quebrar alguma peça.

Houve um silêncio só quebrado pelo balbuciar de João Nicolau, então Gründling disse para o filho, em tom cavo e lento:

— Fala um pouco de Albino, me diz afinal o que houve, como foi, ele sempre foi um rapaz tão cordato, nunca foi dado a violências, isso não podia ter acontecido e logo com ele, às vezes tenho vontade de acordar deste pesadelo.

— Hoje não é dia de falar nessas coisas, meu pai, o importante é que haja voltado, seus netos estão aqui e sentiam falta do avô, todas as crianças têm avô, só eles é que não tinham e falavam sempre que ele um dia ia voltar. João Frederico, ontem, ameaçou um menino mais velho dizendo a ele que se cuidasse que o seu avô vinha aí, não foi, meu filho?

O menino baixou a cabeça, encabulado, Jorge Antônio riu alto, sentou-se ao lado da mulher, vamos ter para o jantar de hoje um pernil assado no forno como o senhor sempre gostou, batatas coradas na gordura de porco e um vinho dos italianos que guardei para este dia. Gründling sorriu, esqueci até mesmo o gosto de vinhos e sonho seguidamente que estou a abrir uma garrafa com selo de ouro, não sei bem por quê, mas é um selo de ouro, que encho um cálice de cristal e que alguém que outro não é senão o nosso velho Major Schaeffer levanta um brinde e diz que vamos beber o melhor rum do mundo, um néctar da Jamaica, e sempre que levo o cálice à boca não tem nada lá dentro e assim também esqueci o gosto do rum. Cada vez que eu abria uma garrafa e chamava Schilling, Tobz e Zimmermann, tua mãe não dizia nada mas sacudia a

cabeça, ela sabia que depois da primeira garrafa vinha sempre a segunda e eu terminava dormindo vestido no sofá grande da sala, um que estava aqui deste lado. Jorge Antônio disse, o sofá agora está na casa fechada que foi de Albino. Gründling suspendeu um gesto no ar, olhou para o filho:
– Preciso ir até lá, mas acho que estou com medo, não sei bem o que se passa.

Jacobina largou a mão de Daniel Abrahão e levantou a cabeça como a pressentir algo lá fora: João Jorge deve estar chegando, ele nunca se atrasa, depois que traz as ervas ainda se dedica ao trabalho de macerar todas elas, de preparar as infusões e pomadas e ainda descobre tempo para tratar dos doentes.
– Hoje, por sorte, temos só o senhor, mas ainda deve chegar um homem que sofre do coração, um morador de Bom Jardim, que já passou pela mão de quanto médico descobriu por aí.

Maurer aproximava-se da casa, vinha carregado de plantas e ainda trazia, às costas, um pequeno saco, depositou tudo no chão, distendeu os braços entorpecidos, notou a caleça e o cavalo desatrelado, caminhou em direção da porta passando a manga da camisa no rosto, tinha a pele vermelha e os cabelos de um ruivo acobreado. Entrou, foi direto aos visitantes, apertou a mão de cada um, perguntou à mulher se tudo estava bem. Ela balançou a cabeça, disse que ele não precisava trazer tanta erva de uma vez só. Catarina permanecia sentada ao lado do marido, logo depois Emanuel acercou-se da porta e lá ficou encostado no marco.
– O senhor sofre de insônia? – disse Maurer.
– Nem sempre – respondeu Catarina –, mas tem andado muito nervoso de uns tempos para cá, não tem disposição nem mesmo para o trabalho, uma coisa que ele não deixava de lado nem mesmo quando tinha febre, nem quando estava muito doente.
– Mas é no trabalho que nós encontramos paz.
– Paz nós encontramos em Deus e na sua palavra – disse Daniel Abrahão – e neste livro estão as respostas do Senhor para todos os nossos males.

João Jorge ficou um pouco confuso, sorriu para Catarina, levantou-se e foi tirar um pouco de água fresca numa talha de barro. Perguntou se queriam um pouco, todos aceitaram, Jacobina foi ajudar o marido e logo depois puxou uma banqueta para junto de Daniel Abrahão e disse para ele que desde menina sempre tivera um desejo enorme de saber ler bem e de ganhar uma Bíblia, ficava encantada quando a sua irmã Carolina lia trechos do Livro Sagrado e algo dentro dela se abria, na certa era para receber a palavra divina, pois sabia que além da vida aqui na terra havia um outro mundo, um lugar só de paz e de amor.

– Minha filha, este mundo é um vale de lágrimas – disse ele abrindo o livro de capa negra. Abria inseguro as páginas amareladas, folheava ao léu, suas mãos tremiam, percorria as linhas com a ponta do dedo, parou de repente, "eu sou o Bom Pastor, conheço as minhas ovelhas e elas me conhecem a mim, assim como o Pai me conhece a mim e eu conheço o Pai e dou a minha vida pelas ovelhas. Ainda tenho outras ovelhas..."

Catarina fez um sinal para Maurer, saíram os dois para o pátio ensolarado, Emanuel sentou-se na soleira da porta afugentando as moscas com a aba do chapéu, viu quando João Jorge e Catarina afastavam-se lentamente, Catarina falando e ele, de cabeça baixa, só ouvia sem nada dizer, parecia interessado no que ela dizia, balançava a cabeça, atento, mãos cruzadas às costas.

Gründling havia retornado à cadeira de balanço, batia com a mão espalmada sobre o estômago: como nos velhos tempos, isso não deve ser muito bom para um velho, é coisa para gente moça. Clara trouxe os netos para pedirem a bênção ao avô, Doroteia e João Frederico beijaram a sua mão crestada pelo tempo, eram grandes mãos coscorentas, só João Nicolau encolheu-se todo no colo da mãe, choramingou um pouco, olhos assustados diante do estranho de grandes barbas, foi Gründling que beijou a sua testa. Estava na hora de irem para a cama, de manhã acordavam muito cedo. Ela pediu licença e saiu com as crianças. Jorge Antônio perguntou ao pai se não gostaria de provar um licor feito de pitangas, um licor caseiro, receita da mãe de Clara, feito com aguardente especial de Torres, de cabeça de alambique.

– Pois vamos arrematar esse jantar condignamente, se bem que as coisas nunca são completas, fico a pensar naqueles rapazes todos lá no Paraguai, comendo o pão que o diabo amassou, parece que estive lá ainda ontem, o filho de Catarina um valente, de certa maneira sempre me pareceu a mãe, cabeça-dura, teimoso, indiferente ao perigo, tantos outros rapazes que não voltarão mais, sabe, às vezes tenho a impressão de que desertei, de que fugi da luta, que deixei todos eles abandonados e sós.

Caminhou um pouco pela sala e recebeu das mãos do filho o cálice. Provou a bebida com a ponta dos lábios, estalou a língua, nada mau, Clara já pode engarrafar este licor e exportar para a Europa, lá eles não conhecem este sabor silvestre de cereja e de pimenta verde.

Sentou-se, encostou a cabeça no espaldar alto, estou com a impressão de haver comido esse pernil inteiro, preciso tomar cuidado, estou chegando na idade do copo de leite, do chá e dos mingaus de farinha branca. De olhos fechados, cálice entre os dedos, perguntou sem modificar o tom de voz:

– E os negócios como vão nesses tempos de guerra?

Jorge Antônio puxou a cadeira para junto do pai, foi apagar dois dos quatro lampiões, não precisamos de tanta luz, acho que assim está bem. Sobre os negócios? Bem, podiam ir piores, mas não tenho muito do que me queixar, melhorou um pouco quando a guerra passou para além das fronteiras deles, os comerciantes chegaram à conclusão de que o melhor que tinham a fazer era se darem as mãos, lutarem juntos e aos poucos foram entrando para a Associação Comercial que até então vivia às moscas, terminaram por enxergar que a de Rio Grande estava prestando bons serviços a todos. Heizen e Ebert lutaram muito para que nós, os alemães, não ficássemos de fora, a conveniência era toda nossa; e agora estamos pensando nas candidaturas de Haag e de Wolkmann para uma das próximas eleições. E assim é na Praça do Comércio que agora nós tratamos dos nossos negócios.

– São muitos os alemães lá dentro?

– Bem, hoje temos quase cento e cinqüenta sócios, ao todo somos trinta e sete alemães. Heizen e Ebert continuam firmes, Schilling, um que foi sócio de Haag; Haensel, diretor da Companhia Fluvial e nosso sócio; Ter Bruggen...

– O prussiano?

Jorge Antônio sorriu, ele mesmo, um cabeça-dura. Além desses vamos ver se me recordo dos nomes de mais alguns, sim, Bier, Daudt, Fraeb, Petersen, Issler, Wallau, sei lá, tantos outros.

– E nas importações, quem são os nossos maiores concorrentes?

– O maior ainda é o empório de Fraeb, depois o nosso e ainda temos que respeitar a casa do Holtzweissig, mas na verdade não se briga por isso.

Gründling permanecia de olhos fechados, mas ouvia tudo com atenção e ia perguntando sempre o que queria saber. O filho bateu no seu joelho, por que o pai não vai para a cama, continuamos a conversa amanhã, deve estar cansado.

– Não posso me deitar com a barriga tão cheia. O melhor seria se a gente pudesse dar uma volta pela rua, a noite está quente, caminhar é sempre bom para a digestão.

– Pois a idéia não poderia ser melhor, vou apenas prevenir Clara de que vamos sair um pouco.

Gründling terminou de beber o licor enquanto o filho entrava no quarto, caminhou até o relógio parado, passou de leve a mão aberta sobre a sua madeira lustrada, lembrava-se, naquele momento, com nitidez, da doce música das suas batidas. Caminhou até a porta, permaneceu no alto dos poucos degraus. "Estamos aqui reunidos para unir pelo sagrado matrimônio da Santa Madre

Igreja", Sofia com as mãos descansadas sobre a grande barriga, o vestido vindo da Europa aberto nas costas, Izabela como uma grande dama, o decote deixando entrever o par de seios murchos, "padre, dispa-se de todos esses seus paramentos e venha ocupar o seu lugar de honra na mesa, quero que todos saibam que o Padre Antônio acaba de ganhar um belo terreno em São Leopoldo, ele vai construir ali a sua igreja, e dou ainda tijolos, escravos para a mão-de-obra", então levou Sofia para o quarto, tirou o véu e as grinaldas, afrouxou o corpete, despiu-a por inteiro, aconchegou-se a seu lado, suas mãos passando de leve na pele sedosa da barriga estofada, seu ouvido encostado no ventre, os seios lânguidos e quentes, Tobz descendo aquelas escadas, todos eles saindo, Zimmermann batia nas suas costas, virou-se assustado, Jorge Antônio sorriu, em que estaria pensando o meu pai?

– Em nada, acho que comi demais, eu bem que te dizia, as pessoas velhas nunca se dão conta da idade.

Céu estrelado, noite morna, saíram os dois a caminhar lentamente pelo meio da rua, Gründling passou o braço sobre os ombros do filho, disse sem olhar para ele:

– Agora me fala de Albino, me conta tudo o que se passou.

– O senhor conhece a história do meu marido?

– Por ouvir dizer – disse Maurer meio constrangido –, mas as pessoas quase sempre falam o que não sabem, inventam coisas, eles dizem por aí que Herr Schneider, depois que voltou da fronteira, há muitos e muitos anos, nunca mais dormiu em outro lugar que não fosse numa toca cavada no chão, foi o que sempre ouvi, mas não gosto muito de dar crédito a falatórios.

– Mas é a verdade, ou melhor, foi a verdade – disse Catarina caminhando a seu lado –, porque desde há alguns meses que mandei fechar a toca, que fiz ele dormir num quarto como qualquer ser humano, os netos todos criados, aquela situação triste do avô metido debaixo da terra como se não fosse gente, como se não acreditasse em Deus.

– Sei também que é o melhor fabricante de carroças e de serigotes de toda a região e que alguns desses serigotes chegaram a ir para a Corte, no Rio de Janeiro, um deles para o próprio imperador.

– Tudo isso é verdade, todos dizem a mesma coisa, mas Daniel Abrahão está doente, não só da cabeça, mas agora de todo o corpo; não dorme direito, tem alucinações no meio da noite, sonha que está sendo enforcado, fala muito do nosso filho que morreu afogado no Rio dos Sinos, o João Jorge.

– O menino tinha o mesmo meu nome.

– Não tinha me dado conta, é mesmo.

Pararam um pouco debaixo de uma árvore, o sol queimava as suas cabeças, Catarina ainda disse, ele anda esgotado, não é mais a mesma pessoa e nem o mesmo homem de outros tempos.

– A senhora pode ficar tranqüila, ele vai ser medicado, tenho remédios quase milagrosos para esses casos, não são os casos piores, às vezes os remédios demoram um pouco a surtir efeito, mas pode estar certa, não falham, tudo o que vem da natureza é bom para o organismo das pessoas.

Disse a ela que gostaria de fazer uma pergunta, era importante, de sua resposta dependeria a cura do marido. Catarina disse que tinha vindo até ali para seguir o seu tratamento e os seus conselhos. Maurer agradeceu, pensou um pouco, não é uma imposição minha, mas eu sempre penso em fazer um trabalho completo, não sou de fazer as coisas pela metade, eu então pergunto, Herr Schneider poderia, quando necessário, fazer parte do tratamento na minha casa, morando aqui sempre que preciso, nos dias indicados? Catarina ficou um pouco surpresa: mas acho que o senhor não tem lugar aqui para ele e nem sei mesmo se ele vai concordar, ele é um homem muito difícil, é bem capaz de recusar-se, tanto mais que só agora começou a habituar-se a dormir fora da toca, isso tem nos custado muito sacrifício, muita paciência, não sei, não posso lhe dizer nada, acho melhor primeiro conversar com ele e esse trabalho deve ser comigo, tenho a maneira de entrar no assunto sem que ele logo se ponha em guarda.

Começaram a voltar, Maurer agachando-se aqui e ali para apanhar um pequeno arbusto, colhendo algumas raízes, examinando folhas; enquanto voltava ia perguntando coisas: ele urina bem? não tem dores de cabeça? queixa-se de dores no peito, de falta de ar? Catarina ia respondendo, apreensiva, acho que sente falta de ar, principalmente à noite, e o mais interessante é que nunca se queixou disso quando dormia na toca, justamente lá onde o ar era pouco, um buraco abafado e úmido.

Chegavam de volta, Emanuel levantou-se da soleira para que eles pudessem passar, encontraram Daniel Abrahão e Jacobina na mesma posição em que os haviam deixado, ele a folhear a Bíblia e a ler trechos esparsos, ela embevecida, atenta, olhos brilhantes. Maurer disse, acabamos de dar uma volta pelas redondezas, queria que Frau Schneider conhecesse o nosso pequeno pedaço de terra. Depositou sobre um banco as ervas colhidas durante a caminhada, pediu a Catarina que sentasse um pouco, ela procurou um lugar ao lado do marido, botou a mão no seu ombro, falou com voz mansa e sem pressa:

– Daniel Abrahão, aproveitamos também para conversar um pouco sobre a tua saúde, Herr Maurer conhece ervas milagrosas para qualquer doença, ele sabe muito bem como aplicar os remédios, tudo vai depender de ti para que as forças voltem, para que possas dormir tranqüilo e acordar sempre disposto para o trabalho. Isso, é claro, só vai depender de ti e eu garanti a ele que tu havias vindo aqui disposto a colaborar.

Daniel Abrahão permaneceu com a Bíblia aberta sobre os joelhos, levantou os olhos para a mulher, disse que não compreendia bem, afinal o que deveria ele fazer? Catarina botou a mão aberta sobre a Bíblia, não é nada que esteja fora daqui, Herr Maurer explicou que para fazer o tratamento como deve ser feito o melhor é que de vez em quando possas passar uns dias aqui na casa deles, as viagens muito seguidas poderiam prejudicar a cura.

– Morar aqui?

– Não, disse ela, ninguém falou em morar, mas apenas passar alguns dias, há remédios que precisam de ser tomados em horas certas, em absoluto repouso. E depois, se não fosse necessário, Herr Maurer não pediria isso. Jacobina botou a sua mão sobre a dele, pediu que ele ficasse, estaria como na sua própria casa, ele trazia Deus dentro daquele livro e dentro do seu coração, era o mesmo que ela sentia e não sabia dizer. Daniel Abrahão olhou para a moça, ficou por um momento pensativo, dirigiu-se para a mulher com voz calma:

– Se Herr Maurer entende assim...

– O senhor não preferia, deixar esse assunto para amanhã? – perguntou Jorge Antônio.

– Não, de qualquer modo passaria uma noite angustiado, afinal o que tinha de acontecer já aconteceu.

Jorge Antônio juntou-se um pouco mais ao pai, prosseguiam a caminhada no mesmo ritmo, atravessavam agora a Praça da Matriz, o Teatro São Pedro era visto recortado contra um fundo mais claro, ele disse meio vacilante, o senhor sabe o que se passava com Albino, era uma cruz que todos nós carregávamos, sofria de um mal sem remédio, uma desgraça que eu não sei por que foi cair justamente dentro da nossa casa, um rapaz criado com todo o carinho, nada faltou para ele, sobre isso o senhor pode ficar de consciência tranqüila, não foi culpa sua e nem de ninguém mais; quando o senhor se ausentava eu nunca deixei que faltasse a mínima coisa para ele, tinha sempre dinheiro para todas as despesas de casa, dinheiro para comprar o que queria, tinha sempre tudo, comprava as melhores roupas e eu nunca pedi a ele que me ajudasse nos negócios, ele nunca teve vocação para isso, chegou um dia a me dizer que os negócios sujavam as mãos de quem se metia com isso.

– Não teriam sido as más companhias?

Jorge Antônio suava, não sei, quem sabe, mas muitos deles trabalhavam como todos os demais, passavam os dias nos negócios dos pais, ajudando, fazendo trabalhos pesados, dois deles têm hoje os seus próprios negócios e estão prosperando. É o caso do Barnatski, um bom patrão e agora um bom chefe de família.

– Como se deu a morte dele – Gründling fez uma pequena pausa, depois disse com voz levemente trêmula: – o assassinato de Albino?

– Sabe-se que ele e os seus amigos tinham combinado encontrar-se numa casa qualquer, uma casa suspeita, não me lembro do nome da mulher, os amigos contam que esse tal de Augusto, que sempre fora tido como o seu melhor amigo, não quis ir, Albino insistiu e ele se negou, tentando ir embora.

Os dois cruzavam agora uma esquina onde alguns escravos dormiam amontoados numa portalada velha, um soldado a cavalo passou pela outra rua sem dar pela presença deles, Jorge Antônio prosseguiu: contam os outros que Augusto teria sido esbofeteado por ele e que não reagiu, pelo contrário, sentou-se a um canto da mansarda com as mãos cobrindo o rosto e que Albino ficou arrependido, ajoelhando-se aos seus pés, pedindo perdão. Gründling parou, ficou tenso, cruzou as mãos nervosamente, pediu a ele que continuasse; o filho prosseguiu, olhava para a frente, os rapazes foram embora, disseram que esperariam pelos dois na tal casa e cerca de onze horas da noite o rapaz chegou lá, transtornado, dizendo que havia assassinado Albino. Fez uma nova pausa, depois contou, sem detalhes, como haviam encontrado o corpo, ele mesmo sem acreditar, naquele momento só tinha um pensamento e esse era o de vingar o irmão, em pagar na mesma moeda. Mas que logo depois chegava a notícia de que o rapaz havia se suicidado na casa do próprio Albino, na mansarda, com um tiro de garrucha na boca.

Quando voltava para casa, a noite já caindo, Catarina comentou com Emanuel que ficara muito surpresa com a pronta decisão de Daniel Abrahão, ela esperava que ele fosse reagir, todos sabiam como ele era, mas não tivera uma segunda dúvida, concordara logo em ficar, fora um comportamento muito estranho, Daniel Abrahão estava ficando imprevisível, ou estaria mesmo melhorando um pouco, o ar estava lhe fazendo bem ou então começara a ficar indiferente por tudo o que lhe acontecia, fosse de bom, fosse de mau. Emanuel sacudia as rédeas forçando a marcha do animal, virou-se para Catarina e disse que no seu entender Herr Schneider havia encontrado na moça uma alma gêmea, os dois liam a Bíblia com muito fervor, ela era muito estranha, parecia sempre encantada com o que ele lia, não admirava que ele se sentisse bem lá, tendo ao pé de si alguém que o escutasse com tanto espírito religioso, com tanta fé.

– Acho que isso até pode ajudar na cura – disse Catarina pouco antes de descer da caleça, na frente de sua casa, vendo os netos que surgiam de todos os lados.

O primeiro a chegar foi Conrado, filho de Carlota. Trazia nas mãos uma armadilha de apanhar passarinho, perguntou logo pelo avô que não havia voltado. Catarina fez uma cara de zangada e tirou das mãos do menino a arapuca, onde se viu um menino cristão andar a maltratar os bichinhos, aquilo era uma crueldade sem nome, contaria ao vovô Daniel Abrahão quando ele chegasse. Viu-se rodeada pelos outros, abriu caminho, resoluta, entre todos:

– O vovô volta amanhã, ele ficou descansando um pouco aqui perto, na casa de um amigo.

Quando lavava as mãos, Mateus e Carlota ao lado dela, Catarina disse que o pai estava bem, havia concordado em ficar lá por alguns dias, não ia demorar. Pegou de um pano para enxugar as mãos, sentou-se num banco e desabafou para eles:

– Eu sim é que não sei se vou conseguir dormir, é a primeira vez na vida que nos separamos.

Quando chegaram em casa, de volta da longa caminhada pelas ruas desertas de Porto Alegre, Gründling perguntou por sua casa da Rua da Margem, no dia seguinte iria para lá, estava ansioso por reencontrar aquilo que era seu, dormir novamente na sua cama. Jorge Antônio fechou a porta com a tranca de madeira presa em dois suportes de ferro, disse ao pai que ele ficaria morando ali, não tinha cabimento ficar sozinho naquele casarão abandonado. O velho fez um gesto de desagrado, de maneira nenhuma, pois compraria um casal de escravos, não queria incomodar ninguém naquela altura da vida.

Jorge Antônio disse, amanhã se discute isso, vamos dormir, o senhor deve estar cansado, Clara preparou uma boa cama num quarto que sempre foi o seu, ele nunca foi ocupado por ninguém, sabíamos que um dia o senhor voltaria para junto de todos e depois eu sozinho já não dou conta do recado, os negócios hoje são mais duros e a sua experiência vai me ajudar muito.

– Não – disse Gründling apanhando um dos lampiões –, não entendo mais nada de negócios, preciso agora mas é de um canto sossegado, quieto, tenho setenta anos de vida para ruminar.

XII

1.

Philipp não parecia o mesmo homem, havia emagrecido mais de vinte quilos, os malares espetavam a pele do rosto, tinha as pernas fracas, não conseguia ficar de pé senão por momentos, poucos minutos, depois sentava para não cair. Não existia entre os pontoneiros nenhum dos seus velhos amigos e ninguém sabia dar informações sobre eles. O capitão se chamava Metzger, Eberardo Metzger, tinha vindo da Linha Herval e lá deixara mulher e filhos, seu companheiro mais chegado era um homem de grossas sobrancelhas e aspecto taciturno, o Tenente Damian Kümmel, que saíra da Colônia São Pedro de Alcântara e dizia que não tinha mais família e que terminada a guerra levaria uma paraguaia para viver com ele, queria filhos que não tivessem cabelos tão ruivos e nem sobrancelhas daquele tipo. Ele estava ao lado de Philipp e dizia: caminhe, seu moço, é preciso caminhar, se ficar sentado aí o tempo todo termina como uma velha, as suas tripas devem estar lisas como pedra de rio, escapar do cólera é como sair de uma fogueira, a marca das queimaduras não desaparece nunca mais.

Fazia frio novamente, mas era um mês de julho seco, e quando a tropa iniciou nova marcha, de Curuzu para Tuiuti, Philipp seguiu aninhado numa carreta, deitado sobre pelegos que o Sargento Herrschaft arrebanhara entre os despojos de campo e alguns que Philipp mesmo trouxera da Ilha Cerrito onde estivera entre a vida e a morte por mais de dois meses. Os solavancos da carreta feriam o seu corpo magro, formavam escaras na pele ressequida, ele ainda tinha a garganta machucada de quase quarenta dias de vômitos, um depois do outro; então alguns soldados traziam infusões de ervas e faziam com que ele bebesse às escondidas dos médicos. Eles diziam, essas ervas são remédios dos índios e curam mesmo.

Em Tuiucue acamparam, o movimento era de quem acampava numa nova praça de guerra, trincheiras e paliçadas, dois pelotões montaram peças de artilharia nos extremos do campo, construíram algumas choças para os feridos e os doentes; Philipp ficou numa delas e era sempre Kümmel que lhe vinha trazer comida, água fresca, não conversava muito, falava sozinho, mas não se descuidava do convalescente; às vezes, noite alta, preparando e fumando grossos palheiros, dizia a Philipp: se um dia eu sair vivo desta merda não vou casar e também não quero filho. Philipp provocava, mas e a paraguaia que ia levar para casa? Ele chupava com vontade o cigarro, expelia uma onda de fumaça branca: decidi não levar nenhuma paraguaia, peguei quatro delas por esses caminhos e não valem nada como mulher, não só sabem choramingar e ficam como mortas debaixo da gente, andasse cada um com tanta fome de mulher e nem valia a pena derrubar uma índia dessas; não vou levar mulher nenhuma, vou abrir uma casa de bebidas, vender aquela cachaça de Torres com infusão de ervas, isso eu sei que dá muito dinheiro e tenho já os meus fornecedores, nunca mais quero saber de guerra, só pego em armas para defender a minha honra e isso se for ofensa grave.

Rude, brusco, parlapatão, era carinhoso com Philipp, mandava preparar um caldo de carne porque sabia que o tenente tinha dificuldade para engolir coisas sólidas, a garganta estava ferida de tanto vomitar; muitas vezes ele próprio se dava ao trabalho de ferver os pedaços de carne numa panela, puxando brasas de uma fogueira, indiferente aos motejos dos camaradas que perguntavam a ele se o menino Philipp já estava dando os primeiros passos. Ele dava uma figa para todos, segurava as calças entre as pernas, sacudindo as mãos, ó para vocês todos. Philipp tentava, algumas vezes, convencê-lo de que, terminada a guerra, devia voltar com ele para São Leopoldo, lá havia trabalho no próprio negócio da família. Kümmel sacudia as sobrancelhas, não quero saber de trabalhinhos, nem vou mais abrir negócio de bebidas, minha mãe desapareceu de casa porque o meu pai morria de fígado roído, prefiro um bom cavalo e andar de um lado para outro dessas terras, quem sabe até termino ficando aqui pelo Paraguai, ocupo uma boa casa, vai sobrar das boas, e quando tiver vontade carrego para dentro com uma dessas brancas que a gente costuma encontrar por aí; é verdade, há muitas brancas por aí, procurando é que se acha.

Quando Philipp se dispunha a dar pequenas caminhadas contava sempre com o interesse de Kümmel, a princípio junto dele, pronto a ampará-lo quando fraquejasse, depois a distância, quando gritava "um pouco mais, precisa caminhar mais dez passos, vou começar a contar"; então ia para perto dele, sentavam-se os dois no chão duro de areia grossa, Kümmel fazia novos planos, pensava em ir para Mato Grosso depois da guerra, dizem que lá a gente encontra pedras preciosas calçando ruas e enfeitando fachada de casas, imagine só, comprava uma dúzia de mulas e me tocava para o Rio de Janeiro, ia vender pedra na Corte.

Ao anoitecer de um domingo, verão chegando, havia calor e mosquitos, e os bichos não deixavam ninguém sossegado, Kümmel entrou na choça onde Philipp estava deitado, desenrolou de um pano um pedaço de carne assada, isto é para você, chega de caldinhos, precisa comer alguma coisa sólida e vá engolindo logo que a praça está toda em pé de guerra, parece que vem bala por aí, as patrulhas estão voltando e dizem que encontraram piquetes e que o grosso dos paraguaios deve chegar por aqui no fim da madrugada. E não são poucos, os otimistas afirmam que são quatro mil e já os pessimistas não deixam por menos de seis mil.

– E nós, quantos somos? – perguntou Philipp.

– Descontando vocês que não prestam para nada, não chegamos aos três mil. E só duas bocas de fogo daquelas que falam a verdade, meu velho, o resto é só dessas espingardinhas de caçar veado-poca.

Philipp pediu que ele trouxesse uma dessas espingardinhas, qualquer arma, não queria ser apanhado de mãos vazias. Kümmel fez um gesto de desprezo, vocês vão ser transferidos para além de dois quilômetros, nessa direção, ficando aqui só nos atrapalham e nós não queremos matar paraguaio e defender moribundo. Ou se faz uma coisa, ou outra. Ficou assistindo Philipp arrancar com os dentes os pedaços de carne, mastigar e engolir com dificuldade. Isto, precisa fazer um pouco de força antes que alguém ache melhor largar os doentes em qualquer lugar, em tempo de guerra ninguém pode pensar em ser bonzinho.

Logo depois as carretas partiram para a retaguarda levando todos os feridos e doentes, teriam de ficar ao relento, Kümmel disse para Philipp:

– Meta-se num buraco qualquer, passe por morto, fique contando estrelas, faça o que quiser, mas não dê sinais de vida ou esses miseráveis são capazes de levar isso aqui por diante, paraguaio é o soldado mais cabeça-dura que já vi em toda a minha vida.

Ao lado de Philipp, com um profundo ferimento no rosto, ficou o soldado Carlos Goethe, da Linha 48, um rapaz que não devia ter mais que vinte anos, os dois tinham o corpo entalado de uma fenda de erosão, o rapaz disse, eu seria até capaz de dormir aqui senão fossem essas formigas danadas, elas picam como fogo. Philipp disse, elas também já me descobriram, mas o segredo é ficar bem quieto; encostou a cabeça no chão, para descansar, e começou a perceber um longínquo tremor de terra, bateu no rapaz, encosta o ouvido na terra, vamos, vê se descobre o que será isso. Goethe obedeceu, parece uma trovoada, será que vem chuva? mas não pode ser, o céu está ainda com estrelas. Philipp disse para o rapaz, apertando forte o seu braço, pois é pata de cavalaria, meu filho, começaram a atacar em massa. Foi quando ouviram os primeiros disparos de calibre grosso e a fuzilaria compassada dos pelotões, era capaz de jurar que ouvia os ulos dos soldados em fúria, o vozerio de incentivo da soldadesca inimiga, disse para o rapaz: a primeira carga de cavalaria já passou as nossas defesas avançadas, agora é combate à arma branca.

Não saberiam dizer o tempo que haviam ficado ali escutando o fragor do encontro, o dia clareava, os disparos iam diminuindo, magotes de cavaleiros passavam perto deles, em disparada, perseguindo soldados inimigos perdidos, em franca debandada. Por fim uma trégua pressaga, o sol surgindo por entre as folhagens de um caponete, ouvia-se ainda uma que outra descarga, de onde estava Philipp podia ver o trabalho de grupos de cavalaria fazendo a limpeza do terreno. Então um grupo compacto de cavaleiros marchou na direção de onde eles estavam, o soldado Goethe perguntou se não seriam inimigos, os paraguaios não costumavam fazer prisioneiros. Philipp ordenou que calasse a boca, divisou a farda da sua gente, bateu no braço do rapaz, olha, são dos nossos.

Metzger apeou e veio sentar-se cansado ao lado dos dois: por coisa de nada íamos sendo derrotados, nos valeu que eles preferiram saquear em vez de lutar e esse foi o grande erro deles, terminaram envolvidos e debandando, o trabalho agora é abrir vala e enterrar os mortos. Philipp perguntou, e Kümmel?

– Não vi mais o tenente, mas deve andar por aí – disse Metzger procurando um cigarro.

– Morreram muitos dos nossos?

– Só contando, mas não foi pouco.

Muito depois surgiu Kümmel a pé, coxeando, dirigiu-se a Philipp que acenava com um trapo.

– Fui apanhado pelas costas, meu velho, mas liquidei pelo menos com cinco maridos paraguaios, agora é só ir lá escolher qual das mulheres vale a pena levar para casa.

Sentou-se arreatando o pano rasgado da calça, exibiu a barriga da perna sangrando, uma lança havia entrado de um lado e saído do outro, Philipp admirou-se de que as carnes não tivessem sido diaceradas. Ele olhou para Philipp, mas como podia dilacerar se fui eu mesmo quem tirou a lança do lugar onde não devia estar? Goethe não quis olhar para o ferimento, afastou-se rápido para buscar socorro. Quando voltou com um capitão médico, Kümmel já havia enrolado a perna com as tiras da própria calça e acendia um palheiro:

– Vou experimentar o fumo dessa gente, tirei um bom naco do bolso do infame.

Ficaram em Tuiucue até recuperar os feridos, haviam recebido reforços do Primeiro Corpo, Philipp se dizia bem, Kümmel passava horas expondo a perna ferida ao sol, para ajudar a cicatrização: não há melhor remédio, meu velho, do que o sol, aprendi isso com os índios. Que índios? perguntou Philipp. Sei lá, respondeu ele, li essa coisa tempos atrás e sei que os índios faziam isso com as suas feridas.

Quando chegaram cavalos novos e grandes carretas se enfileiraram no alto de uma ravina, Kümmel disse: nada disso é bom sinal, os cabeças-grandes estão tramando qualquer coisa, por certo mais trabalho, mas desta vez, tenham a santa paciência, vou mostrar a minha perna, tenho uma cicatriz que já merece uma boa medalha e a ordem de voltar para casa. Virou-se para Philipp:

– Eu, pelo menos, não agüento mais passar essas noites ao relento, num frio de rachar, então pela madrugada é de chorar. Se quiserem que eu fique, já sabem, quero duas paraguaias para poder dormir, fico imprensado entre elas, não há cobertor melhor.

– Ainda se a gente conseguisse arranjar mais alguns pelegos – disse Philipp.

Kümmel terminara de acender um outro palheiro, disse para Philipp: esse negócio de pelego já me obrigou um dia a dar dois pares de coice num sargento, todo o mundo já não agüentava mais de frio, falou-se em pelegos, então ele me disse: e por que o tenente não tira uma das sobrancelhas e não se cobre com ela? Eu podia ter feito outra coisa?

Na manhã do dia seguinte ele ainda apareceu com outro pedaço de carne na mão, roubei o pedaço mais gordo com um pedaço de costela, é bom comer que ainda está meio quente. Mostrou a calça nova que havia conseguido encontrar e começou a picar fumo com uma grande faca de cabo de osso. Sentou-se numa pedra, largou a faca no chão e esfarinhava o fumo entre as palmas das mãos.

– Sabe – disse a Philipp que comia –, pensei melhor e quando voltar vou para Porto Alegre, lá engajo num navio mercante, vou aprender a me guiar pelas estrelas, conhecer mundo, está resolvido, vou ser marinheiro.

Em junho eles se despediram, Kümmel seguiria para Humaitá, Philipp marcharia com um pelotão de pontoneiros para o Chaco. Despediram-se, Philipp pediu que se cuidasse, tinha já uma grande ternura pelo tenente de grossas sobrancelhas; Kümmel marcou um encontro em São Leopoldo com o amigo, queria muito conhecer a sua mulher Augusta, os seus filhos, pensando melhor ficaria em São Leopoldo, então o teu pai faz serigotes? pois muito bem, se você chegar primeiro avisa a ele que vou trabalhar na oficina da família, vou aprender a fazer serigotes e que desde já pode começar a guardar para mim o melhor fumo da região para comemorar a chegada, chego eu primeiro e atrás de mim uma carroça só com as medalhas e citações. Bateu nas costas de Philipp, espero também que saiba se cuidar, esses índios não são de confiança.

Três meses depois, quando se dedicavam a fazer pontes e limpar os pequenos rios, Philipp ficou sabendo que o amigo de bastas sobrancelhas havia sido surpreendido num capão, em trabalho de vanguarda, e que morrera enforcado num galho de árvore. No amanhecer de um dia nublado e triste, a bordo de um vapor da esquadra onde ia também Caxias, Philipp lembrou-se do amigo e disse para o soldado Goethe que o acompanhava:

– Kümmel, afinal, terminou não fazendo nada daquilo com que sempre sonhava.

2.

Catarina olhava para Gründling e custava a reconhecer o homem de outros tempos. Tinha à sua frente um velho alquebrado que custava a levantar-se de uma cadeira, sempre a praguejar contra o maldito reumatismo que não o largava mais. Restavam-lhe poucos dentes, as mãos eram grossas e pesadas, os dedos se fechavam em forma de garra.

– Negócio fechado, Frau Catarina, a casa da Rua da Margem é agora de seu filho Jacob, espero que ele seja muito feliz nela, uma coisa que eu não consegui, mas é diferente, um homem quando fica velho já nunca é o mesmo.

– O negócio inclui os móveis?

– Tudo – disse ele –, os móveis, os bichos de quintal, o riacho que passa nos fundos, as roupas de cama e mesa, um negro ainda moço que meu filho Jorge Antônio comprou especialmente para cuidar da casa e seus pertences.

– E onde vai morar aqui, Herr Gründling?

– Por enquanto junto ao empório da Rua do Fogo, tenho lá um bom quarto, gente para cozinhar e ainda tenho nos fundos um pequeno mato para quando eu quiser dormir à sombra, nos dias quentes.

Amanda serviu café quente sem olhar para o visitante, ele perguntou qual era o seu nome. A mocinha baixou a cabeça e não respondeu.

– Esta é Amanda, filha mais velha de Philipp, está agora com dezoito anos.

Os olhos do velho brilharam, filha de Philipp? Pois escuta aqui, estive muito tempo junto com teu pai, na guerra, ele sempre me falava na menina como sendo uma criancinha de colo, muitas noites a gente tirava para falar dos filhos, da família, dos amigos, e ele sempre a contar as horas e os minutos para voltar.

Levantou-se com dificuldade: quando ele voltar estou certo que não reconhecerá a filha, não vai admitir que a menininha que aqui deixou cresceu e se transformou nessa bela moça. Passou as mãos nos cabelos de Amanda, disse que tinha um presente para ela, assim que as suas bagagens de Porto Alegre chegassem viria até ali trazer o prometido.

Virou-se para Catarina, já falamos bastante sobre Philipp, contei tudo o que sabia, não escondi nada, mas diga sempre a eles que Philipp é um homem de grande valor e que devem ter muito orgulho disso. E não podia ser diferente, ele saiu à mãe. Despediu-se abruptamente, saiu e embarcou numa caleça que já o esperava na rua, Catarina ainda viu o velho Gründling sendo ajudado a subir o pequeno degrau, era uma sombra daquele Gründling que havia enchido e tumultuado a sua vida, sentiu um aperto na garganta e gritou para a neta que podia ir para casa; sentou-se à mesa e bebeu sozinha a sua caneca de café, enquanto a de Gründling jazia de lado, abandonada, a esfriar.

Quando ele chegou ao empório viu à porta o Dr. Hillebrand, os mesmos óculos de aro de prata, os mesmos olhinhos vivos por detrás das grossas lentes. Abraçaram-se demoradamente, emocionados, então o meu velho amigo continua ainda aqui tratando dos seus doentes, firme no seu posto.

– Herr Gründling me parece muito bem, folgo em saber que afinal decidiu-se em morar aqui entre nós, São Leopoldo precisa de gente como o senhor.

– Bondade sua, doutor, eis aqui o que resta daquele Gründling que o senhor conheceu em outros tempos. Estou fazendo como os elefantes velhos, venho morrer na minha terra ou pelo menos na terra que sempre julguei que em parte fosse minha também.

– Como encontrou os netos?

– Muito bem, um deles, o mais novo, eu nem conhecia ainda. Jorge Antônio tomou conta dos negócios e devo confessar que saiu-se melhor do que o pai.

Entraram, Gründling estava sendo esperado pelos encarregados da casa, o primeiro a estender a mão foi um homem já grisalho, óculos pequenos na cara grande, fez uma curvatura:

– Luís Friedruhten, o encarregado geral – começou a apontar para os demais que haviam se postado atrás de si –, este é Macksel, que controla as mercadorias das picadas; este é Robern, que faz a ligação com Porto Alegre; este magro que o senhor vê aqui é o Rissel, caixa e tesoureiro, e muitos outros ainda que de momento não se encontram em São Leopoldo, inclusive os nossos quatro *musterreitern* que a essas horas batem picada por picada, levando mercadorias.

Friedruhten fez uma pausa, braços caídos, meio embaraçado, pés juntos em posição de sentido, começou uma espécie de discurso: é com a maior satisfação que todos nós aqui do empório de São Leopoldo recebemos a visita de tão ilustre pessoa e tudo faremos... Gründling atalhou a fala, que é isso? vamos deixar de discursos, eu não estou aqui de visita, estou chegando para ficar, o nosso negócio é tocar o barco, fiquem à vontade, mande arrumar um quarto para mim, e por enquanto eu e o Dr. Hillebrand vamos ficar nesse escritório para conversar um pouco.

Os homens se dispersaram rapidamente, eles puderam ficar a sós na sala modesta, uma velha mesa tosca, prateleiras pelas paredes, cheias de grossos livros de capa preta, um cofre de ferro de grandes proporções, duas cadeiras, um banco ao comprido de uma das paredes, sob uma janela de postigos verdes, e duas escarradeiras de louça, com desenhos azuis. Gründling indicou uma cadeira para o médico, sentou-se atrás da mesa onde se debruçou, mas então me conte como vão as coisas por aqui, mesmo de Porto Alegre não sei quase nada, foi só o tempo de rever o filho e os netos, as minhas coisas e por fim terminei decidindo morar aqui, vendi a minha casa para um dos filhos de Frau Schneider, o Jacob, casado com a filha mais nova do Pedro Martens, negócio fechado há meia hora. O médico anuía com a cabeça, demorou um pouco a falar, começou por dizer que não esperava por essa, Herr Gründling vir morar em São Leopoldo, deixar a cidade grande.

– Não gosto mais de Porto Alegre justamente por isso, tornou-se uma cidade grande para mim, prefiro uma assim como São Leopoldo, aqui tem um belo rio e de qualquer maneira continuo perto da família, vapor a qualquer momento e agora vão começar a construir a estrada de ferro. Mas afinal o senhor ainda não me contou nada.

Hillebrand fez um gesto esquivo de ombros, que se pode contar de novo para um homem que vem da guerra e que encontra aqui esta vidinha de aldeia, cheia de pequenas injustiças, de maledicências, pode crer que esse dia-a-dia é que nos mata, meu caro Herr Gründling.

– Frau Schneider falou por alto num caso de muita injustiça que houve contra o senhor, disse que uma pessoa como a sua não merecia isso, mas mudou logo de assunto e eu fiquei na mesma, mas curioso.

O médico sorriu, apesar de Frau Schneider haver cortado relações comigo e isso por coisas que vêm de longe, dos tempos dos Farrapos, nunca me perdoou não haver ficado do lado deles e mais ainda por causa do filho deles que lutava contra as forças imperiais, apesar disso tudo não é uma mulher que fique indiferente a qualquer injustiça e na certa deve ter-se referido à minha recente demissão de delegado de Polícia e, logo a seguir, das minhas funções de Juiz Municipal de Órfãos, e tudo pela prisão de um tipo desqualificado que resolveu borrar os escudos de armas imperiais da Câmara; terminei sendo acusado de ser o instigador dos incidentes, os tempos não conseguiram fechar as feridas de 45. Fez uma pausa para passar o lenço nos óculos, disse, o senhor vai ver como isto aqui é pequeno, é um lugar de gente muito miudeira e de qualquer coisa fazem logo uma tempestade; mas compreende-se, na falta de outros assuntos as pessoas costumam contar nos dedos os dias de gravidez de uma mulher recém-casada só para saber se coincidem com a data do casamento. Os dois riram juntos, Gründling dizia, eu sei, sei bem como são essas coisas. Depois disse:

– Então nunca mais teve contatos pessoais com Frau Schneider, não atendeu mais casos de doença na família, nem mesmo do marido dela, que nunca foi um homem de boa saúde? Pelo que Jorge Antônio me disse, Herr Schneider piorou muito, estaria até meio doido.

– É, Frau Schneider é uma senhora de cabeça muito dura, tem lá os seus princípios, certos ou errados, mas a verdade é que tem os seus princípios, agora mesmo está fazendo uma coisa incompreensível, imagine, passou a levar o infeliz do Daniel Abrahão para a casa de um curandeiro do Morro Ferrabrás, um tal de João Jorge Maurer, que de carpinteiro se arvorou, como num passe de mágica, a médico. E muita gente tem ido lá consultar o homem, tomar as suas beberagens. Um pobre homem que além de tudo ainda terminou casando com uma das filhas mais moças dos Mentz, ela própria sempre muito doentinha, até uma vez fui lá examinar a menina que andava sofrendo de insônia, tinha crises agudas de depressão, uma certa histeria, cheguei a recomendar que casasse, às vezes as coisas se concertam, mas nem sempre.

Friedruhten surgiu na porta, pediu licença, perguntou a Gründling se podia deixar os empregados saírem, estava na hora. Ele respondeu que mandasse o pessoal embora, ele mesmo poderia ir. O encarregado disse que já havia deixado tudo arrumado no quarto dos fundos, suas malas estavam lá e que havia deixado o jarro d'água cheio ao pé da bacia. Saiu fazendo uma nova mesura.

– Não sei – disse o médico –, mas precisamos encontrar uma boa casa para o senhor, não pode ficar morando aqui no empório, isso é lugar de vigia.

– Quem sabe – disse Gründling pouco interessado na idéia.

Hillebrand levantou-se, precisava ir andando, antes de ir para casa deveria ver alguns doentes, era a vida de sempre. Gründling, enquanto se apertavam as mãos, perguntou por alguns dos velhos conhecidos, o médico foi sumário:

– Desses, lamento muito, não vive nenhum.

3.

Catarina chegara ao cair da tarde. Enquanto Emanuel descia da caleça para abrir as duas folhas do enorme e imponente portão de ferro batido da nova casa do filho, ela entreviu entre as árvores a casa que havia sido de Gründling, Jacob acorria para abraçar a mãe, a senhora precisa ver que casa, eu nem sei ainda onde encontrar as coisas, acho que a gente não devia ter comprado uma casa dessas, a pobre da Sofia Maria tem medo de viver no meio de tantas peças, só o porão daria para uma família inteira morar. Catarina examinou degrau por degrau, passou a mão na madeira lustrada da porta principal, entrou na sala da frente um pouco espantada diante dos móveis ricos, havia um corredor comprido, ladeado por inúmeras portas. A nora veio ao seu encontro, a grande barriga balouçando, a saia curta e esticada.

– Isto é casa para uma família de dez filhos – disse Catarina fazendo um gesto circular com as mãos.

Jacob disse alegre para a mãe, pois já começamos com o primeiro, a parteira disse que nasce amanhã ou no máximo dentro de três dias.

Enquanto Sofia Maria permanecia no alto da escada que dava para os fundos, mãe e filho desciam e começavam a passear pelos caminhos ensombrados; havia uma grande horta cercada por taquaras secas, um pomar maltratado, uma tora falquejada para cortar lenha a machado e finalmente chegaram num terreno de areia escura, mato baixo e viçoso margeando as águas mansas de um riacho e de onde estavam viam uma casinha velha, Jacob disse que era do negro José, um escravo que Herr Gründling comprara havia pouco tempo, homem novo ainda, sabia tratar dos porcos, mostrou à mãe os chiqueiros que acabavam na água corrente, disse que o preto ainda cuidava da horta, tirava água do poço e já havia recebido ordens de podar as árvores do pomar, limpar as macegas do terreno, tratar melhor de tudo aquilo. Agora, disse para a mãe que já retornava pensativa, preciso arranjar uma boa negra para a cozinha, marquei para ver algumas delas amanhã, Jorge Antônio foi quem me recomendou um feitor que tem posto numa ilhota aqui perto.

Voltavam lentamente, viram Emanuel desatrelando o cavalo, havia um galpão de portas largas para guardar as caleças e um pequeno potreiro de paliçada para os animais grandes. Jacob perguntou pelo pai.

– Está passando mais alguns dias na casa de Maurer, ele parece se dar muito bem lá, nem tanto pelos remédios mas porque encontrou em Jacobina alguém que não quer saber de outra coisa senão ouvir a leitura da Bíblia, ela própria mal sabe ler, e com isso ele se sente mais confortado.

— E a saúde dele?

— Maurer me disse que ele tem dormido à noite e que de dia, quando não está lendo a Bíblia para Jacobina, ajuda um carpinteiro de lá mesmo a levantar um grande galpão para abrigar os doentes que chegam lá e que nem conseguem mais caminhar.

Chegavam à escada dos fundos, ela disse: Daniel Abrahão está tomando uma infusão de erva mulungu, que é boa para os nervos, ajuda a dormir sem sobressaltos e dizem que ainda faz muito bem para o reumatismo, mas no fundo o melhor remédio ainda está sendo a Jacobina, ele acha que a moça é iluminada, que tem a proteção de Deus aqui na terra, enfim, teu pai precisa disso, o mal dele é mais da cabeça do que mesmo do corpo.

Catarina foi para a cozinha, ao cair da noite, Emanuel descarregara alguns cestos cheios de mantimento, Sofia Maria disse que era um exagero, o marido já havia trazido do empório caixas e caixas de provisão e uma farinha de trigo tão branca que pretendia preparar uma boa fornada de pão para o dia seguinte, queria experimentar o forno de lenha que ficava ao lado da casa, sob um telheiro.

Abrahão nasceu no dia seguinte, a avó calculou pelo olhar que devia pesar mais de quatro quilos, era um belo menino, tinha o nariz da mãe e a testa do pai, lembrava-se de Jacob quando era daquele tamanho, não podia ser mais igual. Jorge Antônio mandara duas escravas para ajudar em todo o serviço e já um dia depois vinham ele e a mulher Clara fazer uma visita, desembrulharam os presentes, entre eles uma pequena caixa de música com desenhos a esmalte.

Sentaram-se na sala, as negras servindo cálices de licor e finas fatias de pernil, Jacob entrando e saindo do quarto, disse a eles que Sofia Maria passava muito bem, naquele momento dormia um pouco, o menino só abrira a boca para chorar na hora de nascer. Jorge Antônio levantou um brinde ao novo membro da família Schneider, fazia votos sinceros de que se tornasse um homem digno de sua raça e que fosse a alegria dos pais e dos avós. Depois perguntou a Catarina:

— A senhora acha que o pai se acostumará com a vida de São Leopoldo?

— Quem sabe – disse ela – me pareceu muito bem, ele precisa agora é de se distrair no trabalho, Herr Gründling nunca foi um homem de ficar sentado numa cadeira de balanço e lá ele sempre vai encontrar o que fazer.

— Teve notícias de Philipp?

— A não ser as que Herr Gründling trouxe, nenhuma. Só ouço dizer que a guerra está no fim, que os aliados já estão às portas da capital inimiga e não deixo de ficar preocupada com as notícias de cólera naquela frente, o que deve ser conseqüência de tanto morticínio.

Jorge Antônio levantou-se, bateu no braço da mulher, vamos indo, Frau Schneider deve estar cansada, todos devem estar esgotados, as negras podem ficar aqui até acharmos outras nas mesmas condições. Disse como a desculpar-se: está cada vez mais difícil de arranjar escravos de qualidade, mas com um pouco de paciência sempre se consegue.

Jacob acompanhou o casal até o portão da rua e quando voltou perguntou à mãe se não precisava de nada. Ela mandou que ele fosse dormir, eram mais de nove horas e queria partir de volta ao amanhecer do dia seguinte, precisava chegar logo a São Leopoldo, ver como as coisas andavam, e no mesmo dia ainda seguir para a casa dos Maurer, a notícia do nascimento de Abrahão alegraria o avô.

Na viagem de volta só trocou meia dúzia de palavras com Emanuel, ia com o pensamento confuso, misturava o nascimento do neto com a imagem de um Philipp morto, as coisas deviam correr assim, as almas de uns encarnavam no corpo dos que nasciam, tinha uma sensação de vazio no peito.

Só ficou em casa o tempo suficiente para dar a notícia do nascimento do menino que se chamava Abrahão em homenagem ao avô, para abraçar e beijar os netos, dar algumas ordens no empório e nas oficinas e trocar de blusa que a outra ficara vermelha do pó dos caminhos.

Quando a caleça parou na frente da casa de Maurer notou que havia um movimento maior, quatro carroças estavam paradas debaixo das árvores; Jacobina apareceu na porta, vinha vestida toda de branco, trazia os cabelos presos no alto da cabeça, cumprimentou Catarina com uma certa cerimônia e disse que Herr Schneider estava cada vez melhor, era já um outro homem. Entraram, havia na sala muita gente, todos se viraram para olhar a recém-chegada, Catarina postou-se a um canto, viu o marido de pé, ao fundo, Bíblia aberta entre as mãos, uma estranha mulher permanecia deitada sobre uma enxerga no meio da sala, tinha as faces lívidas, um homem que parecia ser o seu marido estava sentado ao lado dela, uma criança dormia entre os dois. Ouviu-se a voz de Daniel Abrahão, havia erguido um dos punhos: Eis que o Senhor fez ouvir até as extremidades da terra...

Catarina sentiu-se levemente indisposta, notou a transfiguração de Jacobina que havia se ajoelhado e mantinha os olhos fixos em Daniel Abrahão. Ele prosseguiu ainda na leitura, depois fechou a Bíblia e, acompanhado em coro por todos os presentes, iniciou a oração:

– *Im Namen des Vaters, des Sohnes und des hengen Geistes...*

Catarina olhou para trás e viu Emanuel que permanecia na soleira da porta, reparou na concentração em redor, saiu pé ante pé, lá fora respirou fundo, sentia uma estranha angústia, como se duas garras apertassem a sua garganta.

4.

Herrschaft dizia que estava cansado de construir pontes, de destruir pontes, de passar por cima de pontes, de nadar debaixo de pontes; abriu a mão esquerda em forma de leque, com o indicador da mão direita enumerava: no dia de Reis aquela ponte para chegar a Assunção, tinha-se de limpar o terreno de cadáveres para cravar as estacas, o que se conseguiu sem maiores sacrifícios; depois Rio Paraguai acima até a ilha Faixo dos Moros, então nos tocou também a tarefa das fortificações, já não se cumpria ordens de Caxias que voltava para o Brasil, mas era então o Conde D'Eu, genro do imperador, vocês se lembram bem dele, naquele seu fardamento recém-saído das mãos do alfaiate, quando da rendição de Uruguaiana; então a gente foi na frente para Peribituí e assim facilitamos a derrota do inimigo e lá deixamos também um punhado de bons amigos enterrados na lama; ajudamos a tomar de assalto a maldita daquela ponte que dava acesso a Campo Grande e Lopes só não foi apanhado porque sempre foi mais esperto e mais militar do que os nossos generais; veio depois o Cerro do Leão, enquanto o nosso exército seguia para Rosário a fim de refrescar a alma.

Fez uma pausa, tirou o resto do palheiro que carregava atrás da orelha e pediu licença para usar a outra mão, os cinco dedos da esquerda já haviam sido utilizados, então precisava da mão direita, vamos ver se com estes dedos consigo terminar a minha história. Acendeu o cigarro, deu uma tragada comprida e jogou o resto longe, com um piparote. Vamos a ver com calma: aí ficamos adidos a uma nova Brigada e partimos para São Joaquim, onde abrimos trincheiras, cravamos estacas e foi onde consegui pegar aquela paraguaia de pele branca que depois queria porque queria vir junto para o Brasil, jurava que seria minha escrava para o resto da vida e como eu não entendia nada mas percebi o que ela queria, terminei por amarrar a cadela numa árvore para que ela não largasse atrás da gente como cachorro quando vê banda de música; já fazia calor, sim, outubro começava a esquentar, então agora estamos aqui torrando neste sol que é o próprio inferno e, meus senhores, declaro-me sem rodeios um inválido da pátria, não tenho mais força para abrir a braguilha, tenho mijado no cano das botas.

Philipp e Metzger ouviram Herrschaft calados, ambos deitados à sombra de uma carreta, Metzger preparando a palha para um novo cigarro. O Major Claussen aproximou-se do grupo, seu cavalo fazia espuma na tábua do pescoço, disse que os pontoneiros iam permanecer ali enquanto as tropas atacariam o inimigo entre os quais se presumia estivesse o próprio Marechal Lopes, bateu com a mão no copo da espada:

– O fim deles está chegando, é só pegar o marechal.

Metzger tinha se posto de pé, perguntou se havia mais notícias da frente de combate, Claussen disse que eles estavam desesperados, que a capital saíra de Assunção para Luque e de lá já se transferira para Pirivevií.

– E nós para onde vamos, major? – perguntou Philipp.

– Os pontoneiros vão ser dissolvidos, pelo que sei vocês devem ir para o 18º Batalhão de Linha.

O major acenou e deu de esporas no cavalo, que de tão exausto apenas iniciou a caminhada em sentido contrário. Não restavam mais do que trinta homens dos pontoneiros, naquele momento estirados onde houvesse um pedaço de sombra; uma velha e quase inutilizada cozinha de campanha estava sendo manobrada por alguns soldados, Metzger disse a Philipp que se tudo desse certo aquela gente terminaria por preparar qualquer coisa de comer. Philipp deu de ombros, tanto fazia, depois de Curupaiti havia passado quatro dias sem botar nada na boca e nem por isso morrera, seu estômago já estava acostumado.

Já quase noite fechada dois soldados vieram trazer uma gamela com uma espécie de cozido de carne gorda e alguma batata que por acaso havia sido deixada por alguma tropa em retirada a toque de caixa. Ambos começaram a comer em silêncio, olharam-se desconfiados.

– Nada mau em matéria de sopa de pedra – disse Metzger sorrindo.

– Pelo contrário – disse Philipp –, é a melhor comida que vi nestas últimas semanas, com exceção dos peixes ensopados da ilha Faixo dos Moros. Mesmo assim o sal lá era mais escasso.

Permaneceram estacionados por ali ainda uns dois meses, os soldados saíam à noite para tirar tatus das tocas, faziam da carne deles um guisado com farofa, servido na própria casca. Depois o sarro da caça enjoava o olfato e nauseava o paladar. Um dia caçaram uma anta, assaram a carne, gorda como de porco, em grandes braseiros, mas já no dia seguinte não suportavam mais o cheiro do assado, terminaram por jogar fora todo o resto, Metzger jurou nunca mais em sua vida comer carne de anta, passou a sentir o cheiro daquela gordura até nos palheiros que fumava.

Em fevereiro foram incorporados ao 36º Batalhão de Voluntários da Pátria, sob o comando do Coronel Genuíno Sampaio, alojaram-se em Humaitá, Philipp correu para mostrar a Herrschaft e a Metzger as paliçadas que seus homens haviam construído. Nos últimos dias do mês chegava um comboio de carretas com feridos da frente de batalha, entre eles mais de trinta alemães. Um deles, o Sargento Carlos Batt, tinha uma perna amputada e quando o médico disse que ele queria falar com algum compatriota do 36º, avisou a Philipp:

— Ele tem muita esperança de sair desta com vida, mas a outra perna começou a gangrenar. Ele não sabe.

Philipp convidou Metzger e foram ver Batt, era um sujeito moço ainda, de família de Santa Maria, solteiro, tinha uma cicatriz viva na testa, alegrou-se ao apertar a mão dos oficiais, pediu que sentassem um pouco ali. Metzger ofereceu um cigarro.

— Vou aceitar, capitão, não fumo há duas semanas e chego a sonhar em dar uma boa tragada.

Cheirou bem o cigarro improvisado, arregalou os olhos, prendeu-o entre os dentes e aguardou que Metzger lhe chegasse o fogo. Aspirou com ar deliciado a fumaça, encheu os pulmões e começou a soltá-la lentamente, lambendo os lábios ressequidos.

— Isso é o que se pode chamar de verdadeiro prazer, meu capitão.

Philipp perguntou como estava se sentindo. Muito bem, o diabo desta perna é que me vai fazer falta na volta, vou liberar a minha noiva do casamento, não tem sentido uma moça bonita casar com um aleijado e acho que não vai ser difícil encontrar trabalho que não exija as duas pernas, mas sabem, por mais que tenha quebrado a cabeça nessas noites todas em que a gente não consegue pregar olho, não encontrei um trabalho desse tipo. Quem sabe os senhores, que são mais velhos, me lembram algum?

— Há muitos – disse Philipp –, mas tem muito tempo pela frente para pensar nisso. O principal agora é continuar o tratamento e ficar bom de vez.

— Ah, isso também me diz o doutor e eu sei que deve ser assim, mas que diabo, essas coisas não precisavam demorar tanto a sarar. Para acontecer, é um zás! e lá estamos nós sem uma perna, mas depois o tempo passa e nada.

— Onde foi ferido? – perguntou Metzger.

— Na tomada de Pirivevií, estava lá o ditador, nem foi bem uma batalha, Lopes ainda conseguiu fugir para Caraguataí, já nem tinha muitos soldados, o homem estava entre mulheres e velhos, até crianças cercavam o Marechal; em Rubio Ñu os nossos homens tiveram de lutar muito para dobrar o inimigo e depois ficaram bastante envergonhados, haviam batido um batalhão de meninos, o mais velho deles não devia ter ainda 16 anos.

— Você estava com as nossas tropas?

— Não, fiquei sabendo disso tudo depois que a explosão de uma granada me arrancou a perna e me abriu aqui na testa, vejam, um pouco mais e me deixava cego. Mas a nossa gente já está em Assunção e como lá não sobrou um homem para remédio, já podem saber que ninguém mais quer sair de Assunção, é só entrar em qualquer casa, numa casinhola que seja, e escolher a menina que achar mais bonita e mais fornida de carnes.

Fez uma pausa para reacender o palheiro, olhou com ar gaiato para Metzger:

– Meu capitão, cicatrizando este toco de perna me vou para Assunção, acho que me caso por lá mesmo, as moças não fazem questão que os noivos tenham uma ou mesmo duas pernas, o importante é que uma granada não tenha levado o principal.

Riu alto e logo ficou sério, o médico acabava de chegar.

– Pelo que posso ver a visita dos amigos fez bem ao nosso caro sargento, seu aspecto melhorou muito e isso ajuda a cura.

– Doutor, diga a eles quanto tempo ainda devo ficar aqui nesta enxerga.

– Isso vai depender de você mesmo. Se começar a mexer-se muito, três meses; se ficar quieto como tenho recomendado, talvez em menos de vinte dias já possa começar a fazer os primeiros exercícios.

O mutilado ficou pensativo por um momento, depois segurou a manga da túnica do médico, escute uma coisa, doutor, esta outra minha perna não anda lá essas coisas, me dói muito de noite e aqui na altura do joelho eu sinto umas pontadas esquisitas e o diabo é que o senhor mantém essa outra perna toda enfaixada.

– Mas eu já disse, essa outra perna foi atingida também e está sendo medicada, é por isso que o amigo deve ficar quieto e não se agitar como um menino.

Batt sorriu: esses médicos têm um jeito todo especial para falar com o próximo, mas confio nele, é gente que vem da Prússia. Philipp levantou-se, seguido por Metzger, vamos deixar o sargento descansar.

– Um momento, vou pedir um pequeno favor, não me levem a mal, o doutor aqui não vai dizer não.

Philipp e o companheiro ficaram onde estavam, o médico perguntou o que era, Batt falou baixo, em segredo:

– O capitão podia deixar um outro cigarro daqueles?

O médico fez uma cara de espanto, ora essa, tanto mistério, eu nunca proibi o sargento de fumar. Metzger tirou do bolso um pequeno amarrado, puxou lá de dentro dois cigarros preparados e passou-os a Batt.

– Obrigado, capitão. Antes de dormir fumo um e amanhã, depois do rancho, fumo outro.

Lá fora Philipp perguntou ao médico:

– Está certo a respeito da outra perna?

– Como um e um são dois e o pior é que se trata de uma gangrena úmida, alta, não há remédio que ataque a putrefação. A noiva dele chama-se Ana

Isabel, mora com a família na Linha Hortêncio, seu sobrenome é Raupp. Se algum de nós conseguir sobreviver pratica um ato cristão procurando a moça e contando o que se passou. Convém dizer que antes de morrer ele só falava no nome dela.

Num dia claro de abril, a primavera se fazendo presente nas árvores e nos campos, aquele troço dos Voluntários da Pátria levantava acampamento – Philipp e Metzger ainda foram colocar algumas flores do campo sobre o monte de terra onde haviam enterrado o Sargento Batt – o objetivo era alcançar Montevidéu, a guerra havia terminado, Lopes resistira até à morte cercado por dez batalhões e seis regimentos, num total de quinhentos homens, nenhum oficial. Metzger a dizer, abanando a cabeça, "era um louco", esse tipo iniciou uma guerra que sabia de antemão que era suicida. Um outro oficial que se juntara a eles comentou: e quem nos diz que ele iniciou esta guerra? Metzger esticou o lábio inferior, fez um gesto de dúvida, também pode ser possível que de fato tenha sido levado a ela, não se sabe. Philipp montava num cavalo depois de quase um ano de marchas e contramarchas a pé, sentia-se desesperançado, como se estivesse a caminhar para algum lugar desconhecido, perguntava-se como chegaria a São Leopoldo, não se lembrava mais da fisionomia de Augusta, confundia-a com a da mãe, talvez não reconhecesse mais os filhos e se perguntava também se os velhos já não haviam morrido, os dias correndo, os meses, um tempo sem memória.

Nos últimos dias do mês chegavam a Rio Grande, o Coronel Genuíno à frente da tropa, a cavalaria aos pedaços, animais de cabeça baixa, as ruas apinhadas de gente; os que tinham parentes ali, poucos deles, eram arrancados dos seus cavalos e levados nos braços de pessoas que choravam, os soldados meio espantados, as moças atiravam flores, velhinhas desmaiavam, Philipp tinha a impressão de estar chegando numa distante e perdida terra estranha, não via entre a multidão um rosto amigo, uma pessoa sequer conhecida.

Aquartelaram aquela noite na cidade, fartos de tanta comida e de tanta bebida que todos traziam, uma noite de insônia quando muitos soldados escapavam do aquartelamento e se juntavam a moças e prostitutas. De onde ficara, Philipp podia ouvir a bulha que os casais faziam, os gritos de alegria e de prazer, ouviu que davam ordens para a troca da cavalhada por outra que tivesse forças para alcançar Porto Alegre e, antes do sono que chegou pesado e irreversível, lhe pareceu ouvir a voz grave do pai, uma voz que saía de dentro da terra, de dentro de um poço, aquele ar de maresia lhe trazia à memória algo confuso, distante, cavaleiros de negro galopando por descampados, retinir de espadas, um choro desesperado que vinha do fundo da garganta de sua mãe. E o pai dizia no seu linguajar arrastado "ó Deus que és o autor da paz e amas a misericórdia".

– O primeiro que avistar a Igreja das Dores ganha um leitão assado inteiro – disse Metzger que mantinha o seu cavalo junto ao de Philipp e que se mostrava preocupado com o amigo de ar perdido.

– Pois agradeço o teu leitão. Troco tudo por uma cama macia, por um travesseiro de penas, por um par de lençóis brancos e engomados – disse Philipp mansamente.

– Pareces triste com a volta.

– Não sei dizer como me sinto, no fundo acho que estou com medo de chegar.

– Deixa disso, meu velho, todos aqui estão contando os minutos e os segundos, repara como a marcha vai se acelerando à medida que nos aproximamos e isso sem nenhuma voz de comando, é como um rio quando o leito vai estreitando, estreitando.

Havia uma hora que Viamão ficara para trás quando ouviram o toque de alto, oficiais percorriam as fileiras mandando apear, um major alemão reuniu os seus compatriotas, explicou que deviam preparar-se para a entrada na cidade, que tratassem de arranjar os fardamentos, limpar o barro das botas, abotoar as túnicas, manter a cabeça dos cavalos erguida, não podiam dar má impressão ao povo, um emissário viera ao encontro do comando para avisar que preparavam grandes manifestações e que a tropa dispersaria em Porto Alegre, que cada um fosse para a sua casa. Philipp permanecia ausente, cumpria as ordens como um autômato, não queria acreditar no que ouvia, tinha medo de acordar e sentir a terra fria das trincheiras, o fedor dos vômitos podres numa pequena barraca de campanha. Metzger veio até onde ele estava:

– Então, homem, este é o momento que eu sempre via nos meus sonhos, jamais acreditei que um dia pudesse voltar, mas que diabo, sonhar ainda a gente podia.

– E que pretendes fazer daqui para a frente?

– Tenente, lembrei agora o nosso Kümmel, pois vou ser marinheiro em homenagem a ele.

Philipp olhou demorado para o companheiro, sabe, daria o meu braço direito para ter Kümmel agora entre nós. Depois passou as mãos pelo fardamento velho, perguntou ao amigo que tal o seu aspecto.

– Até que o teu fardamento não está dos piores, o diabo é esta cara de fantasma.

– Estou pensando nisso, vou dizendo logo o meu nome, Augusta é capaz de não me reconhecer, meus filhos, então, vão ficar muito assustados.

Montaram, formaram por quatro, e reiniciaram a marcha. Porto Alegre inteira estava nas ruas, centenas de bandeiras imperiais eram agitadas com entusiasmo, a cavalaria vencia o caminho com dificuldade, os animais espantados desfaziam o alinhamento precário, Philipp agora procurava descobrir entre a multidão alguma cara conhecida, quem sabe algum empregado do empório, algum amigo perdido no tempo. Ia vendo muitos dos seus companheiros desgarrarem de repente e se atirarem do cavalo ao chão, logo sumido entre abraços e lágrimas dos familiares, viu quando Metzger apeava também e desaparecia no meio de um grupo de gente, ele ainda tentou acenar, despedindo-se, mas desapareceu logo, uma velhinha dependurada no seu pescoço, uma jovem que passava as mãos nos seus cabelos.

De repente ouviu seu nome, estacou o cavalo, foi empurrado pelos que vinham atrás, a tropa não mantinha mais a sua unidade, ao redor dele não via mais do que quatro ou cinco soldados. Virou-se, não conseguia distinguir de onde partia a voz que repetia o seu nome, tinha os olhos embaciados, a voz agora estava mais perto, alguém rompia a multidão compacta, corria para ele aos esbarrões:

– Philipp, Philipp, sou eu, Jacob.

Apeou meio tonto, dois braços fortes cingiram o seu pescoço, sentiu o calor do irmão abraçado ao seu corpo, conseguiu afastá-lo um pouco, Jacob lhe parecia outra pessoa, lágrimas corriam-lhe pelo rosto, Deus ouviu as preces do nosso pai. Ficaram assim, Philipp tentando resistir ao pranto, não conseguia dizer nada, a voz sumira, enxergou a cunhada com uma criança no colo, estendeu um braço, puxou-a para si, balbuciou um abafado "como estão os velhos?", Jacob disse que estavam bem, que em São Leopoldo ninguém sabia da chegada das primeiras tropas.

– E este aqui?

– É Abrahão, o nosso primeiro filho.

Jacob voltou-se, fez um sinal, aproximou-se um casal, ele disse:

– Este é Jorge Antônio, filho de Herr Gründling, e esta é a sua mulher Clara, vieram te esperar também.

Philipp abraçou os dois, perguntou se Herr Gründling havia chegado bem. Jacob adiantou, chegou muito bem, resolveu morar em São Leopoldo e me vendeu a casa que tinha aqui na Rua da Margem.

– Foi um grande companheiro que tive na guerra – disse Philipp apertando forte a mão do outro que sorria alegre, enquanto a sua mulher enxugava os olhos.

Jacob disse que ele ficaria aquela noite na casa deles, precisava descansar, trocar de roupa, dormir numa boa cama, no outro dia embarcaria num dos vapores da família para São Leopoldo. Jacob falava em catadupas, nervoso não despregava os olhos do irmão, disse que ele havia mudado um pouco, era natural, todos mudavam, perguntou se não tinha mais nenhum ferimento, precisava tratar do corpo.

Philipp segurou-o carinhosamente pela nuca, mas então vocês aqui acham que a gente vai para a guerra para receber ferimentos? Jacob o apalpava, notou depois uma pequena cicatriz ao lado do nariz, olha aqui a marca de um deles, vamos para casa, temos aqui perto duas caleças nos esperando.

Ao jantar deram a cabeceira da mesa para Philipp e os outros lugares foram ocupados por Jacob e Sofia Maria, Jorge Antônio e Clara, Isaías Noll e Gebert, os mais velhos servidores dos empórios da família Schneider em Porto Alegre. Philipp preferia ouvir, não fizera outra coisa depois que chegara. Comia com lentidão, explicou que um soldado se acostumava logo a comer pouco e nem sempre havia tempo para isso. Jacob pediu: conta como foi a rendição de Uruguaiana, a carta de Herr Gründling foi lida milhares de vezes, imagina, uma pessoa se ver assim frente a frente com um pelotão de fuzilamento, deve ser uma experiência horrível. Philipp balançou a cabeça, fiz uma promessa, nesses próximos três meses não conto nada, só quero saber de tudo o que se passou aqui, quem nasceu, quem morreu, quem desapareceu. Fez uma breve pausa, cortou lentamente um pedaço de carne, virou-se para o irmão, e depois, é a mais pura verdade, esqueci de tudo o que se passou na guerra e ainda há pouco, quando experimentava essas roupas que vocês mandaram buscar para mim, cheguei à conclusão de que não houve guerra, de que tudo isso não passou de uma grande invenção.

Jorge Antônio aplaudiu, muito bem, é a melhor coisa que uma pessoa pode fazer, o que passou, passou. Philipp dirigiu-se a Noll:

– Então, meu velho Noll, como vão os negócios por aqui?

Apanhado de surpresa, Isaías Noll engoliu depressa o que havia posto na boca, ficou sem saber o que dizer, apontou para Jacob, ele pode dizer melhor do que eu, agora passou a tomar conta de todos os negócios em Porto Alegre.

– E Engele, que notícias me dão dele?

Houve um ligeiro mal-estar, Jacob respondeu, Engele morreu de cólera. Depois acrescentou: Philipp sabe muito bem que as pessoas atacadas de cólera dificilmente se salvam, foi feito tudo o que se podia fazer por ele, não se poupou recursos, mas foi tudo em vão.

Philipp prosseguiu comendo, pediu que falassem sobre todos, podiam começar pelo pai e pela mãe, qual era o estado de espírito de Augusta, queria saber muita coisa a respeito dos filhos.

Da mesa passaram para um canto da sala, Philipp provando gota a gota o conhaque do seu cálice, o irmão falando quase sem tomar fôlego, Sofia Maria de vez em quando interrompendo para acrescentar um ou outro detalhe do que o marido dizia.

Os primeiros a se despedirem foram Jorge Antônio e a mulher, pouco depois saíam Noll e Gebert. Por fim Jacob levou o irmão para o quarto que lhe estava preparado, comentou que ele devia estar morrendo de sono, há quanto tempo não dormia numa cama de verdade?

– Perdi a conta – disse Philipp –, mas nunca deixei de sonhar com um travesseiro assim, com este par de lençóis brancos e engomados, com um camisolão que se pudesse dormir sem se sentir peado, num quarto como este, amplo e de teto alto, ao contrário das furnas em que se largava o corpo e ao acordar de madrugada contar os escorpiões que aninhavam no calor da gente.

Quando Jacob saiu ele ficou afofando o travesseiro com as mãos, alisando os alvos lençóis e pela sua cabeça desfilaram todos aqueles bons companheiros que haviam ficado para trás. Mas, quando assoprou a chama do lampião de bela manga lavrada e afundou a cabeça nos panos macios, dormiu logo, como se fizesse aquilo pela primeira vez na vida.

Acordou com leves batidas na porta, o quarto ainda permanecia no escuro, a princípio não sabia onde estava, depois foi se situando, passou as mãos ásperas ao redor de si, novas batidas, perguntou quem era. Jacob pediu desculpas, eram dez horas e o vapor partia dentro de uma hora. Philipp pediu que ele entrasse, que abrisse a janela. Jacob então disse: mas não te preocupes com o horário, o vapor é nosso, já dei ordem de só partir quando Herr Philipp Schneider chegar. Sabes, disse ele estremunhado, é a primeira vez nos últimos dez anos que acordo a esta hora e se não batesses era bem capaz de acordar amanhã de tarde. O irmão disse, está um dia bonito de sol e Sofia Maria preparou um bom café com pão fresco e torresmo com ovos.

– Sabes – disse Jacob sentando-se na beirada da cama –, por mim ninguém te acordaria, mas acho que eles lá em São Leopoldo têm o mesmo direito, a mesma alegria de te ver e de te abraçar. Acho até que têm mais direito.

Philipp ficou enfiando a roupa, ainda sonolento, enquanto Jacob saía para ver se tinham atrelado o cavalo na caleça, havia duas malas de couro cru à entrada da sala com roupas que na véspera Jacob mandara trazer de diversas casas e que Philipp experimentara logo após o seu primeiro banho morno depois de muitos anos.

Quando o vapor manobrava para desatracar, ele ainda ficou algum tempo na amurada, acenando para o irmão e a cunhada, Noll e Gebert, Jorge Antônio, a mulher e os filhos; a cidade havia crescido, novos prédios grandes, o cais era maior, muita coisa mudara, mas no fundo era ele que se tornara um estranho, um galho seco, sem raízes, e que agora flutuava contra a correnteza, rumo ao desconhecido.

5.

Juliana, toda vestida de branco, camisola que descia além dos pés, estava estendida num estrado forrado de couro, cabeça caída para trás, Jacobina ajoelhada à sua cabeceira, Bíblia de encontro ao peito magro; Emanuel mantinha-se a distância, quase fora da peça, um puxado baixo do galpão principal dos doentes; Maurer remexia num líquido escuro e grosso. Jacobina permanecia de olhos fechados, sua voz rompeu o silêncio:

– Que os teus olhos sem luz vejam a vontade de Deus, ele está junto de ti e de todos nós...

Maurer embebeu alguns panos de algodão na vasilha, estendendo-os à mulher que sobre eles fez um sinal-da-cruz lento e formal; Emanuel viu quando a compressa era colocada sobre os olhos de Juliana, vertia dos panos a infusão escura e oleosa, Jacobina ainda disse: nós te suplicamos, ó Senhor, que nos mostre em clemência a tua inestimável misericórdia. Maurer afastou-se levando a vasilha, Jacobina fez um sinal para Emanuel aproximar-se, disse a ele que ficasse de guarda à mulher. Ele sentou-se ao lado do estrado, tirou de um lenço e ficou ali a enxugar o remédio que descia pelo rosto e começava a empapar os cabelos.

Naquela noite a sala grande abrigava muita gente, eram homens e mulheres vindos de longe, a poeira dos caminhos ainda no corpo e nas roupas, na parede maior várias velas ardiam com luz fraca, as pessoas permaneciam sentadas no chão, algumas delas ajoelhadas, crianças doentes dormiam sobre panos, ao lado das mães aflitas. De onde estava, Emanuel podia ver Jacobina e ouvir a sua voz monótona e arrastada, viu quando Daniel Abrahão passava pelo pátio levando consigo um lampião, ouvia também, de vez em quando, um murmúrio de muitas vozes em oração. Então Jacobina fez-se ouvir alto e bom som, era uma voz de agouro e de ameaça, afirmava que dos céus se abriria um clarão de luz e de fogo e que a maldição divina atingiria os pecadores e os remissos, que sete anjos, montados em sete cavalos de nuvens, baixariam sobre a terra para com suas espadas vingarem as ofensas que contra Deus eram praticadas, pelos ímpios. Agora todos cantavam um hino conhecido, repetindo pesadamente o refrão.

– Estás sentindo alívio? – perguntou Emanuel.

– Estou – disse Juliana. – E agora tenho a impressão de que o meu corpo não existe, tenho sono, muito sono.

– Dorme, não vou sair do teu lado.

Mais tarde ele ouviu o rumor de gente que saía, algumas carroças em movimento, patas de muitos cavalos, choro de criança. Desdobrou um cobertor que havia sido deixado ao lado e estendeu-o sobre o corpo de Juliana que parecia dormir profundamente, a noite estava fria e ventava lá fora. Jacobina despedia-se de todos pedindo para cada um a proteção divina; depois Emanuel notou que muitas pessoas se aglomeravam na sala ao lado, pelas frestas da parede viu réstias de luz, ouviu Daniel Abrahão dizer a Jacobina que toda a verdade estava aqui e que dentro daquele livro havia o inferno e o céu. Ela então pediu que ele lesse o livro de Deus. A voz que Emanuel ouvia naquele momento era a mesma que estava acostumado ouvir em muitas noites, vinda do alçapão que separava o patrão do mundo, da toca que havia sido o seu refúgio e o seu abrigo.

Quando acordou, Emanuel não saberia dizer o quanto dormira e nem onde estava. Estendeu a mão e tocou o braço frio de Juliana que ressonava tranqüila; cobriu-a melhor, reparou que na peça ao lado ainda havia luz e que a voz de Daniel Abrahão ainda se fazia ouvir.

Madrugada alta, espiou pela porta que ficara semi-aberta e reparou que já podia distinguir por entre as ramadas mais altas a tênue claridade de um novo dia. Tocou de leve na compressa gelada, sentiu na ponta dos dedos o líquido gorduroso e ficou a imaginar o dia em que Juliana pudesse novamente ver a luz do sol e o azul do céu, os animais no pasto, o seu rosto envelhecido na face polida de um espelho.

Uma mulher bateu de leve no seu ombro, Emanuel abriu os olhos, assustou-se, ela disse: venho trazer um caldo quente para o senhor, Herr Maurer não demora muito passa por aqui, Jacobina dorme, passou a noite toda em claro, junto a Deus. Ele agarrou a tigela e reparou que Juliana dormia ainda, não se movera durante a noite inteira, assim como adormecera, assim estava, deitada ao comprido, de costas, braços entendidos ao longo do corpo.

Havia movimento no pátio, carroças e cavalos, Maurer surgiu na porta, retornava com a mesma vasilha, perguntou se Juliana passara bem a noite.

– Dormiu logo e não acordou até agora.

O curandeiro retirou a compressa dos olhos, Juliana teve um leve estremecimento, as pálpebras se entreabriram, chamou pelo marido.

– Estou aqui, Juliana.

Ela disse, sonhei com Philipp, enxerguei Philipp ferido na guerra e que Herr Schneider estava ao seu lado lendo a Bíblia e que eu andava no meio dos soldados mortos e que entre os soldados estava João Jorge afogado num rio sem águas e que era um menino de poucos meses.

Emanuel olhou aflito para Maurer que disse, vamos trocar esta compressa, mas primeiro vai tomar alguma coisa quente para afastar o frio do corpo.

Entregou um trapo umedecido para o marido, passe sobre os olhos dela, procure limpar bem, deve tirar todo o remédio que aí está. Levantou-se e saiu, no pátio saudava as pessoas. Uma delas chegou-se à porta, era Gertrudes, mulher de João Döring, da Picada Hortêncio, pediu licença e entrou, agachou-se ao lado do estrado e disse para Emanuel que se sentia muito feliz por ver que havia afinal trazido Juliana para tratar-se com Maurer, o remédio ajuda, mas são as orações de Jacobina que realmente curam, ela é enviada de Deus à terra, a sua missão é a de consolar os que sofrem.

Ele segurou a mão de Juliana, sentiu que ela apertava os seus dedos, a recém-chegada falou em voz baixa, como a segredar algo, todos nós temos lido o livro sobre as pessoas sonâmbulas, elas são dotadas de poderes divinos, a cura está nas suas orações e só a ela Deus escuta. Emanuel perguntou se ela estava ali por causa de algum mal, a mulher disse que não, por graça divina gozava de boa saúde, trabalhava ainda na enxada de sol a sol, mas tinha uma filha doentinha, a Bárbara, entrevada desde os dois anos idade e agora já andava pelos nove anos e médico nenhum encontrara a cura, tinha fé na sabedoria de Maurer e na palavra de Jacobina. Cochichou: ela é a nossa santa. Depois disse, reparou em Herr Schneider? um homem que tinha medo da luz do dia, que vivia enfurnado feito bicho, está ficando curado, está lendo a palavra de Deus para Jacobina, já vai e volta sozinho para a casa, houve um milagre, meu filho, com Herr Schneider.

Sem mover a cabeça, Juliana esboçou um sorriso feliz, disse: Herr Schneider merecia que Deus olhasse para ele, sempre foi um bom cristão, nunca perdeu a sua fé. A mulher balançou a cabeça em sinal de aprovação.

– E o mesmo vai acontecer contigo, é preciso muita fé e um pouco de paciência, não pode haver desespero.

Uma mocinha veio trazer a tigela de caldo para Juliana, pedindo a Emanuel que assim que ela terminasse era para avisar Herr Maurer para colocar uma nova compressa.

Pelo meio da tarde Jacobina entrou no quartinho, pediu para os que a seguiam que ficassem do lado de fora; vestia uma longa bata branca, mostrou para Emanuel o livro preto que trazia na mão e pediu que ele se afastasse um pouco; ajoelhou-se, depositou a Bíblia sobre o corpo de Juliana, levantou os braços:

– Senhor, glorifica o teu nome, trata a tua serva segundo a tua misericórdia.

Passou as mãos nos cabelos de Juliana, disse a ela que a visão valia qualquer sacrifício e que tivesse paciência. Levantou-se e foi ao encontro de Emanuel:

— Herr Schneider descansou esta manhã depois de toda uma noite devotada ao Senhor. Partiu para casa antes do meio-dia e deve voltar amanhã de noite. É bom apanhar um pouco de sol, Juliana está medicada.

Ela terminou de falar e saiu lentamente, ele ainda viu as pessoas no pátio ajoelhando-se e beijando as suas mãos, desaparecendo a seguir. Disse a Juliana que não se demoraria muito. Vai, disse ela, eu estou bem.

Na rua, ofuscado pela claridade, ele sentiu uma leve tontura; começou a andar por um caminho ladeado por grandes árvores, as pernas estavam dormentes, doíam-lhe as costas como se estivesse com pontas de fogo sob a pele. Imaginou Juliana boa, ele a mostrar toda a casa para ela, abrindo as janelas que davam para o mato, ela veria os pássaros, o céu, as nuvens formando desenhos de algodão, as belas carroças novas que saíam das suas mãos.

No dia seguinte, ao meio da tarde, ouviu um alvoroço lá fora, Juliana permanecia com uma nova compressa sobre os olhos, alguém chamava com nervosa insistência pelo nome de Maurer, muitas pessoas corriam, ouviu a voz de Maurer pedindo calma; alguém disse: Herr Schneider está aí com a mulher muito mal.

Emanuel pulou de onde estava, escancarou a portinhola, correu para a caleça cercada de pessoas, abriu caminho desesperado, viu Daniel Abrahão segurando as rédeas, a cabeça de Mateus ajudando outros homens a carregar Catarina, que estava como que desmaiada, o rosto lívido e inerme.

Levaram-na para o quarto de Jacobina, Emanuel conseguiu aproximar-se de Mateus, agarrou seu braço:

— Que se passa, o que houve?

Mateus estava com os olhos vermelhos, havia chorado, abraçou-se com Emanuel, seus olhos novamente se encheram de lágrimas, a princípio não conseguiu dizer nada, o amigo pedia que ele se acalmasse, mas afinal o que houve? pelo amor de Deus, fala, diz alguma coisa. Mateus limpou o rosto, olhou para a porta onde haviam entrado com Catarina, viu Jacobina assomar à porta, braços estendidos, o vestido branco largo e frouxo sobre o corpo, sua voz era autoritária, olhos muito abertos:

— Para trás, para trás, todos devem orar pela saúde da nossa irmã, o desespero é próprio dos ímpios.

Mateus deixou cair os braços, desconsolado:

— Minha mãe estava bem, de repente caiu no chão sem uma palavra, debatia-se sem força, desmaiou.

— E veio assim toda a viagem?

— Meu pai disse que só Maurer e Jacobina podiam salvar minha mãe.

Entraram no quarto, Catarina jazia estendida na cama, como morta, Maurer abriu sua boca com uma colher e com outra derramou uma infusão de ervas, uma mulher ajudava a sustentar a cabeça que pendia mole, Daniel Abrahão abriu a Bíblia enquanto Jacobina ajoelhava-se pronunciando palavras obscuras. Depois Maurer derramou na palma das mãos o conteúdo de um vidro e esfregava os pulsos de Catarina, pediu que Mateus fizesse o mesmo nos tornozelos e nos pés, Daniel Abrahão elevou a voz em meio ao silêncio geral:

– No dia de São Marcos, o Evangelista, pedimos ao todo-poderoso...

Jacobina levantou a cabeça, tinha o rosto transfigurado, mãos crispadas, levantou-se e permaneceu na cabeceira da cama, levou o dedo indicador à boca, pedindo silêncio, disse com uma voz que Emanuel não reconheceu como sendo a dela própria:

– Aos homens que em desespero se esquecem de sua fé, Jesus respondeu com um milagre.

Houve um alarido de gente que se encontrava na rua, alguém chegara a galope largo e abria caminho entre os homens e mulheres espantados, um homem assomou à porta, Jacobina apontou para ele e exclamou:

– Deus onipotente, misericordioso Pai Celeste!

Philipp correu para junto da cama, segurou o rosto de Catarina entre as mãos, beijou sua testa úmida de suor frio e encostou seu rosto no rosto da mãe. Daniel Abrahão disse um apagado "meu filho", Emanuel e Mateus correram para abraçar Philipp que agora tentava falar com ela, chamava por seu nome, sacudia com carinho o seu corpo, é seu filho Philipp, mãe, sou eu que voltei da guerra, voltei para ficar, escute mãe, é Philipp.

Catarina gemeu, entreabriu os olhos e dava a impressão de não reconhecer ninguém; depois fixou-se em Philipp, tentou dizer alguma coisa, soluçou. Seus dedos percorreram o rosto do filho, pronunciou com dificuldade, num fio de voz:

– Eu sabia que Deus não podia me abandonar.

Lisboa
Maio de 1975

O Autor

Josué Marques Guimarães nasceu em São Jerônimo, no Rio Grande do Sul, em 7 de janeiro de 1921. No ano seguinte sua família mudou-se para a cidade de Rosário do Sul, na fronteira com o Uruguai, onde seu pai, um pastor da Igreja Episcopal Brasileira, exercia as funções de telegrafista. Após a Revolução de 30 sua família foi para Porto Alegre, onde Josué Guimarães prosseguiu os estudos primários, completando o curso secundário no Ginásio Cruzeiro do Sul, mesma escola onde estudou o escritor Erico Verissimo.

Em 1939 foi para o Rio de Janeiro onde, no *Correio da Manhã*, iniciou-se como jornalista, profissão que exerceria até o final de sua vida. Com a entrada do Brasil na Segunda Guerra, voltou para o Rio Grande do Sul, onde concluiu o curso de oficial da reserva, sendo designado para servir como aspirante no 7° R.C.I. em Santana do Livramento.

Alistou-se como voluntário na FEB (Força Expedicionária Brasileira), mas foi recusado por ser casado. De volta à imprensa, seguiu na carreira que o faria passar pelos principais jornais e revistas do país. Trabalhou em inúmeras funções, de repórter a diretor de jornal, passando por secretário de redação, colunista, comentarista, cronista, editorialista, ilustrador, diagramador e repórter político. Quando morreu, em 1986, era o diretor da sucursal da *Folha de São Paulo* em Porto Alegre. Atuou como correspondente especial no Extremo Oriente em 1952 (União Soviética e China Continental) e de 1974 a 1976 como correspondente da empresa jornalística Caldas Júnior em Portugal e África.

Como homem público foi chefe de gabinete de João Goulart na Secretaria de Justiça do Rio Grande do Sul, governo Ernesto Dornelles; foi vereador em Porto Alegre pela bancada do PTB, sendo eleito vice-presidente da Câmara. De 1961 até 1964 foi diretor da Agência Nacional, hoje Empresa Brasileira de Notícias, a convite do então presidente João Goulart. A partir de 1964, perseguido pelo regime autoritário, foi obrigado a escrever sob pseudônimo e a dar consultoria para empresas privadas nas áreas comercial e publicitária.

Josué Guimarães lançou-se tardiamente – aos 49 anos – no ofício que o consagraria como um dos maiores escritores do país. Seu primeiro livro foi *Os Ladrões* reunindo contos, entre os quais o conto que dá nome ao livro, premiado no então importante Concurso de Contos do Paraná (este concurso promovido pelo Governo do Paraná foi, nas décadas de 60 e 70, o mais importante concurso literário do país, consagrando e lançando autores como Rubem Fonseca, Dalton Trevisan, João Antônio, além de muitos outros).

Sua obra – escrita em pouco menos de 20 anos – destaca-se como um acervo importante e fundamental. Democrata e humanista ferrenho, Josué Guimarães foi sistematicamente perseguido pela ditadura e os poderosos de plantão, mantendo uma admirável coerência que acabou por alijá-lo do meio cultural oficial. Depois de Erico Verissimo é, sem dúvida, o escritor mais importante da história recente do Rio Grande e um dos mais influentes e importantes do país. *A Ferro e Fogo I (Tempo de Solidão)* e *A Ferro e Fogo II (Tempo de Guerra)* – deixou o terceiro e último volume *(Tempo de Angústia)* inconcluso – são romances clássicos da literatura brasileira e sua obra-prima, as únicas obras de ficção realmente importantes que abordam a saga da colonização alemã no Brasil. A tão sonhada trilogia, que Josué não conseguiu concluir, é um romance de enorme dimensão artística, pela construção de seus personagens, emoção da trama e a dureza dos tempos que como poucos ele soube retratar com emocionante realismo. Dentro da vertente do romance histórico, Josué voltaria ao tema em *Camilo Mortágua*, fazendo um verdadeiro corte na sociedade gaúcha pós-rural, inaugurando uma trilha que mais tarde seria seguida por outros bons autores.

Seu livro *Dona Anja* foi traduzido para o espanhol e publicado pela Edivisión Editoriales, México, sob o título de *Doña Angela*.

Deixou quatro filhos do primeiro casamento e dois filhos do segundo. Morreu no dia 23 de março de 1986.

OBRAS PUBLICADAS:

Os Ladrões – contos (Ed. Forum), 1970
A Ferro e Fogo I (Tempo de Solidão) – romance (L&PM), 1972
A Ferro e Fogo II (Tempo de Guerra) – romance (L&PM), 1973
Depois do Último Trem – novela (L&PM), 1973
Lisboa Urgente – crônicas (Civilização Brasileira), 1975
Tambores Silenciosos – romance (Ed. Globo – Prêmio Erico Verissimo de
  romance), 1976 – (L&PM), 1991
É Tarde Para Saber – romance (L&PM), 1977
Dona Anja – romance (L&PM), 1978
Enquanto a Noite Não Chega – romance (L&PM), 1978

O Cavalo Cego – contos (Ed. Globo), 1979, (L&PM), 1995
O Gato no Escuro – contos (L&PM), 1982
Camilo Mortágua – romance (L&PM), 1980
Um Corpo Estranho Entre Nós Dois – teatro (L&PM), 1983
Amor de Perdição – romance (L&PM), 1986

Infantis (todos pela L&PM):
A Casa das Quatro Luas – 1979
Era uma Vez um Reino Encantado – 1980
Xerloque da Silva em "O Rapto da Dorotéia" – 1982
Xerloque da Silva em "Os Ladrões da Meia Noite" – 1983
Meu Primeiro Dragão – 1983
A Última Bruxa – 1987

IMPRESSÃO:

GRÁFICA EDITORA Pallotti
IMAGEM DE QUALIDADE

Santa Maria - RS - Fone/Fax: (55) 3220.4500
www.pallotti.com.br